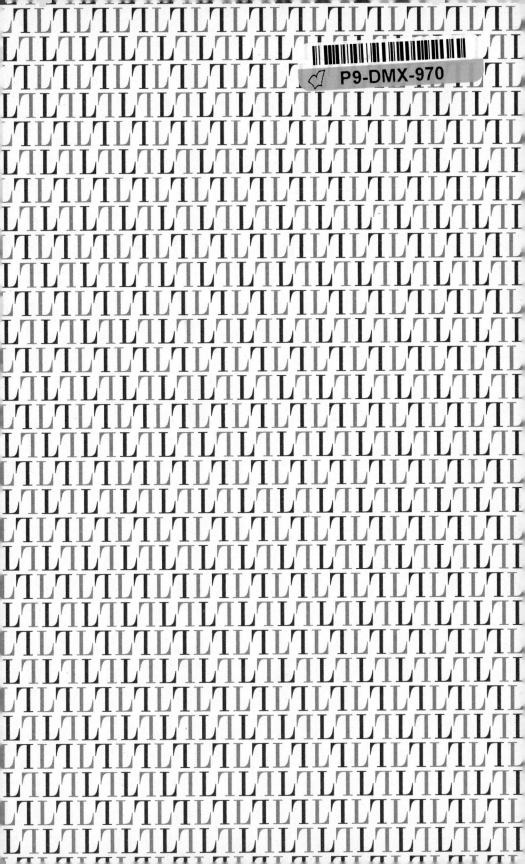

Destierros

Destierros

Gabriela Riveros

Lumen

narrativa

Destierros

Primera edición: junio, 2019

D. R. © 2019, Gabriela Riveros
Publicado mediante acuerdo con Verónica Flores Agencia Literaria.

D. R. © 2019, derechos de edición mundiales en lengua castellana:
Penguin Random House Grupo Editorial, S. A. de C. V.
Blvd. Miguel de Cervantes Saavedra núm. 301, 1er piso,
colonia Granada, delegación Miguel Hidalgo, C. P. 11520,
Ciudad de México

www.megustaleer.mx

ISBN: 978-607-318-004-7

Impreso en México – *Printed in Mexico*

El papel utilizado para la impresión de este libro ha sido fabricado a partir de madera procedente
de bosques y plantaciones gestionadas con los más altos estándares ambientales, garantizando
una explotación de los recursos sostenible con el medio ambiente y beneficiosa para las personas.

Para Manolo

La historia de mi vida no existe. Eso no existe. Nunca hay centro. Ni camino, ni línea. Hay vastos pasajes donde se insinúa que alguien hubo, no es cierto, no hubo nadie.

Nunca he escrito, creyendo hacerlo, nunca he amado, creyendo amar, nunca he hecho nada salvo esperar delante de la puerta cerrada.

MARGARITE DURAS, *El amante*

Accidentes

Por un instante ajeno a los espectadores, reinó el silencio dentro del silencio.

El director alzó los brazos.

Ejido Los milagros de Dios, Durango
22 de mayo, 2014

Adentro del cuarto oscuro, Helena frota un cerillo. Su rostro claro, avejentado, y su cabello de leona se iluminan. Enciende el cirio. Acerca el cerillo a su rostro para apagarlo. Brillan sus ojos de lechuza, un estanque de arena y sombras.

Helena sopla y un hilo de humo se eleva entre la luz cobriza. El olor a fósforo quemado se esparce por el cuarto. En un rincón, envuelto en una cobija, Alberto, su hijo, ronca con los ojos entreabiertos.

Helena se hinca frente a imágenes y estatuillas. Se persigna tres veces; murmura con los párpados cerrados, los dedos entrelazados.

—Te ruego por mi niña, por mijita, para que vuelva pronto, por ella, Maripaz, por lo que más quieras, mi Señor, por favor, que ya no tarde.

El dolor es una caricia perversa que sacude el estanque de arena y sombras. Tocan a la puerta.

Helena frunce el ceño y vuelve la cabeza.

Cae la noche sobre el desierto. La luna generosa y blanda palpita sobre la llanura. El cielo azul intenso resplandece atrás del lomerío lejano. Una estrella relumbra en el horizonte.

La brisa de polvo y grillos merodea por los cuartos de adobe; se interna en el corral con chivas y gallinas; se filtra chillando por los huecos entre ventanas, muros y techos de lámina.

En medio de la oscuridad, del cascabelear lejano de víboras que no se ven, una mujer arrastra los pasos sobre la arena. Ha caminado toda la tarde con la niña atada a la espalda con el rebozo. Una punzada en la cintura, un calambre en la espalda le impiden ya levantar los pies del suelo. La lengua sedienta pegada al paladar. Fija la mirada en el cuarto de adobe que despide una lucecilla.

Un paso. Y otro paso.

Una punzada y el aliento que falta. La niña siempre silenciosa. Y en cada paso, su cuerpo golpeando la espalda dolorida. La tensión en el rebozo polvoriento.

Y esa ventana relumbrosa.

Ráfagas heladas, cansancio que ciega.

Toca a la puerta.

La puerta cruje. Un tunelillo se tiende entre la mirada de ambas mujeres. Helena la deja pasar. La mujer descuelga a la niña dormida en la espalda, la acomoda.

—*Córima tortía… Córima.*[1]

Helena le señala el agua; le da unas tortillas duras. La mujer las sostiene frente a su boca y las come con desesperación.

---

[1] No existe una traducción literal del rarámuri al español; debido a esto, lo más similar al concepto "córima" es "compartir".

Helena vuelve a arrodillarse frente al cirio y las estatuillas para proseguir con sus rezos.

El silencio del cuarto se entrelaza con el crujir de las tortillas que se disuelven entre los dientes. Helena, con los párpados cerrados, mueve los labios.

La mujer la contempla; se acomoda junto a su niña y se queda dormida.

Antes del alba, la mujer despierta. Escucha los grillos, los ronquidos de Alberto, la respiración pesada de Helena. En silencio, se pone de pie, se acomoda las faldas, se amarra las sandalias, y coloca a la niña dormida en su rebozo.

Helena duerme recostada sobre el lado derecho.

La mujer está de pie detrás de ella, junto al catre desvencijado.

—*Muqui.*[2]

Helena despierta y se vuelve. Sus ojos de ámbar asoman por la oscuridad. El tunelillo entre las miradas se tiende de nuevo y se prolonga durante unos instantes.

—*A bale tewa. Ari ela cutomea.*[3]

Helena la contempla pasmada: cabello entrecano, ojos de lechuza. Sonríe a la imagen que la mente le devuelve. La mujer recoge su morral, se dirige a la puerta y sale.

En medio de la oscuridad y el sonido de los pasos que se alejan, Helena se sienta en el catre y se frota los párpados; vuelve la mirada amarilla hacia arriba.

[2] "Seño", en rarámuri.
[3] "Ya viene. Hoy la tendrá con usted", en rarámuri.

Tararea la canción de cuna. Se mece:

> Señora Santa Ana,
> ¿por qué llora el niño…?

El cirio se ha apagado.
Y en el vaivén, el catre cruje.
A lo lejos, el cielo ya destila la claridad del día.

Carretera Monterrey, N.L. - Jiménez, Chih.
22 de mayo, 2014

Parpadeas, Julia.

Un llano espolvoreado de yucas y pitahayas, de cactus y magueyes regados por el azar del desierto, se sostienen más allá de tu frontera, de tu párpado sereno, de esa ventana cerrada del auto, a veces para huir del aire que hierve, a veces por costumbre.

Parpadeas, Julia. Vislumbras un llano que inunda tu mirada. El desierto te envuelve en velos de silencio. Bajas un poco el vidrio del auto. El viento apresurado te ensordece. Inhalas ese aire hirviente. Subes el vidrio.

La vastedad de planicies de arena y polvo se extienden hasta el horizonte. Navegas como un amonites en ese antiguo Mar de Tetis, que es la carretera a Jiménez; navegas fiel al camino trazado por el asfalto. Sólo en el parpadeo se entrecorta esta visión. En la lejanía divisas hileras de montañas azuladas por la distancia, como si alguien las hubiera colocado ahí para enmarcar este desierto, para que los rayos del sol que caen por las tardes encuentren un lecho en el cual penetrar a las nubes que, luminosas y coronadas de mamey, se tienden sumisas sobre sus rugosos y enormes cuerpos.

Pero Julia, el dolor es una punzada que hiere dentro del estómago, detrás de la nuca, a un lado de la memoria; es esa angustia que te carcome lenta y perenne, perforando el vaivén de tus días y tus noches hasta volcarlo todo en un abismo, en una de esas grietas que cargas dentro.

—Tu papá se puso malo —dijo Nina—; los doctores no saben bien qué es. Tu mamá no quiere decirte, no quiere mortificarte. Yo creo que estaría bien que te dieras la vuelta. No les digas que te llamé.

NO MALTRATE LAS SEÑALES

El dolor es el silencio que perfora y arde.

El dolor es una ausencia; es el tiempo que se detiene.

NO DEJE PIEDRAS EN EL PAVIMENTO

¿Quién eres tú, Julia, navegando en este mar prehistórico, hoy desolado?

ALTURA LIBRE 5.5 M

Los tráileres de cajas dobles con nombres de empresas multinacionales te rebasan. Recorres una vez más el mismo trayecto de tu infancia.

110 KM/HR

Treinta y cinco años atrás tus padres iban al frente con los vidrios abajo. El aire caliente del desierto oreaba las gotas que resbalaban por tu espalda. Mariana y tú jugaban a delimitar su territorio sobre el asiento trasero.

—Mamá, ¿falta mucho para llegar?

—Quiero ir al baño.

—No me gustan los sándwiches con mostaza; quiero Fritos.

Una carretera remendada y roída por el desierto, por el descuido del gobierno, por la miseria que avanzaba como sarna implacable sobre la piel de los pueblos. Tolvaneras y vados, remolinos de arena, la firma del diablo, zonas de silencio en medio del silencio más profundo.

Aerolitos y cuarzos, polvo y más polvo. A veces se detenían por jugo de naranja en Bermejillo. Crucifijos asomaban al pie del camino.

—Papi, ¿por qué ponen esas cruces ahí?

Por las noches, las estrellas brillaban contenidas tras ese manto claro que era el cielo a punto de estallar, de desbordarse sobre el llano.

La luminosidad, reflejada por el polvo, y el cielo cohabitaban esa inmensidad.

PARADERO DE EMERGENCIA A 500 M

A veces caseríos. El desierto te concibe suspendida en una mudez absoluta, serenidad que amansa; en este tiempo, que es otro, te vuelve invisible, perdida de ti misma.

Parpadeas, Julia, y este acto se convierte en la única forma de corroborar que estás aquí avanzando sobre la carretera a Jiménez, en medio de un desierto que se extiende más allá del paisaje, más allá de tu memoria, tendido sobre la cresta de tu monotonía citadina, de esta angustia que hoy guardas dentro, con temor a que el resplandor de la mañana la encandile, a que se escurra entre tus dedos y arda sobre esa piel donde habitan tus recuerdos, tu infancia, tu origen... con miedo a que el dolor te haga despertar.

Seleccionas música. *Réquiem* de Mozart.

El lejano batir de las campanas de una catedral gótica llega hasta tu desierto. Pausadas. Como una premonición que avanza tras de ti.

La música germina en este contrapunto sereno, melodía triste que brota y toca la llaga que arde. Las voces:

Requiem aeternam dona ets, Domine,
et lux perpetua luceat ets.[4]

¿Por qué te gusta esa música escrita para despedir a un muerto?

La idea pasa cerca de ti, como un susurro y te estremeces.

Cada vida que dejaste de lado produjo su propia sombra.

Elegiste solapar tu voz, aprender a leer entre líneas desde las palabras no dichas. Elegiste el intento reiterativo de establecer comunicación con Santiago, de disculparte una y otra vez sin estar de acuerdo, de fingir entusiasmo frente a ellos, de buscar temas en común; para escapar de lo que te duele, para no hablar de esas sensaciones imperceptibles que pertenecen al mundo de las orillas, de lo silenciado.

Santiago es sólo un espejo frente al que intentas contar tu vida. Elegiste el esfuerzo de adaptarte a él, de camuflarte, de olvidarte de ti misma.

Parpadeas. Frente a ti, la carretera es una línea recta que se desvanece en el horizonte. El desierto siempre inmutable.

Y te fuiste sin avisarle. Sólo dejaste una nota en su buró. Santiago se pondrá furioso.

---

[4] Dales el descanso eterno, Señor, / y que la luz perpetua los ilumine.

ZONA DE TOLVANERAS

Cuartos de adobe junto a la carretera.

RESTAURANTE EL PORVENIR

TOME COCA KOLA

SE BENDEN DÁTILES, PYSTACHES

SE BENDEN FÓCILES Y JUGO DE NARANJA

Crucifijos grises con flores polvorientas asoman a la orilla de la carretera.

Matorrales dispersos, trozos de llanta regados sobre el pavimento; un par de caballos flacos mordisquean la llanura.

Quizá, si algo te sucediera... él te pondría atención.

TRÁNSITO LENTO CARRIL DERECHO

Caseríos. Alcanzas a vislumbrar su interior. El carro te protege, prolonga tu guarida. Pasas a unos cuantos metros de los cuartos y tráileres. Cada uno con su historia propia, sus palabras, su destino.

Un escalofrío te recorre.

Lucía Fernández: secuestrada, violada, desaparecida.

La música se aleja.

Eres vulnerable, una llanta ponchada, cualquier cosa. Tu cuerpo adentro de esos cuartos, fotografía instantánea que te crispa los nervios.

Eres Julia, pero a quién le importa si eres Juana o Meche o Silvia; puedes ser lo que ellos quieran. Tu casa queda lejos, escondida en una ciudad de tantas, en una colonia recóndita sobre una montaña de todas las que conforman este país. Tu calle es sólo un punto diminuto casi imperceptible entre el laberinto de hilos que conforman las ciudades. Santiago permanece tan lejos... tus hijos: Sofía, Chago, Adrián y Regina. Todo ajeno a este desierto donde podrías buscar eternamente la salida y, en ese intento, volver siempre al punto de donde partiste.

El desierto, su calor, nos lame el entendimiento.

Y esa cápsula tuya, avanzando sobre la carretera a Jiménez, prolongación de tu mundo: el aire acondicionado, las tubas, los fagots, las sopranos, el café capuchino acomodado al costado del volante, los asientos tersos.

Sed tu bonus fac benigne
ne perennicremer igne.[5]

El miedo conquista la tristeza de tus párpados, ardidos por la sal de tus lágrimas.

Una imagen dulce, que no sabes de dónde viene, aparece en tu memoria. Percibes la brisa del continuo movimiento de las siete faldas de una mujer tarahumara que recorre este desierto luminoso y tendido bajo el horizonte.

El contraste de las percusiones y los tenores contra el murmullo de sopranos y violines te estremece.

Mejillas de sol y polvo de la niña que la acompaña, el movimiento de sus siete faldas. Dos engranajes que giran y giran juntos para impedir que el tiempo se estanque.

Otra imagen se sobrepone: es una mancha lejana y acuosa sobre el pavimento. La crees un espejismo, como siempre.

El auto de adelante pisa el freno súbitamente.

---

[5] Tú, bueno como eres, haz benignamente / que no sea yo quemado en el fuego perenne.

Gira varias veces patinando sobre el diésel.

El desierto brillante se paraliza, los músculos de tu cuello se contraen, tus ojos se agrandan.

Una pipa enorme de gasolina se acerca. Cachalote sereno navegando sobre el sopor del mediodía.

El murmullo de los barítonos languidece y se aparta de ese tambor recreado en tus sienes, en tu pecho.

Pisas el freno, una y otra vez.

Nudos en el estómago, en los brazos.

Tu mirada fija en la defensa del auto,

en todo aquello que no has sido capaz de perdonarte,

en el rostro de Mariana tu gemela,

en el de tu padre, cuando te dijo de tu hermano,

en tu carrera trunca de pianista,

en los dedos que te hurgaron,

en la detonación de una bomba,

en tu vida de burguesa domesticada,

en las palabras no dichas,

en la mirada de Alejandro cuando te encañonaron,

en la indiferencia de Santiago.

Tu pie sobre el freno. Los chillidos de los cauchos silencian el murmullo de los coros y violines.

Aaaaameeén.

Y tu auto y el desierto solos, y los hombres del caserío.

Giras y giras.

No puedes escapar.

El tráiler cambia las luces. Un claxon desesperado se eleva sobre el llano.

No encuentras más asidero que la muerte.

Giran las siete faldas en círculos enormes que te arrojan al vacío, al silencio.

Abres la puerta. Presionas el botón rojo para liberarte.

Ruedas por el aire.

El tráiler, la pipa, el auto de adelante y el tuyo en una carambola.

Una fogata enorme alimenta este infierno.

Las llamas crepitan; algunos cuerpos se arrastran entre llamas y polvo.

Dicen que no hay quién vigile los cuerpos vacíos.

Y ese enorme anhelo de volar.

Extiendes tus brazos y el aleteo cruje en este aire apretado.

Dicen que tú fuiste la menor de los rarámuris.

Todo se consume lentamente por el batir de ráfagas luminosas.

Y ese aire ardiente que deforma el paisaje, como si todo esto sucediese tras un cristal.

Sombras pardas salen de los cuartos de adobe y corren hacia el accidente.

No habrá historia. Nunca hubo historia.

Arriba en el cielo, tras un velo de humo, un ave solitaria extiende sus alas y planea serena.

I

Sólo tenemos una doble vida.

GUSTAVO CERATI

Mi primera infancia es un sueño lejano, un bloque de vida esférico, casi independiente de lo que soy ahora. La casona de paredes de adobe robustas, con sus alcobas de techos altos y sus patios de rosas, higueras y lirios, había pertenecido a la familia por generaciones. Más allá de los muros y ventanales, estaba el pueblo soleado con su lento rodar de camionetas por las calles de terracería, sus dos plazas y una parroquia colonial en cuyo interior podía leerse: VIVA FERNANDO VII REY DE ESPAÑA. A la distancia, se extendía la única calle con pavimento custodiada por nogales centenarios que extendían las ramas hasta el cielo, repletos de urracas gritonas. Al final de esta Calzada Juárez estaban todavía, desde la época de don Porfirio, la Casa Redonda, la estación de trenes y el antiguo molino, todos en ruinas. Y ahí permanecía el cruce con la carretera federal que comunicaba aquella burbuja de tiempo con la incipiente modernidad del México de los setenta, que surgía en la zona de la Laguna o con la ciudad de Chihuahua a decenas de kilómetros de distancia. Y por encima de todo, el cielo más azul que jamás volvería a ver.

En septiembre de 1972 nacimos Mariana y yo en Jiménez, Chihuahua. Al parecer, no habían nacido un par de gemelas en los últimos años, de manera que nos convertimos en la plática principal del pueblo y nuestra casa se volvió un centro de gravedad que atrajo a tías, comadres y vecinas que desfilaban con burritos, ungüentos de ubre de vaca para que mi madre recuperara la cintura, champurrado, caléndula para la piel flácida, aceite de almendra para disimular las estrías, arroz con leche, levadura de cerveza para que mi madre tuviera "buena leshe", conchas de don Ceferino, un aceite verde con dotes maravillosos para evitar los cólicos en recién nacidos, colchas tejidas, mamelucos, botitas de estambre, botellas miniatura con agua bendita traída desde Lourdes y enchiladas en salsa de chile colorado para papá.

Mi padre trabajaba desde su despacho, acondicionado en una parte de la casona; de manera que a ratos acompañaba a mi madre y a las visitas sin mucho qué hacer ni qué decir. Abría la puerta a los visitantes, saludaba, seguía conversaciones y los rituales que implicaban cuidarnos a Mariana y a mí. El recién estrenado rol de papá todavía le quedaba grande como un saco ajeno.

Durante meses, mi madre y Nina —mi nana— se concentraron en alimentarnos, cambiarnos los pañales de tela, hacernos repetir, arrullarnos, calentar el cuarto y el agua para el baño, tallar los pañales, tenderlos y serenarlos. Días y noches sin descanso, en un ciclo que se repetía cada tres horas, como el engranaje riguroso de un reloj que una vez ya iniciado no puede detenerse.

En el inicio no había fronteras. Mariana, mi madre y yo éramos lo mismo. Nos habitaban nuestras voces, la de Nina, el sonido de la puerta de tela de alambre golpeando contra el marco de madera, los brazos que nos cargaban, los latidos del pecho donde nos quedábamos dormidas, el olor a mamá, el vaivén de la mecedora, el chasquido de los besos de papá.

Señora Santa Ana,
¿por qué llora el niño?
Por una manzana
que se le ha perdido...

Con el paso del tiempo, Mariana y yo fuimos dejando de lado a mamá. Nuestra primera infancia transcurrió explorando los patios de arcadas y enredaderas donde encontrábamos fósiles, nidos de golondrinas, llantas de bicicleta, periódicos viejos y puertas antiguas. Todo bajo capas de polvo. Recuerdo el zaguán, que tanto llamaba la atención a los habitantes de Jiménez, sus macetones con helechos que crecían desmesurados —años después supe que abuelita Aurora les ponía pastillas de hormonas—, el reloj cucú alemán, los tragaluces del techo —que le daban esa luz natural al recinto—, los sillones de ébano, el violonchelo de forja con la enredadera de julieta, las ventanas y puertas que daban al despacho de papá, el mosaico de la Virgen de Guadalupe.

A veces venían otras niñas a jugar, aunque en realidad no nos hacían falta. Muchas veces Mariana y yo nos intercambiábamos los nombres. Nos divertía que nadie, salvo mis padres, podía distinguirnos. No había en nosotras dos identidades separadas. Las dos encarnábamos diversas partes de un mismo rompecabezas. Cuando una no tenía la respuesta a las preguntas de los adultos, la otra respondía.

Nos acostábamos sumergidas en elucubraciones que fueron dando forma a aquel universo. Observábamos los cuatro agujeros en la tela del techo que hacían las veces de respiraderos y la imagen enorme de Santa Rita que había pertenecido al bisabuelo don Trinidad Luján. Nos extrañaba que en su frente blanquísima hubiera una espina.

Esos estados contemplativos terminaban cuando Nina nos llamaba a comer milanesas empanizadas, arroz blanco con elote y flan casero. Por las tardes jugábamos a la bebeleche en la Plaza de las Lilas o patinábamos en el patio de la noria rodeadas de geranios, hortalizas y cactus.

Al atardecer, la azotea era el mejor sitio para contemplar el cielo vasto con sus mechones púrpuras, sus mantos de fuego. Y en las noches de luna llena subíamos a la azotea de la casa de tío Florencio por la escalera que él había improvisado, para ir al cuarto del telescopio. Allá arriba, bajo un manto de estrellas, sacaba su llave antigua, quitaba el cerrojo y abría la puerta de aquel recinto sagrado. Una vez dentro, nos acercaba un banquito para que pudiéramos alcanzar el lente del telescopio. Abría dos hojas de lámina del techo y ahí nos iba describiendo la geografía de la luna resplandeciente con sus cráteres y valles.

A veces, Mariana y yo corríamos entre frondosas nogaleras hasta llegar al lecho, casi seco, del Río Florido. Allá aventábamos piedra bola junto al abuelo Eduardo. Nos llevaba todos los domingos a volar papalotes. Ella y yo nos volvíamos esas figuras sostenidas en el viento fresco rozando el cielo.

Entre semana, nos dedicábamos a explorar las habitaciones que nadie ocupaba; cada cuarto era un sector de nuestras ciudades imaginarias. La sala era nuestra favorita porque tenía un par de cortinas que se abrían y cerraban con un mecanismo de cordón único en el pueblo. Los cuartos de clóset guardaban objetos inauditos para la vida de un pueblo en medio del desierto: pelucas, vestidos antiguos, jarrones como piezas de museo, cajas de cereal que mi abuelo acumulaba por docenas, papel higiénico por montones, filigranas de oro y camafeos que habían pertenecido a generaciones atrás, partituras de piano alemanas y norteamericanas de fines del siglo xix, el estuche de bolear del abuelo en memoria a su modesto origen, su colección de cámaras fotográficas, cajones repletos de fotografías, un montón de muebles que trajeron los antepasados de abuelita Aurora cuando vinieron a colonizar, los papeles que les dio el virrey en el siglo xviii para establecer el presidio, defenderse de los apaches y fundar la Villa de Santa María de las Caldas; sombreros jipijapa, tocados de la época del Charleston, abanicos de encajes de Bruselas, guantes bordados con lentejuela y canutillo, encajes para cubrirse la cabeza a la hora de la misa, esquelas de antepasados, juegos de sábanas y toallas para las habitaciones que sólo se usaban cuando venían los parientes de fuera; estolas de zorro, jabones Heno de Pravia y bolas de naftalina para ahuyentar la polilla; el título de la secundaria de mi madre, sus primeros dibujos, telegramas con felicitaciones, fotografías en blanco y negro de bisabuelos y tatarabuelos; mancuernillas, gafas, cartas de mis abuelos, postales con caligrafía impecable provenientes de Europa; baúles antiguos que habían sido velices; la caja de seguridad Mossler que decía: DON TRINIDAD LUJÁN. JIMÉNEZ, CHIH. MARZO DE 1894, y un radio de onda corta.

Sin embargo, hubo dos sucesos que abrieron una grieta. En aquel entonces, no pudimos asimilar la repercusión que tendrían en nuestras vidas. Una mañana, jugando a las escondidas con Mariana, encontré en el rincón del clóset, una fotografía antigua en la que aparecían mis bisabuelos maternos rodeados de sus cuatro hijos: un joven de unos dieciséis años; otro de catorce, aproximadamente; abuelita Aurora niña y una joven de quien resultaba imposible distinguir su rostro. Sin lugar a dudas, había sido eliminado deliberadamente, raspando el papel fotográfico.

Cerré el clóset, encendí la luz, me senté en el suelo y me dediqué a observarla.

—¿Estás ahí? —preguntó Mariana tocando la puerta.

Observamos la foto, extrañadas. Después se la llevamos a mamá; abrió los ojos asustados y nos la quitó.

—Presten acá. Denme esa foto.

—¿Por qué borraron a la joven de la foto?

—No lo sé…

A las diez y media de la mañana, Santiago le marcó al celular. La llamada no pasó ni al buzón de voz. Nada. A mediodía volvió a intentarlo, en vano. A quién se le ocurre semejante burrada. Lo debe haber hecho adrede. Nomás por fregar. Por hacerse la interesante.

Santiago ronda dentro de su oficina. El saco acomodado en el respaldo del sillón de escritorio. Se afloja la corbata. Exhala. Se pasa la mano por la frente. Cruza los brazos y aprieta la boca. El azul enérgico de sus ojos parece más fuerte que de costumbre.

—Policía Federal de Caminos, ¿tiene algún accidente reportado el día de hoy, en la carretera Monterrey-Torreón o Torreón-Jiménez?

—¿Hace dos horas?

—¿Cerca de Bermejillo?

—¿Carambola? ¿Tiene registrada una miniván gris acero con placa SKR 3216?

Vértigo. Los sonidos desaparecen. El mundo se concentra en la voz que sale del auricular.

Hace unas horas, durante la madrugada y en medio de la penumbra, observó a Julia de espaldas mientras se vestía. Fingió estar dormido. Qué fastidio. Hace un par de días que no le dirigía la palabra. "¿Segura que quieres eso? Nada más que la situación sería muy distinta. A ti todo se te hace fácil. Eres muy egoísta. Los primeros afectados serían los niños."

Entreabrió un párpado. La vio acercarse de puntillas a su buró. Escuchó que ponía algo debajo de su celular y, después, que se calzaba sentada en el sillón; a continuación tomaba su bolso en silencio, y salía de la habitación y cerraba con cuidado la puerta.

—¿Con una pipa de PEMEX y un tráiler?

Su oficina de director, del señor Santiago Treviño Villarreal, de CEO para América Latina, se dilata y gira. La voz de la secretaria se pierde a lo lejos. Santiago guarda la laptop en el maletín, toma su saco y sale apresurado.

—Cancéleme las citas de la tarde. Llame a don Sergio para que vaya por mis hijos a la escuela. Que los lleve a comer a la casa. Que les diga que salí con su mamá. Que los veo en la noche. Que no sabe más.

Horas más tarde, el calor arde en La Laguna. Santiago mira sin ver las planicies de arena y polvo luminoso. Cuatro horas de carretera y entra al vestíbulo de la dependencia de la Policía Federal de Caminos en Gómez Palacio. Ahí los periodistas, los de la Cruz Verde, un auto pequeño con el logotipo de Televisa, los del Ministerio Público.

—No hay mucho que identificar, patrón. Los choferes del tráiler y de la pipa de gas murieron en el incendio. El problema es que había diésel derramado en la carretera y se pone bien resbaloso. También iba otro coche, el conductor quedó atrapado dentro por el cinturón y también murió quemado.

—Quedaron los restos de una mujer cerca de la miniván que se quemó. No encontramos bolso ni cartera ni celular que la identifique. Quedó en muy malas condiciones. No creo que sea bueno que la vea.

—Aunque por los datos que me da del vehículo, sí debe ser ella. Y sí, entiendo que solicite una prueba de ADN... Son tardadas, calculo unas tres a cuatro semanas, pero usted sabe.

—Lo siento, patrón. Usted dice quiénes y cuándo vienen por los restos de su esposa. Firme aquí, por favor.

Pero antes, tiempo atrás, hubo otra Julia para él. Un cuerpo. La piel tersa. Cierta agudeza mental. Conversaciones y risas que el tiempo fue apagando. La música que brotó del piano que ella tocó durante los primeros años juntos. Julia cargando a sus hijos pequeños. Tiempo atrás. Viajes de pareja, de compadres, de familia. Muslos de arena. Dedos deshabitados, perdidos de sí mismos.

Después, el piano guardó silencio. Julia deambulaba por la casa noches enteras. De pronto, un café a medio tomar en la terraza.

En la tarde, mientras Santiago conduce camino a casa, la carretera es una noria de soledad.

Sombras de yucas y pitahayas deambulan en el llano, en ese Mar de Tetis que cobija las otras voces, las historias silenciadas.

Las rayas blancas sobre el pavimento brillan y desaparecen bajo el auto rápidamente. El silencio se estanca.

En la noche el dolor se expande.

Santiago sentado en el suelo del balcón de su cuarto. Se recarga en la pared. Los grillos inundan el aire fresco. Monterrey brilla allá abajo, atrás de los troncos y los ladridos que insisten, de las hojas que se mecen brillantes con su aroma de luna. Nos vinimos aquí porque tú querías vivir en el bosque.

Santiago con la mirada fija en mechones de sombra, en las ramas de los encinos. Arriba un cielo frío, el aura de la luna.

El bosque no lo toca, ni el sueño de sus hijos que, vencidos por el llanto y el cansancio, duermen abatidos.

A veces, la vida es un cuarto deshabitado.

Quizá fue lo mejor. La presioné mucho. Se fue sola adrede. Sabía que no la hubiera dejado ir sola. Nuestro proyecto estaba fracasando. Ella dio el paso definitivo, el tiro de gracia. Nunca le gustó que yo decidiera por ella.

La ropa en el clóset todavía conserva su olor.

Tiempo atrás Julia fue otra. Julia andaba por las veredas de la Sierra Madre. Julia reía. Un par de senos blandos. Julia descalza en la cocina abriendo el horno. Julia directora de la academia de música. Julia espigada con vestido de noche. Julia consejera de organizaciones culturales.

Al día siguiente por la tarde, Chago, Sofía, Adrián y Regina llegan a las capillas Valle de la Paz donde será el velorio. Las ojeras surcan la piel pálida de Santiago, casi transparente, su rostro pecoso. Sus ojos se tornan casi tristes. Adrián y Regina entran y se dirigen al salón donde velan a su mamá. De rodillas oran frente a la caja. Sofía se sienta junto a la abuela Eva.

En poco rato, el lugar se inunda de parientes y amigos que hacen fila para dar el pésame.

—Lo siento mucho.

—Mi más sentido pésame.

—Pediré mucho por ustedes.

—Cuentan con nuestras oraciones.

—Cuida a tu papá. Tu mami fue una mujer extraordinaria.

—Cuida a los niños. No hay nadie que sustituya a una madre.

—Dios sabe por qué hace las cosas.

—Santiago, Julia vivió con nosotros cuando estudió aquí la prepa, no sé si alguna vez te habló de nosotros.

—Aquí estamos con ustedes; ya saben, lo que se ofrezca.

Tacones, celulares, maquillajes, bolsos de marca y de imitación. Lágrimas ocultas y murmullos.

—Julia se aceleró, se quiso ir manejando sola temprano y, ya ves, dicen que fue un accidente espantoso.

—¿No lo viste en el periódico? Un coche, un tráiler y una pipa de gasolina. Nadie sobrevivió.

—Me mandaron un videíto, alguien grabó el accidente. Horrible.

—Pobres niños. Son muy chicos todavía. La chiquita apenas tiene siete años.

—Mira, ella es la mamá de Julia, acaba de llegar de Jiménez. Pobre, creo que su esposo ha estado delicado, a eso iba Julia a Chihuahua, a ver a su papá. Qué dura noticia… Su vida no ha sido fácil; de los tres hijos que tuvo la señora, ya ves lo que pasó con la gemela de Julia, el hermano nació enfermo y ahora esto. Qué tragedia.

—No tarda Santiago en buscarse otra y casarse. Ya ves, los hombres no saben estar solos: se mueren o se buscan otra.

—No creo que así tan rápido, qué mala. ¿Tú crees? Los niños necesitan tiempo.

—Ya me voy, tengo que ir a hacer la fila del Colegio. Hay que llegar una hora antes, me toca el viaje.

—Yo tengo una comida en casa: irán mis suegros.

—Habrá una sola misa para depositar las cenizas.

* * *

El dolor es una punzada que exhibe su fragilidad.

Tiempo después de que encontré la foto donde aparecían los bisabuelos y la joven sin rostro, un terrible suceso determinó el rumbo de los acontecimientos. Llegaba ya uno de los inviernos más crudos que recuerdo. Mariana y yo teníamos ocho años y mi gata, la Musa, estaba preñada.

Una noche, mis papás fueron a Chihuahua a una boda. Antes de acostarme, fui a asegurarme de que la Musa hubiera entrado a un pasillo techado que conectaba la cocina con las habitaciones; en invierno se cerraba con portones para mantenerlo tibio con el calentón de petróleo. Ahí le tenía yo una caja con una almohada, de manera que estuve un rato con ella y me fui a dormir.

Sin embargo, más tarde, Mariana pasó por ahí rumbo al patio trasero para ir a la lavandería y dejó la puerta abierta. La Musa se salió sin que Mariana se diera cuenta y, cuando entró al pasillo techado, cerró el portón.

Al día siguiente supe que la Musa había dado a luz a cinco gatitos y que todos habían muerto por el frío; la Musa se fue debilitando a pesar de mis cuidados, de los trapos tibios con que la cubrió Nina. Esa misma tarde murió.

Entonces descargué mi furia contra Mariana:

—Eres la peor del mundo. Ya no quiero ser tu hermana. Ojalá te mueras tú también. Te odio.

Mariana me escuchaba atenta, incrédula.

Como si mis palabras hubieran dado en el blanco, esa misma noche ella empezó a padecer fiebre altísima y dolores de cabeza. Por la madrugada comenzó a delirar hasta quedar inconsciente.

Horas después timbraron un par de médicos de Parral y le diagnosticaron una probable meningitis. Recuerdo que llegó una ambulancia y todos corrimos a Chihuahua, tres horas de carretera hasta la capital del estado. Mamá con Mariana dentro de la ambulancia. Papá, los abuelos y yo en un auto detrás.

Cuando la vi dentro de la habitación del hospital tendida bajo la luz neón, su cabello sin trenzar, su cuerpo en bata blanca, su rostro inexpresivo, la aguja del suero en su mano y el olor a desinfectante, una angustia se instaló entre mi estómago y mi pecho.

Recuerdo que me acerqué a la cama de hospital para decirle:

—Mariana: no es verdad lo que dije. Tú eres la mejor hermana del mundo. Ya cúrate, por favor, abre los ojos.

Después la observé detenidamente esperando alguna reacción, pero no se movía. Le abrí los párpados calientes con mis dedos, pero tenía la mirada ida, los labios entreabiertos, casi no percibía su respiración.

—No debí haber dicho eso. Despiértate para poder explicarte que estaba muy enojada y que por eso lo dije, que no quería decirlo de verdad. Yo no quise hacerte daño.

Había un cristal entre todo aquello que sucedía alrededor de Mariana y el enorme peso que yo cargaba. *Ojalá te mueras tú también. Te odio.* Su cara pálida era el espejo de mi propio rostro.

Pasaron dos días, tres días, cuatro días con sus noches. Mariana yacía inmóvil; sin estirarme la mano para correr a escondernos; sin la voz sonora que cantaba en la regadera ni los alegatos para defendernos cuando nos regañaban por caminar sobre las bardas o por mojarnos en la fuente de la Plaza de las Lilas; sin sus historias sobre los personajes que habíamos inventado.

Su silencio había perturbado mi geografía interna. Había instantes que no sabía qué sentir; me quedaba en un limbo a donde no llegaban la tristeza ni el enojo ni la nostalgia, como si el sueño profundo de Mariana hubiese apagado una parte de mí. Había también ratos en que entraba en un estado de alerta que me permitía escuchar y observar detalles de los cuales nunca me había percatado. Me escondía para escuchar las conversaciones de los médicos y de mis papás esperando cualquier indicio que me anunciara la recuperación de mi gemela.

Las noches se desdoblaron en insomnio; observaba esas luces que habitan la oscuridad. Cada noche me quedaba paralizada durante horas observando rostros sufrientes, ahorcados, el diablo con aquella sonrisa sarcástica que había visto en el catecismo, el ojo del gigante que me espiaba, las serpientes, el alacrán que le picó a Marcelino Pan y Vino, tarántulas peludas bajo mi cama, los crujidos de los techos con maderos centenarios. El miedo no me permitía conciliar el sueño, bajar la guardia, el estado de alerta. Siempre cabía la posibilidad de que abriera los párpados y una presencia estuviera a mi lado observándome. Así se prolongaban las madrugadas hasta que comenzaba a clarear.

La única sensación constante, desde la noche que Mariana había quedado inconsciente, era un peso enorme como plomo que me oprimía dentro del pecho; una especie de angustia que crecía como enredadera. Mi mente era mi principal verdugo. *Eres la peor del mundo. Ya no quiero ser tu hermana. Ojalá te mueras tú también. Te odio.* Las palabras me perseguían y las escuchaba en donde menos me lo esperaba. A veces mientras una tía me acariciaba las mejillas y me miraba compasiva.

—Pobrecita, debes de extrañarla mucho.

Eres la peor del mundo. Ya no quiero ser tu hermana. Ojalá te mueras tú también. Te odio. Otras veces mientras espiaba a mi mamá sentada junto a la cama de Mariana, acariciando sus manos, besando su frente, hablándole. *Ya no quiero ser tu hermana. Ojalá te mueras tú también. Te odio.* La cuchara en la sopa de fideo. *Eres la peor del mundo.* El estómago cerrado. *Ya no quiero ser tu hermana.* El agua caía en la regadera. *Ojalá te mueras tú también.* Me abrochaba las cintas de los tenis. *Te odio.* Papá ojeroso sin respuestas. *Ojalá te mueras tú también.* Las rosas abriendo sus botones exuberantes de pétalos amarillos y fucsias en el patio central de la casona. *Ojalá te mueras.* Las rosas ajenas al peso del plomo, a la enredadera. *Te mueras.* Los gatos hurgando en el fondo de mis pensamientos. *Ojalá te.* Yo bajaba la mirada por temor a que descubrieran mi culpa, mi secreto, y que su maullido insistente gritara esas palabras. *Eres la peor del mundo. Ya no quiero ser tu hermana. Ojalá te mueras tú también. Te odio.* Empecé a temer la mirada de los gatos, a querer arrancarme las voces que me perseguían. *Eres la peor del mundo.* A decirme eso a mí misma. *Ya no quiero ser tu hermana.*

—Mariana, cómo no voy a querer serlo.

Ojalá te mueras tú también.

—No te quedes ahí sin contestar, dormida, como si te hubieras ido a otra parte.

Te odio.

—Pero si yo te quiero mucho. Más que las estrellas, más que el espacio, más lejos que los cráteres de la luna que nos enseña padrino Florencio.

Ojalá te mueras.

—No quiero decirte eso nunca más.

Te odio.

—Nunca debí de haberlo dicho. Perdóname. Despiértate.

Eres la peor del mundo. Ya no quiero ser tu hermana. Ojalá te mueras tú también. Te odio. Ojalá te mueras.

—No te mueras. Te quiero mucho.

Me odio.

—Nunca pensé que las palabras podían ser así de fuertes, que pudieran alcanzarte.

Ya no quiero ser tu hermana.

—Te prometo que ya no voy a hablar.

Te odio.

—Le tengo miedo a mis palabras. A que me salgan otras como ésas y puedan hacerle daño a mami, que está pálida. Yo la abrazo fuerte cuando le doy el beso de las buenas noches y respiro hondo para guardar un poquito de ese olor que hace que todo se tranquilice, que las voces se callen.

—Buenas noches, hija. Que sueñes con los angelitos.

La peor del mundo.

—Que mis palabras no puedan llegar a papá o a Nina o a abuelita Aurora.

Ya no quiero ser tu hermana.

—Ya no quiero hablar.

Ojalá te mueras tú también.

—Ya no quiero oírlas.

Odio.

—Te quiero mucho. Mucho.

Soy la peor del mundo. Ya no quiero ser así. Ojalá me muera.
Me odio. Nada me sucedía. En cambio, cada vez era más evidente el deterioro de Mariana.

Días después acompañé a papá de regreso a Jiménez a recoger ropa que Nina ya tenía empacada para nosotros. Sin Mariana en casa, el paso del tiempo y las emociones parecían desarticulados. El golpeteo de las puertas de alambre en los marcos de madera se volvió más fuerte; las expresiones de los muñecos me molestaban, la luz de los patios; el rumor de la leche bronca al hervir me ponía nerviosa; los gatos me miraban lastimeros con enormes pupilas, maullaban como si trataran de decirme algo. Yo buscaba en cada una de esas alteraciones una clave que me revelara si Mariana sobreviviría, pero el universo había cobrado un orden que no lograba comprender.

Recuerdo que en una de las habitaciones de la casona había un cuadro enorme del Sagrado Corazón de Jesús con unos ojos que miraban hacia arriba con una expresividad doliente muy característica de los santos del catolicismo. Ese cuadro y el de Santa Rita habían pertenecido, durante generaciones, a la familia de mi bisabuelo don Trinidad, quien había sido un hombre tan religioso que el papa Pío XI lo había nombrado Caballero de Colón. Él las había donado a la parroquia del Santo Cristo de Burgos; sin embargo, en tiempos de Plutarco

Elías Calles y la persecución religiosa, las pinturas habían sido devueltas a la casona y se habían quedado olvidadas en ese laberinto de habitaciones sombrías.

Al pie de esa pintura había una mesa que Nina acondicionó como altar. Ahí fue colocando las veladoras, las estampas con santos y plegarias, y las novenas, los frascos de agua bendita, las oraciones que amigos y parientes fueron trayendo a casa. Puso también el rosario con olor a rosas que había traído la abuela de Roma y el cirio de nuestro bautizo. Colocó también dos pares de candelabros antiguos de bronce.

Esa misma tarde, antes de volver con papá a Chihuahua, entré a la habitación del Sagrado Corazón. Ahí, en medio del aire frío y el silencio de la casona, frente a la mirada de víctima con la que nunca me identifiqué, hice a mi manera lo que algunos llaman oración. Dejé los padrenuestros y avemarías a un lado, me puse de rodillas, cerré los párpados, entrecrucé los dedos, ahuyenté todas las voces que me perseguían y, desde lo más profundo, hice la pregunta que a nadie me había atrevido preguntar.

Recuerdo que las voces callaron de súbito y se concentraron en una sola respuesta breve. Ésta no fue, por mucho, la que yo había deseado.

Entonces lo supe antes que todos con una seguridad hasta entonces desconocida. La tristeza me llegó como un golpe seco y una sensación me aflojó el cuerpo. Lloré por primera vez desde que Mariana quedó inconsciente. Lloré sin las voces, sin los miedos, lloré sin mis padres y sin el Sagrado Corazón. Lloré sin Mariana hasta quedar vacía de todos.

Después abrí los ojos y me puse de pie convencida de que era poseedora de un secreto que, aunque devastador, me había sido revelado sólo a mí. Esa voz y esa nueva serenidad me hicieron sentir que yo había sido señalada por el destino o por Dios o por la vida misma para algo que habría de venir.

Fui a lavarme la cara. El espejo me devolvió una mirada distinta. Me volví hacia el patio, empujé el portón de alambre, escuché el golpeteo resonar en el marco de madera. Caminé hasta los arcos.

—Papi, ya estoy lista para regresar a Chihuahua.

Esa misma tarde, ya en el hospital, entré a la habitación de Mariana y contemplé su rostro, mi rostro, por última vez. Pasé el dedo índice por su frente, nariz y labios. Entrelacé mi dedo al cordón de su bata anudada. La abracé como queriendo atesorar en ese acto una vida entera. Esa noche, Mariana murió.

* * *

La noche se vuelve negra. Desaparece el rostro de la luna. Extiendes tus brazos y el aleteo cruje en este aire apretado por el sueño, por los años en que estarás ausente. Inicias el vuelo.

Tú fuiste la menor de los rarámuris, un rostro de lechuza y viento y ojos amarillos que nos observan por las noches, batiendo el polvo ancestral con esas alas tuyas que han terminado por ahuyentarnos la memoria.

Estancia María de Lourdes, Monterrey, N.L.
Miércoles 29 de octubre, 2014

Las sábanas son tan blancas, tan firmes, casi me gustan. Esta luz me quema la mirada; es tan blanca, casi como la del desierto. Yo soy Helena, a secas, porque no le dio la imaginación a papá ni tuvo respeto por el santoral, por eso sólo me llamó Helena, mi Tita Inés me consolaba diciéndome lo de Helena de Troya, por eso con un solo nombre bastaba. Aunque yo siempre me he sentido incompleta, como un pedazo de algo que se desprendió y ya nadie sabe de dónde viene. Pero ahora, que miro por la ventana de este cuarto, sí que recuerdo de dónde vine: del desierto, de ese mar de arena caliente de donde me trajeron. Yo que tanto quiero a mi Maripaz, mi chiquita, mi niña, tanto rezar hincada para que volviera; me dolían las rodillas, como si tuviera un clavo en el mero centro de cada una. Rogué para que el Señor me la devolviera, y pues la mujer tarahumara me dijo que sí, que ella iba a volver. Una noche, así nomás, llegó arrastrando sus huaraches; traía una niña dormida en el rebozo que no hizo ruido ni se movió en toda la noche que estuvieron ahí conmigo y con Beto, el hijo que me salió sonso, retrasado…, ¿dónde andará ahora? Estas paredes tan blancas, estas sábanas que me encandilan; el reflejo de la ciudad se mete por mi ventana y me arden los ojos. Tanto rezar y rezar y rezar para que volviera, desde el noventa y cinco; nada más imagínese, casi veinte años pidiendo lo mismo y lo mismo a la Virgen…, y pues volvió, toda chamuscada, toda golpeada, inconsciente. Al principio como que no la pude reconocer, pero pues es que hace tanto que no la veía, y pues, la cuidé, como una madre cuida a su hija, no faltaba más. La velé tendida en mi casa, que no era sino un cuarto de adobe; la velé noches y días; le hablaba, la acariciaba, le llevaba caldos y agua. La velé minutos largos, mientras sus párpados se movían y yo acercaba mis ojos para ver si ya iba a despertar, pero nada. Así se estuvo días, semanas en lo oscuro y en la sombra, delirando una muerte que no le llegó, a lo mejor porque el Señor nos hizo el milagro; no por nada ese lugar se llama Los milagros de Dios, o a lo mejor porque es mijita, y yo que soy su madre la supe cuidar bien, es la puritita verdad.

Yo soy Helena con hache, hija de María Elena Rodríguez sin hache, aunque la verdad es que ella no me crio. Ella fue mi madre sólo los nueve meses que estuve dentro de ella. Se casó con mi padre; él se llamaba Francisco, Francisco Acosta Luján, ¿a poco no suena bonito el nombre? Mi papá que tanto me quiso y que Dios tenga en su gloria. Yo nací aquí mismo en Monterrey, "tanto saltar para caer donde mismo". Le decía que me crio mi Tita Inés, mi abuela, la mamá de mi papá; a la otra abuela nunca la conocí, y pues de mi mamá nada, nadita, ni un recuerdo siquiera. La pobre murió después del parto. Tuvo una enfermedad que se llama preclampsia, ¿ya había escuchado ese nombre? Antes le llamaban "la muerte silenciosa", por eso yo nací antes de tiempo porque le subió la presión y la operaron, pero no la hizo. Le diré que por años no me gustaba esa parte de la historia, porque vine al mundo y lo primero que hice fue matar a mi propia madre. Nomás imagínese lo que es eso. Ah, pero en el pecado tuve mi penitencia, una culpa como piedra atada a un cordel siempre aquí conmigo. Ya estoy vieja y, pues sí, ahora lo veo distinto; hay mujeres que mueren de parto, cada vez es más raro, pero una de ellas fue mi madre, María Elena sin hache. Aunque, si hubo alguien que me quiso más que nadie, ésa fue mi Tita Inés; ella fue una heroína de esas que ya no hay en este país tan descompuesto. Porque sepa usted que, como se lo dije hace años al mismísimo presidente de la República, ¿se acuerda de Ernesto Zedillo? A lo mejor usted era una niña apenas. Le dije aquella vez que pasó por Bermejillo y que fuimos a pararnos a la orilla de la carretera: "A este país se le están borrando los ideales". La historia de los últimos cien años es un caldo de traiciones que hierve. Le hemos dado la espalda a nuestra gente, a nuestra patria, a nuestros antepasados. Se nos va borrando la emoción que vibra en la infancia, que nos vuelve hermanos, que nos hace norteños o mexicanos; se nos destiñe así como las imágenes que veo en este cuarto, tan blancas, tan borrosas, la luz las lava y las despinta. Es una verdadera lástima porque este país tan rico, tan cuajado de selvas con caobas y tucanes, de leopardos, orquídeas y sierras, de playas y petróleo, de cactus, de oro, plata, quetzales, de chocolate y moles, de ríos con peces y tortugas, manglares que chorrean sus raíces como luces de bengala y hormigas que construyen túneles sobre los troncos para que los animales no se las coman. No me consta todo esto porque nunca pude viajar, pero lo sé por mi Tita Inés, ella sí fue otra cosa. Los mexicanos de ahora somos los despojos de esa exuberancia, como si anduviéramos atontados por toloache, pulque, mezcal o peyote, amansados por tequila o mariguana. No sé qué será, pero algo nos tiene los sesos dormidos.

Lolis, ¿puedo contarle la historia de mi Tita Inés? Esta luz me arde tanto en los ojos que va a terminar por dejarme ciega… Lo más increíble es que mi Tita Inés nació rica, bonita, dentro de una familia de abolengo, como una princesa que nace sonrosada y la visten de sedas, linos y encajes de bolillo; fue una bebé bien criada, una niña de caireles que se mueven cuando el aire arrecia, ese aire de campo y de pueblo que me hace tanta falta, porque en este cuarto blanquísimo no pasa nada, ni un airecito, y es tan quieto que uno siente como que se ahoga; no hay viento, sólo quietud y esa luz que me amenaza brota de la ciudad y se mete hasta hacerse lugar entre mis pensamientos, pero yo soy dura de roer y no crea que así nomás por la insistencia de la quietud y el blancor se me van a olvidar las historias. Con los años, lo único que le va quedando a uno son las historias como madejas de estambres enredados, las que uno se cuenta para pasar el rato, para sentir que fuimos alguien, que estuvimos en otras partes, que conocimos a mucha gente, que uno era parte de la vida de otros. A veces cierro los párpados y veo otra época, otro paisaje; veo a mi gente, escucho sus voces, pedazos de conversaciones que se quedaron almacenadas en mi cabeza, y luego abro los ojos y hasta me parece mentira que yo sea aquella mujer, que haya vivido esos recuerdos, unos bonitos bonitos y otros tan tristes que, nomás de acordarme, me duele el estómago, me falta el aire y los murmullos se hacen más fuertes, se acercan, pero nunca les entiendo. ¿Usted sí? Mejor espantar esos recuerdos como moscas. Ahí se oyen, ¿usted los oye? Son como voces que gritan y que alguien aplasta con un cojín para ahogarlas.

Inés Luján Mendoza, ése era el nombre completo de mi Tita. Nació en 1896, allá como de libro de historia cuando Porfirio Díaz era el presidente de México, en la Hacienda de Dolores, en el estado de Chihuahua, cerca de un pueblo que hoy se llama Ciudad Jiménez. De ciudad no tiene nada, nomás el nombre. Fue hija de don Trinidad Luján y de Doña María de la Luz Mendoza, unos gachupines de esos altos altos, de ojo azul, con bigote bonito, así me contaba ella, me acuerdo de todo... Pues como la vida tiene sus cosas y uno no está aquí nada más de oquis, su padre enfermó de gravedad cuando ella era niña. Su madre sacó adelante a sus cuatro hijos, fíjese: Inés, Trinidad, Luis y Aurora, dirá que cómo me acuerdo de los nombres, que todo eso pasó hace tantísimos años, pero es que a mí me fascinan las historias de familia, porque la vida de cada uno de ellos, con sus crinolinas y sus botines anticuados, es la que corre por mis venas. Lolis, usted no se imagina lo que pasaría después. Mi bisabuela María de la Luz, mamá de Inés, quedó casi como una viuda, su marido encamado por años, y pues ella a trabajar; cuidaba el rancho y al esposo, espantaba a los apaches, a los comanches y a los tobosos, con su escopeta y con una pistola que siempre llevaba con ella; cuidaba a sus niños y cuando terminaban la primaria los mandaba a estudiar fuera. Lo que llamaban Hacienda de Dolores, no tenía más que una docena de casonas de adobe, cerca unas de otras para protegerse de los ataques de los indios. Aquello no llegaba ni a pueblo siquiera, apenas unos caseríos asomados a la orilla de un camino en el desierto, una capillita y, ya para no hacerle el cuento largo, le cuento que mi Tita Inés se fue de su casa a los diecisiete años con Rodrigo, mi abuelo que tenía veinte. Rodrigo Acosta Torres, ése era su nombre completo. Ellos eran gente de alcurnia y ésas no eran maneras entre la gente educada. Aunque no vaya usted a creer que se la robó ni nada de eso; lo que pasó fue que ellos tenían ideas diferentes a las de sus familias, y pues mi Tita fue fiel a sus pensamientos todos los días de su vida, hasta que murió.

Mi abuelo también estudiaba en San Antonio, Texas; desde los doce años lo habían mandado a un internado, porque así se usaba en aquellos tiempos. Todos los hijos de hacendados estudiaban allá, porque acá era inseguro, primero por la revolución y luego por la guerra cristera. Los jóvenes volvían a pasar la Navidad y el verano. Así es como mi abuela Inés y él se trataban. El asunto es que mi abuelo y sus compañeros seguían desde allá lo que pasaba acá; leían lo que se publicaba contra don Porfirio. Muchos de los que estaban en contra de él, terminaron en Texas: allá fundaron imprentas y periódicos para que no los mataran. Y dónde va a usted a creer que en otoño de 1910, el mismísimo Madero y mi abuelo se conocieron en San Antonio. Madero era su chanoc, y me contaba mi Tita que mi abuelo había leído al derecho y al revés un libro que Madero había escrito. Ahora verá, no me acuerdo cómo se llamaba…, ya verá que al rato se me viene el nombre. Y luego, pues Francisco Madero y él tenían mucho en común. Los dos eran de familias ricas, de hacendados, de gente que estudia en los Iunaited, y los dos eran inquietos, inconformes con las injusticias que veían, los dos querían modernizar este país, ya ve que cuando la gente se va a los Iunaited, pues ve otro mundo. Porfirio también le echaba ganas, hizo los ferrocarriles con los ingleses, alumbró ciudades, construyó avenidas como la de Reforma y otras, pero la gente pobre vivía de la fregada, haga de cuenta como esclavos. Madero hablaba de de-mo-cra-cia, ¿le suena? Todos usan esa palabra: de-mo-cra-cia. Sabe Dios en qué piensa cada uno de los que la usan. Ya pasaron más de cien años y, si Madero se levantara de la sepultura y viera lo que han hecho con su sueño guajiro, se moriría otra vez. Pues sí... Sí... Sí votamos ahora, votamos para sentirnos modernos, aunque sea por un candidato pendejo, pero ¿para qué? Para nada. Los pobres siguen jodidos siempre. Francisco Madero era como veinte años mayor que mi abuelo. Ya me acordé del nombre del libro: se llamaba *La sucesión presidencial de 1910*.

Contaba mi Tita que mi abuelo se sabía pedazos completitos de memoria. Y luego pues ya ve que Madero estuvo en San Antonio unos meses porque lo agarraron en Monterrey haciendo campaña como candidato a la presidencia. Ahí lo capturaron, lo encerraron y que se escapa a San Antonio y desde allá organizó la famosa Revolución mexicana. Durante ese par de meses que estuvo allá Madero se contactó con estos muchachos de los internados y se reunían para platicar. Había otro joven de Jiménez muy amigo de mi abuelo Rodrigo, un tal Russek. Madero les decía que eran los futuros líderes del país, así que los sábados y domingos se juntaban a discutir sus ideas sobre cómo debía ser nuestro México, cómo debía de gobernarse, cómo echar fuera al viejo dictador y todo eso. Se imagina usted a mi abuelo jovencito, platicando con Madero de toda esas acciones que luego desembocarían en la Revolución. De veras que "nadie sabe para quién trabaja". En sólo seis meses el viejo don Porfirio se fue a París, el siguiente verano Madero ya había ganado las elecciones y era presidente, ahí nomás.

Mi abuelo se escribía con él, así me contaba mi Tita. Ella también lo conoció en San Antonio; mi abuelo se encargó de presentarlos; sacó un permiso con las monjas del Verbo Encarnado para que mi abuela fuera a una reunión un domingo. El asunto es que Victoriano Huerta, que fue un traidor, primero se dedicó a matar indios yaquis, luego mayas, como si él mismo no fuera un indio de Jalisco; luego mandó fusilar a Pancho Villa sin pedir permiso, y con ayuda de los gringos traicionó a Madero. Luego, cuando la guerra mundial, quiso juntarse con los alemanes para atacar a los gringos. ¿No le digo? Un sinvergüenza.

Madero, que no tenía ninguna necesidad de empezar una revolución, de meterse en líos, de sacrificarse para que hubiera eso que llaman de-mo-cra-cia; usté es muy joven, pero aquí nunca jamás ha habido eso, ni con los emperadores aztecas ni con los virreyes ni con nadie, puras ondas mafufas que copiamos y luego no sabemos qué hacer con esas ideas. Haga de cuenta como una camisa que no nos queda. Como ya le dije, Madero era como ellos, un tipo bien educado, rico, señor de negocios y de ranchos. Y pensar que le sacaron los ojos a su hermano y a él lo echaron de la presidencia con mentiras, y luego lo mataron con engaños. ¿No le digo? Mi familia se desgajó como una naranja, imagínese: si no hubieran matado a Madero, quién quita y yo sería rica.

Aquí estuvo el meollo del asunto, la muerte de Madero cambió la historia de mi familia para siempre…, como las cuentas de un rosario, una cosa fue llevando a la otra. Haga de cuenta que durante las vacaciones de ese mismo verano, ya en Jiménez, mi Tita Inés y mi abuelo Rodrigo, que entonces tenían diecisiete y veinte años, decidieron dejar sus internados de los Iunaited; querían casarse, luchar por los ideales de Madero, pues quién iba a seguir con todo eso si no eran ellos, quién si no mi abuelo Rodrigo que lo había escuchado hablar con tanta fe de México. Uy, y se les armó; el mismo día que hablaron con sus padres les dieron la espalda para siempre. Lo digo muy en serio, para siempre. Y se lo juro por Dios. Les dijeron que eran unos idealistas, que iban a terminar muertos, igual que Madero; que ponían en riesgo a las familias, que había otras maneras de ayudar sin jugarse la vida, que no había necesidad de hacerse los mártires.

El asunto es que, a mi Tita Inés y a mi abuelo Rodrigo, sus padres los cortaron como una rama seca, como una hilacha que estorba; los cortaron para siempre y los enterraron en el olvido. Qué duro… Luego amenazaron a sus hermanos. Nadie podía ir a buscarlos ni ayudarlos. Debían olvidar que Inés nació, así nomás, usted imagínese, como un bicho indeseable, como si tener una hija con ideas de justicia, o un hijo liberal, fuera la peor peste que a uno pudiera sucederle. Es increíble cómo los hijos obedecían lo que los padres decían, y lo digo porque sus hermanos y hermanas jamás los buscaron; ni los de mi abuelo ni los de mi Tita jamás mencionaron los hijos que tenían una tía Inés, un tío Rodrigo, que tenían un primo hermano Francisco, o sea mi papá. De él, yo creo que ni se enteraron.

Y lo que es la vida, Rodrigo mi abuelo fue un hombre legendario, valiente, bien parecido, amable, se entregaba a los pobres, les compartía su comida, su ropa, y pues ni qué decirle... Y a pesar de todo los desheredaron. Le cuento también, aunque es difícil de creer porque en este país ya no existe la decencia, que mi abuelo no tocó a mi Tita Inés hasta que se casaron; fueron a pedir la bendición de Dios con un cura de Parral. Él los casó, y nadie de la familia los acompañó. Contaba mi abuela que la única que estuvo ahí con ella, en secreto, fue su nana, nomás ella. Fueron a tocar la puerta de casa de sus padres, y ninguno, escuche bien usted, ninguno de los cuatro fue para abrirles la puerta, despedirse de ellos ni darles la bendición. Ningún hermano, ninguna hermana. Sólo el silencio. La puerta bien cerrada, el aire del desierto, y los perros que los siguieron un buen rato porque a veces los animales saben más de cariño y fidelidad. Los siguieron y luego se quedaron parados en el llano, con ojos lastimeros, como si entendieran que ellos no volverían a la tierra que los vio nacer.

Él y mi Tita tuvieron sólo un hijo, aunque ya mi Tita creía que no iban a tener hijos, porque durante diez años anduvieron de aquí para allá. Contaba mi Tita que el primer año vivieron en el campo, luchando con la gente, y que Huerta agarró prisionero a mi abuelo. Imagínese que ella apenas tenía dieciocho años; era casi una criatura y sola entre tanto pelado. Lo bueno fue que las soldaderas eran valientes y la protegieron; le aconsejaron pedirle ayuda al famoso Pancho Villa, que entonces todavía no tenía fama de ser tan malo. Eran los primeros tiempos de la Revolución; ella era muy bonita, y a Villa las mujeres, qué le puedo yo decir..., eran su pata de palo. Además mi Tita era preciosa. Ella lo logró. Nunca me contó detalles. Villa le hizo el favor y punto. Consiguió que un soplón suyo, que andaba con los Huertistas, distrajera al hombre que cuidaba de noche a mi abuelo, y éste escapó. Fíjese que Villa tenía preferencia por los muchachos que eran altos, güeros y que hablaban inglés. Decía que les echaba la mano, pero con la condición de que luego ellos le ayudaran a negociar con los gringos cuando se necesitara. "Si nos ven prietos y chaparros, no nos van a hacer caso. Necesitamos a los altos, a los güeros, para que no nos hagan menos."

Después anduvieron en Sonora varios años. Mi abuelo trabajó muy cerca del tal Adolfo de la Huerta, ¿le suena? Para mi gusto es el mejor presidente que ha tenido este país: sólo estuvo seis meses y con eso tuvo. Ay, Lolis, ya me estoy cansando: ya apenas veo esta luz que arrecia. ¿No te digo? Y en todos esos años mi Tita nunca se embarazó. No sé si pueda imaginarse cada mes, durante diez años, esperando a que la mentada regla faltara. Y los retrasos siempre como esperanza, como una ilusión secreta en medio de un mar de heridos que mi Tita atendía, mar de moribundos sumidos en la miseria, alejados de su familia, hombres que se encomendaban a la Virgen de Guadalupe, a San Judas Tadeo, a Santa Rita, al recuerdo de sus hijos, y se convulsionaban de la mano de mi Tita Inés; les atendía sus heridas, les llevaba agua hasta la boca; los vigilaba por las noches en campamentos de quejidos, olores a podredumbre y pesadillas; ella con sus caireles anudados, cubiertos con una pañoleta, a veces vestida de Adelita con cara de princesa, con sus ojos claros y nariz fina, y mi abuelo siempre cuidándola, siempre juntos, un hombre de esos de verdad, no como el marido pendejo que me tocó a mí. Ah, pero ésa es otra historia; luego se la cuento. Mi abuelo Rodrigo era un tipo alto, delgado, con piel apiñonada, fuerte, con ojos color aceituna, dulces. Hacían una pareja preciosa, pero los hijos no llegaban. Y la sangre que volvía cada mes para entristecerla, aunque mi abuelo la abrazara y la consolara. En ese momento, el campo de heridos y las injusticias de este país se alejaban de mi Tita porque, cuando uno tiene una tristeza honda, todo lo que vemos se vuelve lejano, todo sucede como en una película muda.

Esta luz se me quiere meter y borrarme los ojos verdes, los rizos esponjados; borrarme sus voces, y ya es lo único que me queda. Esta blancura me borra las cosas de la cabeza; se me vienen unos ríos de nada, se me esconden retazos de vida. Dígame, Lolis, ¿es cierto que mi Maripaz va a venir a visitarme? Ella es mi niña linda, mi hijita, se lo juro por Dios Nuestro Señor que Maripaz es lo más preciado que me queda; es la pura verdad.

Estancia María de Lourdes
Bolivia 425. Col. Vista Hermosa
Monterrey, N.L.

Fecha de Ingreso:

__26 de octubRe, 2014__

Apellido Paterno:

__Acosta__

Apellido Materno:

__Rodríguez__

Nombre del Paciente:

__Helena__

Fecha de Nacimiento:

__19 de noviembre, 1951__

Lugar de Nacimiento:

__Monterrey, N.L.__

Recomendado por:

__Julia Gutiérrez Urías__

Teléfono para emergencias:

__Cel. 04481-8287-2848__

Estado general del paciente:

Demencia senil ligera, desnutrición leve, insomnio, la paciente presenta periodos de cansancio, ausentismo, le gusta mucho hablar con LoLís y visitas sobre historias de familia. Ella dice que la señora que la trajo es "su hija Maripaz".

Alergias:

__Ninguna__

Medicamentos:

__Ninguno__

Tras la muerte de Mariana, nuestra vida nunca volvió a ser igual. Guardo pocos recuerdos precisos de los primeros días. Uno de ellos es el volver a casa después del entierro. Me detuve frente a la puerta; mis papás me encargaron con Nina y entraron. Ella se quedó conmigo, de pie, afuera de la casona. Yo la veía de reojo; por sus mejillas escurrían lagrimones bajo aquel sol empedernido. Era el mismo sol que evaporaba las palabras del cura, los sollozos de los parientes; nos quemaba los cuerpos bajo la ropa oscura y nos fundía como en el infierno del que hablaban en el catecismo.

Recuerdo estar frente a la fachada, bajo el umbral de la puerta. No podía habitar la casa sin Mariana. No quería aceptar que aquel paraíso se había esfumado. De un día a otro, mi infancia se detuvo de golpe; se elevaba en una burbuja y delante de mí se rompió. Cruzar la entrada era aceptar que la casa se había quedado sin ella.

—Ande, mi niña. Vamos a entrar. Necesitas comer y descansar.

El día del velorio nos rodearon decenas de personas. Yo observaba, desde un rincón, cómo merodeaban el ataúd y se santiguaban con fingido pesar, cuando descubrían el rostro de niña de Mariana.

Los aborrecí a todos, y a cada una de las coronas de flores que fueron llenando la sala; aborrecí las frases repetidas, las miradas de lástima y los dedos que me apretaban las mejillas o me acariciaban el cabello.

—Pobrecita Julia, si eran idénticas. Yo siempre las confundía. Te va a hacer mucha falta.

No quería aceptar que podía ser Julia sin Mariana. No sabía cómo podría vivir, echándola tanto de menos. Cuando yo fuera grande, tuviera hijos o conociera otro país, ella ya no podría estar conmigo.

¿Y si la niña del ataúd soy yo? ¿Y si alguien nos confundió cuando éramos bebés y la muerta es Julia y yo soy Mariana?

La vida de afuera eran palabras vacías; era como de mentiras. Ellos no sabían quién era Mariana. Por primera vez algo me dolía dentro, algo tan grande como la llanura del rancho del abuelo Eduardo. Ya no podía llorar. Sentía un coraje que crecía. *Te odio. Eres la peor hermana. Ojalá te mueras.*

Lo que ni el sol, ni el cura, ni los abrazos de las tías, ni las miradas de compasión pudieron amansar, fue la tristeza de saber que mi gemela se quedaría, a partir de ese día, acostada en una caja bajo tierra. Una placa de mármol "Mariana Gutiérrez Urías 1972-1981" exhibía groseramente que su vida había terminado. Todos volverían a su vida cotidiana, a vender leche, a oficiar misas, a curar pacientes, a enseñar en la secundaria, a construir caminos, a cuidar los nogales o la ordeña de vacas. Incluso papá volvería a su trabajo y mamá a sus actividades de la parroquia, a su taller de pintura.

Desde ese día, y durante casi un año, no volví a hablar con nadie, a pesar de los doctores, de las palabras de mamá, de las promesas de juguetes, de las visitas al psicólogo en Parral. Permanecí muda frente al cauce seco del río Florido, y frente a los adobes de construcciones antiguas en las afueras del pueblo, a orillas del ojo de agua de Dolores, bajo los cráteres plateados de la luna. Muda entre el susurro de los nogales centenarios con sus urracas plañideras. Muda debajo de las camas, encerrada en los clósets con antigüedades y vejestorios. Muda y alejada de otros niños con los que intentaron que jugara. Muda frente a los fideos de Nina. Muda en los insomnios. Muda por el poder que mis palabras habían tenido sobre Mariana, sobre mi vida entera. Muda por el miedo a que un día esas palabras salieran de nuevo y se estrellaran con algún otro blanco y trajeran más desgracias a mis seres queridos.

Se me revolvieron los días y las noches. Adelgacé. Me cambiaron de cuarto. Dejaron todo igual en el que había pertenecido a las dos: las camas, la ropa de Mariana en cajones y armario, los zapatos, el tocador con su juego de cepillo, espejo y peine de plata bruñida, el cuadro de la Santa Rita con su espina en la frente. Se cerraron los postigos de madera. Ahí quedó el tiempo suspendido.

Muchas tardes volví a la habitación. Abría las puertas crujientes para internarme con el olor a naftalina en una geografía silenciosa y fresca, debido a los muros de adobe que separaban esa alcoba del pueblo, de las voces en las aceras. Un sutil rayo de luz se filtraba por la rendija de las contraventanas y traspasaba las delgadas cortinas. Los objetos dormían quietos como si también hubieran perdido vida. El único movimiento eran las partículas diminutas de polvo flotando en el halo de luz: bullían en el espíritu de melancolía que imperaba en la casa.

Al principio sentía que Mariana era esa luz, ese movimiento de polvos y destellos que danzaban libres, a veces en círculos, otras ascendían, descendían o simplemente se quedaban inmóviles, cautivos en la sutileza de la luz desafiando la gravedad. Había algo en esos halos que me atraía. Sin embargo, con el paso del tiempo, llegué a sentir que esa forma de ser, ajena a la lógica, al ruido, a las voces y muecas cotidianas, ese rayo de luz silencioso y desapercibido para todos, era la esencia de lo que yo llevaba dentro.

Otras veces salía al patio trasero para buscar cochinillas. Me sentaba en el suelo. Las tomaba entre mis dedos, las depositaba en la palma de mi mano y, con el dedo índice, sentía sus patas. Entablaba conversaciones con ellas. Los insectos favoritos de Mariana y míos eran las catarinas de lomos rojos brillantes con puntos negros. Con el paso de los años, cada vez que me encuentro con una, siento que es un guiño de Mariana.

Una de aquellas mañanas de invierno, sin que yo me diera cuenta, vinieron a podar el nogal centenario que sombreaba todo el patio trasero. Recuerdo la tarde en que salí a verlo: sólo le habían dejado el robusto tronco central. Lo habían mutilado sin compasión; era un personaje sin brazos, sin manos, sin aquellas enormes ramas que llegaban hasta el cielo azul cobalto ni aquel follaje generoso que me custodiaba en esas tardes de cochinillas y de monólogos.

¿Por qué cortaron el árbol? ¿Por qué?, apunté en mi libreta.

—Era necesario; tenía mucha plaga —dijo papá.

Yo era ese tronco incompleto. Yo era ese muñón que exhibía un dolor contenido.

Meses después, papá pidió que le pusieran injertos y nunca dejó de impresionarme esa imagen horrible que ofrecía el tronco con cuatro injertos a manera de pelos despeinados, grotescos. Daría buena nuez, pero a costa de qué.

Precisamente, ocurrió que una tarde en la que contemplaba lo que había quedado del nogal; escuché la risa de Mariana por primera ocasión desde que había muerto. Era una risa clara, pero a volumen bajo, como si viniera de lejos. Me estremecí, aunque supuse que se trataba de las vecinas. Pero la escuché de nuevo.

Enseguida apareció uno de los gatos que frecuentaban el patio. Su andar delicado sobre la barda y el que yo oyera de nuevo la risa de manera clara, idéntica al fondo de los ojos que me miraban fijamente, me pusieron la piel de gallina, el corazón como tambor en mis sienes, y las pupilas de ojal se clavaron en mis pensamientos.

Entonces, Julia Mala se apoderó de mí. Me salió una voz enronquecida. *Soy Julia Mala. Ya no te quiero. Eres la peor hermana. Ojalá te mueras.*

El miedo. La risa de Mariana. El patio solo. Las pupilas de ojal negro como herida profunda. Tú fuiste la que me dictó las palabras. Yo nunca hubiera querido decirle eso a Mariana. Fuiste tú. Por tu culpa me quedé sola. ¡Déjame en paz y no vuelvas!

Pero las palabras no salían de mi boca. Julia Mala ofreció la mano al gato y una vez que lo tuvo lamiendo de la palma, lo atrapó y, con una fuerza desconocida para mí, lo contuvo entre los brazos. Enseguida, como si lo hubiera planeado, Julia Mala se dirigió al garage y, con movimientos decididos y puntuales, abrió la caja de herramientas vacía. Allí depositó al gato, cerró la tapa y puso encima un altero de periódicos viejos; se cubrió los oídos ante los maullidos desesperados. *Nadie te va a encontrar aquí, pinche gato traicionero. Vete al diablo y de pasada me saludas a la Musa.*

Julia Mala salió del garage y cruzó el patio trasero para internarse en el laberinto de habitaciones sombrías que era la casona.

Después de lo ocurrido esa tarde, tenía miedo de quedarme sola y de que Julia Mala reapareciera. Nina tomó ese interés mío en ayudarle a cocinar, regar plantas o en ir al mercado como una buena señal. Por las noches, le pedía a papá o mamá que me acompañaran mientras me quedaba dormida. Al rato despertaba y ya no estaban ahí conmigo. No conseguía conciliar el sueño hasta que clareaba en la madrugada. Vigilaba atenta cualquier crujido de la casa; y por fortuna, Julia Mala no volvía.

Un par de semanas después, el pintor detectó un olor a animal muerto y les dijo a mis papás lo de la caja de herramientas. ¿Cómo era posible que alguien, deliberadamente, hubiese hecho tal crueldad? ¿Quién podría haber hecho eso dentro de nuestra propia casa?

Pasaron días y noches; bajé la guardia. Tal vez Julia Mala había escuchado mis pensamientos. Empecé a pasar ratos a solas, a juntar cochinillas, a buscar catarinas, a consumir tardes en casa de la abuela. Sin embargo, Julia Mala sí volvió.

Una tarde, tres días antes de la Navidad, me quedé dormida mientras Nina me contaba un cuento. Me tapó con una cobija y se fue al cuarto de planchado. Después de un rato, me despertó la risa de Mariana. Esta vez provenía del cuarto al final del pasillo, del que había sido nuestro. Me quedé helada con los ojos abiertos, creyendo que era un mal sueño.

Abrí la puerta del cuarto. Salté con el estrépito que causó el golpe del retrato de Mariana al estrellarse contra el suelo. Nunca había visto que un cuadro se cayera de la pared. Quise salir de la habitación, salir al patio central, llegar hasta el segundo patio y correr hasta el cuarto de planchado en donde estaba Nina con su mandil que olía a panqué de natas.

En cambio, Julia Mala se paró junto a los vidrios rotos del retrato que yacía en el suelo y, serena, como si se tratase de una especie de rito, se dirigió a la que había sido mi cama y tomó mi muñeca de trapo. No vayas a hacerle nada, por favor. *Soy Julia Mala y hago lo que me da mi fregada gana.*

Con el vidrio más grande comenzó a descuartizarla con furia; tenía el ceño fruncido y no parpadeaba. El vidrio alcanzó a penetrar en la palma de esa mano nuestra. La muñeca de trapo, además de rota, quedó manchada de sangre, y el relleno regado por el suelo.

Julia Mala sorbió la sangre de la mano izquierda y, mientras chupaba para contenerla, empujaba con los pies el retrato de Mariana, los pedazos de vidrio, el marco desvencijado y los restos de mi muñeca destrozada y sanguinolenta, para esconderlos debajo de la cama.

Con unas gasas y tafetán del botiquín de mamá, la cortada quedó arreglada.

Me corté con un vidrio roto del patio de atrás, apunté en mi libreta.

No supe si creyeron esa explicación, pero como yo no estaba en condiciones de dar más argumentos, así quedó el asunto.

Estábamos por celebrar la primera Navidad sin Mariana; sin embargo, aunque mis papás fingían alegría para ayudarme a recuperar el habla y el apetito —porque el pediatra les había indicado "un ambiente de paz, seguridad y cariño", para contrarrestar el shock que me había ocasionado la muerte de mi hermana gemela—, yo sabía que en el fondo la extrañaban tanto como yo.

Ojalá te mueras. Las palabras aún resonaban cuando llegaron las primeras nevadas de la temporada y aquel frío del desierto capaz de calar hasta los huesos. Los calentones de petróleo funcionaban día y noche para conservar la casa tibia. *Te odio.* Yo parpadeaba y me sacudía la cabeza como ahuyentándolas. *Ya no quiero ser tu hermana.*

—La abuela va a hacer la cena de Navidad hoy por la noche; aunque nos sentimos tristes, hoy es Noche Buena. A Mariana le gustaría mucho verte contenta.

—El niño Jesús ha visto que te has portado muy bien. Seguramente te traerá muchos regalos.

—La abuela hizo todos esos platillos que nos gustan: pavo, relleno, bacalao, ensalada de manzana, puré, arroz y fruitcake. Ven aquí para peinarte.

—Alegra esa cara. Piensa que Mariana está feliz de verte tan bonita. Aunque nosotros no podamos verla, ella es un angelito, una estrella que nos cuida desde el cielo. Ella está bien y querrá que nosotros también lo estemos.

Pero lo cierto es que yo, a la que sentía más cerca, era a Julia Mala. Los focos de colores del pino. *Te odio.* Nacimientos con figuras de pastorcillos, reyes magos, la Virgen, el Niño Jesús, la mula. *No quiero ser tu hermana.* El ángel de la anunciación. *Ojalá.* Abrazos de tíos. El pastle del nacimiento. *Te mueras.* Las cabezas ladeadas de las pastorcitas que descendían por la ladera con un borrego en brazos. *Te.* La casita de José y María tenía un vidrio estrellado que me provocaba náusea y un picor en la palma de la mano, que apenas sanaba. *Ya no quiero ser.*

—¿Julia? Te están dando ese regalo es de parte de tus padrinos.

Tu hermana. Rompía papel de envoltura y aparecían todas las muñecas que alguna vez quise coleccionar con Mariana. *Mueras. Julia Mala, ojalá te mueras.*

Sin Mariana, mi percepción del tiempo se había vuelto lentísima. Y, ante la expectativa de una nueva aparición de Julia Mala, el paso de las horas había terminado por volverse un verdadero suplicio.

Me dio por pasar horas en la regadera. El sonido del agua me tranquilizaba y callaba el ronroneo de aquel gato, la risa inesperada o la voz enronquecida que tanto temía. Sin embargo, con el paso de los días, me di cuenta de que, en el reflejo de los azulejos oscuros, había otra sombra junto a la mía que parecía desprenderse de ella. Me moví en varias ocasiones observándola detenidamente y sentía que alguien más estaba detrás de la cortina; la corría, pero no encontraba a nadie.

Las noches se prolongaron por el miedo. Después de un buen rato de hurgar en las siluetas de la oscuridad, me envalentonaba para ir al cuarto de mis papás. Primero me quedaba aferrada al marco de la puerta mirando hacia el pasillo con el corazón resonando en mi cabeza. Los adornos se transformaban en rostros dolientes, en miradas furtivas que me observaban. Tampoco la cama de mis papás me servía de mucho consuelo porque los ronquidos de papá no me dejaban dormir. A veces la luz de la luna se filtraba por algún postigo mal cerrado y alcanzaba a ver que las alimañas caminaban sobre el suelo. Una niña había muerto porque una viuda negra le picó; la maestra había dicho que en Jiménez había muchas arañas de ésas.

Alguien había dicho también que el Demonio toma formas de otros seres para engañar, que se mete dentro de los cuerpos y sólo con exorcismos sale de ahí. ¿Qué será eso de un exorcismo? ¿Y si Julia Mala es el Demonio? *Soy Mariana, tu gemela, encabronada por las malditas palabras que me escupiste.* ¿Y si Julia Mala es la forma que tiene el Diablo para meterse dentro de mí? *Tú eres Julia Mala. Tú eres Ella.* ¿Y si yo maté a Mariana y al gato y descuarticé mi propia muñeca? *Tú lo hiciste. Tú me mataste con tus palabras porque ya no querías ser mi hermana, porque aquel día me odiaste, quisiste que muriera.* ¿Qué pasa si Julia Buena tiene miedo y me deja sola en este cuerpo vacío? ¿Qué pasa si Julia Buena se esconde y no quiere salir nunca más? *Julia Buena es una pinche loca, como Tatai, el retrasado del que todos nos burlamos.*

Uno de esos días acompañé a Nina a la tortillería. En el camino, nos topamos con un grupo de mujeres rarámuris. Sus faldas coloridas contrastaban con el sepia del pueblo. Cuando pasé junto a ellas, una mujer de mirada profunda me observó detenidamente. Al volvernos se acercó a mí.

—Tú eres la menor de los rarámuris —dijo, mientras alzaba sus manos y extendía sus dedos hasta mi rostro para tocarme—; eres este rostro de niña cubierto por el polvo de los ancestros. Guardas la mirada de los abuelos y las abuelas en el centro de tus pupilas.

—Vámonos, Julia —interrumpió Nina.

—Espera, mujer, que hemos esperado largo tiempo a esta niña —y después volviéndose a mí, añadió—: recuerda que tú no eres este cuerpo. Eres la menor de los rarámuris. Daré el aviso de que ya estás entre los tuyos.

La menor de los rarámuris.

Y si la mujer tenía razón.

Camino a casa fui a buscar a mi padrino Florencio. Quería huir de todo aquello; tal vez podría leer un libro. Empujé la puerta de su despacho. Y entonces escuché, por vez primera, aquella música.

¿Qué escuchas, padrino?, anoté en mi cuaderno.

—Una pieza musical bellísima: El *Réquiem* de Mozart. Una de mis favoritas. ¿Escuchas los coros… las cuerdas… los alientos…? Se compone de muchas partes, voy a ponerte algunas: *Kyrie Eleison* y *Rex Tremendae*.

¿Y qué es un réquiem?, anoté de nuevo.

—Una pieza musical compuesta para despedirse de un ser querido que ha fallecido.

¿Puedo escucharlo todos los días?, anoté una vez más.

—Sería para mí un honor que esta señorita tan gentil viniera a compartir la música conmigo.

De pie junto al tocadiscos, fruncía la nariz antes de dirigirme una enorme sonrisa desde sus ojos verde aceituna. Levantaba cuidadoso el brazo del tocadiscos con la aguja para buscar la séptima raya lisa en el disco y colocarla de nuevo al inicio del *Dies Irae*.

Mis papás comenzaron a llevarme "a dar una vuelta en el coche" al atardecer, para ayudarme a conciliar el sueño. El motor del auto me arrullaba. Me fascinaba observando los extraordinarios atardeceres. Jiménez era un pueblo tan pequeño que a los tres minutos de encender el auto estábamos ya fuera de sus polvorientas calles. Bajábamos por el vado rumbo al Río Florido, pasando por ranchos que se extendían en hileras de nogales. Lo que más disfrutaba era contemplar allá a lo lejos, en el cenit del horizonte, la vida convertida en un cielo rojo intenso que se arremolinaba entre púrpuras, violetas y ejércitos de borregos dorados, hasta que el cansancio me vencía.

Una noche, Julia Mala volvió. Era sábado y mis papás no estaban en casa, pero abuelita Aurora se había quedado conmigo. Después de que ella me cantara canciones y de que me rociara talco en los pies con unos cojines de peluche —ahora pienso que nadie jamás ha vuelto a consentirme de esa manera—, me había quedado dormida. Cerca de la madrugada me despertó la risa. Se escuchaba cerca, como si estuviese detrás de la puerta de mi cuarto oscuro. Salí de la habitación descalza, más enojada que temerosa.

Entonces grité por primera vez desde la muerte de mi hermana, con aquella voz mía que hacía meses nadie escuchaba:

—¡Vete! ¡Déjame en paz! ¡Ya no quiero saber de ti! ¡No quiero matar gatos! ¡No quiero cortarme! ¡No quiero escuchar tu voz horrible! ¡No quiero oír esa risa que es una mentira! ¡Tú no eres Mariana! ¡Esa risa es tuya!

Abrí la puerta de mi cuarto y la oscuridad de la casa se extendió ante mí. La risa se escuchaba ahora en el zaguán. Decidida, abrí otra puerta y vislumbré las sombras de los helechos frondosos y la maceta del violonchelo a través de una claridad que emanaba la luna llena. La risa se alejaba; se escuchaba ya en el patio de la noria.

—¡Entiende! ¡Tú no eres yo! ¡Ya no te tengo miedo!

Salí al aire helado de la noche, con mis pies descalzos y mi camisón claro. Crucé a través de las sombras, los rosales, las higueras, el pozo de agua y un intenso olor a hierbabuena.

—¡Julia Mala no eres yo!

La risa siempre se alejaba. Recorrí a oscuras la cocina, el comedor, el cuarto de los retratos, el de los clósets, el despacho, la recámara de mis papás, el cuarto con la imagen del Sagrado Corazón, y el patio trasero. Llegué al enorme nogal y golpee con furia su tronco mutilado.

—¡Yo soy Julia! Y ¿sabes qué? ¡Soy buena!

Las carcajadas no cesaban. Se reían de mi vulnerabilidad, de mi cuerpo flaco, de mis ojeras, de mi impotencia.

—¡Tú no eres yo! ¡Soy Julia y soy así! ¡Me quedé sola! —grité junto al nogal, como si su custodia me protegiera de todo—. ¡No necesito que me persigas, que te metas en mí!

—¡Ella había dejado a la Musa afuera y por eso me enojé! ¡Pero no fui yo quien la mató! ¡Fuiste tú! ¡Fue la enfermedad esa que dijo el doctor! ¡Yo no tuve la culpa!

Una ráfaga de viento cruzó la noche y las carcajadas cesaron de súbito.

En ese momento llegó abuelita Aurora en pantuflas y bata de invierno, encendiendo luces de los patios. Me encontró de pie junto al nogal con rasguños en las manos.

—¡Me quedé sola! ¡Entiéndelo! Y así voy a estar siempre: sola. No fue mi culpa que Mariana muriera.

Abuelita se detuvo a unos pasos de mí y me miró atenta, como si mis gritos le provocaran un enorme respeto. Sus ojos se humedecieron; abrió los brazos para envolverme en un prolongado abrazo.

—Todos extrañamos mucho a Mariana, pero nadie tuvo la culpa de que se nos haya ido. Mariana se contagió de una enfermedad que no tiene cura. Hijita, tú no tienes la culpa.

—Es que yo le dije que ojalá se muriera, porque dejó a la Musa afuera en el frío y mi gata se murió y se le murieron todos sus hijitos de frío. Me enojé mucho por eso y le dije esas palabras.

—Los enojos entre hermanos son normales. Todos hemos usado palabras que lastiman cuando nos sentimos desesperados. Tienes que perdonarte. Lo que pasó con Mariana no es tu culpa. No puedes cargar con eso. No es culpa de nadie. A veces algunas personas enferman y mueren. Es terrible para quienes los queremos, pero así es.

Lloré junto al nogal envuelta en esos brazos que me habían acunado y me habían enseñado a hacer empanadas de leche quemada, que me habían tomado de la mano para caminar por veredas pobladas de laboriosas hormigas y de alfombrilla naranja. Lloré en medio de una noche helada en la que dejé de sentir el frío que me había invadido desde la muerte de Mariana.

* * *

Hay sucesos que nos marcan, accidentes expuestos a la vista de todos. Y también existen los otros, los que guardamos dentro, como si eso pudiese borrarlos de nuestra vida o de la memoria familiar; los que permanecen al margen y se resisten a ser mencionados.

En la madrugada, el periódico golpea el adoquín de la cochera.

Él no pudo dormir.

Soñó con Julia. Otra vez. No recuerda qué exactamente.

Enciende la cafetera. Mordisquea una manzana.

Extiende el periódico sobre una mesa repleta de libros viejos y manuscritos en los que trabaja desde hace meses.

Los encabezados de siempre: fraudes, muertos, las páginas editoriales.

Descalzo, se sirve el café; mira de reojo las esquelas.

La taza se estrella en el suelo; el eco, en la penumbra.

El líquido arde. Las partículas de cerámica se dispersan.

No siente la quemadura en los pies.

Los veinticinco años que ha vivido sin ella se le vienen encima.

Es ella. Es Julia. Mi Julia.

Ayer a las 11:11 horas
dejó de existir la Sra.

Julia Gutiérrez Urías

Nacida el 7 de septiembre de 1972
en Cd. Jiménez, Chihuahua

Habiendo vivido siempre en el seno de la Santa Iglesia
Católica, Apostólica y Romana, conformada su alma
con los Santos Sacramentos.

Sus esposo el Sr. Santiago Treviño Villarreal,
sus hijos Sofía, Santiago, Adrián y Regina,
sus padres el Sr. Eduardo Gutiérrez León de Guevara y
la Sra. Eva Urías Luján, sus hermanos Mariana (†) y
Eduardo y demás familiares lo participan a usted, con
profundo dolor, y le ruegan eleve a Dios Nuestro Señor
sus oraciones por el eterno descanso de su alma.

Habrá una misa única de sufragio por su alma
el día lunes 26 de mayo a las 19 horas
en la Parroquia de Nuestra Señora Reina de los
Ángeles, en San Pedro Garza García.

Monterrey, N.L. a 23 de mayo del 2014.

Estancia María de Lourdes, Monterrey, N.L.
Sábado 1 de noviembre, 2014

Ven, hijita, acércate. Déjame tocar tu cara, porque mis manos son como mis ojos. Hay tanta luz blanca que ya no veo bien y tú, mi Maripaz, eres la luz más hermosa de todas. Eres mi niña preciosa, ¿te acuerdas de cuando eras bebé y te decía eso? No te acuerdas, ¿verdad? Así es la vida: lo mejor se va, se evapora. Deja que te cuente; por años no quise contar nada, pero ahora soy vieja y me ha dado por recordar tanta cosa que fue mi vida.

Yo soy Helena con hache. Y eso nadie me lo va a quitar, ni este mar de blancura, ni este brillo que me deslumbra. Hay vivencias que a una no se le olvidan, se le quedan pegadas a la memoria, y muchas de ellas están ahí, debajo de los párpados desde que una es niña, historias que una vio y que también a una le contaron, con cariño, con paciencia, así como las abuelas cuentan. Esos hechos viven en mí, tantísimos recuerdos que, cuando cae la noche, cuando este brillo se amansa y la noche se hace púrpura y puedo descansar, cierro mis párpados y quiero dormir..., quiero, pero no creas que siempre puedo. Sólo muy de vez en cuando me quedo dormida. Casi siempre sólo estoy a medias, ni dormida ni despierta, y con las imágenes recorriendo mis párpados y yo mirando tantísimas cosas de las cuales ya ni me acordaba, y con tanto detalle..., con las voces y los olores exactos.

Hoy se me vino una imagen fuerte, de esas que me contaba mi Tita Inés sobre las barbaridades que con el tiempo fueron haciendo los villistas. Primero eran bien portados, la gente los quería; le quitaban a los ricos para darle a los pobres. Villa era el héroe, pero luego pasaron los años, perdió poder, sus tropas se acabaron a todos los caballos y a las vacas de los hacendados ricos de Chihuahua, y entonces empezaron a darle duro a los no tan ricos, pero duro en serio..., violando mujeres, matando a la gente común y corriente, secuestrando. Se dice que en el pueblo de Namiquipa, ese pueblo con gente que había sobrevivido primero a los ataques indios y luego al gobierno, porque les quería quitar todas sus tierras, ese mismo pueblo que, encima de todo, mandó a sus hijos a la Revolución, pues ahí los villistas llegaron un día y de un jalón violaron a toditas las mujeres. Dicen que las encerraron en una casa, disque para protegerlas; n'ombre, las violaron y las quemaron vivas. Nomás imagínese qué cosa más horrible, una verdadera tragedia. Por eso la gente empezó a odiar y a temer a Villa.

Ahora verás, nomás imagínate esto que te voy a contar: un 12 de diciembre de 1916, el mismito día de la Virgen de Guadalupe, para acabarla de amolar, en Camargo, muy cerquita de Jiménez, los dorados vigilan a un grupo de mujeres amarradas, unas noventa mujeres jóvenes, con su falda hasta los tobillos, las blusas blancas y holgadas, un rebozo a manera de cinturón, cabello trenzado, más o menos de entre quince y veinte años, decididas, y muy valientes, tan valientes que están ahí amenazadas, suspendidas entre vivir o morir. Decía mi Tita que hasta con dos niños de unos dos años que no se soltaban de la falda de sus mamás. ¿Sabes cómo son las manitas cuando tienen esa edad? ¿Sabes lo suaves que son? Los nudillos perfectos, los dedos pequeñitos, frágiles, tan fácil de que se trocen y a la vez tan fuertes, tan bien puestos en su lugar, ligeramente esponjosos y calientitos, y su palma siempre con un poco de tierra y pelusas y restos de comida; sus manitas son como un mapa en donde la mamá puede leer en dónde anduvo su hijo. Si tiene sueño, se le ponen calientitas; si está enfermo, también; si hizo travesuras, si comió dulces o melón jugoso, si acarició al perro. Se mueven en armonía perfecta y también, cuando las criaturas sienten miedo, pues se pescan de su mamá, de la falda, ellos prefieren la mano de su mamá y ese vínculo les da toda la seguridad para amainar el miedo que sienten. Pero estas mamás de las que te cuento tienen las manos atadas. Dos pequeñitos permanecen entre la bola de mujeres porque no hay quien los saque de ahí, porque a los soldados que las amenazan y les apuntan con el fusil mientras gritan, bromean y humillan, no les importa que los niños estén ahí, que ellos no tienen culpa. Ya ve cómo son, unos chamacos armados, luciéndose con el compañero y sin un dedo de frente, sin una poquita de conmiseración, igualito que ahora con los narcos, muchachitos drogados y armados hasta los dientes. Y todo esto porque se les sube el coraje, porque esas mujeres ayudaron a los carrancistas. Ellas los humillan con su silencio, porque Villa ya preguntó dos veces que quién le tiró.

Y ellas no contestan, han resuelto guardar un silencio digno, valiente y solidario, porque siempre habrá gente con ideas que sea capaz de defenderlas hasta la muerte. Siempre habrá alguien que ame, y que la fuerza de lo que siente esté por encima del miedo a morir. Aunque no creas que es tan sencillo. Tener a la muerte cerquita tiene lo suyo... Les aprietan el cerco, sus cuerpos unos contra otros, hasta que los huesos jóvenes duelen y crujen, hasta que sangra la piel de las que están en las orillas, hasta que unas huelen el sudor de las otras, hasta que escuchan palpitar el miedo, hasta que distinguen ojos llorosos. Pero impera el coraje, un halo de fuerza que les impide hablar; odian la injusticia que las tiene así y al cobarde de Villa.

—¡Fusílenlas una por una hasta que digan quién fue!

Silencio. Prefieren morir a delatarse. La voz de un niño que dice:

—Mamá.

La madre quisiera salir corriendo y ponerlo a salvo, pero están tan solas que no tiene con quién dejarlo. Lo matarán como quiera que sea. El papá y la manita que busca, la de su mamá, están lejos; entonces el niño aprieta la falda. La mamá le dice palabras dulces, mientras los soldados ordenan:

—¡Apunten!

La mamá tararea una canción de cuna y el niño vuelve la cara para encontrar los ojos cariñosos que lo miran y acarician junto con la canción; sobre la frente tiene un flequillo sedoso que la mamá no puede tocar porque sus manos siguen amarradas; sus muñecas quedaron peladas de tanto intentar soltarse para tocar al niño, pero ya no hay tiempo. Lo que más quisiera esa madre es tener el espacio para agacharse y besar esa mejilla suave y susurrarle al oído, apretarlo contra su pecho, decirle "todo va a estar bien", "eres un niño muy amado" o "ser tu madre es lo mejor que me ha pasado en la vida" o "eres el tesoro más grande de mi corazón" o tantas cosas que las mamás pensamos cuando los hijos nos miran en silencio.

—¡Apunten!

Incide el silencio más tenaz.

Uno como el del desierto que lo llena todo. Noventa miradas de mujeres fijas en los fusiles; salvo la de la madre que contempla la del niño e imagina palabras que quisiera decirle y que el papá llegue a salvar a la criatura.

—¡Fuego!

Ya en el piso, tendidas y moribundas, los soldados las desamarran para asegurarse de que no quede ni una viva, y caminan alrededor de los cuerpos tendidos, como zopilotes que vigilan y esperan el momento de abalanzarse sobre la presa. Rematan a las sobrevivientes. Noventa mujeres sacrificadas por el capricho de Villa, hacinadas unas sobre otras, con los cráneos hechos pedazos y su pecho perforado.

—Mire, mi coronel, el niño está vivo, intacto, agarrado de su mamá.

—¿Tú lo vas a cuidar? Aquí no hay lugar para niños.

—Pero es sólo un niño, mi coronel, no llega ni a tres años.

—¿Quién le manda meterse en donde no debe? No te digo. ¡Esas viejas no piensan! Traer un niño al campo de batalla. ¡Mátalo por tener una madre imbécil!

—Mi coronel...

—La guerra no es lugar para niños, quién le manda.

Después del estruendo, los deditos sueltan la falda.

Y de esos acontecimientos están cuajadas las vidas, de historias que nadie recuerda, que nadie vio. Mira, hija, honramos héroes inventados por encargo del gobierno, historias de "niños héroes", que no son niños, y de villanos que no fueron villanos. Las vidas nuestras, de gente simple sin fama ni gloria se pierde. Yo por eso te cuento, porque por lo menos, mientras lo pongo en palabras, mi vida y mi memoria existen, y yo con ellas; no importa si son recuerdos de mi Tita o míos. Yo soy Helena con hache. Soy como un puente, como un puente de historias, pero también soy una guarida de voces... Ahí se oyen clarito, ¿las oyes tú también?

La expresión en la mirada de papá nunca volvió a ser la misma después de la muerte de Mariana. El dolor había dejado una cicatriz. Meses después, había encanecido por completo. Aunque me saludaba cariñoso y sonriente, procuraba hacerme alguna broma y trabajaba puntual en su despacho, con el tiempo llegué a creer que nunca superó la muerte de mi hermana. Se fue apagando, adelgazó; un par de líneas marcaron la comisura de sus labios y creo que no pudo entrar de nuevo a la que había sido nuestra habitación.

A mamá, en cambio, le tomó quizás un par de años, pero después volvió a sonreír de manera espontánea, a arreglarse con esmero, a hacer planes de viajes, a organizar el asilo y la casa hogar, a pintar cuadros.

Durante una temporada Nina lloraba frente a la estufa mientras hacía enchiladas rojas, chilaca con queso y cocía tamales de elote. Antes de volver sonriente hacia nosotros, sorbía sus lágrimas, pero en la nariz roja y en los ojos hinchados se le notaba la tristeza. Era una nueva fase de vida, una realidad trunca y lejana como si uno no pudiera respirarla y tocarla de primera mano. Las palabras de los otros ocurrían lejos.

Todos los domingos que viví en Jiménez, sin importar si estábamos bajo cero, si hacía calor o llovía, si mi mamá tenía migraña, si papá estaba cansado, absolutamente todos los domingos, durante años, fuimos a visitar la tumba de Mariana al panteón del pueblo y a dejarle flores. Entrábamos por un camino pedregoso, una brecha cuajada de polvo finísimo, de silencio y de esa luz de desierto que ciega, como si nos internáramos a otra dimensión, a uno de esos cuadros de Salvador Dalí que años después me deslumbrarían.

El cementerio era el otro pueblo, el recordatorio de que todos nuestros esfuerzos, penas y glorias terminarían ahí. Un pedazo de tierra a las afueras de la vida cotidiana, a un lado de la memoria, cercado, delimitado para que no propagara la presencia de la muerte en nuestras vidas.

Había tumbas antiquísimas, talladas en cantera —cada domingo al entrar, papá me decía que aquéllas, las tres más bonitas de todo el cementerio, eran dos de mis antepasados, los gachupines, y la de los Russek, y cada domingo yo asentía con fingido interés como si nunca me hubiese dicho eso antes—. Dentro del panteón no quería contrariarlo en nada. Sentía que ahí todos nos volvíamos vulnerables.

En el panteón el dolor que dormía dentro de mis papás se desperezaba y salía de un cajón oscuro. En la vida diaria todos debían sonreír. Las lágrimas pertenecen a la vida secreta del silencio o la noche. Las personas tristes están deprimidas o son débiles. Sólo el luto justifica la tristeza de una persona. Quizá por eso había que simbolizarlo vistiendo de negro, no fuera a ser que uno estuviera triste sin razón alguna.

Caminábamos entre tumbas grandes y chicas; la mitad de ellas ni siquiera tenían lápida, sólo un montículo de tierra árida, agrietada y una cruz de palo azul desteñido donde alguien había escrito a mano el nombre del difunto. Siempre me llamaron la atención los agujeros junto a esas tumbas, unos pozos redondos y oscuros semejantes a los que dejan los cangrejos en la playa.

—Los hacen las ratas —explicaba mamá.

"Aquí llase el niño Humberto Sánchez kien murió de 6 años. Murió de tozferina", "murió de paperas", "de muerte natural". Éste sólo vivió diez días; esta niña vivió un año y medio. Ninguno decía meningitis. No lograba desentrañar si el hecho de que una persona muriera tan pequeña era una injusticia o un designio divino al que uno debía resignarse.

Había también tumbas de familias completas como la nuestra, protegidas por una cerca, un candado, una puerta acostada en el suelo que se abría para descender al reino de los muertos. Ahí veíamos los nombres de nuestros antepasados y los espacios vacíos. Sabía que había uno deparado para mí. Cada domingo enfrentaba el recordatorio de ese destino siniestro: el espacio donde tarde o temprano guardarían mis restos.

Están ahí centenares de huesos carcomidos, de cabellos que se resisten a desaparecer, de jirones de ropas antiguas. Una colección vasta de seres que se olvidan con el tiempo, semejante a una biblioteca descomunal donde guardamos el registro de vidas anodinas. Residuos de cuerpos en descomposición que ya nadie recuerda. ¿Para qué coleccionarlos? Cincuenta años después de que alguien ha muerto, su vida queda reducida a un nombre, un apellido. Nuestra propia descendencia acabará por olvidarnos.

Intuí que los ritos son para los que se quedan, para nosotros. Mariana estaba muy lejos de esa lápida de granito, de esos cardos que crecían entre las tumbas. No lograba comprender por qué le llevábamos flores y rezábamos. Yo los observaba, en el fondo era un juego de fantasía para ahuyentar la tristeza de no haberla podido retener entre nosotros.

Ninguno de ellos la había conocido bien. Los adultos —papá y mamá, entre ellos— habían sido sólo turistas en el mundo de nosotras sus hijas. Pasaban de largo con ese lente grueso que el ser mayores les había impuesto en los ojos. Nos veían, hacían algún comentario de nuestros dibujos o juegos. Mariana y yo nos reíamos de lo que decían. No entienden ni pío, ni jota, ni papa. Eran miopes. Sólo repetían lo que habían escuchado de sus padres y abuelos sucesivamente, nos miraban, nos "corregían" y seguían su camino.

No me dejaban vestir de oscuro que porque era niña y los niños deben ser alegres; de lo contrario, los mandan al psicólogo. Poco a poco fui aprendiendo el juego de disimular.

Así transcurrió el primer año en donde cada día fue un estreno sin Mariana. Ella ya no estuvo para ver las nevadas de enero y hacer bolas de nieve, para ver que en primavera las ramas secas transformaron sus dedos de calavera en nudos hinchados de vida, para ir a nadar al Ojo de agua de Dolores con nuestro padrino Florencio, para zambullirse en agua cristalina que emanaba vapor, para meter los brazos en los veneros, para bucear con tortugas blanquecinas o peces que nos mordisqueaban las cicatrices, para ver más episodios de *Heidi*, de *Odisea Burbujas* los domingos por la mañana, para ver a Chabelo con su concurso de la Catafixia o recibir las fanfarrias del tío

Gamboín, para esperar la feria del Santo Cristo de Burgos cada 6 de agosto con sus carritos chocones y la casa de los reptiles, el chicote y los casamientos. No estuvo para saber que yo esperaba a que el suelo se volviera firme para sostenerme, o que ya entonces vislumbraba que ese desfile de compañeros, parientes y paisajes eran el sitio donde la vida me había puesto, pero no era precisamente donde yo quería permanecer el resto de mi vida.

Tampoco estuvo para sentarse junto a mí sobre la banqueta del traspatio, bajo el nogal mutilado, para ver el yeso que me pondrían en la pierna derecha que me fracturé corriendo en la escuela. Mariana ausente para ver que, aún cuando una de las golondrinas bebés había muerto el mismo día que ella, hubo otras tres que sí sobrevivieron a la muerte de sus hermanas.

Recuerdo la tarde que crucé el umbral de la puerta que daba al patio central, volví los ojos al nido junto a la arcada y vi, justo en el borde, una golondrina pequeña, indecisa sobre volar por primera vez. Sentí un aleteo en el pecho. Me quedé custodiando su miedo y el mío, preguntándome si seríamos capaces de alzar el vuelo, de superar ese vértigo que te atrae hacia el fondo del abismo. Atenta, me senté en la mecedora y ahí, balanceando mis pies que aún no tocaban el piso, pasé la tarde.

Finalmente, cuando el día comenzaba a rendirse bajo el peso de la noche, la golondrina emprendió el vuelo. Salté de la mecedora y corrí hasta el centro del patio para atesorar en el paisaje de mi memoria su figura delicada y oscura, girando bajo el cielo azul cobalto y la primera estrella de la noche.

Cerré los párpados, extendí mis brazos de niña. Una leve brisa fresca me compartió la libertad recién iniciada. Ahí supe que el destino tiene sus guiños y que esa señal era un preciado secreto que la vida me regalaba. Sentí que la vida, a veces, tenía sentido.

Desde aquella madrugada fría en que abuelita Aurora me encontró junto al nogal, su presencia se convirtió en un oasis. El secreto nos había vuelto cómplices. Muchas tardes caminaba hasta su casa. Abuelita era una mujer menuda, de cintura muy delgada y piernas llenas. En todos los años que conviví con ella su expresión siempre fue amable. No sabría bien cómo describir ese talento natural para esquivar el dolor, la angustia o el enojo. Era algo así como vivir sin peso, sin ataduras, sin rencores ni culpas. A todo le encontraba el lado bueno. Ella celebraba todo: una nueva flor en su jardín, el jugo que resbalaba por la comisura de sus labios cuando sorbía una naranja. Silbaba y tarareaba canciones, platicaba con sus canarios, me escuchaba con esmerada atención todo lo que yo tenía que contarle; incluso, abría más sus ojos hundidos y agachaba un poco la cabeza para concentrarse por completo.

Me compartía también un montón de recuerdos de viajes, de sus lecturas predilectas, de películas, imágenes salpicadas de detalles que recordaba gracias a su asombrosa memoria. Hacíamos empanadas de cajeta; me enseñó con paciencia a hacer el repulgo. Qué daría hoy por meter mis manos de niña junto con las de mi abuela en aquella masa fresca que tantas veces hicimos con harina, manteca y Coca-Cola, por hacer las bolitas que luego prensábamos con la tortillera para rellenarlas con leche quemada y nuez. Al final yo frotaba mis manos, desprendía los rollitos de masa pegados a mis dedos y chupaba la cuchara con cajeta.

Al atardecer, repicaban las campanas para anunciar la misa. Entonces, subíamos a la azotea. El pueblo se desplegaba frente a nosotras con sus muros despellejados que exhibían adobes antiguos, hierbas y la acera desnivelada al pie de las fachadas como una culebra harapienta. Entonces, los celajes descomunales, vastos e imponentes de Jiménez invadían el cielo. En medio del desierto no había nada que se interpusiera entre mi niñez y esa visión de nubes de mamey, de fuego y de oro, de grises, violetas, de velos custodiando un paraíso remoto que por instantes se divisaba luminoso detrás de todo. Jirones de sol esparcidos en el horizonte. El cielo con su alboroto voraz se sostenía sobre las torres de la parroquia del Santo Cristo de Burgos. Allí abajo el pueblo se volvía diminuto, como guareciéndose de ese cielo ceremonial.

Aquellas imágenes se tatuaban en mi paisaje interior, un estallido de colores reventaba allá arriba, dejando sin aliento a los peatones que acudían presurosos a misa. Veían el cielo como si en esa ebullición de fuego luminoso se despertara un erotismo irreverente. Volvían los ojos a los adoquines empolvados del suelo. En cambio, abuelita Aurora y yo, abríamos los brazos, contemplábamos extasiadas cómo el cielo se mudaba y partía llevando consigo una larga estela de pinceladas tenues que anunciaban la venida de la noche en medio del griterío de urracas.

En más de cuarenta años y en los viajes que haría después, no encontré ciudad, ni campo, ni pueblo, ni playa que prodigara ese espectáculo.

Fue durante esa temporada que empecé a estudiar piano. Todas las tardes, abuelita Aurora interpretaba el *Rondó alla Turca* de Mozart, los *Valses* de Chopin, *La Cacería* de Mendelssohn, el vals *Sobre las olas* de Juventino Rosas. Ella había heredado de su padre un piano antiguo *Bechstein* de cola.

A veces, me tendía sobre el suelo debajo del piano negro. La música hurgaba en mi cuerpo. Mi piel sorbía, como raíz sedienta, un cúmulo de sonidos y vibraciones que se desparramaban sobre mí y se internaban en mis poros. Mis brazos y piernas se relajaban. Cerraba los párpados.

Cuando abuelita terminaba en un acorde prolongado, el sonido del piano desaparecía y se hacía un silencio después del silencio. Un halo de nada, un momento indeterminado que me causaba enorme placer. Mi abuela retiraba sus manos del teclado.

Una tarde, y otra más de escucharla tocar el piano, se terminó de trastocar mi mirada sobre el mundo. La música anidó dentro de mí. Eso era lo mío. La música me hablaba desde el insomnio, desde esos instantes diminutos, ajenos al registro del tiempo, en que una visión se cristaliza.

—Abue, yo también quiero aprender a tocar el piano.

Esa decisión cambió el rumbo de mi vida.

Al día siguiente, abuelita Aurora me llevó con una amiga suya, maestra de piano. Había sido su compañera en el internado en San Antonio. Recuerdo mi primera clase con la maestra Pura Cañamar de Garibay; ella también había enseñado a mi madre. "El do es vecino del re", "ésta es la llave de sol".

Todavía hoy, cuando recuerdo su cochera con piso de loza colorada y un par de mecedoras, escucho un concierto de cigarras. La maestra Pura, alta y esbelta, con sus perfumes, sus esmaltes de uñas y sus consejos. Del lado derecho de la cochera había un pasillo y al final, el jardín de las rosas, raules, cola de zorro y, detrás de todo, el cuarto con el piano. A veces sonaba el teléfono y escuchaba "divorcio", "no la quiere porque anda con otro", "nietos". Seguíamos con la *Sonatina No. 3* de Clementi, las escalas del Hanon, los *Preludios* de Bach. Al final, me quedaba viendo fotos de recitales de mujeres con tacones puntiagudos. ¿Cómo le harán para tocar el piano con una cintura tan apretada?

—Ésa es tu mami cuando tenía diecisiete años.

Antes de sentarme sobre el banco, debía girarlo hacia arriba y tratar de no enroscar los pies a las patas, porque aún no se apoyaban sobre el suelo, y secar mis manos de ese sudor que desafiaba todo tipo de menjunjes caseros. La maestra Pura tejía rítmicamente; yo también quería aprender. Enredaba mis dedos en un hilo de estambre para hacer un "chal". Nunca había oído esa palabra. Pura me ponía el que ella estaba tejiendo sobre mi espalda y seguíamos con la lección. Fa sostenido, mi bemol, clave de sol, llave de fa, corcheas, semicorcheas y ese olor a madera antigua.

Pura me platicaba de otros niños, como Sureya que tenía muchas razas en su sangre: papá chino, mamá mexicana, abuela francesa y abuelo inglés. Decía que yo era su consentida, y que tocaría mejor que ellos porque había terminado el Beyer y los *Minuets* de Bach en sólo seis meses. Luego me platicaba de las hermanas Gómez que iban a casarse. Para mí ellas eran cuerpos largos, cabezas pequeñas y rostros afilados. Así eran las grandes. Pura me enseñó un sueco de madera y una Torre Eiffel.

Al terminar la clase, quitaba la horquilla de la partitura, cerraba el método, recogía mis otros libros, el cuaderno de papel pautado, mi lápiz, le daba un beso a Pura en la mejilla y empujaba la tela de alambre para salir de ese cuarto repleto de fotos y de partituras en los anaqueles. Afuera se levantaban el cielo y la tarde. De nuevo al jardín, al pasillo y a la cochera.

¿Qué fue de tantos minutos prolongados sobre la mecedora?, ¿de las ideas que elaboré mientras mamá llegaba a recogerme? Me empujaba hacia atrás con la punta de los zapatos. El aire sacudía el nogal, los cables de enfrente. La mecedora se balanceaba hacia delante. El domingo me gustaría ir a la feria. Me impulsaba con la punta del pie. Enfrente viven las niñas que vinieron el otro día, Pura dice que su mami es mala. Las urracas se balanceaban sobre las ramas del nogal y yo cerraba los ojos mientras me impulsaba, de nuevo, con la punta de los pies.

Llegaba mamá caminando a recogerme.

—Mami, quiero conocer París.

Él sueña con Julia.

Irremediablemente.

Como si ella quisiera decirle algo.

En sueños Julia es real; está viva.

Él permanece en el deseo añejo de Julia.

Haber gozado una vida juntos.

A su esposo le entregaron los restos.

Una carambola.

Es una zona insegura.

Muertos y desaparecidos hay por todas partes en este país.

Lo de menos es conseguir cuerpos calcinados.

El presentimiento, atorado entre el sueño y la vigilia, no lo deja en paz.

Julia no puede estar muerta.

Al amanecer, enciende el auto.

Tras él, la carretera es una estela de asfalto entre montañas.

Una línea parda que conduce hasta el fin del mundo.

Llano está espolvoreado de yucas y pitahayas, de cactus y magueyes regados por el azar del desierto.

Escucha música.

¿A dónde van las palabras que no se quedaron?
¿A dónde van las miradas que un día partieron?
¿Acaso flotan eternas, como prisioneras de un ventarrón?
...
¿Acaso nunca vuelven a ser algo?

A veces, él también lo siente.
Habita desterrado de sí mismo.
Se lleva la uña del pulgar a la boca, frunce el ceño.
El sol lo deslumbra.
Bermejillo 3 kilómetros.
Baja el volumen.

¿A dónde van ahora mismo estos cuerpos,
que no puedo nunca dejar de alumbrar?
¿Acaso nunca vuelven a ser algo?
¿Acaso se van?
¿Y a dónde van?
¿A dónde van?

—Julia, vas a tener un hermanito.

En aquel entonces se terminaban las vacaciones de verano. Yo había dedicado un mes completo a la preparación de mi primera comunión. Iba a diario al catecismo.

Dicen que el corazón es como un cuarto y que hay que quitarle las telarañas, el polvo, o sea portarme bien, no criticar, para que cuando tú vengas lo encuentres limpio. Ya quiero que vengas porque a veces me siento sola. Tú ya sabes lo que le pasó a Mariana porque allá está contigo. Es tan normal tener hermanos, casi todos tienen, uno aunque sea. Yo no puedo tener a la mía. Aunque ya me dijo mi mami que nos mandaste otro bebé y que va a nacer después de mi primera comunión. Gracias. Es un poco raro todo esto. Ahí clavado en esa cruz, con esa corona de espinas te ves muy triste, muy adolorido, muy cansado. A mí no se me nota nada, pero también a veces me he sentido así.

Una mañana nos pasaron unas diapositivas con una vid a la que se le habían desprendido ramas con racimos de uvas. Dijeron que el Mal nos apartaba de la esencia, nos desprendía del tronco que era el amor de Dios. También nos mostraron una imagen de una serpiente con cuernos y una sonrisa terrible.

Volvieron los insomnios. En cada sombra de oscuridad adivinaba ese rostro de demonio o la sombra de Julia Mala, y tal vez eran lo mismo.

Una noche, entre sueños, volví a escuchar la risa. Dentro del sueño no podía escapar. La voz ronca. *Ya no quiero ser tu hermana. Te odio. Ojalá te mueras.*

Después, claramente la frase como estaca: *El bebé que mamá tiene en la panza está podrido.*

Recuerdo percibir los nervios de papá, su tartamudeo, su esmero en elegir las palabras precisas, el tono de su voz como si algo estuviese a punto de romperse, su esfuerzo porque no se le cortara la voz. Se había esperado hasta el final del trayecto para decírmelo. Tres cuadras antes de llegar a casa, después de haberme recogido de la escuela, aprovechó un instante de silencio para cambiar el tema. Y de seguro sufría al hacerlo, porque esas conversaciones difíciles siempre las dirigía mamá y ahora no tenía más remedio que tomar la rienda.

Habían pasado ya diecisiete días desde que ella se había ido al hospital de Chihuahua a tener al bebé. Un tío ya me había dicho que había sido niño. Yo pensaba día y noche en cómo sería ese "hermanito". Después de Mariana, recibir a otro integrante en la familia, varón y bebé, era algo inusitado para mí en todos los sentidos. También me habían dicho —por la manera breve y cortante en que lo hicieron, entendí que no debía de hacer más preguntas— que mi mamá tenía que permanecer días en el hospital para descansar. Yo no entendía de qué, si las mamás de mis amigas nunca descansaban en el hospital después de tener bebés.

Algo no andaba bien, pero los adultos tenían esa manía de proteger a los niños deformando la realidad o mendigándoles las verdades. Todo se había movido ligeramente de su sitio. Los adultos habían desviado su atención de mí y de los asuntos que normalmente los ocupaban. Yo trataba de escuchar sus conversaciones a escondidas, las palabras sueltas de las llamadas por teléfono. Una mezcla de intriga y de temor me mantenía alerta al misterio que no me permitía conocer al recién nacido, a la angustia que me producía la ausencia de mamá, a la mirada incierta de papá cuando volvía a casa. Había algo en su expresión que me hacía recordar los días en los que Mariana enfermó.

Deambulé por casas donde los primos saltaban felices sobre las camas y las tías me servían platillos desconocidos. Siempre hubo algún pariente comedido que me dictara ortografía, me explicara matemáticas, me llevara a la escuela, lavara mi ropa o me sonriera amable. Las tías me chuleaban, pero yo sabía que lo hacían por cortesía. En realidad querían mucho más a sus propios hijos. Había un brillo en sus ojos, como una chispa, cuando reían con ellos que yo sólo había visto en los ojos de mamá cuando reíamos juntas. Recuerdo también que las tardes eran eternas y la hora en la que anochecía me parecía terrible. Todo se cubría de una ligera sombra, de cansancio y silencio, de desesperación por saber que había transcurrido un día completo y mi mamá, otra vez, no había vuelto por mí.

Venía el peso de la noche con sus demonios y su tiempo estancado, sus crujidos y luces que mis ojos recreaban en una oscuridad absoluta. Luego otra madrugada y otro día más. De mi mamá, nada. Otro día distante y extraño con su despertar a las seis de la mañana en una cama ajena; otro día para sacar mi uniforme de mi maleta, esperar el turno en el baño de las primas; otro día para acomodarme en el asiento junto a los primos y ver el amanecer con su claridad hiriente y luminosa, camino a la escuela. Seis horas eternas de tablas de multiplicar, de ecosistemas, de lecturas de español con ilustraciones de niños con ojos tristes, miradas hondas que escondían, a mi parecer, también un secreto. Niños que padecían destinos como los personajes de las caricaturas que veíamos: Heidi, Remy y Candy. La escuela con sus asambleas en las mañanas frías, la cola de caballo que tuve que aprender a hacerme sola, los honores a la bandera, los exámenes con sus opciones múltiples, los compañeros preguntones "qué tal tu hermanito", las manualidades por el Día de las Madres, artesanías en las que yo me esmeraba como si los trazos perfectos, el recorte impecable y la escarcha bien colocados fueran a traer a mi mamá de regreso. Las salidas del colegio en donde cada día buscaba, entre las mamás que esperaban a sus hijos, a la mía. Pensaba que ese día sí estaría ella ahí esperándome para llevarme a ver a mi hermanito. Después la comida con los tíos, la tarea, la prima que me sacaba la lengua y me decía que no agarrara su muñeca y sonreía hipócrita en presencia de los grandes. Los raspones de rodillas y el dolor de oído sin mamá. Las pesadillas. Mariana lejos para siempre. Todo sumergido en un letargo que me alejaba de todos. El bebé imaginario con bracitos, piernas rollizas y mamelucos celestes. ¿Cómo es mi hermanito? Y el profundo anhelo de estar con mi mamá sobre todas las personas, sobre todas las tareas, los juegos y las palabras. Ese olor tibio que me hacía sentir que alrededor de ella estaba mi sitio en el mundo, su voz decidida que ponía orden a todo lo que me rodeaba. Cada día rezaba, pedía desde el centro de mi imaginación, desde lo más profundo que una niña de nueve años puede desear, que por favor ya volviera.

—Mariana, no te la vayas a llevar contigo; aunque tú también debes de extrañarla mucho. Debe ser triste estar allá donde estás, aunque haya ángeles y todo eso que dicen.

¿Y si todo eran mentiras y mi mamá también tenía una enfermedad incurable? Lo cierto era que pasaban los días y nadie sabía decirme cuándo volvería. Yo vislumbraba un secreto en las miradas entre adultos y en los murmullos de las llamadas telefónicas. Para mantenerme a salvo, fingía la sonrisa que me evitó problemas desde la muerte de Mariana y procuraba estar siempre entre todos, viendo televisión, jugando al Turista, a la lotería, en los columpios del parque, para no llamar la atención. A veces, me recargaba en el marco de la puerta y veía a los primos saltar sobre las camas y darse golpes con las almohadas entre carcajadas y gritos.

—¡Vente, Julia, vente a jugar!

Recuerdo ese rol, esa falsa serenidad, esa alegría fingida como una carga pesada. Brincar, recibir almohadazos, correr a esconderme, tender las camas, hacer planas de cursiva y todo, sin querer hacer nada. Sólo ver a mamá y estar de regreso en casa. Por las noches no podía dormir. Toda la noche pensaba en ellos y en el bebé, en lo peligroso que podía ser la carretera en las noches que papá salía apresurado para allá. En la niña de mi salón que no tenía papá porque se mató en la carretera a Parral. Muchas veces lloré, siempre en la regadera o debajo de las colchas para que las primas no fueran a escucharme.

Por fin, un día papá me llevó a Chihuahua. Esquivando el tema, y sin darme muchas explicaciones, me condujo al hospital y me enseñó un letrero que decía: PROHIBIDO EL ACCESO A NIÑOS MENORES DE 12 AÑOS.

—Ves, por eso no te había traído antes.

Me senté en el lobby a esperar.

Después de un rato apareció mi mamá. Me dio un abrazo largo donde pude constatar que ella seguía entera con su olor, su voz segura y su cabello suave. Llevaba un blusón que me pareció muy elegante.

—Qué bonita te ves, mami. ¿Y esa blusa? Nunca te la había visto.

Me dijo que era de seda y aquella palabra se me grabó como un extraño símbolo de belleza e incertidumbre. Color *aqua*. Yo repetí:

—*Aqua*. Qué bonito suena esa palabra.

Las imágenes de primos, almohadas ajenas y madrugadas tristes se diluyeron mientras la veía sonreír y platicarme. Yo sabía que ella había comprado esa ropa porque mi hermanito iba a nacer. Ahí nos quedamos en el lobby un rato. Ella estaba pálida, pero eso era lo de menos. Yo jugaba con sus dedos, acariciaba sus uñas, feliz.

—¿Y mi hermanito?

—Los doctores quieren que se quede unos días más aquí. Lo están revisando, ya pronto estaremos todos juntos en la casa.

En el abrazo de despedida suspiré hondo, como queriendo guardar un poquito de ese aroma que hacía que todo volviera a su sitio.

Diecisiete días después de que mi mamá partió al hospital, aquel día soleado, después de la escuela, mi papá hizo un breve silencio cuando estábamos por llegar a casa:

—Hoy vas a conocer a tu hermanito. Ya está en la casa con tu mami. Los traje de Chihuahua hoy por la mañana.

—¡Eeh! ¡Qué emoción!

—Sí…

—Y, ¿cómo están?

—Julia, tú hermanito nació enfermito… Y así lo vamos a querer mucho —dijo, tartamudeando, mientras su barbilla temblaba y los ojos se le humedecían.

Yo asentí en silencio, leyendo en su mirada un dolor profundo que se vertía en el rostro. Entonces sentí que después de lo ocurrido con Mariana y con lo que vendría ahora, no tenía yo más opción que la de construir una vida que no les trajera más dolor. Suspiré.

Papá estacionó el auto. Entonces éste era el misterio. Aquella frase, *el bebé que tiene mamá en la panza está podrido*, se acercó como una mosca molesta y la espanté. Esa voz ronca que dormía dentro de mí lo había sabido antes que yo. Y no era yo. Seguro esta vez no había sido mi culpa. Parpadee para espantar aquellas palabras, para que papá no pudiera leer mis pensamientos.

—Sí. No importa que esté enfermito. Como sea, lo voy a querer mucho —le dije, mirándolo fijamente a los ojos, concentrándome en lo que decía. Tal vez para que él pudiera verter un poco de aquella tristeza en mí, o quizá para que esa intención de quererlo se volviera realidad y aquella frase sobre su pudrición se esfumara.

Bajé del auto. Crucé corriendo la puerta, dejé la mochila, entré a la habitación de mis papás y encontré a mi mamá con el bebé en brazos. Estaba sentada en la mecedora en donde nos había mecido a Mariana y a mí, en donde mi abuela meció a mi madre y mi bisabuela a mi abuela. Me aguanté las ganas de gritar, de correr a abrazarla. La confesión que mi papá me acababa de hacer en el auto me comprometía de alguna manera a contenerme, a entrar en esa nueva sintonía que suponía ser la hermana grande de un hermanito enfermo que había llegado a cambiar el estatus de todos en la casa, a alinearme con una nueva corriente subterránea que subyacía a nosotros tres.

—Hola, Julia. Ya tenía muchas ganas de verte —dijo mamá, sonriente, y añadió—: ven para que conozcas a tu hermanito. Se llama igual que papi: Eduardo.

Una diadema de costuras y puntos sobresalían en una cabeza rapada. Sus ojos enormes y saltones, su llanto, los tubos que sobresalían de su nariz, los aparatos y bombas detrás en los muebles.

—¿Qué le pasó, mami? ¿Por qué tiene esas cortadas?

—No son cortadas. Nació enfermito y tuvieron que operarlo. Son puntos que le van a quitar y estas cicatrices se le irán quitando con el tiempo. Dicen los doctores que va a estar bien.

—Sí, ya me dijo papi que lo vamos a querer mucho. Está bien. ¿Y esto, para qué es?

—Cada dos horas tengo que limpiarle los tubitos de su nariz con esta bomba.

—¿Y le duele?

La llegada de mi hermano Eduardo a la familia cambió de nuevo el sitio en el que estábamos colocados, una especie de sistema solar donde cada planeta era uno de nosotros y seguía su propia órbita junto a los otros, muy de cerca pero sin tocarse, cada uno a su ritmo, acorde a su naturaleza.

Los años que siguieron fueron muy distintos a lo que una niña imagina cuando le dicen que va a tener un hermanito. A sus seis años Edy, como acordamos decirle para diferenciarlo de papá, había sufrido diecisiete operaciones: tres craneofaciales, para mover sus huesos y ampliar la cavidad cerebral; ocho microcirugías en las manos, para separar ocho dedos; dos para quitar piel de las ingles y el antebrazo que sirviera para los dedos; dos para poner tubos en la nariz, que le permitieran respirar; una para suturar los párpados y evitar úlceras oculares, y otra para remover los alambres que sostenían un hueso de la frente.

Mis papás viajaron muchas veces a la Ciudad de México con el famoso doctor Ortiz Monasterio. Y el ritual de quedarme en casa de tíos y primos volvía a repetirse por lapsos de cuatro o cinco semanas en cada ocasión, una verdadera eternidad. Quería estar en mi casa con ellos, escuchar el murmullo de sus voces en su habitación antes de dormirme. Aunque de ahí en adelante, también se escucharía el llanto afónico de Edy y su dificultad para respirar, acompañados de la desesperación por querer rascarse los puntos resecos con las manos vendadas, las costuras restiradas, la comezón, el ardor en su piel de bebé.

La figura de mi madre se volvió enorme para mí. Nunca pensé que podía ser tan fuerte, ni siquiera cuando vi cómo se recuperó de la muerte de Mariana. Meses velando sin descanso, sin ayuda de nadie, sin quejarse, sin lamentarse, siempre dispuesta y entusiasta, quitando puntos, haciendo curaciones, lavando pañales, preparando antibióticos, sosteniéndole los brazos para aplicarle gotas en los ojos cada hora durante días y noches, consolándolo, preparando la bañera y la comida especial porque Edy nunca ha podido masticar.

Los maderos de San Juan
piden pan
no les dan;
piden queso,
y les dan un hueso,
retorcido en el pescuezo.

Y yo, Julia niña, siempre despierta, en la noche, en la madrugada, con los oídos abiertos queriendo ver más allá. Mamá arrullaba a su niño, a mi hermanito Edy, murmuraba cariño y las canciones de cuna con las que nos había consentido a Mariana y a mí, ese himno heroico heredado de generación en generación por las mujeres de mi familia.

Señora Santa Ana,
¿por qué llora el niño?
Por una manzana
que se le ha perdido.
Vamos a la huerta

cortaremos dos:
una para el niño
y otra para vos…

En la oscuridad de la noche, en ese espacio regido por otra lógica, el universo se concentraba dentro de la habitación donde
mi madre acunaba al bebé. La respiración pesada, la piel suave
y el olor a bebé en su cabeza. La temperatura de ambos cuerpos
en sintonía. El bebé contemplaba a mi madre fijamente. Su
respiración se regulaba cuando ella cantaba:

Este niño lindo,
que nació de noche,
quiere que lo lleven
a pasear en coche…

Y mi madre le acariciaba el rostro suave durante el vaivén de
la mecedora; mientras, poco a poco, Edy conciliaba el sueño.

Tardé un tiempo en hacerme a la idea de que Edy permanecería así. Estaba segura de que había una manera de convencer a Dios porque, si todo era producto de su voluntad divina, si había un montón de testimonios de milagros en la Biblia y en lo que contaba la gente, entonces era cuestión de tener aquella fe que según me dijeron movería montañas, de ofrecer sacrificios y todo lo que hiciera falta; de comerme con buena cara el hígado o la toronja; de portarme impecable con mis papás, con mis maestros, compañeros de escuela; de hacer todo lo que estuviera de mi parte, de rezar, de pedirlo. "Pidan y se os dará." Y lo pedí un día y otro y otro más. Rezar y rezar, desgranar rosarios en mil tardes lúgubres de pueblo y polvo y silencio. Lo pedí con la fe gigante de la que hablaba el relato de la semilla de mostaza; lo pedí creyendo que mi hermano iba a curarse, a amanecer normal una mañana. Alguien dijo que si no sucedía el milagro era porque en el fondo tenía dudas, o porque no era lo mejor para nosotros, aunque no pudiésemos entender por qué. Decían que uno tenía que abandonarse con fe ciega para que sucediera el milagro. Quizá yo debía aguantarme el calor, soportar los estirones del cabello mientras me peinaban, dejar mi pan dulce favorito en la bandeja, no echarle sal a la comida, asistir a todas las celebraciones religiosas, estudiar más para los exámenes, sacar cien perfecto, tender mi cama, recoger mi ropa, sorprenderlos a todos preparando el desayuno, prender los cirios, aguantar de rodillas mucho rato frente al altar. En muchas ocasiones marqué una fecha en el calendario creyendo que ese día Edy amanecería curado. Corría temprano hasta su cuarto para ver si ahora sí..., pero nada.

A Jesús también debía dolerle mucho la cabeza perforada por aquellas espinas, sus manos y pies cargando todo el peso de su cuerpo sostenido ahí por clavos inmensos, tan lleno de heridas hechas por latigazos, por las caídas, por la lanza de aquel soldado. Yo no debía quejarme. Junto a ese martirio y sin culpa, lo mío no era nada.

Una catequista mencionó que Jesús había orado una noche antes de que lo crucificaran en el Huerto de los Olivos y que tuvo miedo, como yo. Tuvo dudas, pero aceptó hacer lo que se esperaba de él. En cambio, yo siempre con la esperanza de que mi hermano se curara. ¿Era ésa una inconformidad, una forma de rebelión, de ser egoísta?

Jesús, que era inocente, había tenido que pagar por nuestros pecados, así lo dijeron. Su castigo y muerte eran culpa nuestra. Dijeron también que nacíamos con una mancha en el alma, la del Pecado Original y que unos ancestros remotos, Adán y Eva, nos heredaron esa marca, la inclinación al mal. Por eso mismo, tuvo que venir Él a poner el ejemplo de cómo se debe de vivir en el amor. Pero a él lo mataron por sus ideas.

Éramos culpables por herencia. Sí Él era la víctima, pues nosotros los culpables, nacíamos cargando el enorme peso de que un Dios perfecto había tenido que padecer una terrible tortura hasta morir por nuestra culpa. Un círculo vicioso.

La culpa también podía ser un sistema. Irremediable. La culpa en el ADN, una semilla pequeñísima, invisible, sembrada en nuestra esencia. De manera que todos éramos un poco malos ¿Julia Mala era mi mancha? Dijeron también que teníamos la tarea de vivir una vida para expiar esa inclinación natural al mal, al egoísmo y la comodidad porque aunque nos bautizaran, la mancha seguía ahí siempre.

Una Julia Mala vivía dentro de todos nosotros.

Ejido Los milagros de Dios, Durango
2 de junio, 2014

Helena silba; la mira y ladea la cabeza.

Julia desde el inconsciente percibe la nota.

No a Helena.

El sonido claro y rotundo como una voz que la reclama desde otro lado.

Julia ha estado ausente de sí misma durante once días.

Hay algo en ese sonido suspendido sobre el desierto que podría resultarle conocido. Quizá sea la nota la.

Se queda ahí, buscando una grieta en el silencio de Julia durmiente para filtrarse a su sueño profundo.

El sonido penetra en Julia y se queda cautivo, rumiando ese espacio indeterminado, un espacio sin tiempo, casi sin vida. Un espacio de presencias, de una memoria que amenaza con apagarse.

II

De manera que aquellas cosas que no se pueden decir, es menester decir siquiera que no se pueden decir, para que se entienda que el callar no es no haber qué decir, sino no caber en las voces lo mucho que hay que decir.

SOR JUANA INÉS DE LA CRUZ

El sonido de esa nota la es el código que se interna lentamente; se abre paso en los angostos túneles de tu cerebro golpeado. Tu cuerpo yace dormido desde la mañana del accidente. Desde que te soltaste el cinturón y volaste hacia afuera para no morir prensada. Desde que Helena llegó al lugar del choque convencida, por la señal que le dio la mujer de las siete faldas aquella madrugada, de que encontraría por fin a su Maripaz después de casi veinte años de espera, de horas vacías como lagunas que se extienden en el horizonte. Desde que ella y Beto te cargaron en medio del humo y del estruendo, del crepitar de llamas, partes de tráiler, camioneta y autos. Desde aquel día, duermes en una guarida.

—Ahora sí, mi niña, juro por mi madre, que de aquí no te vas.

Pero la nota es la clave y con ella te llega de golpe una vorágine de imágenes que desfilan por tus párpados dormidos. Un salón de clases en sexto de primaria. Tu escritorio es el de atrás, contra la pared y a tu lado derecho se sienta Pedro. Doce años y los cuerpos creciendo, cambiando. Te gusta estar ahí, cerca de él. Cada una de sus palabras, sus gestos y bromas se vuelven indispensables, el instante de silencio posterior a las sonrisas, el momento en que se espían hurgando en las pupilas del otro, sus manos delgadas y fuertes.

Durante tus madrugadas de adolescente, repites: Si hubiera alguien a quien yo pudiera contarle tantas cosas, serías tú, Pedro.

En el techo de la noche insomnios y ausencias. Imaginas un viaje escolar a una isla desierta, un naufragio, Pedro y tú sobreviven. Él te defiende de los otros, te cuida, te protege junto a la fogata. Ahí claudican tus miedos, en la inmovilidad del abrazo que te contiene. Ahí no cabe Julia Mala, ni la muerte de Mariana, ni las ausencias de mamá, ni el llanto afónico de Edy. Pedro te protegería, de todo.

—Pedro, tienes que cuidarme hasta de mí misma.

Y en la habitación parda, la noche se extiende sin respuesta. A veces logras conciliar el sueño durante la madrugada.

—Hasta de mí misma. ¿Podrás?

Muchos años después le dirás eso mismo a Santiago.

Pero sabes que nadie puede cuidarte de ti misma; es un juego perverso. Porque años después de pedírselo a Santiago, te levantarás un día en la madrugada y sin avisarle, te irás manejando sola a Jiménez a pesar de la inseguridad, de los secuestros, de la cinta canela que chirría cuando tienen amarrados a los cautivos, de los dedos mutilados que envían para presionar y de las mujeres violadas hasta el cansancio, de las que pasan semanas en el hospital con rostros deformes por los golpes de los verdugos. Porque decidiste irte sola por esa carretera a pesar de la violencia feroz. Quizá en tu falso velorio aquella frase lo ronde como telaraña que tirita en un rincón.

—Santiago… Tienes que cuidarme hasta de mí misma.

En la aridez del desierto, de este ejido absurdamente nominado "Los Milagros de Dios" el recuerdo de Pedro se dilata. Su presencia, su voz y su mirada han permanecido en ti con el paso de los años. Ningún hombre de los que vendrían después —ni Alejandro el poeta, ni David Liebmann, ni siquiera Santiago, tu esposo— podrían sacarlo de ahí dentro.

Pedro fue el primero. Y quizás por eso, se impregnó como un tatuaje permanente. Su presencia es un símbolo de eso que te sorbió el entendimiento y el acontecer de los días.

Helena silba de nuevo.

Y el sonido es un dardo certero e insidioso que se abre paso en los estrechos pasillos de tu memoria.

Después de mis insomnios y alucinaciones, a la mañana siguiente Pedro, el de verdad, el de carne y hueso, siempre estaba ahí, cerca, porque éramos vecinos y compañeros de salón de clases. Pedro, el promedio más alto de la generación y el mejor del equipo de basquet. Yo trataba de no verlo a los ojos, no fuera a ser que me leyera la mente y descubriera las historias que me inventaba con él.

Recuerdo que un día, a la salida de la escuela, Carlos, muy amigo suyo y también mío, se acercó a decirme:

—Ustedes dos nada más no se ponen de acuerdo. ¿A ti te gusta Pedro? ¿Aunque sea tantito? Él anda por ti, le gustas, no sabe si lo ves sólo como amigo. El otro día que hubo truenos y relámpagos, no durmió pensando que estarías asustada. ¿Tú crees? Así, así de plano está de mal el güey. Se la pasa pensando en ti. De veras. Se levantaba en la noche, iba a la estancia a asomarse y ver si había luz en tu ventana. Tiene meses de vivir así, atormentado. No exagero. Espera que no puedo hablar más fuerte. Camina más despacio. Si sabe que te dije algo, me mata. De verás, te lo juro por mi madre, es la verdad, ¿crees que yo te voy a decir mentiras? Cuando voy a su casa ya no habla de otra cosa, ya no vemos películas ni vamos al basquet o de rol con la raza, no hace otra cosa más que hablar en ti, de veras, te lo juro, es más: te lo juro por Dios. Mira, la semana pasada que faltó a la escuela fue a visitarlo el doctor y no le encontró nada. Ya se enferma nomás de estar pensando en ti. Ni se te ocurra decirle que te estoy diciendo que le gustas. ¿Y a ti? ¿Te gusta Pedro? Si tú me dices que sí, aunque sea un poquito, él se sentiría con más confianza para hablar contigo.

Yo no daba crédito. Recuerdo la escena como una película reciente; aún cae el sol en el rostro de Carlos y él balancea la pierna mientras me mira a los ojos para decirme en voz baja el secreto de su amigo, mientras carga con ambas manos la mochila con libros y sonríe; a la vez que levanta las cejas para acentuar ciertas palabras como queriendo convencerme; se vuelve para asegurarse de que Pedro no está viéndolo. Carlos era mi amigo de toda la vida. Jugábamos juntos con mi triciclo Apache color verde y pasábamos la tarde en el patio.

Sonrío. ¿Qué dije entonces? No sé. Me sucede a menudo que sólo recuerdo las imágenes, pero no las palabras. Supongo que algo que dejara abierta la posibilidad con Pedro, que traté de disimular y no sonreír tanto, aunque aquello fuera la mejor noticia que me habían dado. Esas palabras quitaron, por fin, el velo que se interponía entre la realidad y mi vida desde que Mariana se fue. De pronto, ahí estaba la brisa de nuevo y un impulso regodeándose dentro de mi pecho acelerado.

Es mutuo. Es mutuo. Estamos en las mismas. Corrí hasta el piano negro de cola y toqué durante horas.

—No gracias, hoy no tengo hambre.

Es mutuo. Es de verdad. Días y noches recorrí el piano con una fuerza inusitada, presioné sus teclas, agudos y graves. "Él anda por ti, le gustas… no sabe si lo ves sólo como amigo." Las frases musicales, *pianissimos*, *fortissimos*, *staccattos*, respiraciones, acentos, acordes mayores y menores, *legatos*. Comprendí en otra dimensión el gozo de los *allegros* y los *allegrettos* de las sonatas de Haydn, Mozart, Beethoven, Clementi… Sólo en la música encontré compañía ante semejante noticia. Los demás: papá, mamá, Edy, Nina, tíos, compañeros de salón, maestros; todos estaban fuera de mí, lejos.

La música del piano me había llegado casi por ósmosis, y de tanto escuchar a la abuela, de tanto desear ser parte de eso. Había empezado a suplir mis miedos; era una compañía perfecta abastecida de ese lenguaje de lo simultáneo, transgredía los lugares y las horas dentro de mi cabeza en un diálogo permanente. Cada vez que interpretaba una pieza, el piano y yo nos volvíamos uno.

Esas cosas, las más importantes, se viven así. De eso, yo ya sabía bastante. "Se la pasa pensando en ti. De veras. Se levantaba en la noche, iba a la estancia a asomarse y ver si había luz en tu ventana. No estoy exagerando". Y los valses de Chopin que tocaba la abuela y ahora los tocaba yo, el del *Minuto*, el número 7, el número 10 y 12, la *Polonesa Militar*. "Cuando voy a su casa ya no habla de otra cosa, ya no vemos películas ni nos vamos al basquet o de rol con la raza, no hace otra cosa que pensar en ti, te lo juro." Pedro con fiebre y yo tan cerca y tan lejos. Qué ganas de visitarlo.

Pero durante años habríamos de estar rodeados de un enorme séquito, un montón de gente que entorpecía nuestros escasos encuentros. "¿Te gusta Pedro?" Podrían aprovechar la posada cerca de Navidad para hablar. La-fa-mi-re, la-fa-mi-re, la-sol-re-mi, la-sol-re-mi... Y en cada melodía un diálogo extendido en tiempo y espacio, la compañía de un compositor muerto que, en su momento, lo había comprendido todo.

Por las mañanas corría para llegar temprano a la secundaria, para verlo cada día de lejos, espiarlo, descubrir varias veces su mirada observándome de reojo. Según él, muy despistado, muy serio, según él no se notaba. Me gustaban las obleas que le mandaban sus parientes de fuera y entonces me daba las suyas todos los días. Me las pasaba por debajo del escritorio. A partir de muy pocas palabras, sonrisas dosificadas y toda una labor de observar detalles sutiles comenzamos a construir una especie de apego, un lazo invisible.

Buscamos coincidir en fiestas, de asistir a los grupos de jóvenes de la parroquia o de participar en cualquier evento social, deportivo, escolar. Lo que fuera un pretexto para estar cerca. Recuerdo un certamen de dibujo en el que nos enviaron a concursar a otras escuelas, el entrenamiento de atletismo y el viaje a Torreón para competir, también escribimos ensayos sobre la patria y quedamos ganadores, visitábamos ejidos para llevar despensas y el asilo donde yo tocaba el piano y jugábamos lotería con los ancianos, siempre en grupos. Todo lo que sucedía en nuestras vidas se volvió marginal, satélites que transitaban su órbita, accesorios menores que rodeaban ese secreto que cargábamos dentro, un secreto que por entonces comenzó a tener su propio peso.

Entonces, el peso aún era leve, gozoso y la vida, por fin, tenía sentido. Cada día era un rompecabezas por armar, un cúmulo de pistas, miradas, detalles. Todo lo demás había pasado a segundo plano. Era mutuo y con eso bastaba.

Me acuerdo que a veces íbamos los domingos a misa. Afuera de la Parroquia nos quedábamos platicando todos en bola.

—Qué hay, qué hacemos, a dónde vamos.

—Vamos a cenar a la Patsy, allá enfrente de la plaza, atrás de la arcada.

Ésa fue la primera cafetería del pueblo donde vendieron hamburguesas con papas a la francesa, tipo gringo, moderno, "bien suave". Con los años la Patsy se incorporó a un edificio que da a la plaza principal, un grotesco Elektra amarillo fosforescente.

Otras veces caminábamos un par de cuadras más, hasta la Calzada Juárez, la única calle pavimentada, para llegar al Restaurante Barrios, que servía los mejores burritos del pueblo. Pedro y yo siempre estuvimos atentos el uno del otro. Cualquier palabra o gesto significaba algo, siempre a la distancia. Había muy pocas oportunidades de hablar a solas. Así pasaron los meses.

Todos andábamos a pie, de casa en casa, las puertas siempre abiertas con sus telas de alambre y las mujeres tejiendo o tomando aguas de horchata, tepache o atole de champurrado en invierno, algunos con sus caguamas mientras las urracas chillaban y caía la noche sobre Jiménez. Los hombres con sombreros vaqueros protegiéndose de un sol inexistente, las botas puntiagudas, el cinturón de cuero bordado y el bigote. Por suerte, Pedro no usaba sombrero. A mí no me gustaba. Me parecía inútil, incluso soberbio usar sombrero cuando ya no hay sol o la actitud de esos chavos que caminaban con las manos en los bolsillos y la camisa nueva, la cadena de oro en el pecho. Era finales de los ochentas, ya entonces había rumores sobre los narcos, había "chutameros", dinero fácil, algunos que construían casas de *block*, de dos pisos, que compraban Cougars y les ponían vidrios oscuros. Todos sabían de un tal Caro Quintero que tenía casa en Búfalo, a 15 kilómetros de Jiménez, decían que el mismo ejército ayudaba a que aterrizaran las avionetas y cargaran sus pacas.

—Salúdalos, pero sácales la vuelta. Son amables y muy cumplidos en los pagos, pero no son gente buena ni de fiar. Ellos allá con sus asuntos y nosotros con los nuestros.

Ya había cumplido catorce años. Me acuerdo de una reunión en casa de Miguel Ángel, era invierno y yo llevaba un blusón de seda rosa pálido enorme, como se usaba en los ochenta, el cabello suelto con el copete esponjado gracias al espray súper punk, un chaleco gris de mi papá, unos pantalones negros de los que ahora llaman leggings y unos botines negros. Recuerdo a Pedro de pie al otro lado de la sala platicando con sus amigos. Sus pantalones de mezclilla arremangados, sus *top siders*, alguna chaqueta ligera sobre la polo. Recuerdo que su mirada se abrió cuando me vio entrar a la fiesta.

> I try to discover
> a little something to make me sweeter.
> Oh baby refrain from breaking my heart…

Se reía con ellos para disimular, y le daba tragos a la Coca-Cola en vaso desechable que sudaba frío en su mano derecha.

Después de un rato, que a mí me pareció una eternidad, se acercó para sacarme a bailar. *Erasure* resonaba en la sala.

I'm so in love with you
I'll be forever blue
that you give me no reason
you know you make-a-me work so hard…

Y justo cuando estábamos saltando en medio del lugar junto a los demás compañeros de escuela, Miguel Ángel, quien se deleitaba en vernos a los dos nerds bailando, interrumpió de súbito la canción, cambió el cassette, murmuró con mis amigas y puso una canción de Flans de las que entonces llamábamos "calmadas" y que había que bailarlas "pegaditas".

Lo tienes que entender:
la música es mi vida
y no puedo abandonarla.
Es tanto como tú…

Tardamos unos segundos en reaccionar. Sabíamos que era una especie de trampa, que Miguel Ángel cuchicheaba y que varios decían que "Pedro ya le va a llegar a Julia". Pedro los miró sin mirarlos, mientras ellos le guiñaban el ojo y se reían. Después se volvió a mí.

—¿Qué hacemos? ¿Quieres seguir bailando?

Yo no dije nada, sólo levanté mi mano izquierda y la coloqué sobre su hombro, copiando a las amigas que nos rodeaban.

—Ya estamos aquí.

Me gustó poner mi mano sobre el hombro, bajarla ligeramente e imaginar que debajo de la chaqueta y la camisa estaba él. Pedro tocó mi blusa por primera vez, casi sin hacerlo, tembloroso, con la mano sobre el chaleco de mi padre, donde adivinaba que quedaba mi cintura.

Bésame, que no soy esa mujer
que imaginas de otro mundo...

Todos guardaron silencio mientras la voz de la vocalista suplicaba "Beeeésameee" y yo me sonrojaba. Pedro tomó mi mano derecha, imitando también a los demás; veía de reojo a sus amigos y a mis amigas. Le costaba trabajo sonreír o moverse de manera natural.

Bésame, que se quede el mundo atrás;
abrázame, siénteme, no me dejes de amar...

Durante un instante yo era esa mano que apenas tocaba la mano de Pedro. Enseguida de esa canción, Miguel Ángel puso otra.

Que difícil tiempo para amar,
heredando miedo donde sueño libertad;
tengo que callar una vez más;
mis palabras sobran donde hablan los demás...

Sabíamos que la canción era otra trampa en la que queríamos caer, una trampa para evidenciar que "Pedro andaba por Julia", que no podía disimular, "se quieren y no son novios", que las quijadas se le trababan, que palidecía mientras todos lo miraban.

—Ya llégale, Pedro, ya llégale a Julia.

Aún con esa presión, el tenernos cerca por primera y única vez en mucho tiempo, aunque sólo fuesen los minutos que duraron ese par de canciones, se quedó clavado en el recuerdo.

Y luego había que despistar al enemigo, disimular, decir:

—Ay, Miguel, ya quita esa música. Qué aburrida, está muy lenta.

Aunque no deseara otra cosa que seguir bailando con Pedro, quedarme ahí.

—Ya, Miguel, mejor pon otra música.

Y justo antes de cambiar la música que bien pudo ser Bon Jovi o "El pipiripau", porque así eran la vida allá en Jiménez, en el norte: nos gustaba la música gringa, las cumbias, los corridos, la tambora, los Timbiriches o los Menudos. Cuando todos dejaron de bailar, y se movieron y hablaron fuerte, hubo un instante diminuto imperceptible a los demás, en que Pedro contuvo mi mano, apretó un poco mi cintura y agachó ligeramente la cabeza hasta que su mechón de cabello castaño tocó mi cabeza. Por un instante imperceptible al tiempo, cerró los párpados y suspiró.

En algún momento, Pedro me invitó a su casa a conocer la consola nueva, la única que había llegado al pueblo. Sus papás la habían traído de El Paso, Texas, apenas la semana anterior. Pedro me hablaba de estéreos de alta fidelidad, de bocinas, de los bajos y los agudos, de un amplificador, de un sintetizador manual, de esa maravilla que hacía que pudieras escuchar la música como si estuvieras frente a los instrumentos.

—Te voy a poner la música que te gusta escuchar. Le pedí a mi papá que me comprara música de piano y me trajo varios discos. Me dijo que hay un concierto para piano y orquesta; se llama *Concierto Emperador*, porque Beethoven lo compuso para Napoleón Bonaparte. Vas a ver qué maravilla cuando vayas a la casa a escuchar el estéreo. Esto es una revolución, ya verás.

Años más tarde durante un viaje, recuerdo saludar a una azafata al entrar a un avión y volverme a la cabina del piloto que se encontraba abierta. Sólo ahí volví a ver tantos botones y foquitos; entonces sonreí a la azafata no para corresponder a su saludo, sino por el recuerdo de aquella tarde remota en Jiménez con Pedro entusiasmado por recibirme en su casa y mostrarme aquel aparato extraordinario.

Vivíamos tan lejos de todo, tan aislados del mundo. Cuando leí *Cien años de soledad* por vez primera recordé con nostalgia el entusiasmo con el que José Arcadio observaba extasiado las excentricidades que los gitanos llevaban a Macondo cada temporada, y el asombro que le causó aquel bloque de hielo. En Jiménez ya eran los ochentas, el final del siglo xx, del segundo milenio después de Cristo y, sin embargo, aún había rasgos en común entre aquel Macondo primigenio en donde cualquier cosa causaba asombro y el ambiente de aislamiento del Jiménez de entonces.

—No creo que me den permiso de ir a tu casa.

Pedro volvió sus ojos a los míos.

—Sí te van a dar permiso. No te preocupes. Le voy a decir a mi mamá que hable con la tuya —sonrió convencido.

Como algo totalmente improbable en la estructura mental de mis papás ultraconservadores, llegó el permiso. La espera eterna, el tiempo estancado en las habitaciones oscuras, en los insomnios, en el esófago, en los días que faltaban para que llegara el sábado. Apenas lunes y el tiempo permanecía suspendido en las ramas del nogal. Apenas martes, álgebra, los países de Oriente, la tabla periódica con los elementos, la leche hirviendo y la nata, los patios de lirios e higueras. Miércoles y no comer postre ni cenar mucho para bajar los cachetes, la-mi-mi, mi-fa-sol-la-si-do, sol-la-si-la. Apenas jueves, el mercado, Nina y mi hermano caminando por la casa, mi mamá dándole terapias y mi papá en su despacho, los helechos enormes, exuberantes complacidos. Y apenas viernes.

Es sábado, hay que bañarse sin mirar los azulejos negros donde se refleja la otra Julia. No vaya a ser que se le ocurra hacer algo ahora. No sea que aparezca, me empuje en la tina de baño, me caiga y me arruine la ida a casa de Pedro. Cuentan que mi bisabuelo envejeció a partir de una fractura de cadera y costilla que tuvo en esta misma tina; sufrió varias operaciones y pasó algunos meses en cama.

Habrá que ponerse los tubos calientes en el pelo, porque lo que es con estos pelos de baba, aplastados, lisos. La luz en el espejito del baño, el peine puntiagudo, casi filoso, con el que me hago los apartados para ponerme los churros. Lo que no haría Julia Mala con tal de estropearme la tarde. El espejo se ilumina, pupilas diminutas. Continúo de pie con los ojos a medio cerrar por si acaso la otra se aparece detrás. Los brazos en alto, cepillo, mechones de cabello que enrosco en tubos húmedos de distintos tamaños. Al final clavo el pasador para sostenerlo ahí. Apenas la una de la tarde. Cómo será por dentro la casa de Pedro. La tarde apacible murmura con la calma del fin de semana; mi papá ronca durante la siesta y mamá hojea el periódico.

Me pongo polvo, chapas y sombra café clarito. Me gusta leer a Oscar Wilde, sus frases irónicas: "Ser natural es la pose más difícil". Yo quiero parecer natural con Pedro, bonita y natural, no pintarrajeada. Entrecierro los párpados una vez más. Apenas las 3:13 p.m. Un nudo en el pecho. Me miro en el espejo. Rímel. Quito los pasadores y el cabello cae ondulado.

Mi mamá me encamina a casa de Pedro; abre la señora Esther y se saludan sonrientes.

—Hola, ¿cómo están? Qué gusto recibirlas.

—Todos están muy bien. Muchas gracias por invitarla. Bueno, hija, vengo por ti a las siete y media.

Su papá y su hermano disimulados pasan rumbo a la cocina.

—Hola, Julia. Qué bonita. Nos da mucho gusto que vengas, puedes venir cuando quieras a escuchar música. A ver cuándo nos tocas el piano; Pedro dice que lo haces muy bien.

La consola oscura atenta tras el cristal. Pedro, desde sus catorce años, tiene el cabello castaño; se levanta del sillón trigueño con amapolas estampadas sobre el terciopelo del respaldo. Me describe entusiasmado las maravillas ocultas en el aparato. No recuerdo nada de esa explicación. Creo que ni atención puse. Lo miro complacida y asiento con ojos de admiración. Permanezco sentada en el sillón con las manos frías, con aquel trajecito gris con azul marino que me había cosido la costurera, con medias azul marino y los zapatos plateados de moda que me prestó mamá.

Conversamos, escuchamos música. Entra la señora Esther con un pastel alemán.

—Lo hizo mi mamá. ¿Quieres Coca o limonada?

Entusiasmado, Pedro habla, come, me mira, sonríe.

Los pedazos de pastel y las tiras de coco se esparcen por el paladar.

—Está delicioso. Qué rico cocina tu mamá.

Atrapo las migajas del pan de chocolate con el tenedor; chupo la orilla de metal y el sabor alrededor de mi lengua.

Más tarde Pedro lo retira de mi regazo y en el roce con mis dedos toma mis manos.

—Julia, estás helada ¿Tienes frío?

Lo miro frente a frente. Sonrío. No sé qué responder con su aliento tan cerca. Soy mis manos, cautivas entre sus dedos tibios. Me siento protegida. Hasta de mí misma.

Esa sensación se impregna en un lienzo deshabitado que llevo dentro y al que nadie ha tenido acceso.

Retiro las manos de las suyas.

—Así las tengo siempre en invierno, heladas. Sólo se les quita el frío cuando toco el piano.

—Voy a prender el calentador.

—No, así está muy bien. No tengo frío; son sólo las manos.

Más tarde recupero ese momento. Lo memorizo al derecho y al revés, lo evoco, lo transformo, lo altero a mi conveniencia, como un tesoro preciado.

—Te tengo una sorpresa. Conseguí no sólo el cassette de la película *Amadeus,* que te gusta, sino el *Réquiem* completo.

Escucho desde el sillón de terciopelo, frente a esa consola infestada de botones, focos, perillas y palabras, el *Réquiem* de Mozart. Después del Introitus me recargo, descruzo las piernas, acomodo mis manos, ahora tibias, en los descansabrazos.

Cierro los párpados.

Una sonrisa se adivina en mis labios entreabiertos.

Suspiro aliviada.

Pedro me observa y atisba: Julia descanza sobre los coros, los tonos menores, sobre la tormenta de instrumentos y voces que claman misericordia.

Kyrie eleison.

Pedro, intrigado. Me recargo en el sillón.

Tú fuiste la menor de los rarámuris, un rostro de lechuza y viento y ojos amarillos.

Y ese enorme anhelo de volar.

Pedro sonríe y esa música que gira, envuelve, gime y acaricia…, nos perfora. Su clamor de muerte nos vuelve cómplices.

Rex tremendae majestatis
qui salvandos salvas gratis
salve me, fons pietatis…[6]

Una alianza perpetua.

---

[6] Rey de majestad tremenda / a quienes salves, será por tu gracia / ¡sálvame, fuente de piedad!

Supongo que habrá sido una tarde de 1986 en Jiménez; estaría yo en segundo de secundaria. Mis papás y mi hermanito andaban en la Ciudad de México, pasando por una de las muchas operaciones que le practicaron en los primeros años. Yo, sentada frente al piano.

Para esa época, la música ya me había invadido por completo. Ritmos, melodías y vibraciones que hice mías a fuerza de repasarlas una y otra vez hasta que fluyeran. Una vez domadas, yo podía dejar de concentrarme en los detalles, los tiempos, los bemoles. Entonces accedía a otro nivel donde la fuerza de mi cuerpo entero —desde la punta de los pies con la que presionaba los pedales, pasando por los muslos, el torso, los brazos y las manos hasta llegar al cuello y la cabeza— daba vida a esa presencia avasalladora que es la música, un deleite para el cuerpo y el espíritu, un remolino de voces que me hablaban desde otra parte.

Una de aquellas tardes, Pedro timbró en mi casa. Me asomé por la ventana y ahí estaba él, solo, de pie, con su polo celeste.

—Buenas tardes Nina, vengo a invitar a Julia a tomar una nieve aquí, cerquita a la plaza, con los Camacho.

Caminamos muy despacio, uno junto al otro.

—Julia, hace tiempo que quiero decirte algo.

Me sentí cómoda con el tono bajito que usó. Me hizo sentir que existía ya una complicidad entre nosotros.

—No sé por dónde empezar y tampoco sé si tú quieras escucharlas. Desde hace meses pienso en ti…, día y noche… No como antes, cuando éramos niños. Ahora quiero estar contigo todo el tiempo. Te llevo aquí dentro. Cómo te lo digo… Eres lo más importante en mi vida. Puede sonar súper cursi y, por eso he pensado si debo decírtelo o no, pero ya no puedo guardar este secreto; cada día lo siento más fuerte. No quiero presionarte, no quiero que te enojes conmigo y dejes de ser mi amiga; pero prefiero ser honesto, arriesgarme… Es lo que siento y vengo a ponerlo delante de ti. Te lo digo muy en serio. Necesito decírtelo. Sé que a los ojos de los adultos estamos muy chicos, pero te juro que lo que siento es muy grande… y me gustaría saber qué piensas tú de esto. Yo quiero preguntarte, y en verdad, no sabes el trabajo que me cuesta decirte todo esto… quiero preguntarte si tú, Julia, quieres ser mi novia, ahora, o en algún momento en el futuro. Puedo esperar; si tú crees que me puedes llegar a querer como algo más que un amigo, yo puedo esperar el tiempo que tú quieras.

Aquellas palabras y las de tantas tardes de la adolescencia se diluyeron en capas de memoria y de olvido. De aquel momento, recuerdo la emoción que disimulé, la alegría que se abrió paso dentro de mí. Las palabras engarzadas unas con otras, mientras yo las escuchaba incrédula, como si vinieran de otra realidad. Las escuchaba como si no fueran para mí, porque junto a ellas llegaba también otra voz interior que no me dejaba concentrarme, como si la otra Julia quisiera echar todo a perder.

Respiré profundo para hacer la voz de la otra a un lado. A ratos yo desviaba la mirada, no fuera a ser que ella hiciera de las suyas.

La mirada de Pedro hurgaba dentro; cada una de sus palabras se introdujo en diminutas grietas para aliviar mis cicatrices, como agua en surcos de penumbra, palabras cristalinas que se deslizaron hasta habitarme. Las pronunciaba como si en aquellas frases se estuviera entregando él mismo.

Ahí estaba Pedro, como en una historia más de esas que tantas veces me había inventado, con la mirada deshojándose en aquella confesión.

Y era mutuo. Era nuestro.

Aquello era lo mejor que me había pasado.

Por fin, esa tarde llovía en el desierto.

Por fin llovía sobre la ausencia de Mariana, sobre el gato muerto, la palma de mi mano herida y el miedo; llovía sobre el nogal mutilado y encima de los llantos afónicos de Edy en las noches, sobre las costuras inflamadas incrustadas en su cuerpo pequeño. Por fin una guarida que me recibía con todos mis triques para quererme así, para protegerme de todo eso. De mí misma.

Cuando Pedro terminó de hablar y guardó silencio, esperando una respuesta, volvió a mí aquel momento, años atrás, en que papá me llevó a conocer a mi hermanito. Ahí me había prometido a mí misma construir una vida que no les trajera preocupaciones. Y un novio a esa edad en mi familia, o un novio a escondidas en un pueblo como Jiménez, no era algo con lo que mis papás pudieran lidiar.

Respondí, aunque no recuerdo las palabras. Respondí sin imaginar la semilla que se me había sembrado dentro. Suele sucedernos, para bien o para mal, que los momentos más trascendentes nos llegan de improviso y, en sólo un instante, tomamos decisiones que nos cambian el rumbo de la vida.

De manera que el amor era eso: un espacio ajeno a los otros para bajar la guardia, la banca en una plaza para detener el tiempo y hacernos preguntas. El amor sería los insomnios pegados a los párpados, una canción en la grabadora. Play..., rewind, stop. Play..., stop, rewind. Play... Una vez y otra vez la misma canción. Una tarde de ecuaciones, de ángulos, del tratado de Versalles y el desembarco en Normandía, de pirámides de Teotihuacán y héroes de la patria, de nombres de ríos y lagos evocados desde aquel desierto donde no llovía nunca y las camionetas allanaban el terregal con su bamboleo distante día y noche.

Lo cierto es que hasta la fecha, las emociones siempre me han rebasado. Nunca encuentro las palabras que las describan o les hagan justicia. Me quedo atónita ante la avalancha que se me viene encima.

Ése era quizás uno de tantos consuelos convenientes que nos ofrecía la religión. Había un Dios llevando un minucioso reporte de nuestras desventuras para ser tomadas en cuenta después. A la hora de la muerte las desavenencias se convertían en un patrimonio, un pase para la felicidad eterna. Por eso, ante la frustración o el dolor, el futuro siempre ofrecía un mejor paisaje, y si era un Paraíso, pues qué mejor. Por eso los ritos y ceremonias religiosas, los rezos y las procesiones.

El amor era el anhelo persistente de ver a Pedro, un teléfono sin sonar, tres cartas de cinco hojas, media docena de cassettes con letras de canciones escritas a mano, aquel anillo de oro delgado y su mirada a la distancia, siempre observándome.

El amor era una historia que ocurría dentro de nosotros, una grieta sutil que trastocó mis tiempos y espacios, el ritmo de los días y las noches, las horas de colegio y la eternidad de los domingos. El amor era una espera larga, un lago inmóvil, una manera de prolongar el tiempo y dejarlo suspendido en la añoranza.

Aunque estuve convencida de que Pedro había dicho las palabras mejor elegidas que nunca nadie antes hubiera pensado por lo menos en dedicarme, esa misma noche ya no pude recordarlas con precisión y, años después, ni siquiera a una sola de ellas.

El día que le conté a mamá sobre Pedro, me aconsejó no andar platicando el asunto, ni escribir cualquier frase que pudiera hacer las veces de testimonio, aun cuando todas mis amigas hablaban de los chavos que les gustaban y pintaban corazones por todos lados. Yo las escuchaba en silencio. Contaban emocionadas que fulanito las volteó a ver o que las sacó a bailar. Y yo pensaba…, si supieran todo lo que Pedro me dice, se morirían de envidia. Ellas tan guapas, tan risueñas y deseosas de que alguien las invitara a salir. No sospechaban que alguien como yo, ni bonita ni fea, ni vestida a la moda ni popular pudiera trastocar las emociones de Pedro. Con una sola de sus frases, ellas se hubieran alborotado. Pedro y yo teníamos que ingeniárnoslas para coincidir en alguna fiesta, en alguna reunión, para platicar en el recreo siempre cumpliendo con una serie interminable de recomendaciones maternas:

—Jamás se queden platicando en un lugar oscurito.

—No hagas cosas buenas que parezcan malas.

—Guarda tu distancia.

—Date a deseo y olerás a poleo.

—El hombre llega hasta donde la mujer lo permite.

—No hagas nada de lo que te puedas arrepentir.

—Las mujeres se queman muy fácil, los hombres no.

—Las mujeres quedan embarazadas.

—Los besos son para cuando te vayas a casar.

—No seas rogona ni ofrecida. A los hombres les gusta tomar la iniciativa.

Además, con los años llegué a escuchar, entre conversaciones, otras frases que aludían a lo mismo: "A fulanita le gusta el Lingo lilingo, la vida alegre, es medio pajuela, de cascos ligeros, ofrecida, de reputación dudosa, güila…" "Sutanita se comió el gansito, salió con domingo siete." Por supuesto que ésa era la peor desgracia que podía caer en una familia, era peor visto que una mujer quedara embarazada fuera del matrimonio a que un hombre cometiera un fraude, fuese mujeriego, asesinara a alguien, o vendiera leche con radiación de Chernóbil a recién nacidos.

Ejido Los milagros de Dios, Durango

27 de mayo, 2014

El tiempo detenido en una vaina de mezquite.

Inmutable.

El perpetuo letargo que es la espera.

El tiempo suspendido sobre esa vaina de hueso oscuro.

El tiempo aplasta ese cuerpo que se desprende y cae sobre el polvo.

El tiempo tendido sobre esa piel tuya en la que se guarecen todos tus tiempos.

El tiempo mineral deambula entre amonites y matorrales pardos.

El tiempo bosteza.

El tiempo sueña con gárgolas, la orilla de un río, una calle empedrada. Una voz susurra aquella melodía de antaño, el olor del pecho tibio.

El tiempo se detiene.

La tarde quieta arde sobre el lomerío lejano.

La tortuga milenaria vigila tu sueño.

Y este desierto perenne se interna por tus poros.

Los peces ciegos navegan en los ríos subterráneos bajo sedimentos densos de polvo arenoso, bajo este cuarto solitario, con su catre crujiente y tu cuerpo siempre dormido, llagado, inconsciente.

Y ese aire que no se mueve, se escurre sobre tu frente macerada; entre tus dedos lacios y agrietados por este desierto infinito que nos absorbe.

Tendida sobre el desierto,
    sin cejas ni pestañas,
    dedos llagados, labios de grieta.

No podrás despertar.
    No puedes despertar.
    Nunca despertaste.
    Eres Julia dormida, Julia durmiente.
    Tu vida reducida al paso lento de un caracol que cruza la carretera recorriendo tu memoria.

De pie, junto a ti, Helena te observa.
    —Mi niña…
    A bale tewa… Ari ela cutomea.[7]
    Helena extasiada.

---

[7] "Ya viene… Hoy la tendrá con usted", en rarámuri.

Estancia María de Lourdes, Monterrey, N.L.
8 de noviembre, 2014

Mi hijita, por quien tanto pedí al Señor, y pues me oyó. Me lo concedió, "pidan y se os dará", y pues ahora de vieja, el Señor me da ese consuelo. Sí me escuchó, valieron la pena los días y noches que pasé de rodillas sobre el piso de tierra, allá en Los milagros de Dios. Cada vez oigo más clarito las voces, clarito, clarito, en la madrugada sobre todo, pero a veces también cuando Lolis anda cuidando a los otros viejos, a los chamacos retrasados, a mi Beto, porque ya supe que gracias a ti, trajeron a tu hermano a vivir aquí conmigo. Lo cuidan bien, le dan sus comidas, sus medicinas, hija, no tengo manera de agradecerte, Dios te lo pague. Te decía, cada vez oigo más clarito sus voces. Las caras chimuelas de los viejos y sus ojos hundidos me acercan aquellas voces, y después de un rato dejo de oír a estos viejos, sólo oigo los otros murmullos.

Te comentaba el otro día, ya ni me acuerdo qué tanto te conté de los tiempos de la Revolución, de lo que me contaba mi Tita Inés... de las injusticias que hacía Villa, ¿a ti también te contaron de eso? Será en el tiempo que andabas perdida, porque yo no me acuerdo de haberte llevado a Jiménez de chiquita. Dicen que ahora es un pueblo de nada, que se negó a morir, que sólo quedan narcos, nogales y un puñado de gente.

Uy, pues en aquellos tiempos mi Tita Inés y mi abuelo Rodrigo estaban tan enojados, indignados, por la muerte de Madero, por la traición de Huerta, y ellos quisieron seguir con la lucha de Francisco I. Madero. No sé si te conté que lo conocían, que lo admiraban mucho, lo malo es que para poder seguir su lucha, al principio tuvieron que unirse al otro Francisco, andarse con la gente del tal Villa, ¿has oído hablar de él? Cuando ellos se unieron a la lucha, la Revolución tenía un par de años y no se sabía que se iba a convertir en un sinvergüenza, un mujeriego, un matón, pero eso sí, los papás de ellos no pudieron perdonárselos nunca, nunca. Para los hacendados de Dolores, de Santa Rosalía, de Parral, de Jiménez, Villa era el mismito demonio en persona. Contaban que pasaba por Jiménez todo el tiempo, ahí mero tenía su cuartel, ¿cómo dices? ¿Tú fuiste ahí? No me acuerdo, sería en el tiempo que andabas perdida, contaban que secuestró a todos los hacendados, aunque no fueran tan ricos, hasta dejarlos pobres, en cueros y muertos, que se robaba las vacas, los caballos, la comida para alimentar a su tropa. Contaba mi Tita que todos los compadres de su papá se fueron a Texas; hazte de cuenta igualito que la violencia de ahora, justo cien años después. La misma gata, nomás revolcada. Las torturas, los secuestros, los desaparecidos, los colgados, muertos sin nombres en fosas y fosas, chamuscados, y, si no, pregúntale a Rodolfo Fierro, el Carnicero le decían, el que ayudaba a Villa. Decía mi Tita que los niños iban por las tardes a asomarse al paredón que estaba por el ferrocarril, por la casa redonda, para ver a los que fusilaban en las tardes. Y pues sí, en cierta manera es raro que mis abuelos siendo tan buenos se unieran a esa lucha, pero pues así es la cosa, en esta vida lo que parece ser no es, y pues Villa era el bueno para algunos en aquel entonces, y además era la única manera de seguir con lo que Madero había empezado. Unirse a la gente de Villa era luchar contra el tal Huerta.

Lo malo es que a Villa se le subió. Nació muerto de hambre, nomás le llegó tantito poder…, y malo el cuento. Años después, ya que mis abuelos no andaban con él, se volvió despiadado, un asesino cruel. Hay muchas historias, ¿te conté de las mujeres que mató? ¿Del pueblo donde los dorados violaron a todas las mujeres? Me revuelvo entre tanta historia, ya no me acuerdo ni qué te conté. ¿Te dije lo que hizo en la calle principal de Jiménez con las mujeres de la familia González?

Ora verás, un día llegó Pancho Villa a Jiménez; venía ardido, y dicen que creyó que lo habían traicionado, que no podías verlo a los ojos porque si veía algo que no le gustara en tu mirada, te mandaba matar. Entonces llegó a Jiménez, se detuvo frente una casa muy bonita, elegante, frente a la Calzada Juárez, ahí vivía la viuda del coronel González, cuyo marido había sido villista de hueso colorado. El difunto le había encargado a Villa, que era su compadre, a su esposa y sus hijas. Había tanta amistad entre ellos que, cuando Villa pasaba por Jiménez, se hospedaba en su casa. Lo malo es que al Mocha Orejas, a un tal Baudelio Uribe, le gustaba una de las tres hijas de la señora y ella no lo quería. ¡Cómo iba a quererlo si tenía fama de asesino! El fulano ése le calentó la cabeza a Villa diciéndole que ellas lo traicionaban, luego fue a acercarse a la señora, como queriendo abusar. Ella sacó una pistola, lo hirió, y pues que llega Villa y mata a la señora y a sus tres hijas. Como una de ellas llevaba una bebé en brazos, decían que se la arrebató y con fuerza la estrelló contra la escalinata del frente de la casa, ahí frente a la Calzada Juárez. Yo pasé por ahí hace unos años y vi la casa, la escalinata, hoy es el Restaurante Barrios, una casa grande y rebonita con arcos, columnas, patio central, dice mil novecientos seis arriba de la entrada principal. Luego, agarró a patadas a la bebé hasta que dejó de llorar. Y por si fuera poco, a la mujer la violaron antes de matarla. Nomás imagínate. No te digo... y luego se asustan de Hitler y de Enrique VIII y de otros que salen en el Sky..., para matones, Pancho Villa; esposas tuvo casi veinte, el Enrique ese de Inglaterra se quedó corto..., pero de eso, nadie dice nada. Para la historia que nos enseñan en la escuela Villa es un héroe, pero pues ya ni llorar es bueno. Lo hecho, hecho está.

Tendida desde el desierto y la desmemoria, asoma un recuerdo que ha permanecido guardado. Detrás de tus párpados febriles apareces niña. Acompañas a Nina a la botica Pasteur, caminan por la Calzada Juárez bajo el entretejido de luz y sombra que proyectan los nogales. Huele al polvo que levanta el lento rodar de las camionetas.

Se acerca un viejo y se dirige a Nina.

—¿Ya sabe usted la terrible historia de esta casa?

—No.

—Aquí donde estamos parados, en esta escalinata, el general Villa mató a una viuda que vivía con sus hijas.

—¡Jesús!

—Dicen que desde entonces se oyen voces, llantos ahí dentro en las noches. Unos dicen que es la mamá que no puede descansar, otros que han visto a los niños pasar por ese patio que se ve ahí.

—Qué cosas dice, don Manuel. Si los fantasmas no existen. Julia, no vayas a creer eso que está diciendo este señor.

—Pregúntele a Edna Ojeda, ella vive aquí con su mamá. En el día atienden el restaurante, en la noche viven allá atrás en las alcobas. Dicen que es un niño muy pequeño, vestido de pantalón corto, de tirantes, muy pálido, viste como vestían antes, que ellas ya se acostumbraron a verlo, que rezan para que el alma de su madre descanse en paz, para que se encuentren.

—Ha de ser el niño que tuvo el accidente después..., el otro, pero ya nos vamos; tenemos prisa.

—Han visto a la criatura cruzar ese patio, ahí donde está el pozo y que luego entra a una de las habitaciones de allá atrás. Según cuentan que para defenderse, las señoras sacaron la pistola e hirieron a uno de los hombres de Villa, era el Mocha Orejas, hay muchas historias de él por aquí, era un asesino terrible. Mientras se agarraba los intestinos gritaba furioso tirado ahí en el piso.

—Ya nos vamos. Está asustando a la niña. Que tenga buen día. Hasta luego. Qué cosas dicen los viejos, Julia, no vayas a creer esas historias de aparecidos ni de esas cosas tan feas que cuenta ese señor. Ah, viejo imprudente.

Esa imagen te persigue, el hombre en el suelo, apoyado sobre el codo derecho, pidiendo venganza a gritos, sosteniendo sus intestinos mientras Villa dispara a la viuda, a sus hijas, mientras un soldado lleva a empujones a la nana del bebé al patio central y ella grita desesperada pidiendo ayuda, mientras levanta sus enaguas y la empuja contra la pared.

Tendida en el desierto percibes el olor a azufre, contemplas borbotones de sangre que brotan de las heridas de bala, sus cuerpos esbeltos con vestidos largos. Descansan inertes un botín, un tobillo. Las miradas entrecerradas, la pupila suspendida en la inmovilidad de un pueblo paralizado por el miedo. Algunos espían temerosos desde lo que se vuelve trinchera: la ventana de su casa, el postigo cerrado, el tronco de nogal en la acera de enfrente, el mostrador de la botica. Retumban los balazos. El silencio suspende la tarde, el llanto, los gritos de la mujer, la furia del Mocha Orejas, del soldado que sacude a la mujer. Otro balazo.

Tendida en el desierto revives las imágenes que te acompañaron durante años, el temor a encontrarte con aquel niño en las habitaciones de tu propia casa. Por años pasaste frente a la Calzada Juárez y siempre, a la altura de la casa de los González, lo buscaste en el patio central.

Él recorre caseríos. Pregunta por el accidente de Julia. Precisa la ubicación. Camina sobre el asfalto aún manchado. Las gotas de sudor suspendidas en los párpados. Detecta dos o tres rancherías cercanas. Las recorre a pie. Empapado. El calor resulta insoportable.

Pregunta una vez y otra. Toca las puertas. Conversa con las mujeres del estanquillo. Ofrece recompensa.

Imagina. Recrea posibilidades. Y aunque sabe que es presa fácil de extorsión, le da su número de celular a dos o tres personas que le parecen, si no confiables, por lo menos empáticas.

Ahí, en Los milagros de Dios hay una puerta que nadie abre. Es la puerta desteñida de un cuarto que hace las veces de casa. Del otro lado de esa puerta, Helena permanece inmóvil. No quita los ojos a la mujer durmiente. Por suerte, el Beto no está en ese momento. Nadie hace ruido. Helena escucha que tocan a la puerta.

Cinco golpes certeros.

No abre.

El tiempo suspendido sobre el desierto.

Tocan de nuevo.

Helena espera. No vaya a ser el diablo.

Él pega la oreja a la puerta.

Silencio.

Más tarde les pregunta a dos jóvenes que pasan:

—¿Quién vive en ese cuarto?

—Helena… Una mujer extraña, como vieja o loca o sabe qué.

—Miren, busco a esta persona —dice él mientras les muestra una fotografía—; la última vez que la vieron fue por aquí, el día del accidente… Se llama Julia.

Pedro volvió a preguntar un año después el mismo día. Esta vez dije sí. Conservo pocas imágenes. El día que cumplí quince años me dio un montón de detalles y regalos. Llegué a la escuela y me entregó una tarjeta, un lapicero que se agitaba para que saliera la puntilla; en el recreo, unos chocolates de tortuga que me había traído desde El Paso, y en mi casa me esperaba un ramo de flores, una pulsera, un peluche que aún conservan mis hijos sin conocer su origen, un perfume, varios cassettes con música clásica que él mismo había grabado en aquella consola y otros con música pop: Richard Marx *Hold on to the night*. U2, Bon Jovi, Rick Astley, Roxette, Chicago, Erasure, Madonna, Michael Jackson, Cheap Trick, Al Green, Phil Collins. Los cassettes dedicados y las letras escritas a mano.

Recuerdo también que no me gustaban las vacaciones, porque implicaban separarnos. Me parecían eternas. Iba con mis papás de un lado a otro, paseábamos, visitábamos parientes. Sentía una especie de angustia que no me dejaba; llevaba la esperanza de encontrarme a Pedro en algún lado. Tuve que fingir interés en un montón de conversaciones y juegos con primos y amigas. A él lo enviaban a campamentos a Estados Unidos y me escribía a diario. El servicio de correo siempre era malísimo, de manera que sus cartas tardaban semanas en llegar. A veces llegaba primero él de regreso.

En tiempo de clases, Pedro iba como seleccionado a competencias nacionales de atletismo. Recuerdo una ocasión en que me dijo que no había ganado nada. Pero, esa misma tarde, al caer la noche, saliendo del Santo Cristo, apuntó al cielo, y dijo algo detrás de mí:

—¿Qué dices?

Un par de medallas de primer lugar de deslizaron sobre mi cabeza. 400 metros planos. 100 metros planos.

Yo hacía cuentas todo el tiempo, catorce, quince, dieciséis, diecisiete, dieciocho, diecinueve, veinte, veintiuno, veintidós, veintitrés, veinticuatro... Cuántos años habría que esperar para poder casarnos, para poder vivir juntos.

—¿Sabes que ya no está de moda pensar? La gente no sabe por qué hace las cosas.

—Julia, lucha por lo que quieres. Sigue con el piano; yo te ayudo a estudiar, y yo te explico física.

—Hay que hacer las cosas de la mejor manera posible, o si no, mejor no hacerlas.

Para entonces yo estudiaba ya varias horas de piano al día. Seguía la metodología de un conservatorio con una maestra particular que venía de Parral a darme clases. El universo de la música crecía conmigo. Era una manera de sublimar todo lo que me sucedía, de prolongarme hasta Pedro en tantas cosas que no sabía cómo ni cuándo decirle. Muchas veces, cuando me vio apresurada preparando algún examen de piano, me hizo guías de estudio. Me acompañó a los recitales, incluso llegó a ir a

Chihuahua a verme; él se las arreglaba para estar ahí. La tía de Carlos, nuestro amigo más cercano, era maestra de piano en Jiménez y los llevaba a los dos.

Un día en el colegio Pedro golpeó a otro compañero por molestarme. Nadie se imaginaba a Pedro peleando. No recuerdo la razón, pero con eso demostró ante los ojos de todos dónde estaba la frontera, la nuestra, y yo quedaba dentro de su territorio. Recuerdo que lo vi de lejos y sentí un orgullo que tuve que esconder, disimular.

* * *

En un pueblo como Jiménez, todos sabíamos que al terminar la secundaria teníamos que irnos de ahí para estudiar preparatoria y carrera. Lo mío, definitivamente, era la música. Ya había visitado algunas ciudades donde podía combinar una buena academia de música con la prepa. Lo ideal, según Pedro y yo, era escoger la misma ciudad, aunque suponíamos que nuestros papás no estarían de acuerdo.

Tal vez conservo algunas palabras, anécdotas o cosas que me regaló Pedro. O tal vez nada. Pero lo que guardo como si lo viera ahora mismo son sus ojos, la curvatura de sus párpados, el mechón castaño sobre la frente, la nariz, los músculos apretados de la mandíbula cuando se molestaba y las piernas que ganaron todas las carreras. Se quedaron a habitar dentro de mí.

Una carretera nocturna,
    un viaje escolar en camión,
    la voz del cantante dentro de mis oídos,
    y los coros, la música toda,
    la canción era para mí, eso dijo él,
    una almohada entre los dos,
    para recargar un par de cabezas que no se tocan,

    and I'm never gonna tell you everything i've gotta tell you
            but I know I've gotta give it a try
            but I don't know how to leave you…

aumenta el volumen,
    el vocalista, los agudos,
    el camión es murmullo de motor y madrugada,

        but I'm never gonna make it without you

en silencio, sin dormir,
    las dos de la mañana y percusiones,

las tres y los agudos,
una lágrima surca mi rostro.
—Julia, ¿estás dormida? ¿En qué piensas?
—En nada, en muchas cosas.
Las cuatro.
—Me gusta ver las luces de los pueblos.
Amanece sobre el desierto.
—Pedro, ¿cuánto crees que falte para llegar?
100 kilómetros, una hora.
Toda una vida.

El primer año fue la espera. El segundo año el noviazgo. El tercero comenzaron las grietas, las fracturas. Nos quedó grande el amor para la edad y las costumbres de aquel pueblo. La mayor parte de mis conversaciones con él sucedieron apisonadas bajo el profundo anhelo de estar cerca de él, aplastadas bajo tantas cosas que me eran indiferentes: el volumen de un tetraedro, las comidas familiares, la tabla periódica de química, los programas de televisión, los estados contables con su "debe" y "haber".

Cualquier cosa que hiciera que el tiempo avanzara para que llegara la siguiente oportunidad de verlo era buena. Para ser sincera, ese deseo no desaparecería por años. Aun después de él y de otros que vendrían, aun después de casarme con Santiago y de tener a mis hijos, en las noches, sigo soñando que busco a Pedro entre multitudes para decirle algo, para preguntarle tantas cosas que no pude. Para saber si encontró respuesta a las dudas que nos rondaban, si es feliz ahora, en esa vida exterior que todos masticamos.

A veces nos sucede que cuando el sentimiento pesa nos hacemos una historia en la mente, la repasamos, quitamos y ponemos palabras durante horas. Nos abstraemos de lo que nos rodea. Manejamos sin atención, leemos sin entender, saludamos absortos en diálogos internos. Y, a la hora de ver a la persona esperada —la persona que nos fascina o el esposo enojado o la suegra o el jefe inaccesible— y hacen ellos un comentario breve, todo nuestro discurso se va al traste. Una vuelta de tuerca. Entonces, salen las palabras que nunca ensayamos. No las cosas como queríamos, nos distanciamos. Algo cruje dentro, en silencio, se hace una grieta primera y por ahí se vierten las palabras que nadie planeó. Las dichas por nuestro otro yo. Por Julia Mala.

—Dice mi mamá que guardemos nuestra distancia.

Sus ojos miran hacia arriba, las mandíbulas se intrincan y se marcan los músculos, los labios se aprietan, el zapato inquieto en pequeños golpes sobre las gradas donde estamos sentados.

—No te bastan dos años para demostrarte que sé comportarme, estamos en la escuela, pues qué me crees. Me conoces desde kínder.

Su ira contenida. Mientras habla mirándome a los ojos Julia Mala no me deja escucharlo. Oigo clarito, en cambio, los sermones de mi mamá: "No te vayas a quemar, siéntense separados uno del otro, guarden su distancia y no habrá problemas". O al menos eso es lo que ella cree. Me duele verlo enojado, furioso.

—Qué tengo que hacer para que confíen en mí, no podemos ni hablar así, sentados tan separados.

Yo quiero decirle tantas cosas, pasar la vida junto a él. Recargarme en su hombro, compartirle un fragmento del libro que estoy leyendo, explicarle que en esas líneas de Oscar Wilde me sentí como la protagonista. En cambio, el tiempo perdido en esas discusiones. Cada vez más frecuentes. En esos silencios largos. Pedro se fastidia, no habla, no se come el sándwich de mermelada que le manda la señora Esther, el Mamut. Los tira completos a la basura.

Y yo Julia, siempre haciendo enojar a quien más quiero. Todavía me sucede lo mismo con Santiago, aunque entonces apenas vislumbraba que la vida cotidiana es una madeja de sinsabores. El sonsonete de mi mamá en la cabeza. Alguna cosa diría yo para tratar de suavizar las cosas; pero Pedro sabía que ésa era mi intención y eso lo molestaba aún más.

—Julia, lo que me preocupa es que lo dices como si estuvieras convencida de eso, no sólo por obedecer a tus papás. Sólo haces lo que ellos dicen. No puede ser así siempre. Son tus papás, son muy importantes, pero ya no eres una niña. Tienes tus propias ideas; tienes que tomar tus propias decisiones. Ellos te dan consejos generales. Tú eres la que está aquí. Toma de ellos lo que aplique en el momento y ten tu propia postura de las cosas. Además, cuándo, dime cuándo he hecho algo para faltarte al respeto, por favor. No puede ser que en dos años no he podido ganarme tu confianza. Ya no sé qué tengo que hacer, de veras Julia… Sí me agüito, y mucho, porque yo hago todo lo que está de mi parte. Todo. Ya no se me ocurre qué más puedo hacer. Y no lo hago para reprochártelo, lo hago con gusto porque te quiero, pero tú no recibes el cariño, no recibes mis palabras, no contestas nada. Hay una barrera siempre contigo. No dices lo que piensas, me platicas de todos menos de lo que tú sientes, de lo que tú piensas. Me interesa lo que dices, pero me interesas más tú. Yo quiero escuchar a la Julia que está ahí dentro, conocerla. Eso me interesa más que las historias de tus amigas o del clima o de lo que pasó en la kermés con fulanito o zutanito. Me interesas tú. Te quiero a ti.

Lo dice inclinando un poco la cabeza hacia mí, como enfatizando, sus ojos se humedecen. Los labios no terminan de cerrarse. Vuelve la mirada al horizonte, frunce el ceño. Los músculos de la mandíbula se marcan.

Julia Mala me amarra los labios. No puedo hablar. Quiero decirle que lo quiero como jamás volveré a amar, más fuerte que mi cuerpo, mis ideas, mis palabras, mi presencia en esas gradas. Lo amo con una certidumbre que me carcome. Duele hacerle daño. Duele fastidiarle la vida. Duele no poder estar en paz ni él ni yo. *Lo que tienes que hacer es terminar con todo para dejar de fregarlo, para que no parezca que le das atole con el dedo. Ay, Julia, estás bien pendeja, nomás no le atinas con lo que dices.*

Hago esa voz ronca a un lado. Lo menos que quiero es hacerlo enojar. Estoy amarrada. Veo el mechón castaño en la frente. Me parece una distancia infranqueable entre mi mano derecha sobre las gradas de cemento y ese mechón que se tambalea mientras habla. Mi mano no se mueve. Quiero tocar su mejilla, colocar mis dedos sobre su boca. Callarlo con un beso. Pero me quedo inmóvil. Las palabras se me amontonan debajo de la lengua. Abro la boca y no salen. Quisiera decir algo así como: "Te quiero más que a nadie, te amo, no me importan los demás. Me importas más tú que lo que digan mis papás. No fue ésa mi intención, no quise lastimarte". Pero no me sale. Ni una palabra.

—¿Por qué te quedas nada más mirando? ¿Por qué sonríes? ¿Te causa gracia?

Quisiera decirle que años atrás hice una promesa que me ronda todos los días…, que me impide acercarme a él. Quiero salir corriendo, irme a una isla desierta, tener veinticuatro años, quiero no estar en las gradas de la escuela, tener un espacio a solas para hablar con él, que nadie nos mire y cuchichee, que Miguel Ángel no nos señale y diga: "¡Ya se enojaron otra vez! Ándale, Julia, ya dale un besito para que se contente". Quiero escapar de todos ellos. Quiero huir de ese momento. Quiero olvidar la escuela. Despegarme de las barreras, del mutismo, de la inmovilidad en la que me envuelven esos hilos viscosos que yo misma produzco. Quiero irme de Jiménez, alejarme del desierto, de ese polvo cansino que cubre mis primeros quince años.

Quiero escapar del peso de aquella promesa implícita a mi padre. Quisiera decirle: "¿Sabes, Pedro? Hice una promesa de esas que no se rompen. Hace varios años, cuando era niña, una vez que papá dijo tartamudeando: 'Julia, tu hermano nació enfermito… Así lo vamos a querer mucho'. Yo asentí, Pedro, callada como siempre dándole gusto a todos, leyendo en su mirada azulada un dolor profundo que se vertía en mí. Me prometí a mí misma, Pedro, desde lo más profundo que, después de lo ocurrido con Mariana y con mi hermanito enfermo, no tenía yo más opción que la de construir una vida que no trajera más dolor o preocupaciones a mis papás".

Porque muy en el fondo, quizá todo es mi culpa. O de Julia Mala y su voz ronca cuando dijo: *El bebé que tiene mamá en la panza está podrido.* Es mi culpa que Pedro esté desesperado. Es mi culpa que Mariana se haya ido para siempre. *Ya no quiero ser tu hermana, ojalá te mueras.* Es por mi culpa. Por mi culpa, por mi gran culpa. Y todo por las malditas palabras que salen de mi boca y lo echan todo a perder.

—¿No vas a decirme nada? ¿Es que no te importo? ¿Ni una respuesta merezco?

—…

—Perfecto, Julia. Hablamos más tarde.

Se levanta de las gradas. Se va sin volver la vista.

El desierto, las urracas, la escuela, el recreo y todas las palabras no dichas se enredan debajo de la lengua. Se expanden en un hueco debajo de las costillas, un hueco que duele. Me quedo sola.

Una vez más.

Pasa la coordinadora. La saludo de regreso.

—Riiiiiiing.

Termina el recreo.

A veces Pedro también dificulta las cosas. A veces es irónico. Se exige mucho a sí mismo, a los demás. No le gusta que yo use sandalias porque se me ven los dedos de los pies; tiene ese tipo de manías. Revisa mi peinado minuciosamente, mis palabras y, por supuesto, mis silencios. Cualquier mueca fuera de lugar supone un conflicto. No le caen bien mis amigas. Responde a sus comentarios: "Me salió una bola por preguntón; me sacaste de la duda". Y se ríe. Una risa sarcástica a veces. Cuando se acercan: "Y a ti ¿qué jabón te patrocina?". Cada uno de sus movimientos está fríamente calculado, premeditado. Sus ojos nunca miran donde quisieran. Sus ojos sólo atienden a un circuito de reflexiones y análisis previos; todo su cuerpo ha ido perdiendo espontaneidad. Su risa también. Últimamente se ve más tenso, como si en él hubiese algo a punto de estallar, como si quisiera huir de sí mismo, de la presión de los otros. Los malos entendidos entre nosotros se vuelven frecuentes. Aunque a los ojos de todos, Pedro siempre brilla. Es el primero en la generación en calificaciones y en atletismo. Sus puntajes para entrar a las preparatorias de Monterrey y Chihuahua fueron altísimos; incluso le ofrecieron dos becas.

En los ochentas no había celular, no había chats, ni Whats-App ni Instagram ni Facebook. Un teléfono colgado era eso. Un golpe que podía trastornar el curso de una vida entera. Había que soportar el silencio de un enojo, las ausencias sin anuncio, un fin de semana sin él. ¿Qué hubiera sido de nuestras relaciones amorosas con la tecnología de hoy? Quizá yo no hubiera terminado casada con Santiago. Quizá hubiese encontrado una forma alterna de suavizar esos silencios míos que tanto molestaban a Pedro.

Mamá me tenía prohibido escribirle cartas, tarjetas que expresaran algún sentimiento, llamarle a su casa. Para ella, el timbre del teléfono era el anuncio en casa de Pedro de que Julia "la rogona" llamaba al susodicho. "Si le escribes algo, todos lo van a leer. Su mamá le va a revisar todo; también, sus hermanos".

A lo mejor por eso me casé con Santiago, porque en algún momento, muchos años después de Pedro, nos besamos. Y algo en mi interior, me recordó que yo ya estaba manchada, marcada, sucia, que no merecía a nadie después. Un beso. Solamente eso. Signos que nos cambiaban la vida por la obediencia absurda, signos que detonaron caminos que tal vez no eran los míos. Y lo peor, obstruyeron otros.

Un mensaje breve por WhatsApp tal vez hubiera disminuido la tensión entre Pedro y yo. Un pequeño canal secreto, un diálogo privado que no estuviera bajo la lupa escrupulosa de nadie.

Desobedecer a mamá no era fácil. Por un lado, estaba la promesa que me había hecho años atrás y por otro, el día a día, donde ella se desvivía por mi hermano y por mí. Llevaban a mi hermano a cualquier lado que implicara una esperanza:

Houston, Ciudad de México, Aguascalientes, Monterrey. Terapias a diario. Muchos gastos.

Lo bañaba, lo arreglaba, le cortaba sus uñas, lo cargaba pesado y grande. Ella no se quejaba, no pedía ayuda, sonreía y cocinaba delicioso para todos, cortaba las plantas del jardín y deshierbaba, pintaba los muros de la casa, nos hacía ropa, nos cortaba el cabello, nos inyectaba, nos recetaba menjunjes que siempre nos mantuvieron sanos, y silbaba melodías. Su presencia era una cobija enorme, entusiasta. Nuestra casa era el centro de reunión para toda la familia, siempre daba palabras de aliento. Todos acudían a ella por consejos y se sentían cómodos ahí. Cocinaba lo que les gustaba a mis amigas. A una le tenía su crema con trocitos de cacahuate, a otra le cocinaba los polvorones de la abuela. Celebró todos mis cumpleaños, recibiendo a mis amigos y familiares. Estuvo siempre en primera fila en los concursos de piano que fui ganando; consiguió las mejores maestras de piano; me llevaba a Parral, a Chihuahua, a El Paso para que me pusieran frenos en los dientes, para que me dieran las mejores clases de música, para que me arquearan "el pie plano", para comprarme el vestido de graduación o los regalos de cumpleaños y Navidad de Pedro; a él siempre le tenía sus galletas predilectas.

Sin embargo, con el tiempo, indirectamente, mi mamá chocó con Pedro. No entendía por qué él se disgustaba cada vez más seguido y me dejaba en letargos de tristeza.

—Tanto arreglarte para ir al baile… Te estuviste peinando y pintando más de una hora y sales toda agüitada, pudiendo pasártela bien con tus amigos, bailando con otros. Nada. Ahí está Pedrito con su cara larga. Y qué quiere, ni modo. Yo tengo que cuidarte a ti. Mientras vivas aquí tienes que atenerte a las reglas de esta casa. Apenas tienes quince años. Tienes toda la vida por delante.

—…

—Imagínate si empiezas con cariños… La mano avanza. Y después ya no hay regreso. Nada de irse a lo oscurito. Si se enoja, que se enoje. Que no le dé tantas vueltas a las cosas, tanto buscarle tres pies al gato; no disfruta y se les pasa la vida a los dos.

—…

—Mmm, se ahogan en un vaso de agua. La vida trae tantos problemas. Ya tendrán de qué preocuparse luego. Platiquen de lo que quieran, disfruten de la vida. Y siempre, guarda tu distancia.

La idea de vivir sin Pedro empezó a rondarme. Nadie me había querido como él, ni se había esmerado en dedicarse a explorar lo que yo había sido o sentido. Pensé que sería horrible volver a estar sola en el mundo de los otros, de las expectativas, a merced de la otra Julia, de los murmullos que esporádicamente se escuchan en la casona en las madrugadas oscuras.

Comencé a marcar en un calendario. Cada vez eran más frecuentes nuestras discusiones, cosas pequeñas que bajo la lupa de las circunstancias se nos volvían enormes. Dijiste así, dijiste asá, cómo te gusta poner palabras que nunca dije. Tardaste en llamar, en llegar, no me dejaron ir contigo. No parece que yo sea lo más importante para ti.

Los días se volvían sombríos. Los altibajos de enojos y reconciliaciones nos abstraían de las cosechas de nuez, de las celebraciones del Domingo de Ramos, de las mujeres rarámuris que recorrían el pueblo con sus faldas y sus niños descalzos, de las continuas devaluaciones del peso e incremento de la deuda externa, de los plantíos de mariguana de Caro Quintero que hicieron prosperar Jiménez, de la corrupción y los malos gobiernos hasta entonces exclusivos del PRI, de maestros que hablaban frente al salón sobre esdrújulas, las leyes de Newton y los olmecas.

El mundo de afuera estaba cambiando. Ese mundo que aún estaba muy lejos. En el centro de todo estaba Pedro, luego el universo de Jiménez, que era como vivir en otro planeta, y más allá, a través de Jacobo Zabludovsky, de Guillermo Ochoa y

Lourdes Guerrero, de tan sólo dos canales de televisión nacional, de una sola estación de radio local y del periódico *Universal* y *Excélsior* al que mi padre estaba suscrito, sabíamos que había vida en otra parte, lejos de nosotros y de ese aislamiento del desierto. A kilómetros de distancia había otro mundo: Nueva York, París, Londres, Ciudad de México, la Scala de Milán, el Carnegie Hall, el Palacio de Bellas Artes, el Challenger desmoronándose en el cielo, desfiles de gays, Michael Jackson convertido en estrella, Lady Di cargando niños famélicos en Etiopía con sida y bailando con John Travolta, el príncipe Carlos infiel, Vigdís Finnbogadóttir en Finlandia convertida en la primera presidenta del mundo, las primeras generaciones de niños conscientes de la ecología, niños que cuestionan y retan sistemáticamente todo tipo de dogma. Por esos días, supimos también del fin de la Guerra Fría gracias a las imágenes —en mala definición— que difundió el noticiero de la noche. Centenas de jóvenes sobre aquel muro rayoneado, las familias que se abrazaban tras años de separación. Gorbachov y la Perestroika.

Yo lidiaba mi propia guerra. Seguía contenida tras el cristal y desconocía en qué momento se podría romper. Cuando Pedro y yo nos enojábamos todo pasaba a segundo plano. Las discusiones, las muecas, las frases y los silencios dolían tanto.

Aunque mirándolo de otra forma, a veces pensaba que tal vez ya no era necesario que cuidaran de mí. Quizá la soledad era también una forma de vida, un alivio, una manera de estar de pie, en paz, con los hilos en la mano. Y pensé en el cordón umbilical… Yo tenía uno tan largo y fuerte, que parecía irrompible.

Hubo días que deambulé entre todos con ojos extranjeros. La idea de la soledad como aliada me rondaba y me permitió ver a Nina, a mis papás, al cura, a mis amigas de otra manera, incluso al mismo Pedro.

Una mañana salí al patio central rumbo a la cocina. El portón de tela de alambre golpeó tras de mí. El día clareaba fresco sobre mi rostro. Me detuve frente a una rosa enorme. La primera de la temporada. Era una especie que mi mamá llamaba "Rosa de la Paz". Me detuve en seco. Había algo en esa rosa, totalmente ajeno a todos nosotros, como traído de otro mundo.

Se me ocurrió entonces que ese mundo podía ser real a partir de la música que brotaba de las yemas de mis dedos, de ese idioma que cristalizaba mis estados internos. La música era el hilo que me recorría por dentro; era uno de los escasos parajes donde podía estar conmigo misma. Viéndolo bien, ese hilo había crecido con los años; se había tornado un cordel tan largo que ya le había perdido las puntas de inicio y fin. Ése podía ser el conductor que me llevara desde este pueblo remoto hasta el centro de la vida misma.

La fuerza contenida en aquella rosa era tan distinta a nuestra mansedumbre, a nuestra anestesia. Ahí estaba ella, tan dueña de sí misma, erguida, con su cuerpo de pétalos blancos amarillos surcados por venas diminutas con ese tono rosa en las orillas que se tornaba más intenso conforme pasaban los días. Labios. Humedad contenida. Esa rosa era un desafío para los jimenenses y los consejos de cinco generaciones de mujeres resguardadas de sí mismas, para aquella fotografía con una mujer borrada de la historia de mi familia.

Estaban también las espinas para protegerla. Quizá para contrastar esa delicadeza, esa sensualidad, o para sugerir que en el deseo está el germen del dolor y viceversa. La belleza del instante y su vitalidad vienen siempre seguidos de la amenaza de lo perecedero. Me sedujo su presencia desafiante. Era la historia del fruto prohibido una vez más, la posibilidad de vivir contenida en mí misma, con mis propias espinas y pétalos, de ser sola, de vivir en la clandestinidad, de seguir un guión apócrifo al que todos seguían, de ser mi propia variación del mismo tema que todos predicaban.

Yo podría disimular y vivir entre todos atendiendo a las "buenas costumbres" de la familia con un plan aparte, con la posibilidad de adentrarme a otra dimensión. Me acordé de un libro que me había prestado mi padrino Florencio, *El túnel* de Ernesto Sábato: "En todo caso había sólo un túnel: oscuro y solitario, el mío".

Pensé que tal vez era necesario apartarme. Pronto sería tiempo de irme de Jiménez. Esa distancia podía ayudar. Y Pedro...

El amor desperdiga, fractura, agrieta. Impide a quien ama contenerse en sí mismo.

El amor es una chinga.

El amor te quita lo más preciado: lo único que es tuyo.

El amor te distrae, te arrebata la posibilidad de ser grande, de salirte de este pozo miserable.

El amor te parte la madre. Te arruina. Si te quedas aquí te convertirás en una más de esas viejas mochas con velos en la cabeza.

El amor es un estado mental.

El amor no existe. Lárgate de aquí para siempre.

—¡Julia!, ven ya a desayunar que se hace tarde. No llegas a la escuela. Abrígate que traes el pelo mojado.

Parpadeé.

—¡Voy!

Para entonces el amor ya tenía cara, voz, nombre y era mi vida real. La presencia de Pedro estaba impregnada en mí. Era una planta adherida a través de una infinidad de raíces, unas fuertes y otras diminutas que se extendían a lo largo y ancho de mi propia esencia. Esos filamentos me recorrían en intrincados laberintos cuyo paradero aún desconozco.

En estos menesteres no existe decisión fácil. Cada movimiento sutil implica ganar-perder o perder-ganar. Un ligero cambio de enfoque apunta a un destino diferente. De pronto, se me abrían otros panoramas. Uno de ellos, era el de habitar mi vida sin Pedro. Aunque sólo el hecho de pensarlo me causaba una opresión en el estómago. La idea de terminar con él me resultaba devastadora.

Luego, en la noche de un viernes, la vida tocaba el otro extremo. Nos veíamos en un baile. Pedro me esperaba en la entrada. Se acercaba al coche y saludaba a mis papás.

—Buenas noches... Estás preciosa. Eres preciosa.

Para entonces, yo ya no era el mismo recipiente ingenuo para recibir palabras. Era un contenedor cincelado a partir de ternura, pero también a partir de discusiones, de la rosa junto a la noria y de la voz ronca. Una fuerza centrífuga me alejaba del centro gravitacional que eran Pedro, la casona, mi familia y Jiménez.

En la noche de un viernes, ya en el baile, Pedro me gustaba y el torrente de voces desaparecía. Cantábamos juntos, bailábamos. Ahí los dos felices. La música a todo volumen, la oscuridad y las luces tipo disco.

I need someone to hold me.
Girl you're every women in the world to me
you are everything I need you are everything to me...

En medio de todos, bajo la tenue luz, nos sumergíamos en una jungla, en la marea que suponían doscientos jóvenes bailando en el único salón de fiestas de Jiménez. Ahí dejábamos de ser el centro de atención y podíamos bajar la guardia. Cerca de la media noche, cada quien con su cada cual, bailábamos "las calmadas". Sus ojos brillaban sonrientes, el mechón castaño en la frente y aquel ligero temblor en su mano sobre mi cintura.

—Julia, no sé qué haría sin ti.

Las palabras se enroscaron en mi oído.

Cerré los párpados. Inhalé profundamente y sonreí. El tiempo se detuvo. En medio de la canción, del desierto. Ése era mi lugar. No puede haber nada mejor. Los escenarios, los puentes, las polonesas militares, las sonatas de Beethoven se escurrieron y fluyeron por el Sena, se evaporaron en el río seco de Jiménez.

Qué difícil. Qué difícil decidir lo irreversible. Tomar un camino que no tiene vuelta atrás. Qué difícil saberlo, sostenerse en ese punto y dar el paso.

Abrí los párpados. Lo miré a los ojos. Sonreí. Como si esa escena fuese ya un recuerdo.

—Yo también te quiero —le dije al oído—, ojalá que siempre pudiéramos estar así, juntos.

Algo dentro de mí me jaló en otra dirección. Traté de ignorar esa sensación, de disfrutar del momento. Me aferré a su mano y seguí meciéndome custodiada por su presencia.

Just when I thought I was over you
'and just when I thought I could stand on my own.
Oh! baby those memories come crashing through
and I just can't go on without you...

Un día, tomando un curso de psicología infantil veinticinco años después, cuando mis hijos eran pequeños, escuché que los niños deben tener sus crisis cada dos o tres años, sus bandazos, sus altibajos..., que si un niño no los tiene, si es impecable, es porque está haciendo un esfuerzo antinatural por ocultarlo. Y lo que más llamó mi atención, fue que la maestra dijo que esas crisis se le manifestarían en su vida adulta. Con esa explicación entendí que mi vida ha sido un esfuerzo continuo por desterrarme de mí misma, pero eso sería muchos años después..., porque por entonces apenas sentía la fuerza de volar, de huir a toda costa.

Estancia María de Lourdes, Monterrey, N.L.
8 de noviembre, 2014

¿Te conté que Pancho Villa estuvo a punto de ser fusilado en Jiménez? Me dijo mi Tita que mi abuelo Rodrigo estuvo ahí. Por un pelito y lo matan. Ya le estaban apuntando, se salvó de milagro, y para desgracia de muchos. Imagínate... La historia de México, de la Revolución, hubiera sido tan distinta sin Villa. Tantas situaciones hubieran sido diferentes, y eso estuvo a punto de ocurrir en Jiménez, de veras, te lo juro por mi Tita. ¿Nunca habías escuchado esa historia? Se me olvida que tú también conoces Jiménez, aunque según yo, nunca te llevé.

Ahora verás, el tal Huerta era un sinvergüenza bien hecho. Primero, fue del bando de don Porfirio, mató a los mayas, luego a los zapatistas, y siempre quiso deshacerse de Madero. Era pura finta su amistad con él, y pues Pancho Villa era leal a Madero. Huerta creyó que dándole dinero lo iba a comprar, y nada. Al revés, Villa se hizo famoso ganando batallas muy importantes para Madero. Total que Huerta nomás buscaba pretexto para deshacerse de Pancho Villa. No lo hizo antes, porque era el único que pudo contra Orozco. Villa los hizo ganar muchas batallas cuando ya casi tenían perdido el asunto. Huerta buscó muchos pretextos: que si los dorados robaban haciendas de ingleses, que si esto que si el otro. El asunto es que, con el pretexto de una yegua, ¡una yegua!, tú dirás que los políticos de cualquier cosa se agarran, habiendo tantos muertos; ah no, pues de una mentada yegua se agarraron, eso sí, muy fina. Se la quitaron a la señora Matilde Ramírez, esposa de un tal señor Marcos Russek, el comerciante más rico de Jiménez. Decía mi Tita que vivía con su familia frente a la Plaza de las Lilas, que vendían unas sedas muy bonitas que traían del otro lado; decía que todavía podía verse la casa grande ahí. Pues que se llevan su yegua de pura sangre, y que los federales la llevan de regreso. Entonces Huerta inventó que Pancho Villa se estaba preparado con sus hombres para atacarlos por haber contradicho sus órdenes. Total que al amanecer, Huerta, que tenía su cuartel a doscientos metros de ahí en un vagón de tren, mandó a un tal Rubio Navarrete con soldados a que ametrallara el cuartel de Villa, y ahí estaba mi abuelo.

Acá entre nos, el tal Navarrete era simpatizante de Villa y muy en el fondo como que no quería matarlo. Que llega y se los encuentra dormidos a pierna suelta, roncando, y que se regresa. "Oiga, aquí debe de haber un error, ellos no nos quieren atacar, yo creo que hay un mal entendido." N'ombre, lo pusieron como campeón. "Regresa de inmediato y matas a Villa." Total que de mientras, Villa se despierta, se levanta y viene todo modorro caminando al cuartel de Huerta, pues a ver de qué se trataba ese asunto. Tan sonso el hombre. Se vino a meter a la cueva del lobo. Que lo agarran y que lo ponen frente al paredón: "¡Apunten!" Y que Villa se arrodilla y se pone a llorar. Para héroes que tenemos, sin dignidad. En la escuela nos los enseñan como valientes y nada, puro matón, cobarde. Decía que él había sido bueno, y que muy trabajador, y que se había arriesgado por la patria, y esas palabras que cualquiera diría en su lugar. Qué le quedaba… Fue cosa de segundos; no sé cómo consiguió hacer una llamada y, con eso, llegó la orden desde mero arriba, muchos dicen que del mismo Francisco I. Madero, pero mi Tita Inés decía que mi abuelo le dijo que de un hermano de Madero, porque habían luchado junto a Villa y le tenían aprecio. Y entonces, bajaron los fusiles. Se salvó Pancho Villa; para mal de muchos, aseguraba mi Tita. Qué importante debía ser ese pueblo Jiménez, ¿verdad mi hijita?

¿Oyes? ¿Oyes las voces? y ves esta luz tan blanca que me encandila. Cierra tú también los ojos para que no se te meta el resplandor. Pero las voces no sé cómo callarlas, a veces me tapo los oídos, pero no se callan. A veces siento miedo, pero las voces me vienen como de adentro, de mi cabeza, de tantos recuerdos o de historias que uno imagina, o de los recuerdos de otros, como si yo pudiera ver las cosas que mortifican a otras gentes; ya ni sé, hijita. Dile a la Lolis que me traiga de merendar; dile de las galletas de animalitos, ¿ya sabes que te gustaban mucho cuando eras niña?

Una tarde de verano, al terminar la secundaria, sentados en la sala de mi casa, hablé con Pedro. No recuerdo una sola palabra, sólo la escena, y mi blusa color menta, mis bermudas blancas, su polo amarilla. La tristeza detrás de su mirada. Las voces me rondaban, mientras yo trataba de hilvanar algunas ideas, de pronunciar las palabras apropiadas para dejar claro que no era la falta de amor, era cierta incompatibilidad, era la etapa que comenzábamos, el cambio de ciudad…

Dos años y medio se evaporaban sobre las planicies del desierto. Un cactus, su mano en mi cintura, una tortuga siguiendo su ruta, las cartas, sus palabras y los matorrales cubiertos de polvo y las teorías de Stephen Hawking, los cassettes, una pulsera, un anillo, un peluche, la posibilidad de arrepentirme. *El mundo no es de los que se arrepienten. Y ni vayas a chillar, Julia, te aguantas. Chingue su madre. Dale cran.*

Pedro me escuchó. Silencioso. Entonces tuve la certeza. Pedro no me va a insistir ni una vez. No va a pedir otra oportunidad. Así es él.

Las raíces se habían extendido por el subsuelo. Ahí nadie podría verlas. Estarían a salvo del escrutinio público.

Respetar mi decisión era su manera de demostrar el amor. Aunque el aliento se hubiera ido.

—Nunca voy a poder olvidarte, Julia.

—...

—Cada uno de los ratos que pasamos juntos... No cambiaría nada. Ni siquiera los enojos.

—Pedro...

—Sólo este deseo tuyo... Pero si es tuyo, lo respeto.

—...

—Me duele mucho, pero lo respeto. Te juro, Julia, que no voy a volver a querer a nadie como te he querido a ti.

No volvió a tocarme. Nunca más. Ni un roce en la mano. Sólo un beso en la mejilla bajo el marco de la puerta principal de la casona. Una mueca que simuló una sonrisa. Media vuelta de Pedro con sus piernas de atleta, su mechón castaño, sus dedos delgados. No volvió a llamar. Nunca. Ni una llamada por teléfono ni una más de sus cartas. Nada. Así era Pedro. La vida convertida en un silencio rotundo.

Lo más difícil estaba hecho.

Yo no contaba con el sentimiento de desolación que me alejó de todo y cambió el orden de las cosas. Me sumergió en días eternos, desteñidos por el tedio, por un cansancio que jamás había sentido. Los insomnios se prolongaron; durante noches no pude conciliar el sueño.

Pero eso era lo que yo había querido, ¿o no? Para ser honesta, lo único que deseaba era no haber pronunciado aquellas palabras. *Destruyes lo que más amas; siempre es lo mismo.* Me hubiera gustado disfrutar de los últimos días que pasé en Jiménez junto a Pedro. Eran las "vacaciones largas", el verano instalado en las nogaleras, nuestros amigos se reunían para ir al Ojo de Agua de Dolores, al rancho de fulanito, a dar la vuelta en la Calzada Juárez, en las casas para despedir a los que nos íbamos a estudiar fuera. Los que nos íbamos para no volver. De antemano sabíamos que muy pocos volverían a Jiménez. Acabaríamos en otras ciudades; así había sido por generaciones en Jiménez. ¿Para qué regresar al pueblo? ¿Qué haría un ingeniero en sistemas ahí? ¿Un economista?

En varias ocasiones vi a Pedro de lejos, con amigos; el semblante triste. Me miraba de reojo, no me saludaba, se fingía feliz. Yo sabía que sólo me saludaría si nos encontráramos de frente. Dolía, era absurdo. En el fondo quería que llamara, pero para qué. Él tenía razón. Lo nuestro no era un juego. Para qué insistir, para qué volver el dolor aún más fuerte. Había que nadar contra marea. *No seas débil. Aguanta vara.*

Se me juntaron las palabras que nunca le dije, lo que no pudimos hacer, las imágenes del futuro que había formulado en mi cabeza. No pude explicarme cómo algo que me dolía tanto podría llevarme a un mejor futuro.

Mi relación con Pedro se sucedería a lo largo de años. En el recuerdo, el amor se dilataría, se volvería enorme, como visto tras una lupa de nostalgia. Se extendería más en los insomnios, en los sueños donde lo buscaría entre multitudes para hablar con él, sin resultado alguno. Sucedería dentro de nosotros. La frustración como un charco de aceite flotando en un estanque. Yo no contaba con eso. No sería fácil dar vuelta a la página.

Cierro mis maletas. Qué ganas de despedirme de Pedro. Le mandé a decir con Carlos que hoy salgo de Jiménez. Ojalá venga. Entre los muros de mi habitación se quedan las otras posibilidades, la vida no elegida.

Ya en el auto, mis papás me llevan a dar una vuelta a la plaza para pasar delante del Santo Cristo de Burgos. Nos persignamos. Es mi despedida de Jiménez. Un avemaría, un padrenuestro.

—María, madre de gracia, madre de misericordia…, en la vida y en la muerte ampáranos gran Señora. María, por los dolores que padeciste al pie de la cruz…, líbranos de los casos desastrosos —murmura mi madre.

Después de un rato, esa mancha que es Jiménez en medio del desierto ha quedado atrás. Salgo del pueblo con el pueblo dentro, con Jiménez cubierto de polvo y de silencio, encallado en el deseo de sobrevivir al paso de siglos, apaches, colonizadores, hacendados, dorados y narcos; a pesar del olvido de los que parten y con los años se olvidan de volver.

Parpadeo.

Un llano espolvoreado de yucas y pitahayas, de cactus y magueyes, regados por el azar del desierto, se sostienen más allá de mi frontera.

Avanzamos por la carretera, por ejidos y miseria. A lo lejos el pavimento parece mojado, puede ser diésel, pero nunca es diésel ni agua. Sólo el reflejo del sol radiante desparramado sobre el espejismo del desierto.

Me pongo mi walkman.

> Tengo amor que llora triste,
> porque no te puedo amar...
> Como barco en un desierto...
> ...

Quito el cassette. Lo tiro al suelo del auto.

> Girl you'e every woman in the world to me...

Lo tiro al suelo.

Kyrie eleison.[8]

Atrás ha quedado todo. Mariana. El panteón con toda mi estirpe. La casona con sus murmullos y voces. Pedro. Jiménez.

No sé si ese cordón largo, fuerte, irrompible por fin ceda.

Aquello fue, en definitiva, lo más parecido a la expulsión del paraíso.

---

[8] Señor, ten piedad.

Pasan los meses, los años, y otras vidas se despliegan ante mí, habitan mi cuerpo. Aquel anhelo irracional de Pedro, la angustia de su ausencia ahora remota y la impotencia de mostrar cuánto lo echaba de menos, dolieron al anidar en mí. La cara de Pedro se quedó como el signo que condensó todas esas emociones no resueltas, reprimidas. Su rostro es una marca que ha dolido durante mucho tiempo. *Pedro es tu herida, nunca tendrás acceso a ella, ni para sanarla siquiera. Vivirás presa de ella.*

Las emociones se condensan en sueños que se repiten noche tras noche. El profundo anhelo de encontrarme con él. Y Pedro siempre instalado ahí. Cuando estoy a punto de hablar con él, me despierta un hijo a las tres de la mañana porque tiene miedo.

Todos tenemos miedo.

Despierto agotada por las mañanas. El amasijo de emociones de los sueños me fracturan en las piezas de este rompecabezas que soy. *Intentas recoger del suelo cada una de esas piezas, como los vidrios de aquel retrato que se cayó de la pared. ¿Recuerdas la muñeca de trapo y tu palma destrozada por el filo del vidrio? Vives con el pavor que te da perderte entre varias Julias y dejar de ser tú misma. Qué fastidio contigo. ¿Quién es Julia?*

Ni a los veinticuatro ni a los treinta ni a los cuarenta, ni en mis amoríos de verano, ni en mi matrimonio volvieron los sentimientos a habitarme con la intensidad de aquella época. Ahora sé que aquella determinación por procurarlo, por extender el tiempo en que estábamos juntos, esa obsesión por estar cerca, nunca volvió a ser igual. No pude volver a querer de esa manera. Pedro se internó como sombra entre mis laberintos, en medio de esta guarida de presencias que soy, y que a veces vislumbro cuando estoy a punto de conciliar el sueño. Esa visión apenas dura un segundo. Lo suficiente para comprender que ese universo oculto aún vive dentro.

Ante el hallazgo, el abismo se esfuma y sólo me queda una sensación de vértigo, de estar suspendida en un hilo indeleble que es este presente en el que alguien escribe algo que no puede ser una historia.

Ejido Los milagros de Dios, Durango
3 de junio, 2014

Julia, desde el sopor de tu desierto
    y tendida sobre ese catre
    con el cuerpo adherido a la memoria
    intentas en vano abrir los párpados.

Una lágrima surca tu rostro.

No habrá historia.
Nunca hubo historia.

III

El silencio es la burla perfecta de la razón.

CRISTINA RIVERA GARZA

Permanezco en silencio durante el trayecto. Mis papás al frente conversan; mamá teje un suéter con agujas. Recargo mi cabeza en el vidrio del auto. Detrás de la luminosidad dorada del desierto, de los caseríos de polvo y las marañas de arbustos, contemplo el desfile de imágenes que deambulan mi memoria.

Dentro de mí suenan las campanas del Santo Cristo de Burgos. Suenan desde sus enormes cuerpos de bronce centenario. Su sonido se esparce en la lejanía de mis desiertos. Retumban una y otra vez mientras nuestro auto cruza Escalón, mientras pasamos junto a los Cerros Colorados, mientras papá me da un jugo de naranja recién exprimido en Bermejillo, mientras rodeamos Torreón y Gómez Palacio, cargamos gasolina, y nos bajamos al baño en un comedor de camioneros en Paila. Cómo será vivir ahí, en medio de la nada.

La presencia de Pedro aún transpira por mis poros. Su forma de mirar la vida, su opinión sobre las cosas. Durante los últimos años, todo lo que me rodeaba apuntó a un solo blanco y Pedro fue el centro del mismo. Cuánto durará la extraña sensación de andar por la vida sin él. El futuro es un camino larguísimo, tan incierto como la carretera recta que se extiende delante del auto que conduce papá.

Ya no puedo recordar las frases que Pedro me dijo a lo largo de los años. Ni una sola. Aquellas palabras que eligió para mí. No puedo recordar ni una conversación, ni una frase completa. Repican las campanas desde el eco de su voz una vez. Y otra más.

Meto la mano a mi bolsa, saco pluma y libreta. Intento reproducir algunas frases. Es en vano. La presencia entrañable de Pedro adolescente se escurre de entre mis dedos. El olvido es más pertinaz que la memoria.

Repican las campanas mientras pasamos Saltillo y las montañas brotan de la tierra, crecen, se extienden en cordilleras erguidas junto a nuestro camino asfaltado, acompañando nuestra llegada a Monterrey. Contemplo La Huasteca a mi derecha, el Cerro de las Mitras a la izquierda, el Cerro de la Silla al frente. Aún ahí, suenan las campanas de mi pueblo.

A punto de entrar a Monterrey pienso que mi vida es un conjunto de vidas sólidas muy distintas unas de otras, bloques independientes que cobran realidad en diferentes épocas. Y, si mi vida es un conjunto de historias redondas, esféricas y cerradas, entonces existe la posibilidad de que yo pueda lapidar las emociones que marcaron mi infancia allá en Jiménez, y a Pedro. Sus silencios. Las esperas. Las palabras guardadas en la punta de mi lengua. Episodios que hoy forman mi subsuelo.

Aquella tarde, cuando entramos a Monterrey, supe que el orden de todos mis sitios se había modificado. Quise imaginar qué hubiera dicho Mariana sobre aquello, pero no pude imaginarla diciendo nada. La imagen de Mariana niña se había estancado dentro de mí hace tiempo. No había respuestas de ella. Su imagen se había reducido a un conjunto de recuerdos trozados y deshilachados, tristeza rancia parecida a una película sepia en la que ella se proyectaba siempre de ocho años. Mariana había dejado de crecer conmigo.

En Monterrey podría empezar de nuevo, y hurgar en la intrincada geografía de mis propios garabatos, costuras, raspones y grietas. Entrábamos a la ciudad cuando mi padre introdujo un cassette en el autoestéreo y Tania Libertad entonó el *Poema XX*:

Es tan corto el amor
y tan largo el olvido…

A mis quince años me pareció que ésas eran las palabras más certeras que había escuchado y que ese tal Pablo Neruda que mencionó papá, era el poeta más sabio del mundo.

Las ciudades no sólo son distintas a los pueblos en el tráfico, la contaminación, las oportunidades de trabajo y de estudio en las universidades; los hospitales, las distancias y la velocidad a la que se vive.

Desde esa tarde que llegamos a Monterrey hubo otras características más tenues que percibí. La nitidez de la luz y la intensidad de los colores sobre las cosas. Acostumbrada al polvo, me parecía que, de pronto, la realidad despertaba del letargo en sepia que fueron los quince años que viví en Jiménez. Me deslumbraron las flores de las buganvilias, el verdor del pasto y el gris acero del asfalto. Los autos relumbrosos y apresurados.

Con el paso del tiempo, entendí también que el cuerpo extendido y rugoso de Monterrey encerraba tantos secretos como distancias entre sus habitantes. Fronteras elaboradas con esmero y premeditación para separar a unos de otros, para silenciar ciertas tramas que se tejen invisibles. En Jiménez, por el contrario, todos habíamos ido a la misma escuela, éramos amigos o conocidos. Allá todos paseábamos en la misma Calzada Juárez sentados en las cajas de las pick-ups y asistíamos a los mismos bailes del Club de Leones o Rotarios: el hijo del

albañil, la hija del nogalero, el hijo del médico, la hija de la
señora que tiene el puesto de fruta en el mercado. De manera
que conocíamos las desgracias del campesino; sabíamos que la
Nena había quedado embarazada en la secundaria, que el Titi
estaba desaparecido porque se había ido con los narcos, que
las cosas estaban cambiando. De vez en cuando secuestraban
a un nogalero y luego aparecía muerto. En Jiménez no había
manera de ocultar las situaciones. Si tomabas un vaso de leche,
tenías presente a la vaca y a la ubre, el becerro, las moscas, a las
hectáreas de cebada sembradas para alimentarla.

En Monterrey las cosas eran muy distintas. Los de Valle
con los de Valle. Los del Contry con los de Contry. Los de
San Nicolás con los de San Nicolás. Los de la Independencia
con los de la Independencia. Si tomabas leche pensabas en las
marcas de entonces: Lala, Las Puentes, Lagrange, Nido, o quizás en el envase o si era leche entera o descremada; pensabas
en el refrigerador del supermercado donde se vendía. Nunca en
las vacas.

Con los narcos pasaba lo mismo. Estaban siempre lejos, en
Colombia o en Sinaloa. El narcomenudeo y los cárteles ger-
minaban silenciosos. Veinte años después tomarían la ciudad
de Monterrey y sorprenderían a los que no quisieron ver más
allá. Las realidades silenciadas eran como hierba que se fue
adentrando en los barrios, en las actividades de los chavos y de
la gente común y corriente. Todos repetían que Monterrey era
moderno y tranquilo. Aquí pura gente trabajadora y decente.
Aquí se vive bien a gusto. Puedes dormir con la puerta abierta.
Todos somos parientes. Monterrey es un rancho grandote. Los
asaltos y robos son de los chilangos. A la Ciudad de México ni

vayas porque te asaltan; mejor ve a McAllen, La Isla, San Antonio o aquí a Villa de Santiago. A la colonia Independencia, Sierra Ventana y a la Coyotera ni te acerques. Y listo.

De la enorme masa de obreros, trabajadores, niños y ancianos que poblaban los cerros nadie hablaba; eran invisibles, moluscos adheridos al cerro y a la costumbre. Centenares de rostros anónimos recorriendo a pie los diversos barrios, testigos del lujo y la miseria. Empresarios que conducían kilómetros para llegar a la planta. Estudiantes que para llegar a la universidad cruzaban a diario zonas marginadas. Cajeras de supermercado o secretarias que hacían dos horas para ir y volver de su trabajo en camión. Estudiantes que sólo conocían el rumbo de su colonia, el de su universidad y los antros del barrio antiguo y del centro. Como decía mi abuela: "El que no sabe, es como el que no ve". Y en definitiva, una de las ventajas que ofrecía una "gran ciudad" para quienes no querían ver, era esa posibilidad de aislarse.

Uno termina por acostumbrarse a ese monstruo. Para domesticarlo, quizás es necesario construir una ciudad propia. Cada quien a su medida con las dosis de espacios íntimos, de luces y sombras, de amistades y conversaciones necesarias.

El sábado que salimos de Jiménez llegamos por la tarde a Monterrey. Al día siguiente, mis papás me llevaron a casa de la familia Garza Villarreal; ahí me quedaría a vivir. Eran amigos de unos compadres de mis papás y buscaban una joven de mi edad para que viviera en su casa. El señor Roberto estaba enfermo y necesitaban una entrada para ayudar su gasto. Sus dos hijas estaban becadas: la mayor, en una preparatoria; y la menor, en un colegio particular. Su casa quedaba cerca de la prepa y de la Escuela de Música —la Carmen Romano— justo en medio de las dos.

Ellos tenían un piano vertical negro. Nadie lo tocaba. Mis papás pagaron al afinador para que lo dejara listo para mí. Uno tarda en acostumbrarse a un piano que no es el suyo. No hay uno que tenga el mismo sonido o el mismo timbre que otro, tampoco la firmeza de las teclas. Después de un tiempo, uno termina por acostumbrarse a esa nueva voz. Quizá por eso, volver a Jiménez, a la casona a lo largo de mi vida, jamás ha sido definitivo hasta que no llego a la sala, abro el piano de cola y me siento a tocarlo. Entonces me reconozco en esos sonidos. Ahí estoy. Mientras el sonido sea el mismo, yo seré la misma sin importar las otras vidas sólidas. Ahí, esas esferas redondas se alejan de mí como burbujas, se detienen sobre el candil, la consola Telefunken o la repisa donde está la estatua de la Purísima Concepción. Y, una vez fuera de mí, agradezco la ligereza de no llevar su peso, la liviandad, la posibilidad de volver a casa.

Claudia, la hija mayor, y yo, nos hicimos amigas enseguida. Hubo entre nosotras la identificación y la complicidad natural que construye una amistad. Aunque la idea original era que yo tuviera mi propia habitación y que ella y su hermana Mónica compartieran una de las tres recámaras, lo cierto es que después de un mes, acabé por mudar mis pertenencias a la recámara de Claudia. Mónica, su hermana menor, se quedó en la tercera habitación.

Por las mañanas íbamos a la Preparatoria Garza Sada. Yo llevaba menos carga académica que el programa regular. Así pude hacer la preparatoria en tres años, en vez de dos y cursar los primeros años de la licenciatura en piano. En las tardes, asistía a la Escuela Superior de Música y Danza del INBA en el Obispado.

Esa vida acelerada, con trabajos de la prepa, exámenes parciales, amigos, las materias de la Escuela de Música, las fiestas y las horas de practicar el piano hicieron que el tiempo volara. Era otra vida. Otra vida sólida. Casi entera. Casi completa y muy distinta a la que había dejado en Jiménez.

La ciudad resultó ser un carnaval de voces, rostros y máscaras, porque fui descubriendo que cada grupo tiene sus manías y sus juegos de poder, de lenguajes y de expectativas sembradas.

La ciudad es una cauda enorme.

Algunos sólo conocen la sierra.

Otros, sólo el lecho de un río perverso que parece estéril, dormido, ausente, que cuando lo tocas enfurece, se sacude y avienta bocanadas de olas y huracanes. Inunda. Destruye. Ahoga.

Otros, las orillas escarapeladas de ese cuerpo herido que es la ciudad.

Otros, el centro, el barrio antiguo, los ojos de agua.

Algunos desde la sierra no ven la miseria, no oyen los lamentos de niños que pasan los días amarrados a la pata de una cama mientras su madre cocina quiché *lorraine* en una casa, allá lejos.

Durante los primeros meses en Monterrey hice un esfuerzo por no soltarme de esa cauda presurosa. Sin embargo, una madrugada me desprendí. Decidí elaborar la mía.

Y entonces la ciudad fue el enorme edificio antiguo de la Escuela de Música, los fantasmas que lo habitan, los maestros entrañables, los sonidos que brotan de siglos atrás y lamen las piedras que lo yerguen.

Meses después de mi llegada, la ciudad comenzó a murmurarme secretos que enferman, nutren, arrollan.

Resultó que el tío Roberto no tenía cáncer. Era otra cosa. Un secreto vergonzoso y sus hijas no podían saber la verdad.

Yo debía disimular ante Claudia y Mónica, ante la tía Rosario y ante mis padres. Me lo dijo una prima del tío, que resultó ser también pariente de mi papá. Era importante que yo lo supiera para protegerme, no fuera a contagiarme. En ese entonces era finales de los ochenta y todavía no se sabía mucho sobre esa extraña enfermedad que estaba acabando con aldeas completas en África.

—No puedes decírselo a nadie, Julia. ¿Entiendes?

—...

—Es una enfermedad que les da a los homosexuales.

—¿Pero si mi tío está casado y tiene dos hijas?

—Eso no tiene nada que ver. Dicen que ya varios señores están contagiados, algunos son sus compadres. Dicen que organizan sus propias fiestas, que se disfrazan. Tienen relaciones entre ellos. Es un asunto muy delicado, ¿entiendes?

Eso dijo la tía. Para mí lo delicado era la infidelidad a su esposa con otros, y la traición de parecer una cosa y ser otra; la máscara, el engaño, y el que fingiera una vida linda, o que se riera con nosotras y él tuviera otra vida totalmente distinta, simultánea, desde la cual nos miraba a todos con perspectiva doble. "El que no sabe, es como el que no ve", de nuevo la frase de mi abuela Aurora. Así estaban Mariana y Claudia. ¿Y tía Rosario?

Las fronteras no sólo quedaban delimitadas por el río Santa Catarina, por el nombre de tu municipio, por la colonia o el barrio al que pertenecías: las fronteras estaban por todos lados. Aún dentro de las familias mismas.

—Imagínate qué pasaría en el colegio si los compañeros de Mónica supieran que su papá es homosexual y que tiene sida. No dejarían a sus amigas irse a dormir a su casa.

—…

—Si los papás del novio de Claudia se enteran. ¿Te imaginas? O cómo se sentirían Claudia y Mónica si supieran. Para ellas su papá es toda su adoración. No les puedes decir nunca a ellas, ni a nadie más. Nunca.

—…

—Es en serio, Julia, un comentario tuyo puede cerrarles muchas puertas.

—Sí. No te preocupes. No voy a decir nada.

—Ya su mamá sabrá si algún día se los cuenta. Deja que ésa sea su decisión. El sida se contagia de muchas maneras y no sabemos qué explicación querrá darles.

Por las noches se me iba el sueño pensando en lo que sucedía en el cuarto de junto, mientras la tía Rosario cuidaba al tío Roberto. ¿De qué iría su conversación? ¿El saber que la muerte te espera en cualquier momento? ¿Cómo esas amas de casa, madres de familia tradicionales, dialogaban amorosamente con sus maridos bisexuales? La tía había mencionado a otros señores a cuyos hijos yo también conocía. ¿Desde cuándo lo sabría la tía? ¿Desde antes de casarse? ¿O se habría enterado ya con todo y niñas? Eso debe notarse. ¿O no? ¿Él se lo habrá dicho, o se habrá enterado por terceros? ¿Lo habrá descubierto? No supe qué pensar de la tía Rosario.

Y el tío y los otros señores…, su vida detrás de una máscara. ¿Para qué simular lo que no era? ¿Qué necesidad de casarse y fingir? Tanto en el pueblo como en la ciudad, las relaciones estaban diseñadas para que hubiera muchos escondrijos.

Yo también habité detrás de una máscara. Entendí que debía proteger a mi amiga de la "verdad", del desencanto. Qué contradictorio. Claudia era una buena amiga; platicábamos largo y tendido, y sus amigos eran mis amigos, su casa mi casa. Incluso en las vacaciones de verano la invité un par de veces a Jiménez y gozamos la estancia en mi pueblo. Y sin embargo, me pesaba no poder ser honesta. En cada territorio que exploraba me sentía extranjera. Lo exploraba detrás de un cristal, desde afuera.

Lo único que contrarrestaba esas sensaciones de extrañamiento era la música. La música me anclaba a mi esencia. En cada minuto de tantos días y noches durante los que practiqué piano, la vibración, el ritmo y los monólogos extendidos a través de tiempos y espacios con otras sensibilidades fueron alimentando las raíces que confluían hacia el centro de mí misma.

La ciudad extendió su cauda y era también Fomerrey 22. Era la cochera de doña Mary, quien nos la prestaba para organizar las clases de música que durante dos años fui a dar ahí. Organicé a un grupo de amigas, conseguimos una camioneta prestada y acudíamos puntuales cada sábado a las diez de la mañana. Aquellos niños dejaban entrar la música a sus cuerpos, transitaba gustosa a través de su pecho, sus sonrisas, sus voces. Formamos un coro. Aprendieron a tocar la flauta dulce. Convencí a amigos de la Escuela de Música para que asistieran a mostrarles qué era una guitarra, qué era un saxofón, un violín.

Aprendimos juntos a desentrañar las voces de sinfonías. Era increíble lo que los niños encontraban en los sonidos, en la música. Levantaban los brazos como un ave que alza el vuelo. Entrecerraban los párpados y sonreían gustosos. Ladeaban las cabezas al ritmo de la melodía y se dejaban llevar. Algunos giraban en silencio. Otros dejaban escapar las palabras que sentían. Palabras tiernas, crueles, áridas que dejaban asomar la escarpada realidad que vivían a diario. La música era el humo que sale de la olla de presión. Bullían muecas, carcajadas y, a veces, llanto.

Los viernes por la tarde íbamos al Hogar Ortigosa, sobre la calle Padre Mier, con las niñas que viven ahí. Entonces descubrí, en el fondo de su despensa, que la ciudad es también un túnel que cruza por debajo del hospicio conectando El Obispado con Catedral, las reminiscencias de la Revolución y la persecución religiosa. La ciudad sobre el asfalto también esconde secretos en sus entrañas.

La ciudad era las tardes durante las cuales fuimos a cantar a un grupo de ciegos a la Biblioteca Central Fray Servando Teresa de Mier, la manera en que su cuerpo se aflojaba con la vibración de la música, la sonrisa de éxtasis, la inmovilidad en la que permanecían mientras cantábamos para ellos.

La ciudad era también las casas de mis compañeros de la prepa a las que fui a fiestas. Mansiones con colecciones de autos, lagos artificiales, decenas de habitaciones y servidumbre. En una casa de ésas, me encontré con la señora Mary. Ella trabajaba ahí lavando y planchando. La saludé con cariño y familiaridad para asombro de los dueños de la casa.

Monterrey era las fiestas que hacían con palenque y peleas de gallos, de noches disco, de tocadas de rock, las albercadas, las fiestas de disfraces, y era también las cartas que el Juglar me escribía. Las partituras que recibí por correo tradicional. Nunca supe quién era. No lo sé. No sé si aún anda por ahí. No sé por qué su distancia. Su silencio. Su ocultamiento. Y sin embargo, él debía caminar cerca de mí.

En alguna ocasión, mientras caía la tarde regiomontana, crucé el enorme patio central de La Carmen Romano para ir a la tiendita. Me invadió una sensación de plenitud al sentir mis pasos sobre el piso de piedra e inhalar el atardecer. Eso era la vida misma, lo más parecido a sentirse vivo.

Sin embargo, un dejo de nostalgia me atravesó bajo el celaje desteñido, tan distinto a los de mi pueblo. Detrás de las voces del coro que ensayaba *La Traviatta*, detrás del sonido de una viola o una trompeta insistiendo en los muros antiguos y casi de manera imperceptible, brotaron imágenes remotas, contrahechas, como si pertenecieran a otras vidas.

La palma de mi mano cortada con un vidrio.

Mi rostro de niña dormida en el ataúd.

El aroma de una Rosa de la Paz enorme que seduce con su presencia el patio de la casona antigua.

Suspiré para ahuyentar los recuerdos.

Apreté el paso.

Caminé por el pasillo de techo alto.

Entré al aula del Maestro Rafael Almaguer para mi clase.

Y ahí, de pronto, la noticia.

Ya respondieron. Aquí está la carta.

Una beca.

La beca para seguir con mi carrera de piano en el Boston Conservatory.

Esas palabras terminaron de ahuyentar los recuerdos.

Se escabulleron por la alcantarilla del patio central.

Recuerdo que antes de partir a Boston, un día al salir del cine, me topé con una tía de Pedro. No sé por qué, después de saludarme, me dijo al oído que Pedro no podía olvidarme, que no había vuelto a tener novia, que él también se había venido a Monterrey a estudiar.

Casi me caigo. Un puñetazo velado. ¿Por qué nunca me dijo? ¿Por qué no me ha buscado? Odié tanto su manera de respetar mis decisiones, su "deber ser". Ríos contrarios se batían en mi interior. Las palabras de la tía se me amontonaron en el pecho, en la espalda, en el insomnio. Pedro vive en Monterrey.

Su mundo había alargado una rama, un tentáculo hasta tocar la ciudad. Su ausencia me pesó más que nunca. Se me vino de pronto encima. Imaginaba a Pedro caminando por la Escuela de Música o sentado en la Sala Chopin mientras yo daba un recital. Imaginé que íbamos a las fiestas juntos o que venía a casa de Claudia. La posibilidad de su presencia, de su compañía, vino a cambiar mi perspectiva.

La ciudad mía era una creación meticulosa donde yo había amarrado cada uno de los hilos para que él no me hiciera falta, para salir adelante sola.

La posibilidad de verlo se volvió un estigma a punto de estallar en cualquier acera, arbusto o anaquel, en el aroma de su loción, en las frases de otros, en el timbre de una voz, en el pasillo de la preparatoria, la eterna espera de algo que revienta el pecho, en el timbre del teléfono que nunca era él, en las infinitas posibilidades que suponía mi imaginación, en las placas de los autos, en la tonadilla que silbaba la cajera del supermercado, en las canciones del radio, en todos los Pedros, en las antenas que parpadean sobre los edificios. En la certeza de que lo más importante se vive desde el silencio. Nadie lo sabría, ni siquiera él. Lo cierto es que a partir de entonces, ya no pude espantar la idea de un reencuentro.

Días después, vi a Pedro caminando entre la multitud de un centro comercial. Curiosamente, acababa de leer el cuento "Las ruinas circulares" de Borges para la clase de literatura. Pensé que mi vida en Monterrey era uno de los círculos concéntricos, el sueño de mí misma desde otra realidad.

Sin embargo, ese día Pedro, que pertenecía al otro mundo, al de los sueños o los recuerdos que nunca sabemos si son nuestros, el mismo Pedro cruzó a unos veinte metros de donde yo estaba. Quise convencerme de que no era él. Parecía más alto de como yo lo recordaba, más fuerte. Caminaba sonriente con energía mientras su cabello castaño se movía a cada paso.

—Sí, es Pedro... Es Pedro.

Dejé mi comida sobre el plato y a los amigos, conversando en la mesa.

—Ahí vengo. Que no se lleven mi comida.

Salí caminando deprisa detrás de él. Recuerdo su andar apresurado y decidido, como si quisiera llegar a algún lado. En ese trayecto se me vinieron las palabras que nunca le dije. Imaginé el gusto de vernos, el abrazo, la sonrisa. Salió por una puerta del centro comercial.

Cuando llegué a esa salida y empujé el cristal, Pedro ya no estaba. Di unos pasos por el estacionamiento sin saber a dónde dirigirme. Enseguida lo vi montado en un Jeep convertible, conversando con un amigo.

Pasaron frente a mí sin verme. Una furia y una impotencia me devolvieron al centro comercial, a mi soledad. Yo tampoco había querido a nadie más; sólo tenía amigos con los que salía, y luego nada. Miré alrededor mío. Una mujer quitaba la envoltura de la paleta de su niño. Una pareja se subía a un auto.

Pero, para qué lo busco si ya me voy a Boston, si en diez días es el recital, si tengo que ensayar día y noche hasta que me lo sepa con los ojos cerrados, al revés y al derecho, casi perfecto.

Lo cierto es que averigüé la dirección de la casa donde vivía Pedro. Era en una colonia en la sierra. Durante varias ocasiones, manejé hasta allá y estacioné el auto en la acera de enfrente. Permanecí dentro, observando las ventanas; allá una luz se encendía, alguien entraba. Elaboré monólogos internos que Pedro nunca escuchó.

Una tarde lo vi llegar, estuve a punto de bajarme del auto. Pero detrás de él llegaron otros tres muchachos que supuse eran de la familia con la que él vivía. Entraron todos juntos.

En otra ocasión estuve de pie frente al timbre. Pero tampoco presioné el botón. ¿Tenía sentido hablar con él? ¿Hubiera eso cambiado mi rumbo?

La Sierra Madre erguida, ola cristalizada. Detrás de mi auto, el bosque exhalaba brisa fresca de luciérnagas.

Mi dedo índice sobre la cresta plateada donde la luna se contemplaba.

Quebraban las olas y su espuma se convertía en roca, en eco de mar, en ese reventar de burbujas que dejan cuando se van.

Las estrellas se apagaban con el resplandor de la ciudad y en los encinos la posibilidad de Pedro.

Y aquel cristal irrompible.

Inhalaba la oscuridad de la sierra.

A lo lejos, el murmullo de autos allanaba la ciudad.

Durante mucho tiempo, no volví a saber nada de Pedro. Tendrían que pasar más de veinte años para que nos volviéramos a encontrar.

Antes de irme de Monterrey doy el último recital en la Sala Chopin de la Escuela de Música.

Al terminar retiro las manos lentamente del teclado.

Escucho los aplausos. Me pongo de pie frente al público. Me inclino a manera de caravana. Me enderezo.

Los ventanales enormes y antiguos abiertos de par en par. Hay alumnos sentados en el filo de los postigos. La ciudad tirita a lo lejos. La brisa de verano merodea la sala.

Es mi despedida. Ahí están mis maestros, el profesor Rafael Almaguer, mis amigos de la prepa, de la Escuela de Música, la tía Rosario, Claudia y Mónica. Un ramo de flores del Juglar.

Siguen los aplausos.

Sonrío mirando hacia la sala. Me inclino de nuevo.

Justo al levantarme por segunda vez, descubro entre las primeras filas a una mujer de cabellera de leona que llama mi atención, una mujer cuya mirada ambarina reluce entre la penumbra de la sala, una mujer acompañada por un niño con retraso mental y por una joven parecida a mí.

Podría ser Mariana, mi gemela.

La piel se me eriza.

Miro a la joven. Enseguida a su madre.

Un puente se tiende entre su mirada vasta y la mía.

Allá, en el pueblo lejano, el murmullo del desierto se mece sobre los nogales centenarios.

La puerta pesada de madera con vitrales se abre y cierra. "No se necesitan boletos para asistir al concierto en Old South Church, nada más te presentas en la puerta a las 6:30 p.m." La luz dorada esparcida sobre el suelo rojizo alumbra el recibidor.

—*Your type of voice?*

—*Soprano.*

—*Here are your music scores.*

Es un concierto de coro. Por fin el *Réquiem* de Mozart en vivo; lo curioso es que aquí los asistentes somos los que cantamos. No me lo esperaba. Vine por los carteles en los postes, esperando un concierto tradicional. Aunque acostumbro ser espectadora, en realidad me gusta la idea de cantar el *Réquiem* de Mozart. Un joven al fondo de las escaleras de madera y bronce, me dice:

—*You need to go upstairs.*

En el segundo piso, hay ciento cincuenta personas de pie en la sala. Al centro, el director da las instrucciones frente al piano de cola. Abro mi partitura. Uno de los tenores del otro lado de la sala no me quita la vista de encima. Le devuelvo la sonrisa en automático.

Inhalamos. La tensión en el diafragma. Las carpetas oscuras frente a cada uno. Todos atentos a las indicaciones. Miradas desnudas.

Y se alza la mano que irrumpe en la espera. Cuando el director la baja, la música ya está ahí para acogernos, para incorporarnos a su sereno resplandor. Es un nudo en la garganta. Increíble que yo sea parte de esta maravilla. Algunos leen la partitura, otros siguen la mano ondulante del director, espían al compañero de junto. Ahí, la vasta música nos vuelve vulnerables, nos hermana, nos quita las máscaras. La música crece; la música colma.

Requiem aeternam dona eis, Domine:
et lux perpetua luceat eis.[9]

---

[9] Dales el descanso eterno, Señor / y que la luz perpetua los ilumine.

Él centra su vida en Julia desde el momento en que la ve ahí, en medio del coro leyendo la partitura. Alejandro es chileno, tiene veintiocho años y un cuerpo alto, delgado. Lleva cuatro meses viviendo en Boston como profesor invitado. Es poeta. Llegó con planes de quedarse un par de años; pero después de conocer a Julia, Alejandro decide prolongar su estancia cuatro años, los mismos que ella.

Días y noches de conversaciones con Alejandro van quitando, uno a uno, los velos que cubren a Julia. Con su voz ronca y con enorme ternura Alejandro indaga incansable en ella. De manera sutil cuestiona el armazón de ideas y emociones almacenadas a lo largo de los diecinueve años que conforman su vida.

Con el paso de los días, los meses y los años, Julia se pregunta, en ocasiones, si ser compatible con Alejandro, si ser eso que la gente llama "almas gemelas" o estar en la misma sintonía, es amor.

Tres años después de llegar a Boston, en el verano de 1994, Julia termina la carrera de pianista en el Boston Conservatory, la que había iniciado años atrás en Monterrey. Becada, decide seguir dos años más con el Master in Music in Piano Performance.

Alejandro ha cambiado su orden para adecuarse al de ella. Sus horarios, las asesorías que da. Vuelca todo por su compañía. Él es el centro de un sistema planetario. Tras él va una estela de seguidores, discípulos recorren calles y puentes, noches en las que discuten sobre política, música, poesía, filosofía, cine, historia, sobre sus países. Algunos son físicos, otros matemáticos, escritores, artistas plásticos, músicos.

El mundo se despliega en abanicos de posibilidades infinitas, tantas interpretaciones, tantas verdades. Poco a poco, los valores de Julia se vuelven sólo un discurso más, un cuento caduco que ella se ha contado a sí misma, un cúmulo de palabras.

Aprende a leer entrelíneas, las palabras de sus padres, los consejos de su madre, las tradiciones de su pueblo. Las expectativas que tienen de ella son un tejido artificioso, válido sólo entre los suyos. Fuera del contexto, sólo son palabras.

Manchas oscuras que se repiten.

Recorren el Common, los pueblos costeros, los faros, los bosques frente al mar, los puentes. Comentan lecturas, leen poemas junto al Walden Pond, ideas contrarias, exposiciones en museos. Éste es el tiempo en que Julia saca la cabeza del mar y, extasiada, descubre la vida donde se puede respirar.

No siempre van en grupo con los discípulos de él. Él la ha elegido. Él quiere pasar cada momento junto a Julia. Él quiere adecuarse.

Ella sabe que conocerá a muy pocos con esa capacidad para leerla, que probablemente a otros no les permita acercarse tanto; quienes tienen esa sensibilidad para leerla, por lo general, tienen también la capacidad de herirla. O al menos, así lo percibe ella.

Alejandro respeta el entresijo de costumbres y convenciones. La acompaña, la escucha, sonríe y le hace preguntas para las que ella no encuentra respuesta. Desacomoda el orden de toda una vida, de un sistema heredado por generaciones.

Alejandro toca sus manos y por dentro recorre todos los caminos. Anda por senderos que ella no sabe cómo nombrar. Se abre camino entre la maleza de los estereotipos y los tabúes. Sacude su manera de concebir la vida.

Pero todo eso, ¿es amor? ¿Es amor cuando se puede pasar la vida entera charlando con alguien?

Julia no desea besarlo. Julia anhela su interpretación del mundo rodeándolos, pero no su cuerpo. Anhela el cobijo intelectual, poético. No el abrazo.

La sombra de Pedro todavía ronda sus insomnios y la duermevela de sus madrugadas. Ella extraña el mechón sobre la frente, los labios que nunca besó.

El amor debe de ser algo más. El amor es doloroso, complejo. El amor es un deseo que no sacia.

Cuando Julia escucha lo que Alejandro siente por ella, entonces lo sabe. Ella no lo ama.

Durante meses se siente rebasada. Sabe que difícilmente volverá a encontrarse con alguien como él. Piensa que tal vez con el tiempo Alejandro le guste, le atraiga. Siente un peso enorme —semejante a la culpa— por no amarlo.

¿De dónde voy a sacar a otro igual? Él es el tipo de persona que necesito. No sé si sea él, pero tiene que ser alguien como él —en el caso de que quiera vivir acompañada por mi pareja—. De no ser así, tendríamos que caminar por dos sendas paralelas, individuales. Una vida solitaria.

Julia lee a Eurípides y repite, frente al río Charles, las palabras de Electra: "Para mí, quiero, antes que un rico, un pobre que tenga una alma grande".

Sin embargo, entre sueños, Pedro aparece bajo los nogales centenarios, la sacude de los hombros y le dice:

—No lo amas. Déjalo y no le hagas daño.

En cambio, todos buscan a Alejandro. Una asesoría, una opinión. Su agenda llena. Lo premian, lo admiran. ¿Por qué el amor no puede meterse en el cuerpo así nada más?

Su cariño hacia él es enorme. Pero eso no es suficiente. El amor de pareja es otra cosa. Piensa en Pedro y lo asume como un huracán que no deja lugar para más.

Con el paso del tiempo Julia llevará a Alejandro a Jiménez, a la biblioteca de su padrino Florencio, a la tumba de Mariana, a esperar juntos sobre las azoteas la caída de la noche con aquellos celajes irrepetibles. A Alejandro lo quieren todos. Sus tíos, sus padres, sus amigos, sus abuelos.

Hay hilos que no se rompen nunca.

Una tarde frente al río Charles en Boston, mientras cae la tarde, recargados en el tronco de un encino enorme, leí en voz alta aquel famoso poema anónimo:

No me mueve, mi Dios, para quererte
el cielo que me tienes prometido,

De pronto la tarde se enrosca, se contrae como insecto que reacciona. Algo en la brisa trajo de vuelta al Santo Cristo de Burgos y detuvo el tiempo bajo el cielo azul cobalto y las primeras estrellas en custodia.

Muéveme, en fin, tu amor, y en tal manera,
que aunque no hubiera cielo, yo te amara,
y aunque no hubiera infierno, te temiera.

No pude seguir leyendo. Alejandro ya sabía leerme por dentro y por fuera. Me miró con ojos enternecidos, apretó mi mano y siguió con la lectura, con su voz ronca y suave.

No me tienes que dar porque te quiera,
pues aunque lo que espero no esperara,
lo mismo que te quiero te quisiera.

Esas palabras tenían muchos sentidos, pero los dejé de lado, porque cuando aquel pedazo de vida, entero y sólido como una roca, oculto bajo capas de otras vidas tan distintas que viví después de mi infancia, me llegó de súbito, como una revelación, supe que dentro de mí dormían muchas Julias, unas desarticuladas de otras. Vidas y cauces de donde yo había sido desterrada voluntaria e involuntariamente. Y dudé si aquella niña solitaria, que deambulaba entre habitaciones frescas de adobe y a través de patios, traspatios polvosos y fantasmas, era yo misma. Suspiré.

—Me gustaría ir a Jiménez pronto —le dije a Alejandro mientras el río seguía su cauce y los carros su transitar por Beacon Hill.

—Vamos, yo quiero ir contigo —respondió.

Ejido Los milagros de Dios, Durango
30 de mayo, 2014

Amanece el desierto. Helena se recarga en la puerta. Calza huaraches de plástico y viste mandil de cuadritos. Posee una cabellera de leona que guarece a su cachorro. Fuma serena en el fresco de la mañana que dura sólo mientras el día se instala bajo la pulcritud del cielo donde aún brillan estrellas.

—Helena, ¿ya supo?

—Qué…

—Dicen que ayer andaba un señor de ciudad buscando a una mujer. Que dejó su nombre, su número de celular…, que ofrece harta lana a quien le dé información…, algo así como cincuenta mil varos. Dicen que preguntaba por una tal Julia, me parece…, que tuvo un accidente en la carretera.

—Puros cuentos. Anda tú que te crees todo lo que te dicen.

—Oiga Helena, y pos ¿de ónde sacó usté a esa mujer que tiene ahí guardada? Se me hace que se la trajo del accidente que hubo allá el otro día, el incendio grandote.

—Cállate la boca. La mujer que está ahí es mi hija, mi Maripaz.

—Qué casualidad que ahora tiene usté aquí una hija.

—Ah, qué metiche eres. Lo que hace el ocio. Ponte a trabajar, eso es lo que debías de hacer en vez de andar de chismosa.

—Oiga, y ¿quién es Maripaz?

—Ya te dije que mi hija; la que desapareció en Ciudad Juárez hace muchos años. En 1995.

—Ni sabía que usted había tenido una hija. Nomás le conocemos al Beto, el enfermo. ¿No me deja ver a su hija?

—No. Claro que no. Nadie puede verla. Le roban la fuerza que ocupa para curarse. Anda, vete a hacer algo de provecho.

Bajo los nogales centenarios de la Calzada Juárez, Alejandro pregunta:

—¿Sabías que aquí vivieron Salvador Novo y Nellie Campobello?

—¿Aquí en Jiménez?

—Sí, en época de la Revolución mexicana.

—Ni idea tenía.

—Salvador Novo llegó en 1912. Su padre vino a trabajar a una tienda muy grande, que se llamaba La Vencedora, de un señor judío polaco que se apellidaba Russek.

—Ah, sí. La Casa Russek es la casa bonita frente a la Plaza de las Lilas donde pasamos hace rato.

—Precisamente, Nellie Campobello tiene un cuento que se llama así: "La Plaza de las Lilas".

—No sabía. ¿De dónde sacaste esa información? Tantos años que viví aquí y nunca supe esas cosas.

—Estuve platicando con el doctor Mendoza, con la maestra Conchita Riveros. ¿Ves esa casa? Ahí las hermanas Rentería tenían una escuela privada. Salvador Novo fue inscrito en tercer año de primaria. Hay un libro donde cuenta sus memorias;

menciona que una de las hermanas fue su maestra, y que con el tiempo ella acabaría siendo la viuda de Pancho Villa.

—El hotel Las Pampas, el que tu tío Alfredo dice que es de cinco estrellas porque son las que se ven por el agujero del techo en la noche, era una propiedad de 70 mil hectáreas. Ese terreno se lo regalaron los ganaderos de Jiménez al presidente Miguel Alemán. Hizo una quinta y, para poder llegar ahí, mandó construir la carretera que conecta a Jiménez con el país; eso era lo que querían los ganaderos. Miguel Alemán y el presidente Johnson fueron después los dueños del hotel. Dicen que seguido traía a María Félix, y que una vez se enojó mucho porque llegó la primera dama y se tuvo que esconder. De aquí son también David Alfaro Siqueiros y los hermanos Soler.

—Mucho mérito haber nacido en medio de la nada y haber sobresalido.

—Así dirán de ti también en unos años: "La célebre pianista Julia Gutiérrez".

—Ojalá. Estaría bien… pero no creo.

—Tienes todo para que así suceda.

Estancia María de Lourdes, Monterrey, N.L.
12 de noviembre, 2014

¿Te sabes la historia de Austreberta Rentería? Pues resulta que ella, una muchachita de dieciséis años, era hija de un hacendado de Jiménez. El tal Baudelio Uribe, el Mocha Orejas, así le decían porque le daba por cortarle las orejas a los villistas que se hacían carrancistas; sacó la idea de una corrida de toros en Torreón. Qué cosas, ¿verdad? Pues él que la secuestra y, para ganarse a Villa, se la presenta. La mujer ya estaba comprometida con un militar, pero él se quedó perdidamente enamorado de ella. Se la pidió al papá pero, como no quiso dársela, contaba mi Tita que entonces le peló los pies al señor y lo hizo andar sobre carbones calientes. Contaba que su papá, es decir, mi bisabuelo don Trinidad Luján, lo tuvo que llevar al médico porque al pobre hombre le desgraciaron los pies. Lo que hace uno por defender a una hija.

Y como ella no quiso casarse con él en un principio, entonces él la hizo suya por la fuerza. Y luego, que Villa se pone a llorar. Total que siempre acababa llorando; decía que se arrepentía, que ella no era como las otras y le prometió casarse. Para eso, la dejó encerrada en Jiménez, escondida. Era un secreto para su familia, y los que la escondían estaban amenazados de muerte. Cuentan que su padre perdió su fortuna porque hizo hasta lo imposible por mantenerla lejos de Villa; anduvo de pueblo en pueblo, y luego en Texas, trabajando duro, haciendo de todo. Mientras Villa estuvo encarcelado, se la llevaron a Gómez Palacio, creyendo que ahí ya no la podría encontrar el sinvergüenza.

Pero dónde vas a creer que, en el fondo, la tal Austreberta sí se enamoró de Villa. El condenado contrató a una mujer que se fue a vivir a Gómez Palacio, se hizo de las confianzas de la familia y ella le entregaba las cartas que le mandaba Austreberta y le hablaba del amor que le tenía la muchacha a escondidas de los papás. En una de ésas, que organiza un día de campo muy alcurnioso y, mientras ella paseaba, que se encuentra con Pancho Villa y se la lleva a vivir a la Hacienda Canutillo. ¿Tú crees?, el fulano empezó la Revolución para que la gente del campo le quitara el poder a los hacendados y él mismo terminó siendo hacendado, tú dirás. La misma historia de siempre. El tipo fue hasta gobernador. Haz de cuenta ahorita; los mismos sinvergüenzas hacen como que hacen. Nos roban, luego se hacen políticos, luego narcos, luego millonarios y luego se matan entre ellos o se van a vivir a otro país.

Ejido Los milagros de Dios, Durango
30 de mayo, 2014

Helena ya no silba.

Helena ha ido por una silla desvencijada, un palo a manera de tranca y un machete. Que nadie vaya entrar a su jacal.

—Quesque un señor de ciudad. Hijo de su madre. El demonio tiene muchas caras… Ahora que venir a quitarme a mi Maripaz por segunda vez. Nomás eso me faltaba. Primero muerta.

París, Francia
Junio 9, 1995

La ciudad antigua se despliega frente a Julia; es una mariposa enorme escondida bajo el papel tapiz de la incertidumbre. Desde aquella ocasión, en que la maestra de piano, allá en Jiménez, le contó que las hermanas Villamar fueron a París, Julia fue almacenando imágenes de lo que ella creyó que era aquella ciudad. Julia recorre calles, puentes, bulevares, parques, callejones, avenidas, camina insaciable durante el primer fin de semana. Recorre, se adentra, se interna, pregunta, observa. Sólo se detiene para comer un baguette en una banca o en el suelo de madera del Pont des Arts. Una ciudad milenaria con huellas de tantos que la desbordan. Fachadas y álamos acarician su cuerpo.

La ciudad borda el rostro de Julia contra el atardecer. A veces camina hasta la orilla del Sena, se recarga en la barda y se asoma a ver el río que corre silencioso sobre las ruinas romanas de Lutecia. Se hospedará en Rue des Ecoles, una residencia de estudiantes sólo para mujeres, cerca de la escuela de música, en el Barrio Latino. Dos meses dura la beca, el intercambio artístico.

No sólo es ella. Es un grupo de veintidós becarios que vienen de diecinueve países. Nueve mujeres y trece varones, de todas las edades. Dieron siete becas para piano, cinco para canto, tres para violín, dos para flauta transversa y una para clarinete, violoncello, viola, oboe, trompeta.

De inmediato en los comedores, en pasillos, dialogan, se presentan, arman a partir de una mezcla de francés e inglés una pequeña comunidad. Desde Zita, la checa jovencísima de dieciséis, hasta Yuan de China, de sesenta y dos. Historias de familia, de exilios y destierros, de guerras hermanadas, de costumbres distintas, filmes, carcajadas.

Como suele suceder, incluso las ciudades más bellas encierran las rutinas más comunes para sus habitantes. Después de algunos días, Julia, ya instalada, sólo tiene tiempo libre para pasear durante los fines de semana. Cuatro horas de práctica por las mañanas, después la comida en el comedor con los demás. Por las tardes dos talleres grupales y la clase individual de piano.

Cuarto día de la estancia de verano. Dicen que hoy llega el maestro que dará las clases de violín. Dicen que viene llegando de su gira por Asia, que por eso no pudo llegar antes; cuentan que lo ovacionaron de pie en Tokio, Seúl y Singapur, y que ha nacido en Inglaterra.

Julia entra a la sala una vez que él se encuentra ya sobre el escenario. Julia pone atención a los escalones y no lo ve. Primero sólo escucha su voz. Vuelve los ojos al frente y ahí está él, explicando la pieza con la que va a iniciar el recital.

—...De Nicholo Paganini: *Capricho número 24.*

David Liebmann es la mayor perturbación que Julia ha experimentado.

Su voz hurga en los pasillos internos de Julia mientras ella se dirige a su asiento. Un cuerpo alto, con ojos risueños, cubierto por lino blanco.

Surge la música, la de él, la suya, la del pueblo guardado dentro del cuerpo y de la infancia. La nota triste de un violín que hurga desde las planicies de polvo.

Julia no recuerda ese sacudimiento. Ni con Pedro siquiera. Es una fuerza que viene de otro lado y la perfora.

Los dedos bronceados sostienen el violín.

El recital dura una hora.

Julia desde su asiento se acerca a él, merodea cerca de sus párpados cerrados, ¿qué siente mientras toca el violín?

Interpretar una pieza musical es exhibirse.

El cuello, las manos fuertes y grandes. Dedos tenaces.

Dicen que se llama David.

Cuando termina las piezas, baja los brazos.

Abre los párpados. Sus ojos verde olivo sonríen.

La mira.

Al final del concierto, Julia se finge distraída mientras la sala de conciertos se va quedando vacía.

Él se acerca.

—Por favor, espérame un momento. No tardo.

Al final de la avenida cae la tarde dorada, delineada por cúpulas de iglesias y palacios. David camina junto a mí esa primera tarde.

David nació en Canterbury, Inglaterra. De niño estudió con una tía. Cuando tenía quince años se fue al Royal College of Music en Londres, después obtuvo una beca y se fue a Berlín.

—Treinta y cuatro. ¿Tú?

—Veintidós.

Las palabras son máscaras que nos muestran y nos esconden en el juego de nuestros claroscuros.

David mueve las manos fuertes mientras intenta explicarme cómo es su padre, cómo es el niño que aún vive dentro de él. Observo sus pestañas cuando sonríe, y la comisura de la camisa de lino abrazando el cuello bronceado.

David Liebmann, dijeron. Una docena de álbumes grabados.

Boulevard Saint Michel bajo los álamos, el bullicio de los turistas y el rumor de los que entran y salen de las librerías enormes de Gilbert Jeune. Jamás había visto cuatro pisos de libros y discos. Pasamos junto a algunas galerías y nos internamos en los callejones del Barrio Latino. Escaparates de marionetas artesanales, joyería hindú, pinturas, esculturas, comida de todos los confines de la Tierra. Señalamos, comentamos, reímos.

Tres cuadras adelante, David centra su mirada en la mía. Su cuerpo alto, la fuerza de su rostro, mientras elige las palabras, frunce ligeramente el ceño y dirige la mirada hacia arriba, a un punto indefinido.

Coloca con cuidado sus manos grandes sobre mis hombros, me mira de frente, baja la cabeza y disminuye el volumen de su voz para acercarse a mi rostro.

—Julia, te vi desde que entraste a la sala, justo antes de comenzar. Te quedaste aquí —dice mientras coloca sus dedos de violinista virtuoso, en la sien—. Mientras interpretaba la música, con mis ojos cerrados, no podía dejar de verte. Tienes una luz muy especial, ¿lo sabes?

Me sonrojo. Corro el riesgo de que cada día diga lo mismo a una mujer distinta.

A veces sentimos que la desconfianza nos exime de todo dolor.

David besa mi frente. El roce sutil de sus labios aleja la ciudad que oscurece y las voces. Introduce sus dedos tenaces entre mi cabello suelto y mi nuca. Fija sus ojos verde olivo en los míos por un instante y sonríe amplio.

—¿Tienes hambre? Vamos a tomar algo. Ven, quiero llevarte a un lugar que me gusta.

París es su mano fuerte sujetando la mía, es el pequeño restaurante francés alumbrado por velas donde cenamos esa primera noche. Los minutos desprendidos del tiempo mientras reímos y conversamos en inglés, con palabras salpicadas de francés y español que remiendan nuestras ideas.

Si ya he dicho que las palabras nos cubren, nos enmascaran, entonces traducir a otras lenguas nuestras emociones y recuerdos es un acto de interpretación.

Ya de noche, París es la brisa que corre, y las fachadas de oro rebosantes de diosas griegas, columnas romanas, calles empedradas, farolas imperiales y el río siempre caudaloso, el sonido de una campana… Como allá en Jiménez.

Parpadeo. Me vuelvo para verlo. Mi pueblo se esfuma. París es el eterno presente; es el reflejo que me devuelven los escaparates de nosotros dos caminando juntos. Respondo a sus preguntas buscando las palabras en un vocabulario que me queda estrecho. La casona, mi gemela, el síndrome de mi hermano, Jiménez y el polvo en medio del desierto. Él me mira de frente, me cuenta sobre su abuela mexicana, también de Chihuahua, y de su primer violín, el consejo de su maestra a los doce años, el enfrentamiento con su padre, su vida de estudiante, la comida coreana de la semana pasada, el *kimchi*.

—David, tengo que irme; mañana audiciono a mediodía. Ensayaré toda la mañana.

—Iré a buscarte al ensayo y, después de la audición, ¿comemos juntos? ¿Qué vas a tocar mañana?

—La sonata *Waldstein* de Beethoven, la *Sonata Núm. 1* de Prokofiev y la *Suite Núm. 2* de Bach, *La Inglesa* como tú.

Antes de despedirnos afuera de la residencia de estudiantes, David acaricia lentamente mi mejilla izquierda, con el dedo índice. Sonríe de lado, apenas triste, apenas risueño.

—Mañana, en la audición, olvida los pentagramas, las figuras, el tiempo, las notas… Beethoven, Prokofiev, Bach contarán la historia que tú quieras. Escucha esa música y hazla tuya; conviértete en ella. Lo que importa de las notas no es su certeza, sino la expresividad que emanan, la fuerza para seducir al otro, para violentarlo. Un pequeñísimo episodio debe permanecer en los espectadores después de escucharte.

Asiento. Más allá de sus consejos, París se concentra en el roce de su mano. David me mira desde una geografía que aún no logro descifrar. Me mira hasta el fondo de mí misma. Bajo la mirada. Lentamente, toma un mechón delgado de mi cabello y lo pasa por detrás de mi oreja. Sonríe de lado mientras levanta mi barbilla y fija sus ojos en los míos.

Recorre con sus dedos de violinista mi frente; con su pulgar, mi ceja izquierda; apoya su mano en mi mejilla, y siento los latidos de su palma dentro de mí. Acaricia con su mirada y con sus dedos el lóbulo de mi oreja. Introduce de nuevo su mano entre mi cabello y mi nuca.

París se condensa en los latidos cada vez más fuertes, en su aliento que es también ya el mío. Antes de besarme, atisbo cómo la ciudad es apenas un murmullo que se dispersa en las baldosas antiguas.

París es un instante de noche húmeda, de alas tibias, de labios que apenas me tocan y ya me contienen entera.

—Julia, posees una luz enorme. Deja que salga. No tengas miedo.

Ocho semanas

Ocho semanas pueden ser una vida entera. El tiempo suficiente para desplegar las alas del deseo que habían permanecido confinadas.

Ocho semanas para volver a casa, al otro lado del mar, al otro lado del planeta, a un "nuevo mundo" que me parece tan remoto, tan viejo y desteñido.

Caminamos por los jardines de Luxemburgo una tarde y otra y otra más. Queda apenas a unas cuadras de la Schola Cantorum. Hablamos de Cosette y de Jean Valjean. Las mismas fuentes y bancas que describe Victor Hugo. Sentados reímos y recordamos. Elaboramos día con día un código propio de narraciones. Las palomas, con su cabeza mecánica; y mis sandalias, sobre la tierra fresca. Los álamos, siempre arriba; y el futuro, suspendido en una mancha nebulosa.

¿Quién será Pedro ahora? Una sombra errante, un fantasma que me persigue, la imagen que mi inconsciente da al amor o al deseo. Ese mismo verano sueño con él a menudo; aparece reclamando "su" espacio. Los sueños parecen más auténticos que la realidad misma. Son largos, extendidos como los relojes de Dalí, se filtran hasta la vigilia y me angustian. Cuando Pedro aparece en ellos, todo a su alrededor se disuelve. Es un campo magnético que distorsiona mi percepción de las baldosas doradas de París, de aquella mujer tarahumara que me dijo: "Tú eres la menor de los rarámuris", de la mirada ambarina de la mujer que me observaba en el último recital que di en Monterrey, de la abuela de pie sobre la azotea, contemplando los celajes descomunales del desierto en Jiménez, y del rostro de mi gemela en el ataúd. Todo en una especie de huracán, una vorágine. Porque cuando Pedro se acerca, todo lo absorbe: los espacios y los demás pierden relevancia. Incluso David Liebmann.

—No lo quieres a él. Me quieres a mí. Déjalo. Es sólo un amor de verano —me dice desde aquella Calzada Juárez.

Escucharlo con esa determinación, me da seguridad en el sueño. Pedro tiene razón. Él es lo mío; es la certeza del origen, de la familia, de los nuestros bajo los nogales centenarios.

Lo peor viene al despertar. Mi cuerpo cubierto con sudor y el peso de la incertidumbre. De la nostalgia. El miedo. Dentro del sueño sólo quiero estar con Pedro.

¿En dónde estará? Hace más de cuatro años que no lo veo, en mis sueños siempre aparece con su rostro de adolescente. ¿Cómo será su cara de adulto? ¿Soñará él también conmigo? ¿Amará a otra? Tal vez. Pero también a mí.

—Siempre a mí —afirmo sin asumir la excentricidad del pensamiento.

Una bomba mata a 4 viajeros en el metro de París

OCTAVI MARTI

París 26 JUL 1995

Cuatro personas murieron y otras 60 resultaron heridas, 14 de ellas de forma muy grave, un atentado terrorista ocurrido ayer por la tarde en París, en plena hora punta, en la céntrica estación de metro de Saint Michel, cuando entraba un convoy de la RER (Red Expreso Regional), el tren que enlaza la capital francesa con los municipios del extrarradio. El primer ministro, Alain Juppé, afirmó anoche que "se trata con casi toda seguridad de una bomba". El presidente de la República, Jacques Chirac, y Juppé se trasladaron al lugar al conocer la noticia. Ningún grupo se ha responsabilizado del crimen.

"Primero oí la explosión y de pronto todo quedó a oscuras. En el aire un fuerte olor de pólvora". Así contaba lo sucedido uno de los supervivientes. El atentado se produjo a las 17.30, la hora de salida en numerosos centros de trabajo y en pleno centro de la capital, el Barrio Latino, frecuentado en esta época veraniega por numerosos turistas. El Consulado de España en París informó a última hora de que no tenía constancia de que entre las víctimas hubiera español alguno. Los fallecidos son tres mujeres y un hombre. Una de las víctimas falleció en el andén y las otras tres en el tren. "Es una espantosa carnicería", confesó uno de los bomberos que participaran en las tareas de rescate.La presencia de dos magistrados antiterroristas en la estación, poco después de que se produjera la explosión, hizo circular la hipótesis de que se trataba de un atentado. Esta idea fue, confirmada más tarde por la fiscalía de París, que anunció que el trágico suceso fue causado por un artefacto explosivo.

La bomba estaba colocada, al parecer, bajo un asiento del sexto vagón del tren, compuesto por 10 unidades, y estalló cuando las puertas estaban todavía cerradas. Los heridos resultaron lesionados en las piernas y el vientre. Los médicos tuvieron que amputar las extremidades algunas de las víctimas en el mismo lugar del siniestro, mientras que los bomberos liberaron a algunos de los pasajeros que estaban aprisionados entre los hierros.

Incendio sofocado

Apenas diez minutos después de haberse producido la explosión toda la zona estaba acordonada y tomada por la policía y los bomberos. Éstos lograron después sofocar un incendio que se declaró en el interior del recinto. "Hay que descartar la hipótesis de una explosión de gas. Ahí olía a pólvora y no nos consta que por ese túnel pase ningún conducto de gas importante", dijo un bombero.
Ninguna organización se ha atribuido la autoría del atentado. Fuentes de la lucha antiterrorista indicaron que el suceso recuerda a los que sembraron el pánico en París entre diciembre de 1985 y septiembre de 1986. Esa ola de violencia, relacionada con el conflicto en Oriente Próximo, causó 13 muertos y centenares de heridos.

Según un testigo presencial, el tren se acercaba a la estación cuando se produjo la deflagración, que rompió los cristales y formó un amasijo de metal.

La detonación de una bomba es el más feroz de los rugidos. Un estallido que te crispa los nervios, te abre todas las miradas del cuerpo. Extiende tu sensibilidad a un estado de alerta extraordinario. Te muestra rincones que jamás habías percibido.

Es un instante en que todo se detiene. El cuerpo se paraliza. El corazón se hunde en silencio. La respiración se interrumpe. El pulso se eleva hasta el cuero cabelludo. Los ojos ven más, mucho más de lo ordinario. Es una reacción de supervivencia. Sólo para cerciorarse de que estás vivo.

Un segundo.

Sólo un segundo.

Los *tempos*, siempre los *tempos*.

—Una bomba, David. Una bomba en el metro.

Tras la detonación, ahí en la acera junto a la salida del metro, David me contiene en un abrazo largo, sostenido.

Su abrazo. El refugio más vasto de todos los territorios. Junto a los alaridos, el llanto, el humo, las sirenas que han comenzado a sonar y las alarmas de seguridad, él y yo permanecemos entrelazados, incrédulos, enmudecidos.

Sobrevivimos juntos a la muerte. Y eso, también, nos vuelve cómplices.

Sin embargo, en mi inconsciente, no hay refugio. David no puede protegerme de mí misma. En sueños, David Liebmann es sólo un rostro difuso. Esa misma semana sueño que él es un terrorista de los que pusieron la bomba en la estación de Cluny-La Sorbonne hace unos días.

Habíamos paseado juntos un buen rato, apenas subimos las escaleras para salir del metro y estalló la bomba a nuestras espaldas. Horror. Decenas de heridos, muertos. Nos salvamos por un minuto.

En el sueño yo no tenía ninguna certeza sobre quién es él. Podía leer una parte suya, pero otra me resultaba turbia. Incluso el rostro no era el suyo. Tenía algunas canas, los ojos más pequeños, su voz era distinta. Apenas lo conozco.

Al amanecer, en mi residencia de estudiante permanezco sobre la cama. Inmóvil. Deambulo sobre una cuerda floja. A veces pierdo el equilibrio y apenas me sostengo. Abajo de la cuerda hay un abismo sin fondo.

El día clarea y se invierten los papeles. Pedro se aleja como el remanso de una ola silenciosa. El recuerdo de ayer con David se instala, sus palabras, su rostro bronceado.

Parpadeo. Hurgo más allá del techo oscuro, de la ciudad que se despereza. Mi habitación queda en el penúltimo piso, en la esquina de Rue des Écoles y Rue Jean de Beauvais. Frente a mi cama, al lado izquierdo de mi escritorio, está la puerta-ventana que da al balcón que se extiende por todo el sexto piso. Desde ahí me gusta ver la ciudad. A veces, saco un banquito y me quedo sentada, casi en cuclillas, hasta la media noche. Me recargo en el muro. Respiro profundo como si en el acto pudiera adueñarme, extender el momento, mis veintidós años, la beca de verano, su presencia luminosa. Observo las ventanas de la fachada de enfrente. En cada ventana se desarrolla un episodio distinto. A mi derecha, el perfil de las torres de Notre Dame de París. Los guardianes.

Siete semanas

Recorremos la ciudad a pie, en metro, en camión. Exploramos sus rincones favoritos. Vislumbro la ciudad a través de sus ojos. Aquí murió Chopin. Aquí los restos de Jim Morrison. Las ruinas de la ciudad romana bajo la catedral. El pequeño museo de Dalí en Mont Martre. La casa de Victor Hugo en Place des Vosges. Los nenúfares de Monet en L'Orangerie. Y en mi oído, a veces, un murmullo sereno:

> Hear my soul speak:
> The very instant that I saw you, did
> My heart fly to your service.

—¿De quién son esas palabras?

—Tuyas. Shakespeare las escribió para ti. *La tempestad.*

Me compra flores en el mercado de I'lle de la Cité. París es un entresijo de nostalgia por una relación que apenas surge y ya amenaza con esfumarse. Ojalá el verano no terminara nunca. El mapa de la ciudad es su cuerpo alto, sus brazos de guarida, sus manos fuertes, el tono de su voz, su olor cuando recargo mi cabeza en su hombro mientras permanecemos sentados a la orilla del Sena.

Seis semanas

La Schola Cantorum construida con sillares pálidos y techos oscuros, las interminables horas de estudio por las mañanas, compases binarios, ternarios, cuatro cuartos, escalas menores y arpegios mayores, *fortissimo, pianissimo, Allegro Vivace, Andante Cantabile, sforzando.* La comida con los otros compañeros en la cafetería de la escuela: María, Dejan, Amaya, Sergei y Nuria. Casi a diario David aparece y viene a sentarse con su charola junto a nosotros. Él no come con los demás maestros. Se sienta a mi lado. Me besa en la mejilla.

—*Ça va bien?* —pregunta, hurgando desde sus ojos sonrientes.

La complicidad es un traje hecho a la medida.

Por las tardes, tengo clases grupales y una individual de piano con Madame Constance de Fotis. Después de las siete de la tarde, salimos juntos de la escuela.

Centre Pompidou, exposición temporal de Brancussi. Cabezas de piedra y bronce, suaves y serenas. Cabezas rodantes y solitarias que sueñan custodiadas por aves que no han iniciado su vuelo y que se sostienen presas en madera y mármol. Dalí en el cuarto piso.

Caminamos entre lápidas aquí en París y, a través de la conversación, en el panteón de Jiménez, en el patio de la abuela con sus enredaderas, su olor a hierbabuena y la tumba de Julio Cortázar que por poco no encuentro.

Una chilena la busca también.

CAROL DUNLOP 1946 - 1982
JULIO CORTÁZAR 1914 - 1984

Mármol blanco liso rectangular. Una escultura descansa sobre su lápida: círculos grises que se elevan en diagonal, entre ellos destaca un círculo blanco con un rostro casi sonriente. La Maga y Oliveira, una figura larga con ojos grandes. Julio duerme silencioso. El sol se vierte sobre mi cráneo; las lápidas pierden su color, y se vuelven casi transparentes. Muchos mensajes en rollitos de papel para Julio —¿o para Julia?—, atados a rosas sobre su lápida, que se borran con la lluvia y el tiempo.

Cinco semanas

Un domingo visitamos Fontainebleau, el enorme palacio, el Jardín Inglés frente al lago, los bosques de alrededor. Inglés como él. Como la *Suite Inglesa* de Bach, como *La tempestad* de Shakespeare.

—Me gusta mucho más que Versalles. No sé por qué todos van allá —afirmo una vez que salimos de la visita del Palacio hacia el lago y los jardines.

Sus labios han terminado por detonar nuevos lenguajes ante los cuales no tengo coraza. Bajo los tilos y los castaños, envuelta en la humedad que despide el bosque, sus labios suaves despiertan otras maneras de habitar el cuerpo. Una fuerza inusitada que yo misma desconocía.

No puedo pensar ya en otra cosa. No quiero estar en otro lado. No quiero alejarme nunca de esta fuerza extraordinaria. Quiero a ese hombre junto a mí. Lo quiero para mí entero, de día y de noche. Quiero engullirlo. Lo quiero habitando dentro de mí. Habitándome.

—Julia, nunca me habías mirado así, ¿qué piensas? —dice David como si atisbara algo en el fondo de mis pupilas.

—Nada. Cosas… Quédate conmigo.

—Aquí estoy.

Cuatro semanas

El paso del tiempo es un verdugo silencioso. Justo la mitad del tiempo que nos queda. David me pide que lo acompañe a un coctel de inauguración; otro día, al Concierto de *Carmina Burana* en la Saint Chapelle; otro, a L'Opera Garnier. Cuando él toca algún concierto o recital, lo veo en el escenario sonriente, y una emoción me perfora. Sonrío desde mi asiento. David se me va de las manos; es toda una celebridad. Lo observo con la luz de los reflectores, proyectado en las pantallas, agradeciendo con caravanas espontáneas tantos y tantos aplausos.

David es de todos los que gritan, de los que lo ovacionan de pie, y le piden fotos o autógrafos. Las mujeres lo desean. Quien haya tenido un amante, una pareja expuesta a la esfera pública, comprenderá esto. Un futbolista, un político, un actor, un cantante. La cara que tú besas y conoces abatida, despeinada, pálida u ojerosa aparece deslumbrante en los diarios, pendones y pósteres. La pequeña cicatriz ahí está, expuesta al escrutinio de todos.

No sé si pueda compartir al virtuoso con tantos…, una vida de conciertos, ruedas de prensa, viajes, giras, cursos, alumnas…, ¿quedará algo de ese David para mí? O nuestros secretos y complicidades se borrarán bajo la luz de los reflectores, de los otros y del tiempo.

Tres semanas

Entro de su brazo al Salón de los Espejos en Versalles para la visita de un embajador. Nos retratan juntos para revistas, periódicos.

—Hacen una pareja estupenda —han dicho en varias ocasiones.

Su representante ve con buenos ojos nuestra relación. Somos globalizados e incluyentes. Soy mexicana y esto le proporciona cierto aire de exotismo al violinista inglés. Hay doce años de diferencia entre nosotros y la relación de un adulto con una mujer joven puede resultar atractivo e incluso nostálgico para algunos. Aunque no soy una belleza, tengo la juventud a mi favor, y la delgadez y el tono de piel de moda. En todos lados nos miran, murmuran.

En cada oportunidad, David me presenta, habla de mis virtudes como pianista de México. Me surgen algunas invitaciones. Brindamos aquí, allá. Reímos más. Y mis padres allá, en Jiménez.

A veces, él se disculpa de sus compromisos con algún pretexto y nos metemos a alguna disco, a algún bar, a un salón de baile cubano. Bailamos canciones de Buena Vista Social Club, *Por una cabeza* de Carlos Gardel o *La bamba* veracruzana. Saltamos, reímos, sudamos. Otras noches escuchamos *Living in a Prayer* de Bon Jovi, canciones de U2 —David ya conoce a Bono—, o nos sentamos en el suelo del Pont des Arts con un baguette, un camembert y una botella de vino a escuchar el sonido de un saxofón callejero tocando *Let it be*.

Para los eventos formales me pongo el par de vestidos que traje para dar recitales. Les pido otros a mis amigas; por suerte soy la misma talla que María José, la de Granada. Vestidos de coctel, tacón alto, vestido negro entallado y corto, vestido azul marino arriba de la rodilla; vestido color vino, gasa, muaré, seda, vestido largo, escotes en V, escotes de espalda, brasier strapless, brasier cruzado, brasier largo sin espalda, mis aretes de perlas y un collar de perlas de mi madre. La misma bolsa de noche para todos los eventos.

En Galeries Lafayette nos gusta ir al sótano a degustar el mercado de las comidas. Luego deambulamos entre las islas de cosméticos, perfumes, mascadas y bolsos, todo esto bajo la inmensa cúpula de vitrales coloridos. Antes de salir, David me pide que cierre los ojos. Siento que David me abrocha algo en la nuca.

De nuevo el recuerdo de Pedro. Hace años, en Jiménez, me puso el par de medallas de primer lugar que ganó en atletismo.

—Ya puedes abrirlos.

Es una gargantilla, un par de hilos de cristal engarzados. El estuche contiene también los aretes.

—Dos hilos, como nosotros —sonríe y me besa la mejilla.

Aún conservo esa gargantilla y los aretes. Los he vuelto a sacar en contadas ocasiones. No puedo pensar que sólo se trate de plata rodizada con cristales: son un fragmento de su deseo pero, en cada ocasión que he querido usarlos, aparece el enorme peso de la melancolía. Liebmann, el famoso violinista que va por el mundo dando conciertos, me lo regaló hace años. En aquella otra vida.

Cae la tarde.

Y sus manos.

Juego con esos dedos. Los observo junto a los míos. Son nuestra herramienta. Ahí se confinan todos los sonidos y silencios del piano y del violín. Son el puente para la música, para que nuestras vidas tengan sentido. Esos dedos cautivan los escenarios y por las tardes me sujetan la cintura mientras caminamos abrazados.

—Dichosa migaja —me dice David concentrado en quitar una migaja de baklava de mis labios con el dedo índice.

—¿Cuándo me enseñas tu violín famoso? El Guarneri con el que tocas los conciertos.

—Cuando quieras. Lo voy a tocar la próxima semana en un concierto al aire libre en el Campo de Marte. Pero ver el violín amerita una cena especial en el departamento. Yo cocino para ti.

—¿En tu departamento la cena?

Una mezcla de culpa y entusiasmo me doblega. Una parte de mí dice:

—Podríamos invitar a Camille y a Emilio.

David desvía de mi rostro la mirada verde olivo hacia el horizonte. Se encoge de hombros, frunce ligeramente el ceño.

—Tú decides. Como tú te sientas más cómoda.

Vuelve los ojos a mí y vislumbra una sombra en el fondo de mi pensamiento. Mi mente recrea una escena. La seducción me resulta embriagante, casi vergonzosa.

Enseguida, una sombra oscura, contenida desde la infancia, cruza el mismo sitio. *Eres la peor del mundo. Ya no quiero ser tu hermana. Ojalá te mueras tú también. Te odio.*

Me imagino sola con él en su departamento. Brindamos. Besa mi cara y mi cuello. Desabrocha un botón. *Eres la peor del mundo. Ya no quiero ser tu hermana. Ojalá te mueras.*

—No pongas esa cara, Julia. No voy a comerte; conmigo nunca vas a hacer nada que no quieras. Sólo te estoy invitando a cenar —dice en voz baja, tomándome la mano y mirándome de frente.

Un instante de silencio. Nuestras miradas se entrecruzan. Asiento con la cabeza.

David me mira hasta el fondo de mis pupilas, hasta que esa sombra alojada detrás de la mirada sigue su paso y desaparece.

—Lo sé. Gracias, David. Es muy difícil de explicar. Son muchas emociones.

Dos semanas y media

Visitamos el cementerio Montparnasse, las tumbas de Porfirio Díaz, Samuel Beckett, Marguerite Duras, Jean Paul Sartre y Simone de Beauvoir... En el Père Lachaise, la tumba de Jim Morrison y Oscar Wilde. Deambulamos en el ambiente fresco de majestuosas basílicas góticas. Algunos reconocen a David. Se acercan, le piden autógrafos, se fotografían con él. De todo aquello, hoy sólo conservo un par de fotos y una revista *Hola*.

La cena en su departamento. No invitamos a Camille y a Emilio como yo propuse. David quiere presentarme a un amigo suyo de la infancia y a su compañera. Pasa por mí a la residencia de estudiantes. Llegamos un rato antes que ellos.

—Qué lindo lugar. Es amplio para ti.

—Podrías venir a quedarte aquí conmigo.

—No puedo...

—Sí puedes. No quieres.

—El mundo de donde vengo es tan distinto.

—El mundo es como tú quieres que sea.

—¿Tú crees?

Hago una mueca que manda el enorme anhelo de quedarme en ese lugar las dos semanas que me restan en París, al traspatio de los deseos. La misma mueca donde habitan las emociones en su estado puro, los deseos sin censura ni filtros. Una especie de cuarto de triques donde por años he almacenado mis anhelos más profundos.

—Tu vida, Julia, es como tú quieres que sea. Respeto el valor que tus padres y tu familia le dan a la virginidad y al matrimonio allá en México o en Jiménez. Creo que hay muchas maneras de amar. De crear un proyecto de vida. Elige siempre el amor, Julia, porque el amor expande y el miedo contrae. La música que tú haces es una manera de amar y de dejar huella en los otros. La música te eligió a ti primero. Debes serle fiel. Escoge las compañías que te permitan extenderte, ser grande. Tocas el piano de manera extraordinaria. Ya te lo dijo ayer el profesor Goncourt frente a todos. Tienes un don que brilla sobre los demás. Tienes el talento y la escuela. Nunca dejes el piano. Es tu voz. Que nada se interponga en tu camino. Nada es más importante, Julia. Ni tu familia ni el dinero. Dedícate a hacer lo que sólo tú puedes hacer, y deja que otros hagan lo demás.

Tocan a la puerta. Lo miro atenta.

—Deben ser Pierre y Nina.

David tiene la justa medida; por lo menos así lo siento yo a mis veintidós años. Cenamos en su comedor los cuatro; nos reímos de las anécdotas de infancia que cuenta Pierre sobre David. Pasan las horas y la familiaridad se expande. Me siento en una órbita cercana a David. Lo veo a través de esos otros ojos que lo conocieron niño y adolescente. Los recuerdos de Pierre y Nina concuerdan con el recuento de la vida que David me ha compartido. No encuentro mentiras ni desajustes en lo que me ha contado en seis semanas. Esa desconfianza que corre en mis ríos subterráneos.

Una vez que Nina y Pierre salen del departamento, nos quedamos solos. Tal vez he sido muy dura con él. Conmigo. Tal vez sí es un hombre transparente y, lo que he leído en él, es cierto.

—David, en dieciocho días regreso a México.

David guarda silencio. Me mira de frente. Busca algo en el fondo de mis pupilas. Me observa.

Enseguida frunce el ceño y baja ligeramente la mirada, y se muerde la orilla del labio superior. David hace eso cuando está tenso.

Sus ojos están enmarcados por ojeras y tristeza.

—Ven.

Camina hacia el armario. Saca el violín.

Observo detenidamente el instrumento, lo acaricio.

Nos quitamos los zapatos y me cuenta la historia de su Guarneri.

Ya en la madrugada, David toca el violín. *Conquest of Paradise* de Vangelis, *Shindler's List* de John Williams.

Y entonces, todos los ríos fluyen. El Sena. Los ríos de David. La música. El tiempo.

Todos confluyen en mí.

De pronto se agolpan en la nostalgia.

El sonido de una nota de violín suspendida en el tiempo.

Atesoro la imagen de David tocando sólo para mí, descalzo, con su camisa blanca, en la duermevela de madrugada.

Pintura en claroscuro.

Permanezco sentada en el sillón, como aquella vez, adolescente, en la sala de casa de Pedro escuchando la primera consola que llegó a Jiménez, escuchando el *Réquiem* de Mozart.

Permanezco sentada con el inmenso deseo de que la melodía no termine nunca.

Ni su voluntad de complacerme.

Ni el tiempo en que estamos juntos.

Pero hay ríos que no corren.

Como el de mi pueblo.

Dicen que el río Florido ya está seco.

Que lo dejaron morir.

Dicen que hicieron una presa para beneficio de pocos.

Que los nogales del pueblo se van a secar.

Que el pueblo va a desaparecer.

Que no habrá más historia.

Guardo esa imagen de David, el tono de su voz, el sonido triste del violín perforando la madrugada y extendiendo sus raíces dentro de mí.

El río de su música fluye.

Interpreta *La Campanella*. Sonrío mientras toca. Cuando termina, David se recuesta junto a mí.

De pronto, sin saber de dónde, brota la voz enronquecida de antaño. *Eres la peor del mundo. No hagas cosas buenas que parezcan malas. El hombre llega hasta donde la mujer lo permite. Las mujeres quedan embarazadas, los hombres no.*

Sus dedos de virtuoso apenas acarician mi nuca, mi espalda.

París duerme detrás de ese aroma suyo que me resulta ya tan familiar. *Mueras. Ojalá.* Han pasado casi quince años desde entonces.

—David… Es mejor que me vaya.

David me observa. Intenta besarme y lo esquivo.

Silencio.

—Puedes quedarte aquí. Yo dormiré en la sala. Puedes dormir en mi habitación.

David se levanta del sillón. Lentamente, camina hacia atrás. Levanta los brazos, las manos abiertas. Sonríe de lado.

—Julia… No tenemos que hacer nada si tú no quieres. No pasa nada.

* * *

Nos ha tocado ir juntos, sentados dentro del metro y que de pronto el vagón se detenga. Se apagan las luces y una voz anuncia: "Acabamos de recibir un aviso de bomba en la siguiente estación".

El gobierno dice que son argelinos, que son extranjeros, extraños.

David y yo también somos extranjeros.

Esperamos en silencio que ese instante no sea el último.

¿Y si todo terminara ahora?

El tiempo se suspende en el desconcierto.

Su mano entre la mía.

Falsa alarma.

Encienden la luz y el metro avanza de nuevo.

* * *

En mis pesadillas explota otra bomba y estoy inmóvil, inconsciente, recostada en un desierto de planicies doradas —así como el desierto que separa Jiménez de Torreón allá por Bermejillo—, con una sed inmensa y los labios agrietados, con la imposibilidad de despertar, con el anhelo de encontrar a Pedro, incluso a Alejandro. No a David. Con el miedo a que ese calor insoportable consuma lo que queda de mí, a que un joven con retraso mental levante la sábana que apenas me cubre y me acaricie desnuda, a que todos me hayan dejado sola, y crean que estoy muerta y nadie vaya a buscarme.

Dos semanas

Y de estas dos, una semana sin verlo. La penúltima. Me encierro a estudiar en el conservatorio. Mi maestra ronda el aula. Corrige. Una vez y otra vez. Aplaude para marcar los tiempos. Los acentos. *Accelerando. Ritenuto. Piannissimo.* A veces usamos el metrónomo. La claridad en el mordente. La memoria en el compás 33. El si bemol en la mano izquierda.

Una semana sin él es una cápsula de tiempo prolongado que pertenece a otro orden. Al de las ausencias. Al del tiempo que se vuelve largo, se extiende sobre la llanura parda.

Exploro otras maneras de acercarme a él. Encuentro una de ellas en la música, en los acordes, en la melodía. Entablo silenciosas conversaciones durante horas, a lo largo de días y noches con la duda de si, dentro de poco tiempo, ésa será la única manera de estar con él.

Una semana y media

Despierto al alba. En la residencia de estudiantes.

Quedan nueve días para volver a Boston. ¿Y qué pasaría si…? Si David consigue trabajo allá. Si se muda. Podría conseguir trabajo donde quiera.

Qué pasaría si nos casamos. Pronto. Mis padres no podrían soportar la idea de que vivamos juntos sin casarnos.

Una boda en una playa mexicana para que vengan los invitados de Inglaterra. Su madre. Su abuela. Sus amigos.

Dijo que iremos a Canterbury.

Conoceré a su madre.

Luego vivir en Boston.

Quiero terminar mis estudios.

O trasladarme a París y seguir.

Todo se puede.

El alba se instala callada en las rendijas de la contraventana.

El murmullo de la ciudad.

Las sábanas pegajosas. La cama dura.

Tendremos dos hijos.

Un niño y una niña. La niña será su consentida. Tendrá su cabello castaño con mechones rubios entreverados a los oscuros. La piel bronceada.

Viviremos en un pueblo de Inglaterra. En una casa con jardín.

Ahí permaneceré con los niños.

Yo. Los dos niños.

Al alba estaré sola.

David estará de gira. Impartiendo una cátedra. David responderá el teléfono.

Tocaré el piano. Seré maestra. Los niños. La casa.

Profesora.

Quizá ponga una pequeña escuela de música.

Mis hijos aprenderán ahí.

Sólo quedará un fragmento de David para mí.

Después de su viaje por Norte y Sudamérica.

Después de los cursos.

Después del concierto.

Después de la interminables conversaciones con sus niños que lo extrañan y dedican horas a ponerlo al corriente de lo que les sucede.

Después de ver cómo les enseña a tocar el violín, a jugar futbol.

Después de cenar con ellos.

Después de ir a reuniones con amigos que vemos poco.

Después de visitar a su madre.

Después de conversar sobre colegiaturas, vacunas, berrinches, pagos y la gotera de la escalera.

¿Será suficiente con ese pequeño fragmento de David para mí?

Una semana

Mi examen de piano.

Desprendo las manos del teclado, el cuerpo entero.

Viene el instante de silencio mientras los cuatro sinodales hacen anotaciones en sus cuadernos frente al escenario.

Coloco mis manos sobre mis muslos. Suspiro.

Giro mi cuerpo hacia ellos, me pongo de pie. Al final de la sala oscura, David se encuentra recargado en el umbral de la puerta de acceso. El peso del cuerpo sostenido sobre la pierna derecha, la punta del pie izquierdo sobre el suelo.

El fin de mis estudios en aquella ciudad.

—Bravo. Bravísimo —exclaman dos de los sinodales mientras se recargan satisfechos y me sonríen—. Nos gustaría que consideraras para el próximo verano, una vez que hayas terminado tu Master in Music in Piano Performance, allá en Boston, que vengas como profesora invitada a pasar una temporada aquí en Schola Cantorum, en París.

Eso, en definitiva, ayudaría a conservar nuestra relación. Suponiendo, por supuesto, que él permanezca aquí.

* * *

En el camino de Dover a Canterbury, me deslumbra el verde intenso de los prados y la exuberancia de decenas de ovejas enormes. Acantilados de contraste. Las montañas rotas, acariciadas por la espuma de mar. El autobús flota entre neblina, riscos y gotas de llovizna. Nunca había visto ovejas así.

David se queda dormido con la cabeza sobre mi regazo. Callado. Mío. Vulnerable. Su oreja. Su perfil. Acaricio sus pestañas con la mirada. Su hombro derecho queda casi a la altura de mi pecho. Suavemente coloco mi brazo sobre su codo. Para no despertarlo. Quisiera tenerlo siempre así. Cuidarlo todos los días de mi vida. En lo próspero y en lo adverso. En los acantilados y en el desierto. En la salud y en la enfermedad. En las praderas verdísimas y en el hastío del desierto. Y amarte y respetarte todos los días de mi vida. Todas las noches de insomnio. Hasta que la muerte nos separe. El océano. El tedio. La imaginación que nos alienta.

* * *

Al mediodía, ya en Canterbury, tocamos a la puerta de casa de su madre. Sarah Miller, me dijo. Su abuela es mexicana y de Chihuahua, como yo… Ya lo había mencionado antes. Su abuelo, inglés. Dice que él estaría bien en México, que sería volver a reencontrarse con parte de sus raíces.

—Mi abuela se llama Ana. Ana Russek. Acá podrás conocer a las dos. La abuela vive en una casa de retiro. Tiene casi noventa años, está muy bien. Le dará gusto conocerte y escuchar tu español mexicano. Mi padre no está ahora en la ciudad.

Comemos con su madre. Una mujer amable que me recibe cariñosa. Como si fuera una tía lejana. Es asombroso el parecido entre David y ella. Algunas arrugas en la frente, en la comisura de los labios y alrededor de los ojos. Así será David en la madurez. Sonrío.

Me hospedan en el cuarto que perteneció a él de niño. Observo los retratos en los estantes. Lo veo pequeño, con su cabello rubio en corte de cazuela, cargando su primer violín. El padre junto a él muy alto y delgado. Sus ojos claros, hundidos. Su graduación de secundaria. David con sus abuelos. Algunos recortes de periódico de sus presentaciones.

A media tarde, los acompaño a visitar a Ana, la abuela. Sara preparó el *fruitcake* que le encanta a David y guardó un poco para ella. Dicen que a sus casi noventa años come de todo.

Llegamos puntuales a la hora del té. Pasamos a su habitación. Una cama matrimonial con sus muebles tallados en madera antigua. Las paredes tienen un tono rosa pálido y el cubrecama es de flores pequeñas. Elegante, discreto. Ana está sentada con su cabeza blanca en una mecedora en la esquina del cuarto, lleva un vestido azul celeste. Su rostro es distinto al de David y su madre. Nos ve y se pone de pie. Sus ojos destilan sorpresa y camaradería cuando la saludo en español, y me acerco a besar su mejilla.

—Buenas tardes, señora. Encantada de conocerla. Yo también soy mexicana, y de Chihuahua.

Después de tomar el té y comer fruitcake, le sugiero a David que aproveche que estoy ahí para que vaya a dar un paseo con su madre. Me ofrezco a quedarme con Ana. Hay algo en ella que me recuerda a abuelita Aurora, quizás sus manos cubiertas por esa delgadísima piel de los mayores o la cuenca que se hace alrededor de los ojos.

—¿Y cómo es que vino a dar a este lugar tan lejos de México?

—Me casé con Isaac. Estuvimos casados cincuenta y ocho años. Hasta que falleció el año pasado. En 1935 fue a México a una cuestión de negocios y allá nos conocimos de casualidad... Así son estas historias. Estuvo unas semanas allá y tuvimos oportunidad de tratarnos. Pidió permiso a mis padres para que nos hiciéramos novios y para escribirme. Durante ocho meses me escribió cartas a diario. Ahí, dentro de ese armario, tengo una caja con todas sus cartas... Fue con sus padres a pedir mi mano y nos casamos en 1936. Nuestro noviazgo duró poco menos de un año. Desde entonces, salí de México. Sólo volvíamos cada tres o cuatro años. Viajar era muy difícil en aquel entonces. Pasaron tantas cosas... La Guerra Civil española, la Segunda Guerra Mundial... huy, si yo te contara.

—Disculpe, ¿cómo se llama el lugar donde usted vivía en Chihuahua?

—Jiménez... Ciudad Jiménez.

Ana me contó que su abuelo Marcos Russek, de origen judío, huyó de su casa en Polonia a los catorce años, y se embarcó como polizón de un barco y llegó a California. Ahí vivió diez años hasta que en 1875, Díaz permitió que los estadounidenses poblaran y vigilaran el norte de México. Se instaló en Jiménez, Chihuahua.

—Ahora nos parecería raro que mi abuelo don Marcos Russek hubiera elegido un lugar como Jiménez, en medio de la nada —me dijo—. Pero a fines del siglo XIX, contaba papá, que Jiménez era importante porque ahí llegaban dos líneas de tren: Parral y Ciudad Juárez. No existían las carreteras ni los autos. Tan importante era que, años después, el mismo Pancho Villa hizo ahí su cuartel, en la época en que yo nací, en plena Revolución mexicana. El abuelo comenzó vendiendo telas de casa en casa, cargaba el rollo en hombros y con el paso de los años se convirtió en una de las personas más influyentes del norte del país. En Jiménez se casó con mi abuela Matilde Ramírez; tuvieron dos hijos y cuatro hijas. Yo soy hija del hijo mayor. Mi abuela no era judía. La gente en Jiménez era muy devota, muy católica. Sin embargo, nunca se opusieron a que se casaran mis abuelos. En la región no había mujeres judías en aquel entonces. Los judíos que poblaron todo el noreste de México fueron exterminados por la Inquisición en el siglo XVI o se convirtieron al cristianismo siglos atrás. Los pocos judíos que ahora viven en Chihuahua llegaron en los veintes, después de mi abuelo Marcos. Él hizo lo posible por recuperar sus tradiciones. En su casa, hablaba yiddish a sus hijos, recibía periódicos yiddish de Estados Unidos.

Ana cuenta y yo atisbo otras historias detrás de sus palabras, de ese rostro surcado por la vida, de sus ojos grises nublados por la vejez.

Dicen que las coincidencias no existen. Jiménez, Chihuahua dijo.

—Mis abuelos fundaron La Vencedora. A principios del siglo XX, llegó a ser el almacén más grande del Norte de México. Ahí se podía conseguir desde un alfiler hasta un auto. Por ahí pasó gente como don Luis Terrazas, Francisco I. Madero, el general Orozco, Abraham González.

De pronto un par de palabras se quedan colgadas en la orilla de mi memoria… La Vencedora… Casa Russek…

Me veo siendo niña bajo el sol del desierto, en la Plaza de las Lilas, en Jiménez. Tengo ocho años y mientras estoy sentada en el perfil de la fuente, mi abuelo Eduardo señala la fachada frente a la plaza.

—Ahí vivieron los Russek —explica—; eran dueños de una tienda muy grande que vendía importaciones, sedas preciosas europeas, peines de carey, cepillos de marfil, de plata, encajes de bolillo, terciopelo, zapatos, artículos muy finos, elegantes, preciosos, hasta vendían autos… La Vencedora, dicen que se llamaba.

Enseguida, señala la fachada que da a otro costado de la plaza.

—La tienda estaba ahí, en toda esta manzana. Dicen que hay sótanos y túneles que conectan esa casa con la parroquia del Santo Cristo de Burgos. Tu abuela me dijo que los ha visto. Ahora viven ahí los Medina. Partieron la propiedad, unos viven donde antes eran las caballerizas.

Y yo, desde mi imaginación de niña, concibo como una fantasía exótica que en mi pueblo aislado y polvoriento —donde todo es color sepia— haya existido un lugar así. Imagino el brillo, el color de las sedas color granate, bermellón, carmesí, rojo escarlata y los brocados. Una especie de oasis en medio del desierto.

Jamás volví a pensar en el almacén. Sin embargo, por años cada vez que pasaba frente a la fachada sobria, me pregunté qué sería de aquella familia Russek.

La pronunciación de Ana tiene cierto acento inglés británico y, conforme avanza su relato, el castellano comienza a fluir generoso, como si lo desenterrase del olvido. Su voz se vuelve más segura, incluso ágil.

Me cuenta que sus abuelos Marcos y Matilde compraron cinco ranchos y la hacienda de Nuestra Señora de los Remedios con 86 mil hectáreas. Ahí tuvieron crianza de borregos, cabritos y caballos que vendieron luego a los gringos para formar su ejército.

—Marcos Russek Ramírez, mi padre, se decía libre pensador —continuó—. Él se educó en Nueva York y se casó con mi madre Luisa Martínez en Los Ángeles, quien era de Sonora. Papá se unió al partido de Francisco I. Madero, a Pascual

Orozco y a la División del Norte. Él dio el dinero para comprar armas en los Estados Unidos para derrocar a don Porfirio Díaz. ¿Sabías que Díaz está enterrado en París, en el cementerio Mont Parnasse?

—Sí, hace poco visitamos el lugar David y yo.

—¿Cuántos años tienes hija?

—Veintidós, casi veintitrés.

—A esa edad la vida es un abanico abierto.

Observo su cabello de anciana, delgado. No me atrevo a preguntarle si fue feliz con la vida elegida. No me atrevo a pedirle consejo.

—Hay un anécdota curiosa familiar que tuvo que ver con lo que aconteció en la Revolución mexicana. Pancho Villa se robó una yegua de la hacienda de mi abuelo Marcos Russek. Victoriano Huerta lo mandó apresar para que lo fusilaran. ¿Imagínate qué hubiera pasado si Pancho Villa muere en 1912? La historia no sería la misma; gracias a la yegua, el rumbo de la historia cambió. Lo malo fue que Madero indultó a Villa. Lo llevaron preso a la capital, pero se escapó de la cárcel. Fue en esa época cuando mi familia tuvo que salir huyendo de Jiménez. Villa arrasó con La Vencedora, la incendió y saqueó la hacienda de mis abuelos. Mi abuelo huyó a Texas y años después volvió a México.

"Nadie sabe para quién trabaja. Porfirio Díaz apoyó la inmigración de judíos y mi abuelo, quien era judío, dio el dinero a los liberales como Madero para que lo derrotaran. Luego mi padre fue víctima de la fuerza que tomaron las tropas villistas, los Dorados, que con el tiempo se fueron en contra de los hacendados y por eso se desperdigó la familia.

"En los años cincuenta, yo ya tenía como quince años de vivir acá. La hacienda de Nuestra Señora de los Remedios de los abuelos pasó a manos de un general, quien la dividió en ejidos. Mis primos decían que la fortuna de la familia fue valuada en treinta millones oro…, pero no nos devolvieron nada, a pesar de que ellos entablaron un juicio. De nada sirvió."

Ana me cuenta todo eso; respiro lento. Como si la calma pudiese extender el rato y atrapar sus palabras. Tuve que llegar a un poblado de Inglaterra para encontrarme con una pieza extraviada de mi propia arqueología. Me pregunto qué hace ese filón de memoria, de historias de Jiménez, acá, tan lejos y a la vez tan cerca de mí.

Somos un par de islotes vulnerables a que suba la marea y nos borre del mapa.

—¿Le ha contado su historia a alguien?

—Sólo pedazos. Pero a nadie le interesa. Cada uno tiene que vivir la suya… Además, los ingleses tienen historias por montones, con las guerras mundiales.

Su historia vertida en mí, sólo en mí, del otro lado del mundo. El desaliento pasa a mi lado y me roza. No soy capaz de apresar lo importante, ni el tiempo, ni la memoria, ni las palabras memorables.

Parpadeo.

La veo y me veo anciana, en una casa de reposo inglesa, ya viuda de David, lejos de mi lengua materna, de mi religión, de mi familia. ¿Qué familia? Cuando yo tenga noventa no va quedar nadie, me digo a mí misma. Ni mis papás, ni mi hermano enfermo, ni David.

Me veo en camisón marfil mirando a través de la ventana con la soledad contenida en el silencio y con la certeza de que es imposible verter en otro la historia propia, la mirada, las emociones que nos avasallan.

Ana Russek prosigue sus relatos.

Se me ocurre mientras la escucho que ella es como una princesa desterrada. Una Carlota lúcida y contemporánea. El fin de una dinastía a punto de disolverse. Sus abuelos fueron dueños del Banco de Chihuahua, accionistas del Banco Nacional de México, pioneros en extraer petróleo en el Bolsón de Mapimí y dueños de fundidoras. Ella es la última hoja que brotó en una rama larga y que por azares del destino terminó en Inglaterra. Con ella termina su rama, su linaje Russek.

—Sólo los hombres heredan el apellido. La identidad de nuestras familias se desvanece en un par de generaciones.

Una mujer entra a la habitación para darle un par de píldoras y medio vaso de agua.

—*Pardon me.*

—Sólo quedo yo, de mis hermanos, y una cuñada que vive en la Ciudad de México. Hace diez años que la vi por última vez, pero aún nos llamamos por teléfono con cierta frecuencia. Yo soy la menor de todos.

Tú fuiste la menor de los rarámuris.

—Quiero pedirte un favor.

Ana se pone de pie. Arrastra sus pasos hacia el armario. Se acerca a la caja.

—Ayúdame a abrirla. Ponla ahí sobre la cama por favor.

Extrae la fotografía de una cripta gótica.

—Mi abuelo murió de un infarto a los 60 años. Fue enterrado en Jiménez —explica Ana, mientras me enseña la fotografía.

—Yo he visto esa tumba en el panteón —respondo. Sólo hay tres o cuatro tumbas así de antiguas y de bellas en Jiménez. Papá me contó que dos son de nuestros antepasados: de la familia de don Saturnino Urías y Concepción Montes y de la familia de don Pedro Gutiérrez i Aranda y su esposa Conchita Torres. Sí recuerdo haber visto esta tumba… Es muy linda.

Y guardo dentro de mi silencio el recuerdo de aquellos sábados en que pasábamos la tarde dentro de la cripta donde están los antepasados, frente a la lápida de mi gemela. El cuerpo de Mariana duerme a unos cincuenta metros de los restos de los abuelos de Ana.

—Ya no conserva ni el altar principal. Hace tiempo que mis sobrinos se lo llevaron. Pero ahí quedan los restos de mis abuelos Marcos y Matilde, y de una de mis tías. Cómo quisiera tener veinte años menos para poder ir contigo a Jiménez. Aunque fuera por última vez… Yo era de alguna manera la consentida de mis abuelos… Verás, hace años que guardo esta piedra pequeña. Es de la casa donde crecieron mis hijos, aquí en Canterbury. Quiero pedirte que la lleves a la tumba de mis abuelos y la coloques sobre sus lápidas. Es una antigua costumbre de familia.

Antes del anochecer, aprieto en mi mano la pequeña piedra. Me pongo de pie para despedirme. Beso a Ana en la mejilla y le acaricio el cabello suave. Sus manos son tan delgadas que dejan ver las venas. No sabría cómo describir su olor suave. Así huele abuelita Aurora. Me sonríe apacible. Agradecida. Fijo mi mirada en sus ojos borrados por los años, ahora entrecerrados por el cansancio, quizá por la nostalgia.

Hay ciertas decisiones que cambian radicalmente el rumbo de nuestra historia, decisiones de las que no hay vuelta atrás.

Detrás de sus párpados delgadísimos, entreveo mi propia disyuntiva sobre si el mundo de David es para mí o no.

Ella me mira apacible, con la serenidad que da la sabiduría, el haber llegado a buen puerto.

Salgo de su habitación acompañada por David y por su madre con la consigna de volver a mi pueblo para depositar la piedra en aquella tumba abandonada y también con esa extraña inquietud que me ronda desde hace días y que no termina de afianzarse en alguna parte de mí. La angustia que produce el no saber qué decisión tomar a una semana de volver a casa.

* * *

En ocasiones me topo con personas que han conocido Jiménez, que pasaron por ahí cuando iban rumbo a Chihuahua por carretera. He escuchado dos o tres personas que me cuentan que sus antepasados eran de ahí, pero que salieron hace años, que se fueron a Torreón, a Monterrey, a Chihuahua. Siempre les pregunto el nombre de sus padres y abuelos y les digo que voy a preguntar a mi familia si los conocieron o si somos parientes. Me parece extrañísimo que alguien sepa de la existencia de ese pueblo que ha permanecido al margen del desarrollo y la modernidad. Algunos me dicen riendo que "es el pueblo que se negó a morir", que "a principios del siglo xx hasta tenía tranvía" y que era más importante que poblaciones como Monterrey.

—Al final de la Calzada Juárez, junto a la estación, estaba la Casa Redonda. Allá, donde quedan las ruinas del Antiguo Molino…

Algunos sonríen con nostalgia.

—Ya todos se fueron de ahí.

Dicen que la población se ha mantenido igual a pesar de que ahora tiene calles pavimentadas. Que los narcos se han apropiado de la zona. Que Caro Quintero tiene su rancho a 15 kilómetros, en Búfalo. Que los nogaleros ya se fueron a vivir a Torreón, a Monterrey, a Texas, incluso a Ciudad de México. Que sólo viven los chutameros y unos cuantos más.

Dicen que las casas de adobe de los antiguos pobladores están abandonadas, en ruinas, ajenas de historias de familia y de voces que les den vida y las habiten. Que ya no hay nadie que recuerde su esplendor, ni el presidio de Santa María de las Caldas fundado en 1754, ni aquella hacienda de Dolores de donde vienen mis raíces, ni las otras haciendas, ni la historia de don Pedro Gutiérrez i Aranda y Conchita Torres, ni la de don Sabás Gutiérrez y Refugio Urías, ni la de don Pedro Luján Mendoza y Conchita Gutiérrez Urías. Ahí sólo ha quedado polvo y silencio. El lento rodar de las camionetas.

* * *

Ese mismo sábado en que visitamos a la abuela de David, mientras intento conciliar el sueño en la habitación de casa de sus padres, se me viene a la mente una tarde de invierno en que estuve sentada en una banca de la Calzada Juárez, bajo los nogales, junto a mi maestra de español de secundaria, Conchita Riveros.

No puedo recordar sus palabras. Se me viene esa imagen, porque creo que lo que entonces ella trataba de explicarme tiene que ver con la nostalgia que siento ahora. Decía algo de que algunos pueblos se van apagando. Conchita había estudiado Filosofía y Letras en Monterrey y era una mujer culta; se había regresado al pueblo para cuidar a sus papás, se casó y ahí se quedó dando clases de español en la secundaria.

Me dijo que Jiménez era como el Macondo de *Cien años de soledad*. Más que pensar en la relación entre mi pueblo y el de Gabriel García Márquez, recuerdo que hacía mucho frío, que quería irme a la casa porque Pedro estaba por llegar, que me daba pena interrumpirla. Recuerdo también que me dejó sorprendida su extraordinaria memoria para citar de manera perfecta el final de una obra como ésa.

Ahora, ocho años después, no recuerdo el final de la novela. No recuerdo las palabras de la maestra. Sin embargo, la mente es muy extraña.

En la madrugada, sueño.

En Canterbury, sueño.

Desde esa habitación suspendida sobre un pueblo antiquísimo habitado desde la prehistoria.

Romanos, jutos y cristianos desfilan, y yo sueño.

Desde un pueblo que ha sobrevivido miles de años.

Canterbury y Jiménez tienen la misma población.

Podrían ser pueblos gemelos.

Como Mariana y yo.

Pero uno de los dos tendrá que morir.

Como Mariana y yo.

Veo las peregrinaciones medievales.

Escucho los cuentos de Chaucer.

La catedral extraordinaria sueño.

Sobre esos islotes que son Gran Bretaña, sueño.

Y dentro del sueño, sé que sueño.

Y, así como a veces, en el sueño me expreso en francés perfecto, mientras que en la vigilia me resulta imposible hacerlo...
Esa misma madrugada, en la duermevela de la habitación, la
maestra Conchita vuelve a recitarme el fragmento.

Y ahora sí, años después, bajo los halos de luz que se filtran
a través de las ramas secas que contienen estalactitas de hielo
aferradas a los nogales centenarios, comienzo a comprender
cada palabra.

Y las recibo una a una.

Tengo sed dentro del sueño.

Sed de palabras.

Y la maestra Conchita las vierte en mí.

De palabras.

Sueño.

Macondo era ya un pavoroso remolino de polvo y escombros centrifugado por la cólera del huracán bíblico, cuando
Aureliano saltó once páginas para no perder el tiempo en
hechos demasiado conocidos, y empezó a descifrar el instante que estaba viviendo, descifrándolo a medida que lo
vivía, profetizándose a sí mismo en el acto de descifrar
la última página de los pergaminos, como si se estuviera
viendo en un espejo hablado. Entonces dio otro salto para
anticiparse a las predicciones y averiguar la fecha y las
circunstancias de su muerte. Sin embargo, antes de llegar

al verso final ya había comprendido que no saldría jamás de ese cuarto, pues estaba previsto que la ciudad de los espejos (o los espejismos) sería arrasada por el viento y desterrada de la memoria de los hombres en el instante en que Aureliano Babilonia acabara de descifrar los pergaminos, y que todo lo escrito en ellos era irrepetible desde siempre y para siempre, porque las estirpes condenadas a cien años de soledad no tenían una segunda oportunidad sobre la tierra.

Remolino de polvo.

Escombros centrifugados.

Descifrar.

Descifrándolo.

Un espejo.

Su muerte.

No saldría jamás de ese cuarto.

La ciudad de los espejos (o los espejismos).

Arrasada por el viento.

Desterrada por la memoria de los hombres.

Descifrar los pergaminos.

Las estirpes condenadas.

Cien años de soledad.

No tenían una segunda oportunidad.

Yo también soy Aureliano. Soy Conchita. Necesito descifrar. Descifrar palabras. Mi destino. El pergamino de mi pueblo. La estirpe de David. La soledad de Pedro. Jiménez es un remolino de polvo donde se mece Ana Russek en su mecedora. Las habitaciones clausuradas de la casona. Adornos perennes.

Sombreros antiguos. Escombros centrifugados y el túnel de Casa Russek al Santo Cristo de Burgos. Descifrar. Descifrándolo. Ana Russek es mi espejo. Su rostro es mi gemela anciana. Ella es yo. Ella es su muerte. Ana no saldrá jamás de ese cuarto. Su historia no saldrá jamás de este cuarto. Mi historia no saldrá. Volveré a Jiménez. Depositaré la piedra en la cripta. París es la ciudad de los espejos (o los espejismos). Canterbury es la ciudad de los espejos. Jiménez es la ciudad de los espejos. David Liebmann es un espejismo. Mi cuerpo tendido en la habitación de Canterbury, incapaz de despertar. Ensoñaciones furiosas. Centrifugadas. Mi cuerpo tendido en un jacal del desierto. Ensoñaciones. Una vieja me observa. Cabello de leona. No es Ana Russek. Es una mujer desterrada por la memoria de los hombres. Un pueblo desterrado por la memoria de los hombres. Descifrar los pergaminos. Descifrar junto a la maestra Conchita. Descifrar bajo los nogales de Jiménez y los copos de nieve. Descifrar. Las estirpes condenadas. Al olvido. A la soledad. Las estirpes sin apellido. Las estirpes exiliadas al silencio. Las estirpes de padres que niegan un hijo, una hija. Las estirpes de aquellos colonizadores que partieron hace siglos del viejo mundo para pacificar el norte, para fundar el presidio de Santa María de las Caldas y construir ahí los cimientos de un reino imaginario. Aquellos que sobrevivieron los ataques de apaches y tobosos. Aquellos que estudiaron ópera, agronomía, inglés en internados de Texas y cultivaron la tierra árida, la tierra nuestra hasta que los Dorados de Villa se cansaron de saquear la región, de torturar a su habitantes y de ahuyentar a los sobrevivientes. Así empezaron los cien años de soledad de la región. Las estirpes condenadas no tienen una segunda oportunidad. Julia Gutiérrez Urías no tiene una segunda oportunidad. Julia no tiene oportunidad.

Despierto empapada en sudor frío.

Yo también soy el último eslabón de la memoria.

Soy otra Ana Russek.

Soy la menor de los rarámuris.

Una lágrima recorre mi mejilla hasta caer sobre la cama del niño David.

Cinco días

Su presencia es una enredadera de raíces diminutas, tentáculos adheridos a mis entrañas. ¿Cómo las desprendo sin arrancar pedazos míos? Falta menos de una semana para mi regreso. Los días y las noches habitan el otro tiempo, el ajeno a los relojes, el tiempo prolongado y escindido que me sumerge en otra manera de concebir su paso.

Cuatro días

El miércoles 26 de julio visitamos el Chateau du Vaux le Vicomte, uno de los lugares más espléndidos que he conocido. Tomamos un tren. Después, un taxi.

Y esa neblina densa apoltronada sobre el bosque que envuelve el palacio, el verde reluciente y recortado de los jardines. El frío se mece en las copas de los árboles. El tiempo nuestro se acuna.

Bajamos al sótano del palacio y nos encontramos con el hombre de la máscara de hierro. No fue leyenda. Fue otra historia silenciada. Una presencia incómoda.

El cielo rompe su llanto contenido. Llueve con furia y desesperación.

A ratos llueve quedo. Como si cansado sollozara.

David y yo sentados sobre un escalón.

Esperamos abatidos a que cese la lluvia.

O el verano.

O el amor de.

O la vida entera.

Mudos.

Exhaustos de nostalgia prematura.

Aguardamos dentro de ese silencio que sólo se percibe lejos de las ciudades.

La mudez del campo.

De la nada.

Ya no quedan palabras por decirnos.

Sólo cuatro días.

Las palabras estorban.

Distraen ante lo inminente.

Las palabras apuntan hacia blancos que nos alejan de lo que sucede dentro de nosotros.

—¿Tienes hambre?

—Mira esta estatua. Le falta una mano.

Las palabras son piedras en el camino.

Lánguidas se escurren entre las baldosas mientras el espíritu de Nicholas Fouquet ronda el palacio, mientras llueve y las gotas dispersan las sombras de la tarde.

Apoyamos la barbilla en los brazos cruzados para contemplar la lluvia.

O el vacío que se extiende detrás de ella.

La humedad tendida sobre las hojas que despiden aroma de bosque.

David tiene ojeras desde hace unos días. Cada mueca suya me resulta familiar, casi propia. Es otro hombre al que conocí hace un par de meses. Me recargo en su hombro mientras esperamos a que pase la lluvia.

—No sé de qué estuvieron platicando tú y la abuela. Dice mamá que le hizo mucho bien conversar contigo.

Sonrío de lado.

Tres días

Esa misma noche en París, la brisa húmeda y caliente del verano penetra mi balcón.

Es la una de la mañana, treinta y tres grados y no consigo conciliar el sueño. No hay aire acondicionado.

Me desnudo y me meto a bañar. No hay otra manera de refrescarse.

Observo mi piel bajo las gotas de agua que resbalan.

A veces deseo que sean sus ojos quienes recorran mi desnudez.

Y después.

David tiene firmados contratos, conciertos aquí y allá. Me ha pedido, un par de veces ya, que lo acompañe a otras ciudades. No he aceptado.

No quiero ser la acompañante de un concertista, la novia, la amante, la esposa. El ser invisible que dejó su carrera para seguir al seductor. No quiero empacar y desempacar todo el tiempo. No quiero recorrer mi vida, como la cola de una cometa, sostenida por sus besos y las manos fuertes que me abrazan entera, y la mirada risueña que me lee hasta la comisura de lo que soy. No quiero. No quiero que años después me deje. No quiero ser un despojo. No lo soportaría.

No quiero deambular por una casa oscura embarazada con náuseas y entablar conversaciones con él en mi mente; no quiero dar a luz sola; no quiero cuidar niños con fiebre, sola, una vez y otra vez. No quiero responder a las preguntas de mis hijos sin su complicidad.

No quiero que a mi padre vuelva a quebrársele la voz como aquella vez que me dijo que mi hermanito había nacido mal; no quiero que mi mamá desaparezca en la oscuridad de su alcoba, como los días que siguieron a la muerte de Mariana. No quiero causarles dolor. Me lo prometí hace muchos años. No quiero enfrentarlos. No quiero decirles que me voy con un hombre sin haberme casado. Que soy la cola del papalote que volé junto al abuelo en aquel río seco. No quiero decirles que empaco y desempaco negligés de encaje finísimo que él ha elegido para mí, que duermo en alcobas de hotel que antes fueron palacios.

No quiero que pasen los años y un día vayan por mí al aeropuerto y ahí esté yo, bajando del avión por las escaleras con una mirada lánguida donde mi papá pueda leer la devastación mientras sostengo un niño cuyo padre no puede detenerse y vivir con el sosiego que implican una esposa y un niño de dos años.

No quiero que mi padre me reciba rota, dolida, sola. No quiero que mi dolor se extienda hasta ellos, que los toque de nuevo, que Julia Mala se arrastre dentro de mí y se regocije tras los murmullos de la casona.

No quiero conocer el paraíso de sus labios húmedos en mi cuello, el ritmo galopante, el olor de su cuerpo, su mirada en el vacío, sus manos aferradas a mi cadera. No quiero conocer ese paraíso y luego ser expulsada.

Viernes 28 de julio, 1995.

Quizá la última vez que lo veo tocar en público.

Presencio dos horas de concierto junto a sus padres y a Leila, su representante, desde los lugares reservados para nosotros.

Atisbo destellos de la historia nuestra.

De la cafetería en la Schola Cantorum. Las clases.

Su llegada durante la primera semana del curso.

Primero fue una voz para mí:

"*La Campanella* de Nicholo Paganini", dijo.

Yo ponía atención en el suelo para no tropezar.

Una ráfaga de brisa recorre la sala.

Sutil y dolorosa.

Nada en la vida se repite.

Cada momento contiene la última oportunidad de sí mismo.

A veces siento celos del violín.

Absurdo.

Son inseparables.

Ridículo.

Hay una energía que David posee y emana cuando está con él. Lo instala en otra dimensión ajena a nosotros.

Intento en vano retener el verano, el paso del tiempo, el sonido del violín.

Hay una fuerza en sus dedos bronceados.

Su cuello en camisa de lino blanco, el cabello castaño.

Los aplausos perpetrados durante más de dos minutos dentro del Theatre des Champs-Elysees son como la lluvia tenaz. Incisiva.

Aplausos feroces, agradecidos para David Liebmann.

Sonríe desde ese cuerpo alto, bien plantado. Agradece.

Me mira desde el escenario y me guiñe un ojo.

Desde los ojos verde olivo que me perturbaron aquella tarde.

El público sigue, ovación de pie.

Tantos aplausos me turban.

Seguro llegará el contrato esperado durante años. El mejor hasta ahora.

Aquella tarde puse atención en el suelo para no tropezar.

Pero de tiempo en tiempo, uno tropieza y cae.

Y después del concierto, de los abrazos y las felicitaciones vamos a cenar con sus padres y Leila. Recibe varias ofertas.

Y el contrato esperado.

David siempre me presenta con todos y me elogia con ellos.

—Julia es un prodigio. Tienes que escuchar cómo toca el piano, de manera exquisita. Superb.

Demasiado bueno para ser cierto.

En medio de todos ellos distingo la risa de antaño.

Me disculpo, voy al baño.

La escucho una vez más.

Impredecible.

A la una de la mañana llegamos solos a su departamento.

David entra tarareando; se quita el saco.

Baila conmigo mientras sonríe y tararea más fuerte. Me toma de la mano y abraza mi cintura. Baila. Ríe. Luego se dirige al refrigerador. Saca una botella.

Se quita los zapatos. Se desabotona la camisa.

Se deja caer en el sillón.

Baja la luz con el dimmer.

Abre la botella y sirve dos copas.

Las deja en la mesa frente a nosotros.

Hace a un lado un mechón de mi cabello.

Levanta mi barbilla y apenas me besa los labios.

Besa mis párpados cerrados.

Besa mi frente.

Una sola lágrima silenciosa escurre por mi mejilla.

El tiempo se detiene.

David la besa.

Me abraza fuerte. Como si el tiempo pudiera contenerse.

Igual que después de que detonó la bomba días atrás en la estación del metro.

Como si nada más existiese entre nosotros.

Salvo la imaginación.

Un abrazo suspendido en el tiempo.

Un abrazo que sabe más a despedida que a consuelo.

Un abrazo que aún cuando sea anciana, será recordado como un faro entre la niebla.

—Discúlpame, Julia, este rollo del concierto no nos ha dejado mucho tiempo para nosotros.

Soy una noria oscura. Hay pesos que me asfixian. Me inmovilizan. Lastres. Contradicciones.

Hubo tantas mujeres que pidieron tomarse foto con David al final del concierto, durante la cena. Algunas lo besaron en la mejilla y le pidieron un autógrafo, emocionadas. Cualquiera de ellas daría lo que fuera por estar en el departamento a solas con él. Para celebrar su triunfo.

Quiero y no quiero.

Quedarme con él y no volver a Boston.

Volver a casa y seguir mis estudios.

Desnudarme y pasar la noche con él.

Despedirme con el pretexto de que ya es tarde.

Quiero y no quiero ser su mujer.

Celebrar su nuevo contrato con el desenlace romántico. Sería la mejor celebración. Un *must*, dirían. Y todos se amaron felices en la cama para siempre.

Entregarme a él esa última noche.

Quiero y no quiero.

Enmudezco en el sillón.

David se acerca y con sus dedos de violinista acaricia el cierre de mi vestido en la espalda.

—David, me hubiera gustado mucho que esta última noche cenáramos solos tú y yo. No es un reproche. Es sólo que el tiempo nuestro se ha terminado. Y con el nuevo contrato. No habrá más tiempo para vernos.

David no responde.

Mi vestido tendido en el suelo. Me descalzo.

David apaga la luz.

En la oscuridad escucho la voz triste de su violín.

Vangelis. *La conquista del paraíso.*

En la oscuridad, me levanto del sillón y avanzo a tientas.

Me siento en una silla junto a la ventana.

Es la última noche en París.

Aún soy virgen a mis veintidós.

Con la mano derecha detengo la cortina para ver hacia la calle.

Contemplo la luz tenue del farol sobre las baldosas allá abajo.

El peso de la culpa. Ya lo había sentido antes. Allá en Jiménez. Allá en la infancia. Estoy loca si lo rechazo.

Contemplo las sombras que pasan a lo lejos.

Miro a través de la ventana mientras la voz del violín me estremece.

Ahora, *Schindler's List*.

Lloro.

Por un instante ajeno a ese río, reina el silencio dentro del silencio.

Día cero

Y en el aeropuerto, el tumulto acostumbrado.

Fila para documentar.

Fila para las escaleras eléctricas.

El abrazo final. Las palabras últimas. El aliento cercano.

Hace a un lado un mechón de mi cabello.

Toma mi barbilla y me mira a los ojos.

—Nos veremos pronto. Ya verás.

—...

—Julia, prométeme que nunca dejarás la música.

—...

Fila para pasar seguridad.

David Liebmann se muerde el labio.

Levanta su mano para decir adiós a la distancia.

La otra mano en el bolsillo.

Subo por la escalera eléctrica hasta que lo pierdo de vista.

* * *

El remanso del vuelo largo. Pego mi frente en la ventanilla del avión.

Arriba de la noche negra habita un cielo azul cobalto.

Las ideas revolotean. Unas caen al fondo de mi noria, otras son volutas dispersas por una fuerza desconocida.

Volutas como aquellas que me gustaba ver en la casona. En las habitaciones clausuradas tras la muerte de Mariana.

Volutas de Mariana mi gemela.

Volutas de Pedro adolescente.

Volutas de David Liebmann.

Volutas de mí misma.

Todas en movimiento.

Sin tocarse unas a otras.

Habitando esa extraña realidad paralela a la vida común.

Volutas suspendidas en un halo de luz que se filtra por una rendija de modo casi imperceptible.

Ahí se guarecen mis códigos cifrados.

Antes de que amanezca en ese punto donde se encuentra suspendido el avión que me devuelve al Nuevo Mundo, el cielo se transforma en línea de fuego horizontal.

Estancia María de Lourdes, Monterrey, N.L.
Sábado 15 de noviembre, 2014

Eres la luz de mis ojos, hija. Gracias por venir a verme. Aquí hay puros viejos, unos locos, bien safarinfas, no hay nadie decente con quién hablar. Sólo la Lolis, ¿ya la conociste? La enfermera que me consigue galletas de animalitos, esa mera. A mí me gustan mucho las galletas de animalitos, ¿te acuerdas? A ti también te gustaban mucho de chiquita. Lo malo es que la pobre Lolis siempre anda a la carrera porque somos muchos y casi nadie le ayuda. Ya no duermo, cuando viene la noche me estoy así, nomás a medias. Me acuerdo de tanta cosa, de otras épocas, otros pueblos y ciudades. Lo malo es que no volví a ver a las gentes que me rodearon en cada una de aquellas historias. Hazte de cuenta que no era yo, pero pues así es. Ya lo verás cuando te hagas vieja, una vida es la suma de muchas vidas distintas y a uno le toca hacer de todo.

Pues con todo eso de la Revolución que mi Tita Inés sabía, a veces, muy en el fondo agradecía que Dios no le hubiera dado hijos y se prometía que si un día los tenía, dejaría los campos de batalla, los páramos cubiertos de gente tirada con las tripas de fuera. Ahí los niños crecen acostumbrados a ver de todo, empolvados hasta las orejas y llenos de piojos. Acuérdate de la infancia que ella tuvo, de su alcurnia, de la hacienda donde nació con patios, traspatios, capilla, sábanas de seda, cuadros, gobelinos y candelabros de bronce, no podía resignarse a que sus hijos vivieran en esa desolación. En realidad, no sabría decirte qué tan de acuerdo estaría con mi abuelo en el tema, pero yo creo que era una cosa entendida entre los dos, de esas que no se dicen, pero que cuando dos personas hablan el mismo idioma, se da por hecho.

¿Te conté que mis abuelos se casaron en el 13? Despuesito de que Madero murió. Y ¿te conté que un año después apresaron a mi abuelo Rodrigo y mi Tita se las arregló para que escapara? Para 1915 ya estaban en Sonora, cerca del señor ese que te dije que fue el mejor presidente que este país ha tenido, o al menos eso pienso yo, en mi muy humilde opinión. ¿Te he dicho que soy Helena con H?

Ay, hija, ya no sé ni qué digo, tantas cosas que se me olvidan, pero de las historias de mi Tita Inés, de esas seguro que me acuerdo. Mi Tita contaba que esos ocho años fueron los mejores de su vida. Se fueron juntos a Sonora, jovencitos. Ella llegó ahí de diecinueve, mi abuelo de veintidós, de presencia tan distinguida, hablaba inglés, estudiado en los Iunaited y mi Tita también, pronto se convirtió en la mano derecha de don Adolfo de la Huerta. Vivieron en una casita propia, muy linda. Mi Tita me platicaba que tenía un patio pequeño en medio de la casa, que ahí se daban muy bonito los geranios. Tenía un par de canarios en unas jaulas en el corredor junto al patio. Ahí parecía que por fin se habían terminado los problemas. Mi abuelo pudo volver a relacionarse con gentes instruidas, entendidas, gentes que hablaban su idioma, y mi Tita también. Hasta pudo continuar sus estudios y terminar la carrera de profesora, con eso de que no encargaba bebé, le quedaba tiempo para estudiar. También ayudaba a tanto niño que había quedado huérfano. Puso una casa hogar con ayuda de otras señoras, de esas de alcurnia, pero bien chambeadoras. Don Adolfo de la Huerta se convirtió en gobernador de Sonora y luego en presidente de México y allá se los llevó con él a la capital. Imagínese, con lo influyente que llegó a ser mi abuelo Rodrigo y ni así se le volvieron a acercar sus hermanos, sus papás. Nadie. Nada. Increíble pero cierto. Fue presidente seis meses y luego quedó de presidente Álvaro Obregón, otro norteño. Todo iba bien, lo malo fue que luego tuvieron un descontento entre ellos. Algo no le pareció a don Adolfo, con aquello de Bucareli, ¿te acuerdas de esas historias que le enseñan a uno en la escuela, como si fueran cuentos, nombres, fechas en hojas y hojas? Pues nada, que algunos de ellos sí cambiaron el rumbo de lo que uno es.

Bu-ca-re-li, qué elegante palabra ¿verdad? Bu-ca-re-li. Y que se separan mis abuelos y la familia de don Adolfo del bando de Obregón, y que le hacen una revolución y se van a Veracruz. Luego a Villahermosa, y pues otra vez, huyendo de aquí y de allá. El asunto es que justo en aquel momento en que iban a salir del país para salvarse, mi Tita resultó, por fin, embarazada. Y que la encaman, la pusieron en reposo la semana que el señor Adolfo de la Huerta salió de México con su familia para mantenerse a salvo. Tan bien que iba todo, ya sabes cómo es a veces la vida…, y ni modo, qué le hace uno. Se irían cuando el doctor dijera que mi Tita podía levantarse…, y pues en esas semanas que duró en cama, no me vas a creer, pero la gente de Obregón dio con el paradero de mi abuelo. Se lo llevaron, lo tuvieron tres días desaparecido. Luego, un día, por fin, ya mi pobre Tita se volvía loca de desesperación, vinieron a darle razón de mi abuelo, al pobre lo habían torturado, nunca supe detalles, nomás supe que lo mataron. Así como lo oyes. Increíble. Un hombre recto, preparado, luchador por el bien de este país. El pobre ya había sobrevivido a tanta cosa y, justo en el momento en que por fin iba a tener un hijo, después de diez años de casados, les dieron en la torre. Imagínate mi pobre Tita, viuda a los veintitantos, con un bebé en su vientre, y en aquellos tiempos que además no había opciones para las mujeres, y menos para ella que era viuda de un enemigo del señor presidente.

Poco, muy poco fue lo que me contó mi Tita de esa época, sus ojos grandes se quedaban mirando el vacío cuando llegaba a esa parte de la historia, las palabras se le borraban. Se le hacían queditas queditas, yo no podía escucharla y aunque le decía: "Tita, Tita, no te oigo". Ella no las repetía. Callaba. Luego siempre me contaba que doña Clara, la esposa de don Adolfo de la Huerta mandó por ella para que la llevaran a escondidas con una familia de Monterrey que la recibiría embarazada, la cuidaría hasta que tuviera a su bebé. Ellos pagaron todo; si no le digo, esos fueron los mejores políticos que tuvo este país. Lo malo fue que con eso de que Obregón no los quería, mi Tita perdió todo. Ya no pudo recuperar la casa que había sido de ellos, los muebles, la ropa, las fotografías, los ahorros. Obregón borró todo: sus cuentas, su casa, todito.

Ella nunca me platicó de ese dolor, hija. No, señor. A mi Tita no le gustaba la tristeza, pero yo me lo puedo figurar, porque de eso yo sé bastante. Debe haber vivido como en un pozo oscuro. Le debe de haber dolido todo el cuerpo por dentro, por fuera, el cabello, el pecho, moverse, respirar, comer, acordarse, abrir los ojos… Las penas son canijas. Me imagino que hasta a su mamá habrá extrañado, porque aunque ella le dio la espalda, no hay como la mamá de uno. Aunque yo no tuve, haz de cuenta que sí, porque mi Tita me cuidó como si hubiera sido mi mamá.

¿Te he dicho que mi nombre es Helena con H? Mi Tita me contaba lo de la Helena de Troya y todo eso… qué bonito, ¿verdad? Pregúntale a Lolis si nos da unas galletas de animalitos. ¿Todavía te gustan como cuando eras chiquita?

Yo creo que con los dolores de parto y el llanto de aquel bebé que tanto habían querido, mi Tita debe haber despertado de nuevo a la vida. Ese bebé que nació era mi papá y mi Tita le puso Rodrigo Francisco Acosta Luján. ¿A poco no suena bonito? Aunque siempre le dijo Francisco, nada de Pancho: Francisco. Rodrigo, lógico que por mi abuelo y Francisco, por aquello de Francisco I. Madero, de que había que luchar por mejorar este país.

Así que mi papá nació cargando el nombre de dos muertos, el de su papá y el de su patria, huérfano de cariño y de ideales. A los dos los habían matado con engaños, traicionado. Mi Tita hizo todo lo que pudo para que ella y su niño salieran adelante. Fue de las primeras maestras aquí en Nuevo León. Monterrey era pequeño, sencillo, casi un pueblo, un lugar de contrabando con pocos comercios, unas calles en el centro. Bueno, pues ya estaba la Fundidora, la Cervecería, ya empezaban, pero muy lejos de lo que es ahora. La gente no sabía leer ni escribir. Hubo grupos de profesoras que hicieron un trabajal, como si fueran misioneras. Ellas consiguieron libros y trazaron los caminos por el estado para salir a las rancherías. A ver, ¿tú sabías que mi Tita Inés trazó los caminos donde ahora son las carreteras para ir a otros municipios? Estas mujeres enseñaron a tantísima gente analfabeta a leer y a escribir, a sumar y restar, parece mentira, ¿verdad? Tan moderno y avanzado que es ahora Monterrey. Ellas abrieron escuelas rurales en los veintes, en los treintas y mi Tita andaba con su niño para todos lados. A ver, ¿quién se acuerda de estas mujeres que enseñaron, que construyeron la base para que luego pudiera alzarse lo demás? ¿De estas mujeres que entregaron sus vidas? Nadie. ¿Te suena el nombre profesora Francisca Ruiz? Fue todo un personaje. Aquí las calles llevan nombre de puros señores: militares, empresarios, muchos buenos, no digo que no…, pero nadie se acuerda de las que hicieron posible que la gente se educara y prosperara, de las que se arriesgaron en los caminos llenos de bandidos y asaltantes.

Y pasaron los años, cuando mi papá salió de la preparatoria aquí en Monterrey, entró a la universidad. Tenía apenas unos años de fundada. Él fue de los primeros alumnos en graduarse de ahí. Mi Tita se sentía tan orgullosa de su hijo. Me contaba que sentía un orgullo tan ancho que no le cabía en el cuerpo, era el suyo y el de mi abuelo juntos. Todo lo que ellos hubieran soñado, ver a su hijo convertido en un ingeniero. Ya para mediados de los cuarenta, Monterrey había cambiado mucho, había crecido. Tenía empresas muy importantes, conocidas en otras partes. Eran de la gente de aquí. Papá entró a la Fundidora, el símbolo de acá. Con su silbato regulaba el ritmo de toda la ciudad. La gente tan trabajadora, orgullosa…, qué bonito, ¿verdad? A Europa le había ido de la patada con la Segunda Guerra Mundial. Mi Tita me platicó de esa guerra, ni te imaginas, tienes que venir otro día para contarte de Hitler y todo eso. Lo bueno fue que esa guerra hizo ganar dinero a nuestro país. Primero, porque le vendíamos el petróleo a los nazis y luego, porque tuvimos que hacer todo lo que ellos necesitaban para poder reconstruir sus ciudades tan desbaratadas. Y pues lo hicieron papá, su gente. Empezaron con el acero, el concreto, los vidrios, tanta cosa que se hacía aquí. Fue lo que luego llamaron algo así como el Milagro de México.

Ahora que me acuerdo, fue por esa época que mi Tita Inés se enteró de que su madre María de la Luz murió allá en Jiménez. Durante años recibió cartas de su nana. Siempre siguió en contacto con ella, y pues la nana escribía un nombre distinto cada vez en el remitente. Mi Tita le pensó y le pensó… Y que se va sola a Jiménez. Llevaba una pañoleta que le cubría la cabeza y lentes oscuros y así fue como estuvo en el panteón. En los entierros de los pueblos va todo el mundo, así que pudo disimular entre la gente. Vio de cerquita a sus hermanos Trinidad, Luis, y a su hermana Aurora, la más joven de todos, de quien decía que era bellísima; a sus cuñados, a la suegra que, pues nunca fue suegra, a los hermanos de Rodrigo, uno de ellos tan parecido a su Rodrigo que le dolía mirarlo, a su papá muy viejo en su silla de ruedas, triste hasta el tuétano. Qué dolor verlo así, con la tristeza de los años, de los derrotados, ¿sabes a qué me refiero?

Nadie la reconoció, aunque yo pienso que el sepulturero sí. Y qué tal que se hubiera formado en la fila de la condolencias… ¿Y si se les hubiera aparecido? Hubiera estado bueno;

nomás a ver qué cara ponían. Pero mi Tita no era de llamar la atención. Invisible. Estuvo ahí, pero como si no hubiera estado. Así como que no era, como que nunca fue. El caminito que la llevaba a su origen estaba cortado para siempre. Ahí todos de golpe. Las mismas caras, pero ahora maduros y canosos. Vio por primera vez a los que eran sus sobrinos. Allí estaban frente a ella, de carne y hueso, llorando a la misma mamá todos, a la de los cuatro. Ahí estaban moviéndose, hablando. Tanto que había pensado en ellos, sí eran, pero no eran. Ellos sí, ella no.

Se mantuvo así, cabizbaja entre la gente, tapada, sus lágrimas rodaban mudas hasta ese polvo blanco de desierto que hace las veces de tierra, de suelo. Y pues allí se estuvo hasta que se acabó el entierro y los rezos y bajaron la caja. Cada uno de sus hermanos colocó una rosa sobre el ataúd antes de bajarlo en el pozo, de esas que llaman Rosa de la Paz, ¿las conoces? Son hermosas, enormes, casi blancas y con la orilla de los pétalos rosa fucsia. Trinidad, su hermano, debía de tener, hazte de cuenta, como cincuenta y cuatro años. Me contó mi Tita que eran muy guapos, distinguidos, sobrios de vestir y a la vez muy elegantes de presencia. Eran altos, de ojos muy claros, muy delgados, como de película. Veía a sus hermanos y se le figuraban a esos tíos de las fotos antiguas y a los abuelos… Trinidad, Luis, Aurora. Hacía treinta y cinco años que no los veía. Sólo eran tres hijos ahí. Nomás tres. Así dijo el cura cuando habló al final, en paz descanse Doña María de la Luz Mendoza de Luján, habló de su esposo don Trinidad Luján, de sus tres hijos, sus dos nueras, su yerno, sus diez nietos y de ella, nada… Mi Tita me contó que nunca se le olvidaría la niña más chica de todos porque era muy parecida a mi papá cuando era chiquito, claro, si eran primos hermanos, pues cómo no. Ella era mucho más chiquita que mi papá, era una niña de no sé, tres años, pero hazte de cuenta como si fuera su propia hermana.

Al final se acercó al sepulturero y le preguntó que quién era esa niña. "Es la niña menor de la señora Aurora y el señor Guillermo, ora verá, no me acuerdo bien de su nombre…, orita que me acuerde se lo digo. Algo con E. No me acuerdo bien, paqué voy a mentirle. Con mucho respeto, le digo, aquí entre nos, que usted me recuerda a alguien…, no está usted para saberlo ni yo para contarlo porque es un secreto bien guardado, pero usted se parece a aquella hija que tuvieron los patrones y que se fue con uno de los Acosta hace muchos años, muchos, allá en tiempos de la Revolución, y pues nunca los volvimos a ver, pero no me haga mucho caso porque luego se decía…, que había muerto. Haga de cuenta que ella tenía la mismita cara de usted. Inés se llamaba. Cómo se pasa la vida de volada ¿no es usté de aquí, verdad? Ya ve que aquí todos nos conocemos. 'Pueblo chico, infierno grande', decía mi amá. Eva. Eva es el nombre de esa niña que me pregunta usté. ¿Ya ve cómo sí se acuerda uno después de un rato de las cosas?"

Ejido Los milagros de Dios, Durango
4 de junio, 2014

Helena contempla el cuerpo de Julia tendido a sus pies.

Inhala lentamente mientras un remolino de imágenes arremete contra la habitación y éstas se condensan apisonadas por el calor del desierto. Cierra los párpados.

Helena exhala y en el aire liberado flotan suspendidas innumerables volutas de historias fragmentadas, silenciadas por el paso severo de días y noches y años, de cuerpos y vidas. Silenciadas porque a veces es mejor hacer a un lado ciertos pasajes de la vida, negarlos, camuflarlos, sacudirlos como una basura que nos ensucia o una mosca obstinada; porque hay tradiciones familiares que infunden la perversa obsesión de despojar los cuerpos de memoria, de arrancar de cuajo conversaciones, susurros, miradas, caricias, olores y deseos, aunque las llagas queden expuestas.

Con el paso de los años esos susurros, esos rostros, regresan siempre a la madriguera que los concibió, hurgan desde los sueños y las pesadillas, desde la nostalgia y el deseo, persiguen para reclamar, reinventan la historia personal, la transfiguran, y el aguijón del dolor, olores a tempestad repentina.

Danzan sobre los ojos entrecerrados de Beto. Giran sobre el cabello entrecano de Helena y se posan sobre sartenes oxidados, se mezclan con el polvo y los maderos viejos, un calcetín sucio, con la mesa despostillada.

Y esa mariposa negra y grande que ocupa un rincón del cuarto desde hace días. Helena la contempla a ratos.

—No la molesten; es tan bonita.

Suspira de nuevo.

Y mientras el desierto se paraliza deslumbrado por el atardecer que resplandece en el horizonte, Helena se sienta sobre el suelo, junto a Julia. Largo rato la observa. Mueve sus labios delgados y resecos como si mascara. Aprieta sus párpados por instantes y murmura silenciosa.

Después sus ojos se instalan en otra época, en rostros y voces que la visitan a veces, desde el fondo de sí misma. Y, desde este destierro perpetuo, que es su vida, les sonríe con la mirada puesta en el vacío al aliento cálido que resbaló por su oreja, su cabello, a las palabras que ya olvidó, a los ojos enormes de su bebé, Maripaz en medio de la noche, al anuncio que la mujer de las siete faldas le trajo.

—*Muqui. A bale tewe. Ari ela cutomea.*[10]

Helena extiende las manos y expone las yemas a un contacto que no llega. Y espera.

Los párpados abultados por los años, las mejillas pesadas junto a la boca. Cierra sus ojos. Ya no es la misma de antes. Se recuesta. Su cabeza ha quedado junto a la de Julia.

---

[10] Seño. Ya viene. Hoy la tendrá con usted.

Una imagen desteñida se proyecta en sus párpados adorme-
cidos. Sentada junto a su padre: *Helena, Helenita, mi princesa
bonita.*

En la noche, ambas sueñan con los ojos entreabiertos.

Helena no se da cuenta de que la mariposa enorme rompe
su inmovilidad de días, de que emprende un vuelo torpe y
acelerado con un aleteo casi maquinal que la lleva a chocar con
el techo y la silla, y con la sábana que cubre hasta la cintura a
Julia, y con el marco de la puerta antes de salir.

—No hay que espantarla —había dicho Helena días atrás—;
dicen que es de mala suerte, pero a mí se me hace tan elegante,
tan fina.

Y el aliento cariñoso de aquel padre *Helena, Helenita, mi
princesa bonita.*

IV

El alma es el único pájaro que sostiene su jaula.

VÍCTOR HUGO

Golpeábamos los muros de adobe en nuestra ansiedad
y nos quedaba como herencia una red de agujeros.
En los escudos estuvo nuestro resguardo,
pero los escudos no detienen la desolación.

TEXTO ANÓNIMO DE TLATELOLCO, 1528

VI

Durante los meses que siguen, a veces David llama por teléfono.

Leo en *The Boston Globe* que explota otra bomba en París. Hacia el fin del verano otra bomba y otra más.

En las noches no puedo conciliar el sueño. Espero que David esté bien. Le llamo por teléfono y entra la grabadora. Cuelgo. Odio hablar con el aparato.

Practico piano día y noche.

Las semanas se prolongan sobre el cauce del río Charles, sobre los pasillos del conservatorio. Descifro partituras, acordes, melodías y temperamentos de compositores. Desde ese ejercicio continuo y en silencio, entablo diálogos imaginarios con David. Consulto el oráculo de la música, comulgo en él, me entrego al aura que va de mi cuerpo al piano.

Tal vez cuando venga podrá acompañarme con su violín en este primer movimiento de la sonata. "Lo que importa de las notas no es sólo su certeza, sino el equilibrio entre ésta y la expresividad que emanan, la fuerza para seducir al otro, para violentarlo." Coloco una silla vacía junto al piano. Ojalá me escuchara ahí sentado.

Añoro aquel instante de labios como alas tibias, aquellos dedos suyos de violinista enroscados a mi cabello sosteniendo mi nuca, el aliento de la ciudad recién descubierta.

Tocaré *La tempestad* para él. Le pediré el auto prestado a Roxana. Haremos una excursión a Walden Pond y un picnic frente al lago. Comeremos langostas en Rockport. Se lo presentaré a Brenna y a Greg. Caminaremos junto al río al atardecer.

Quizás el año que viene, en otoño, ya en París, planeemos un recital juntos, algo pequeño, informal. *Sonata para violín y piano Núm. 9 en sol menor,* de Beethoven, por ejemplo. La escucho. La tarareo cada día.

Es martes y me despierto con esa sonata y sin David. Me levanto y abordo el T para ir al conservatorio. Silbo la melodía, recuerdo los ojos sonrientes.

Hay días que la memoria es generosa, y casi veo las pestañas nítidas, y casi toco su barba crecida.

Las hojas han comenzado a caer.

Repito la melodía en un murmullo dentro de mi cabeza.

Subo las escaleras de madera antigua el martes, el miércoles, el jueves, el viernes, el lunes. Recorro el pasillo hasta llegar al aula de mi profesor. Una semana y otra más.

Preparo una audición para mediados de noviembre, un recital para diciembre, estudio para exámenes de armonía, composición, análisis de partituras. Ensayo una vez y otra vez. Asisto a clases. Elaboro tareas.

Alejandro, el poeta, me llama casi a diario por teléfono. Charlamos de lepidópteros, de libélulas, de la poesía de Whitman, de un concierto de rock, del levantamiento en Chiapas, del asesinato de Colosio, del tecnócrata exHarvard, que cuando era joven mató a una empleada con una escopeta y ahora dirige nuestro país, y de la película en cartelera. De las ideas que se les ocurren a las libélulas y a los presidentes.

Reímos a carcajadas.

De David no hablo con Alejandro. Con nadie. David es un río subterráneo. Como si al exhibir mi incertidumbre en palabras comunes y corrientes a los ojos de otros, lo poco que me quedara de él, terminara por ausentarse para siempre.

A ratos no logro recordar con exactitud el rostro de David y eso me desespera. Repaso la última noche que pasé con él. Aquélla después del concierto. Guardo muy dentro su silueta en el claroscuro del departamento, del deseo contenido y la nostalgia.

A veces, en la madrugada, despierto y escucho un susurro ronco que se debate dentro de mí. Murmura que no es verdad. Que nunca estuve en aquella alcoba, en ese departamento. Que fue sólo un *Sueño de una noche de verano*, como la obra de teatro de Shakespeare. Tan inglesa como David.

Apreso una y otra vez el juego de sombras de la sala en su departamento, la cortina que dejaba ver la ventana y las baldosas húmedas reflejando la luz del farol. Sus labios, que por un instante apresaron pasado y futuro, sus labios sobre mis lágrimas.

Y qué más da ahora.

Suspiro.

A veces me paralizo al distinguirlo entre la multitud que recorre la avenida Commonwealth, la calle Huntington, la Newberry. Pero es sólo un instante.

Nunca es David.

A veces escucho las melodías que él interpreta en un bar o en una tienda. Me resulta insoportable. Doloroso. No es la voz de su violín. Es la voz de su ausencia, de la incertidumbre.

Una noche, en una galería de arte, durante la inauguración de una exposición de pintura de Brenna, tuve que salir de pronto, porque se me revolvió el estómago con el sonido del violín. Otra noche tuve que dejar a mis amigos en un restaurante. No soportaba el nudo en la garganta con la melodía de fondo.

—Una migraña, horrible. Nos vemos mañana.

Pasan días y semanas. Llega el otoño lánguido, opulento de hojarasca dorada, cobriza y escarlata.

El tono de la luz transforma la ciudad.

El viento se vuelve frío y entonces lo extraño más que nunca.

El otoño es así. El paisaje más propicio para la melancolía. Bajo su lupa, las ausencias se dilatan.

A veces, mi única compañía es la música. Me sucede lo mismo desde niña. Su voz entrañable suena a piano y a violín, a coros que vierten en mí un lenguaje vasto que me da sosiego y me reconcilia conmigo misma. Hay en ese sonido del piano un lenguaje mío y de muchos que transgrede mis fronteras.

Practico piano durante ese otoño en Boston. Por las noches, la música ronda la oscuridad del departamento, y se extiende sobre mi cuerpo sudoroso. El piano y yo sostenidos en una danza perpetua. Él y yo mientras los retratos y los muebles reposan. Mientras su voz es la punta de un iceberg que flota cauteloso en el océano de mi respiración, y de los músculos de mis brazos y mi pecho en la tensión justa que produce sonidos engarzados.

Acordes. Armonías que se desfloran en combate, y jadean tenaces. Las yemas de los dedos son la base de una estructura que sostiene el cuerpo entero. Cientos de huesos, músculos, uñas, la sensibilidad de la palma, la fuerza de las manos, las muñecas, la espalda que se reclina y se yergue.

A veces el peso de las voces me aplasta. La música vibra en mis poros, en mi corazón, como un latir gigantesco que vive dentro. Transgrede la frontera y hurga en las voces que me habitan. Me seduce con su fuerza, me obliga a seguir su ritmo. Me arrebata del entorno, me deleita, me persigue, me acecha, me posee. Ya adentro, se instala en las paredes húmedas de mi memoria y de mi silencio. Desde ahí, dirige ese concierto que me habita desde niña.

Soy eso. Mujer-piano.

No somos dos. Fundidos.

Penetrados uno del otro.

Colmados de placer.

Aprieto los párpados.

La dominación y el éxtasis.

Detrás ronda la oscuridad de la noche.

De pronto me vuelvo. Un crujido.

La certeza pertinaz de que alguien está ahí.

Observándome.

En ese instante diminuto que oscila entre la música y el miedo, vislumbro la mirada de David desde el fondo de ese túnel que es mi mente.

Un día recibo un mensaje suyo. Es octubre de 1995 y hay cafés donde uno puede revisar su correo electrónico. También hay un salón en el conservatorio con computadoras que los alumnos podemos usar. Los correos electrónicos son la última novedad del planeta, la navegación por internet, los celulares, el ciberespacio.

Dice en dos líneas que vendrá.

David Liebmann en concierto en Nueva York y Washington. De pronto, Boston tiene una nueva luz.

Marco por teléfono a su departamento. Esta vez Leila contesta. Detrás de su "Aló", David toca el violín.

Del otro lado del mar.

Hace casi tres meses que no escucho esa voz de las cuerdas. El sonido incide tenaz hasta el centro de mí misma. En un instante el sonido se instala y arde en carne viva.

Enmudezco.

—¿Julia?

—No lo interrumpas. No cuelgues aún. Déjame escucharlo un poco más.

La voz de su violín viaja desde aquel departamento en París hasta introducirse a mi mundo de este lado del mar. Hasta abrirse paso a través de un entramado de cables que recorren kilómetros de postes, antenas, cobre, plástico y no sé cuantos materiales más que permiten que el sonido de su violín me perturbe como aquella primera vez.

Que acaricie el silencio de mi cuarto, el aire que respiro, los objetos que me rodean.

—Sólo dile que llamé.

Y qué hace Leila ahí. Qué hace Leila en su departamento. Por qué David toca para ella.

Colgamos. Se interrumpe ese fluir del violín.

¿Y cómo me sacudo ahora su presencia? La voz sigilosa de su violín escurre sobre la lámpara de mi escritorio, y los trastos de la cocina; se queda suspendida en el candil de mi cuarto.

David tarda un par de días en llamar.

Toda una eternidad.

—Estábamos trabajando. Sabes que ella es mi representante.

Lo espero en Back Bay Station. El desfile de cuerpos, rostros y vestimentas que bajan de los vagones con su equipaje y sus historias.

Y por fin David.

—Cómo… ¿Hoy mismo te regresas a Nueva York? ¡Sólo vienes mediodía!

Eso no estaba previsto en mis planes. Se derrumban las excursiones que elucubré durante meses, los paseos por la costa de Nueva Inglaterra, las langostas frescas en charolita de papel con mantequilla y limón, el Bed&Breakfast del siglo XVIII en Oguinquit, y en el bosque desde donde se mira el mar, y los faros antiguos sobre las piedras y los yates pequeños de la bahía, además de la posibilidad de interpretar para él *La tempestad*.

Se trunca mi deseo de recorrer con él, de charlar sobre tantos pensamientos que han pasado por mi cabeza desde que nos despedimos tres meses atrás; se trunca mi deseo de pasar unos días juntos.

Y yo que no he dormido más de cuatro horas los últimos días para avanzar mis tareas, trabajos y práctica. Y yo que reservé una terraza para cenar. Y yo que consideré invitarlo a quedarse conmigo en el departamento. Y yo.

Las langostas nos miran apenas muertas, acomodadas sobre el hielo del mercado.

Intento poner en palabras tantas ideas, emociones, pero se quedan en la punta de la lengua. No hay palabras suficientes para compartir la desazón.

Las palabras son islotes que se hunden, inapresables, inútiles.

No puedo expresar lo que quiero.

Hay algo en él, sutil y distinto a mi recuerdo. ¿Serán el cambio de horario, de ciudad, su nuevo corte de pelo, su forma de sonreír?

—Quiero decirte algo. Es importante. Es sobre el plan que tenemos de que te vayas a París terminando aquí tu máster. ¿Recuerdas el contrato que firmé la última noche que estuvimos juntos? Pues ahora, como parte de ese proyecto, tendré que vivir en Tokio un par de años.

—…

—Julia, no quise escribirte esto, ni decírtelo por teléfono. Esto cambia todos los planes de estar juntos.

—Puedo buscar trabajo allá… No sé… Quizá después de graduarme, en el verano.

Al atardecer lo llevo a la estación de tren.

—Si pudieras subirte a este tren y venirte conmigo. Ahora, ahora mismo.

—No puedo irme contigo, David. Yo también estoy en medio de muchos pendientes. Presento exámenes la próxima semana. Tengo audición el mes que entra. Llevo meses preparando esto.

—Lo sé, lo sé. Veremos qué pasa, cómo se van dando las cosas.

David inclina la cabeza un momento. Frunce la frente y baja la mirada, y se muerde la orilla del labio superior. Guarda silencio y, después, levanta el rostro, fija sus ojos en un horizonte inexistente.

—Quisiera que pudieras venirte conmigo, pero…, no debes dejar el piano, Julia. Es lo tuyo. Es tu vida. Es lo que le da sentido. No debes dejarlo nunca. Me gustaría que tu carrera fuera otra, que te permitiera acompañarme, pero no serías Julia.

—…

—Tienes una fuerza contenida impresionante, pero usas una máscara. Déjala que brote; tu sensibilidad es enorme. No tengas miedo. Quítatela. El piano debe ser lo más importante para ti. Más que todo, Julia. Lo digo muy en serio. Más que un padrino. Más que yo o el esposo con quien te cases en el futuro. Más que los hijos que tengas. Que nada te impida tocar y tocar.

Después me contempla hasta el fondo de la mirada. Me abraza.

Por última vez.

El tren se aleja del andén con David dentro.

Siento venir el peso de la devastación.

No otra vez. No otra vez.

Pero ahora tiene un sabor distinto.

Más que una despedida irremediable, la siento como un abandono.

Dijo: El esposo con quien te cases en el futuro. Más que los hijos que tengas.

Veo venir el golpe y no sé cómo esquivarlo.

El peso cae.

Me siento en una banca, aturdida.

Más tarde, arrastro los pies hasta el estacionamiento. Busco el auto que me prestó Roxana.

No estoy en la estación. No estoy bajo la luz incandescente. El otoño es sólo un paisaje lejano. No escucho a los transeúntes. Son sólo sombras.

Hay un murmullo enronquecido rondando mi mente.

Una turba de desaliento que me distrae, incluso de mi cuerpo.

No me permite poner atención en esa voz ronca que brota de antaño.

Y es ahí cuando, sin saber muy bien cómo, que, al abrir la puerta del auto prestado y mover mi gabardina, y los papeles sobre el asiento, en ese abrir y cerrar, de pronto prenso mis dedos en la puerta del auto.

Mis dedos atrapados. No puedo abrir la puerta. No puedo liberarlos. En un instante inverosímil, vuelvo a la realidad sometida por un crujido en la mano derecha.

El dolor no tiene palabras. Se me va el aliento. Mi mano izquierda hace y deshace para liberarlos.

Veinte segundos parecen una eternidad.

Los libera y contemplo horrorizada los dedos deformes, sangrantes, destrozados.

Mi carrera. Mis planes. Un sollozo ahogado me doblega.

El dolor es un marasmo obsesivo que chupa toda la energía del cuerpo, un animal voraz que nos acecha y persigue.

El dolor rebasa y transgrede la imaginación, enmudece la conciencia. Apenas veo. Lucho por llegar a la otra orilla, por apaciguar el dolor que se anticipa y me espera a la vuelta del instante para instalarse en cada segundo, para prolongarlo y suspenderlo.

—*Are you okay? Do you need any help?*

* * *

Eres una niña pendeja. Sorbiste la sangre de la mano izquierda y, mientras chupabas para contenerla, empujabas con los pies el retrato de Mariana, de David, los pedazos de vidrio, el marco desvencijado y los restos de la muñeca destrozada y sanguinolenta para esconderlos debajo de la cama.

Santiago en cuclillas a la orilla del río Charles. Hace círculos en el agua con una rama. Detiene su brazo y se contempla en el fondo. Se endereza y respira profundo. Ya terminó de correr los ocho kilómetros del día.

Pronto regresará a México. Santiago empaca ropa, remata sábanas, trastes de cocina y libros. Fija anuncios con tachuelas sobre los corchos de todas las escaleras de las facultades de la universidad. FOR SALE 2 SOFAS, KITCHEN TABLE & 4 CHAIRS, TV, DVD, LAMP, 2 CANVAS, I FUTON, 2 BEDS TWIN SIZE. Al pie de las hojas su nombre y teléfono repetido veinte veces: SANTIAGO 2578-5449, recortado como flecos. Entra y sale de oficinas donde hace trámites, y devuelve libros a biblioteca. Se despide de sus maestros, y escribe correos. Termina su estancia en Boston, sus dos años de maestría, el MBA de la Escuela de Negocios de Harvard, los cuatro meses extra que se quedó para el proyecto.

Sus boletos de avión para el día 31 de octubre, Boston-Houston, Houston-Monterrey. El contrato de renta del departamento vence justo a fin de mes. Ha tenido dos ofertas de trabajo para quedarse en Estados Unidos: un banco en Manhattan y una consultoría en San Francisco. Sus calificaciones en los cursos de finanzas y las recomendaciones de algunos de sus maestros le valieron bien para las ofertas.

Sin embargo, Santiago prefiere volver a México. Muchos le han dicho que está perdiendo oportunidades. No su madre. Ella prefiere que regrese, que se case con una mexicana; desea tener nietos cerca.

Esa tarde Santiago camina a su departamento. Hay una mujer dormida sobre el pasto. Santiago se detiene por un momento. Cree conocerla. Contempla su cuerpo tendido, inerme, las piernas, los senos bajo la blusa, el rostro. Santiago permanece unos segundos de pie observándola. La mujer dormida no despierta. La mirada de Santiago no la perfora, no la toca.

Prosigue su camino. Pero algo de ella se queda en él, porque durante varios días Santiago la busca sin buscarla; una parte de él la recuerda. Aunque si alguien le hubiese preguntado, no habría aceptado que deseaba volver a verla. Santiago no es ese tipo de personas que se guían por motivos irracionales. Apenas la vio dormida. Casi no la recuerda. No tendría por qué buscarla.

Los días pasan y Santiago corre cada tarde junto al río, pasa junto al árbol donde la vio y se vuelve. Pone más atención en las estudiantes que deambulan en los pasillos de la universidad, y en las *afterparties* de los departamentos de sus amigos en el Greenhouse, y en la oscuridad y la luz relampagueante del Underbar que ilumina segundo a segundo el fondo de sus ojos azul clarísimo, entre la música ensordecedora de U2, The Cure e INXS.

Una tarde Santiago le da *ride* a Elliot a Back Bay Station, uno de sus compañeros de proyecto que también regresa a casa.

No ha vendido su auto y todavía puede llevar cajas a la oficina de correos para enviarlas a México, y recorrer la costa de Nueva Inglaterra por última vez; puede también llevar amigos a la estación de tren.

Después de despedirse de Elliot, Santiago camina en el estacionamiento. Un lamento ahogado lo obliga a volverse y, de pronto, descubre una mujer doblada por el dolor, escondiendo su mano entre las piernas.

—*Are you okay? Do you need any help?*

Logro abrir un párpado. Siluetas de nubarrones verdes y plateados asoman por un ventanal; también, una luz que hiere y transgrede los murmullos del cuarto, las figuras danzantes. Una cofia se acerca.

El doctor frente a mí.

—*Julia, do you hear me?*

—*Yes.*

—*How are you feeling?*

—¿Mis dedos?

—*Everything went fine with the surgery.*

—*My fingers?*

—*Your fingers are safe. Is there anyone we can call? I mean any family member, peers?*

—*No... Thanks... Doctor, do you know that I am a piano student? Will my fingers recover well enough so I can continue on with my piano career?*

—*It's too soon to assure you that. I really hope so. You were lucky a young man was nearby and brought you to the hospital. If you had come a couple of hours later, we could not have done anything to recover your fingers. He really saved your right hand.*

Sólo quiero dormir. Combatir el insomnio crónico y dormir.
Desaparecer. Retroceder el tiempo.

Que David vuelva a llegar.

Que las palabras no se hubieran quedado atoradas en la
punta de mi lengua.

Que la frustración no me hubiera enojado.

Que el enojo no me entumiera el deseo.

Quiero dormir.

Quiero morderme la otra mano.

Quiero gritar.

Quiero golpear.

Quiero mis dedos sanos de vuelta.

Quiero participar en la próxima audición.

Quiero tocar en el recital de diciembre.

Quiero estar sola.

—*She fell asleep.*

—*I think she's not asleep, her eye lids are moving; she's trying
to get rest.*

Quiero caminar con David por el Quartier Latin.

Quiero no haberlo conocido.

Quiero sacarme esta angustia.

Quiero ser libre.

Quiero reclamarle con qué derecho se va de gira artística.

Quiero que vea mi muñón prensado, mis dedos deshechos, las costuras ensangrentadas.

Quiero que se descarrile el vagón que lo lleva de vuelta a Nueva York.

Que se joda él también.

Quiero que se equivoque en el concierto y que su carrera se desmorone.

No puedo desearle eso.

Sí puedo.

Quiero que cruce el umbral de la puerta.

Que me acompañe aquí, en esta sala de recuperación de un hospital extraño.

Quiero ir a su departamento y que ahora sea distinto.

Quiero que vuelva a ser ayer por la mañana y que baje del tren con su cabello corto.

Quiero una segunda oportunidad.

David nunca lo sabrá.

Que mi incipiente carrera como pianista comenzó a fracturarse.

A veces pienso que la mano herida no fue lo que definió mi destino. Fue cómo se fueron dando las situaciones y los tiempos. *Él no te arruinó, fuiste tú sola. No tienes a quién culpar. Eres tú con tus desplantes de mojigata, de artista frustrada, con esa necesidad tuya de complacer a tus padres, aun a costa de traicionarte a ti misma.*

Quiero que apaguen esa luz neón y me dejen sola.

Quiero dormir como nunca he dormido.

Quiero irme a un desierto donde nadie me conozca ni me haga preguntas, y donde pueda descansar. Un desierto como el que rodea a Jiménez.

Quiero ver los atardeceres de la mano de abuelita Aurora.

Quiero jugar con Mariana en las alcobas de la casona.

No es verdad. No quieres eso. Ser niña es doloroso. Quieres ser otra. Quizá Mariana tu gemela. Quieres ser la menor de los rarámuris, quieres ser fiel a ti misma, pero no te lo permites. Te hundes en los miedos que tú misma inventas.

No quiero decirle a nadie sobre mi mano.

No quiero dar explicaciones.

No quiero hablarle a mis papás.

No quiero decirle a mis profesores que mi mano derecha no sirve.

No quiero escuchar esa voz ronca que se filtra para tomar control.

Quiero dormir.

Quiero desprender tantas imágenes que atosigan mi mente y arrojarlas lejos.

Moví la carpeta. Moví la caja con las trufas que me regaló David. Moví la gabardina. Cerré la cajuela. Cerré la puerta. Cómo fue. Yo sola arruiné mis dedos. No fui yo, fue ella. Arruinó mi audición. Mi recital. El año que viene. Los años que vienen.

Pasarán días, semanas, meses de vendas que se enrollan y desenrollan. Costuras, comezón. Piel reseca. Enrojecida. Terapias. Una hora diaria. Frío, calor, ultrasonido, sumergir los dedos en un recipiente con agua caliente, el gel frío, los toques eléctricos, el masaje en los dedos, los ejercicios diarios para recuperar la tonificación muscular. Tiempo detenido de súbito que me obliga a contemplar los dedos truncos, mi relación inexistente con David. La pelota, los aritos, las piezas pequeñas de plástico por engarzar.

Mano torpe. Mano que no puede tocar Liszt ni Prokofiev. Mano muda. Mustia. Triste. Apagada. Mano gemela de la otra, de la otra que ahora le ayuda con una solidaridad que me sorprende. La protege, la abraza, la cubre del frío con las sábanas, y de cualquier golpe que pueda venir. La solidaridad y destreza de la mano izquierda me conmueve. Aprende a abrochar los botones del suéter, el brasier, la cinta de los tenis, a subirme el pantalón, a ponerme calcetines, a cargar el plato. La izquierda le ayuda, y aprende a escribir con letra deforme; se vuelve ágil; agradece un rol que hasta entonces le había sido vedado. La izquierda sí tiene voz; practica el piano a diario, primero sólo los acompañamientos, como siempre, aunque después desarrolla la habilidad de tocar la melodía principal, la que correspondería a su compañera.

El muñón vendado, la mano derecha, es Mariana. Yo siempre he sido la mano izquierda. La que sobrevivió. La otra. La alterna. El acompañamiento. La que era menos y sobrevivió al cataclismo. Soy la que se quedó. Quizá fue el azar o la suerte. Quizás un deseo profundo de sobrevivir, aunque en el acto hubiera que eliminar a la otra. Quizá la casualidad.

Mano Mariana. Mano Julia. Gemelas casi idénticas.

Yo soy vulnerable. No. Ella es vulnerable. No. Ella me habita. Me vuelve vulnerable. Las dos lo somos.

La menor de los rarámuris da pequeños aleteos dentro.

La voz ronca también ronda. *Tú la mataste. Te arruinaste la mano. Encerraste al gato en la caja de herramientas. Tú cortaste la palma de tu mano con los vidrios del portarretratos. Eres el nogal mutilado con injertos deformes.*

Quiero dormir profundo por vez primera. No me importa enfrentarla ahí dentro del sueño; las pesadillas son su territorio. Quiero ser una mujer que duerme. No.

Julia Mala soy. Julia Mala.

Ejido Los milagros de Dios, Durango
4 de junio, 2014

En la oscuridad del desierto una mujer yace inconsciente,
    tendida sobre un catre,
    rostro amoratado sin cejas ni pestañas,
    dedos llagados por el fuego, labios de grieta,
    un lunar diminuto se distingue en la mejilla.
    —Mi niña durmiente —dice Helena—, mi Maripaz.

Al día siguiente el papeleo, el seguro, la cuenta, la tarjeta de crédito.

—*Sign here.*

Firmo con la mano izquierda. Con la que soy.

El taxi, las fachadas victorianas, las de ladrillos rojos, las modernas. De regreso al departamento, batallo para abrir el cerrojo de la puerta.

Llamo sólo a Roxana.

—Tu auto se quedó en el estacionamiento de la estación de tren… Me machuqué la mano. Yo sola. Ni a quién echarle la culpa. Me la operaron. Pues dice el doctor que cree que sí. Después de terapias y todo eso. Por lo pronto no podré tocar el piano, ni para la audición ni el recital… Es horrible… Hasta el próximo año. Gracias. Si necesito algo, yo te digo.

Paso dos días y noches recostada. Miro el techo, a través de la ventana un poste de luz y un árbol. No quiero ver a nadie. No quiero decirle a nadie. Mientras no lo haga, la realidad permanece contenida. Mientras no lo ponga en palabras, mis maestros y mis papás me imaginan tocando el piano, preparando la audición y el recital. Mastico cereal recostada sobre mi cama, así seco, sin leche. Las migajas caen sobre la colcha. Las sacudo y caen al piso.

Poco a poco me adueño del tiempo estancado en la oscuridad del departamento. De la paz y la inmovilidad que ahí se respira. No quiero su lástima. Sus comentarios. Sus consejos. Su ayuda. No quiero que sepan que mi vida cambió, que ya no me quedan días como los de antes. Descuelgo el teléfono para que no suene más.

Sueño a veces. Desde la noche mi madre me arrulla.

> Señora Santa Ana,
> ¿por qué llora el niño?
> Por una manzana
> que se le ha perdido.
> Vamos a la huerta;
> cortaremos dos:
> una para el niño
> y otra, para vos…

Pero no es a mí a quien arrulla en la mecedora; es a mi hermanito Edy recién operado, lleno de costuras en la cabeza, mormado, ronco. En sueños le digo a mi maestro del conservatorio que me destrocé los dedos. Los ojos se le llenan de lágrimas. Me machuqué la mano. Yo sola. Ni a quién echarle la culpa. Me la operaron. Pues dice el doctor que cree que sí. Después de terapias y todo eso. Gracias. *I am so sorry, Julia. This is a terrible accident. Specially in this precise moment of your piano career. I am deeply sorry, Julia. You have been into this since years ago.* "Señora Santa Ana, ¿por qué llora el niño?"

No es mi madre la que arrulla; es abuelita Aurora arrullando a mi madre, a su pequeña Eva. Me machuqué la mano. Yo sola. Ni a quién echarle la culpa. Me la operaron. Pues dice el doctor que cree que sí. Después de terapias y todo eso. Gracias. Qué estúpida soy. Nada más a mí me suceden estas tonterías. Santiago. Treviño. ¿Será de Monterrey? De allá es ese apellido. Pero estoy en Boston. No es mi abuela la que arrulla a mi madre. Es mi bisabuela María de la Luz arrullando a mi abuela Aurora. Señora Santa Ana, ¿por qué llora el niño? Por una manzana. Cómo puedo saber que es mi bisabuela si no la conocí. Es la mujer del retrato que encontramos Mariana y yo en el clóset; esta mujer en la mecedora tiene el rostro de aquella mujer del retrato en blanco y negro. ¿Quién sería la adolescente borrada de la foto? *Señora Santa Ana por qué llora el niño.* Y la mecedora en su vaivén. Me machuqué la mano. Yo sola. Ni a quién echarle la culpa. Me la operaron. Pues dice el doctor que cree que sí. Después de terapias y todo eso. Gracias. Me machuqué la mano. Yo sola. Ni a quién echarle la culpa. Me la operaron. Pues dice el doctor que cree que sí. Después de terapias y todo eso.

Despierto. Apenas han pasado cincuenta y tres minutos. Dormito. David Liebmann. Lieb-man: el hombre que ama. David no me ama. No me dejaría así. Pedro me ama. Hace años que lo vi por última vez en aquel centro comercial. Aún tengo la certeza de que me quiere. Alejandro también. ¿Dónde estará Pedro? ¿Se habrá quedado en Monterrey? ¿Volverá seguido a Jiménez?

Las urracas levantan su vuelo desde los nogales centenarios enfilados a ambos costados de la Calzada Juárez en Jiménez. Irrumpen con sus graznidos en la tarde violeta. Los armarios oscuros que alojan vejestorios de generaciones atrás. La foto. La joven borrada. Eliminada de la historia de la familia. ¿Cuál sería su nombre? ¿Cuál su historia para que decidieran extirparla de nosotros?

Dormito. Veo a mi bisabuela en la mecedora de nuevo. Me acerco con pasos de niña. En silencio. El rostro de mi bisabuela es muy bello, el perfil, la nariz angosta. Nunca la había visto. Susurra:

> Señora Santa Ana,
> ¿por qué llora el niño?
> Por una manzana
> que se le ha perdido.

Me acerco. Mi bisabuela no arrulla a mi abuelita Aurora, ni a mi madre. No a mí, ni a mi hermano.

La bebé en sus brazos es Julia Mala.

Vuelvo los ojos al rostro de mi bisabuela sin entender.

La mujer que arrulla me mira. Tiene ahora el rostro arrugado, cabellera de leona, ojos ambarinos.

Mi Maripaz, mi chiquita, qué bueno que vienes a visitarme; a veces me siento vieja. Como que ya me estoy acostumbrando a esta luz tan blanca. Se me pega aquí debajo de los párpados, como un río que corre dentro de mi cabeza, que riega las vidas que tuve, las amansa; se me hace que poco a poco van a terminar por borrarse de mi recuerdo hasta que no quede nada… Qué bueno que vienes a ver a esta vieja que tanto te quiere, además, aquí no hay con quién hablar; todos están medio locos, les patina el coco, y sólo está la Lolis, pero siempre está tan ocupada, casi no le queda ni tiempo para escucharme.

Tiempo después de que mi Tita Inés fue al velorio de su mamá a escondidas, mi padre se casó con mi mamá María Elena sin hache, ¿te he dicho que me llamo Helena con hache? Ay, mija, ya todo se me olvida; nomás las historias que aprendí de niña, ésas sí las tengo de memoria. No se van, me rondan, me persiguen cuando quiero dormir, no me dejan, creo que quieren escapar, necesito contarlas para poder morir en paz.

En 1951 nací yo, Helena Acosta Rodríguez, aquí mismo, en Monterrey, qué curioso ¿verdad? Haz de cuenta que "tanto saltar para caer donde mismo", como los peces que regresan a morir al lugar donde nacieron. Como ya te había dicho, mamá murió de parto. Le arruiné la vida y también la de papá, porque lo hice viudo cuando apenas tenían dos años de casados, jovencito de a tiro. Según me contaban papá tenía veintisiete años cuando nos quedamos solos él y yo. Lo bueno fue que mi Tita decidió hacerse cargo de mí para que pudiéramos tener una vida más normal. "Dios aprieta, pero no ahorca." Ella me dio el cariño de una mamá. Me cuidó noche y día, cuando me enfermaba de las anginas, y me levantaba para ir a la escuela; me hacía el lonche, me conseguía ropa, zapatos; limpiaba la casa, hacía la comida, iba a los festivales de la escuela. Apenas se jubiló de maestra y se dedicó a cuidarme a mí. Papá no volvió a casarse nunca. Vivíamos los tres en una casita que pagaba con su trabajo en La Fundidora. La verdad éramos felices. Esos años fueron bonitos bonitos… Paseábamos en la Calzada Madero. Quién iba a decirlo… Mi Tita Inés y mi abuelo Rodrigo habían cambiado de vida por defender las ideas de ese señor, y ahora nosotros tres paseábamos en una calzada con su nombre. Íbamos a los conciertos al aire libre; tuve buenas amigas en la escuela.

Luego la situación empezó a descomponerse poco a poco. Primero yo, en la edad de los ideales; yo no era así lo que se dice muy práctica, y era medio soñadora. Quería componer el mundo igual que mi Tita y eso, pues a veces, nos lleva al traste. Lo recuerdo clarito. Era el otoño de 1968; papá me pidió que lo acompañara a la ciudad de Querétaro. Papá tenía que ir de trabajo a una convención, creo se llamaba Mansión Galindo. Uy, yo iba feliz con papá, tenía diecisiete años, me fui con él. Dejamos a mi Tita por primera vez. Nos fuimos cinco días. Todavía me acuerdo que salimos un primero de octubre. Y haz de cuenta, como si alguien nos hubiera estado espiando para echarnos la sal como diciendo: "¿Están felices? No señor, que se frieguen".

Resulta que mi Tita Inés se enteró, dos días después de que nos fuimos, de la matanza que había ordenado Díaz Ordaz contra los estudiantes que se manifestaron en aquella Plaza de las Tres Culturas, la de Tlatelolco. ¿Ya has oído hablar de eso, verdad? ¿Pues quién no?

Para ella, esos asesinatos fueron como darle en su mera pata de palo. Como ya te conté, mi Tita había sido una luchadora toda su vida. Para ella, la educación era la mejor manera de que este país se compusiera. Educar era luchar en silencio y, luego de todo lo que hizo, además me crio a mí. Así que ya te imaginarás que enterarse de los estudiantes muertos la habrán hecho sentir. Tanto trabajar toda su vida para que al final: nada. Tanto esfuerzo y sacrificio de una vida entera para tratar de componer un poquito este país, pero haz de cuenta que remó contra marea. Nuestro propio gobierno les daba garrotazos a los estudiantes. Díaz Ordaz mandó matarlos porque eran un estorbo, porque lo iban a hacer quedar mal frente a los extranjeros que llegaban a las Olimpiadas; nuestros impuestos se usaron para pagar sueldos de matones. Qué habrá sentido mi Tita Inés al enterarse de que el mismo gobierno que había matado a mi abuelo Rodrigo, a su querido esposo, ahora mataba a los estudiantes, el mismito PRI; para ella los estudiantes eran toda la esperanza, eran el futuro, los que querían educarse y, nada, los pescaron juntos… Se pararon armados en los techos y desde ahí, los rafaguearon. Cobardes. Unos asesinos. Eso eran.

Papá y yo volvimos a la casa el 5 de octubre. Después supimos que dos días antes Tita Inés había sufrido una hemorragia interna, de aquí, como del estómago, del esófago y se fue debilitando solita. No estábamos, ni nosotros ni nadie más. No estuvimos con ella, ni nos enteramos. Andábamos tan contentos papá y yo en nuestro viaje, en las cenas del congreso en aquella hacienda enorme, preciosa y nada…, mi Tita Inés sola, recostada, moribunda, atragantándose en un sillón reposet donde siempre leía. Se quedó dormida, se fue cayendo, supongo que se ahogaría, porque cuando la encontramos tenía sangre seca, coágulos en la boca y en la nariz. Nadie la acompañó, no estuvimos para darle la mano siquiera, para hacerle compañía, para llamar a un doctor, una ambulancia, porque tal vez hubiera tenido remedio, pero "el que no sabe, es como el que no ve", "el hubiera no existe" y pues ahí solita se fue apagando… Quizás intentó alcanzar el teléfono, pero el único que teníamos, estaba en la cocina.

Durante años, se me han ido las noches imaginando en qué habrá pensado mi Tita durante tantas horas de agonía, de ¿cómo le llaman? estertores de muerte. A veces pienso que en sus delirios quizá vio aquella Hacienda de Dolores, en Chihuahua, donde nació a fines del siglo XIX, los atardeceres colorados sobre el desierto, o los campos sembrados hasta el horizonte, las mañanas escarchadas de invierno, la luz azul de luna llena regada sobre la llanura; quizá recordaría a sus hermanos y la cara de aquella sobrina suya que vio en el velorio de su mamá, el rostro de su nana fiel, su padre joven y fuerte o ya viejo en silla de ruedas, su madre, amorosa con ella cuando niña y firme como un hierro en su decisión de no volverla a recibir, quizá también la vio llorar frente a su armario, al oler la ropa que había sido suya. Me pregunto si la habrá perdonado y me gusta pensar que sí, porque mi Tita Inés tenía un corazón enorme. Tal vez ella viera una claridad como la del cielo del desierto antes de morir, una luz que ciega, como esta blancura, o tal vez quiso pronunciar el nombre de su único hijo. Francisco. O el del amor de su vida que fue mi abuelo Rodrigo... Ojalá no haya sentido dolor. Ojalá, Dios quiera que los ojos verde olivo de mi abuelo la hayan acompañado a la hora de morir. Aunque a veces pienso que también hubiera querido decirme: "Mi niña... No quiero dejarte ahora. Apenas tienes diecisiete, la misma edad que yo tenía cuando me fui con tu abuelo a la Revolución, cuando me separé de mis papás. Y cuánta falta me hicieron... Daría lo que fuera por quedarme contigo y cuidarte; velar para que la vida no te arrebate a los tuyos, para que estudies y escojas un buen camino, a un buen hombre, para que seas una mujer de bien. No quiero irme, pero me estoy muriendo y no puedo hacer nada. Hijita, diecisiete años tenía yo, diecisiete años tienes tú, qué cosas tiene la vida, a mí me hicieron tanta falta mis papás, mi familia, mi pueblo. Tú no los dejes, no dejes a tu padre. No te sientas mal por no estar aquí conmigo. Así sucede, y qué bueno que se fueron de viaje; no te preocupes por mí".

A veces oigo su voz lejos, esa voz nunca se ha ido. Las imágenes de su vida engarzadas a los estudiantes muertos, Díaz Ordaz con su comitiva de bienvenida de las Olimpiadas y los cuerpos de los muertos tendidos, agujerados, con sus ojos abiertos para siempre. El estadio reluciente, la sonrisa hipócrita y el señor que después sería presidente junto a él. Los cuerpos tendidos mientras las madres contienen el llanto y recorren pasillos para identificar a sus hijos. El silencio de los jóvenes elevándose sobre aquellas tres culturas nuestras, sobre aquel Estadio Olímpico, y sus flashes y trofeos, sobre aquella capital milenaria, el silencio de los jóvenes viajando a través de sierras y valles esparciéndose sobre otras ciudades, sobre aquella casa modesta donde mi Tita Inés murió desangrada el 4 de octubre de 1968, justo el día de San Francisco.

Todas las revoluciones mexicanas han fracasado, hija. Han pasado más de cien años desde la de mi Tita. Las revoluciones se inflaman por las ideas y las palabras. Son fantasías que nos llenan la cabeza de imágenes. Luego nos damos cuenta de que vivimos desterrados de esas historias. La idea del progreso ha seducido a muchos. Muchísimos. Pero vivimos un fracaso construido con esmero, con corrupción, con el sudor de nuestra frente, con la sangre derramada de tantos.

A veces pienso que soy dos Julias. Julia la del desierto, el río seco y las nogaleras…, y la Julia citadina que aspiró a concertista de piano.

Julia la que se quedó incompleta sin su gemela, sin el espejo que le daba identidad…, y la Julia que recorrió puentes, palacios y calles de empedrado y faroles.

Julia, la niña que imagina un hermanito para jugar y descubre una criatura que los obliga a salir de sí mismos para volcarse en su cuidado, para que ella haga todo lo posible para no causar más dolor a papá y mamá; un hermano que le recuerda que los accidentes son más comunes de lo que uno piensa, y que existe un sistema absurdo, permeando los destinos, o que quizá no existe ningún sistema, ningún orden por romper; un hermano que le remite a la posibilidad de que las cosas no salgan como ella desea, y de que ella apunte a un blanco su vida entera y ese blanco sea sólo un espejismo,

que ella quiera ser concertista como aquella mujer de blanco que la llevaron a ver cuando niña y, de pronto, la carrera se vea postergada una vez y otra más para otro momento, para cuando sane la mano herida, para cuando crezcan los hijos, que un hombre la seduzca y el miedo la paralice,

que un accidente, una fractura, abra un panorama insospechado,

que aquel Santiago Treviño que le salvó la mano derecha aparezca en Jiménez y cambie de súbito lo que ella imaginó que sería su vida.

Soy Julia, la que sueña, la que no descansa, la que escucha la voz oculta de los alrededores y lee en la comisura de las vidas no elegidas. Julia, la que ronda inquieta buscando una fisura, una herida donde quepa su reclamo y me haga reaccionar, tomar la rienda de esta otra Julia, "la menor de los rarámuris", la que hurgó en el piano durante veinte años y luego se alejó de la música, la que a veces escucha el *Réquiem* y huye de la vida elegida, del tedio, del negarse a sí misma, de la soledad que le trajeron los años.

Después de la operación de la mano, en diciembre de 1995, llegué a Jiménez a pasar Navidad y me quedé. Sentí que no tenía caso regresar al conservatorio de Boston con la mano lastimada. Para entonces, entre los tres años que estudié en Monterrey en la Escuela Superior de Música y Danza y los cuatro años de estudios en Boston, había terminado lo que llamaban Bachelor of Music in Piano Performance y estaba a punto de terminar el máster.

Sin embargo, durante mi estancia en Jiménez di vuelta al timón. Hubo dos eventos que ahora creo que detonaron eso. A fines de enero abuelita Aurora enfermó de neumonía y un par de semanas después, murió. Y, por otra parte, Santiago y yo nos hicimos novios.

Sólo a mi madre le conté —recién llegada a Jiménez— que en el conservatorio de Boston los maestros de mis materias, el director y el profesor de piano organizaron una junta para hablar conmigo antes de volver a México. No recuerdo las palabras. Todos hablaron, uno a uno.

—Julia, estamos preocupados, no tanto por tu mano. Ya se recuperará, le tomará meses, quizás un par de años estar perfecta, pero volverá a estar bien. Lo que más nos preocupa es que, si te alejas de la escuela, del ambiente musical, de la disciplina, de los compañeros y maestros que conocemos el extraordinario talento que tienes, te enroles en otras actividades y abandones tu carrera.

—Si regresas a casa, nadie va a exigirte, ni a preguntarte si ya dominas tal movimiento de la sonata o si has podido memorizar tales o cuales compases. En la vida diaria, la gente no habla de partituras. A nadie le hará falta que practiques tal pieza. Será como si hablaras un idioma que nadie habla. Te sentirás sola, Julia.

—Si te quedas a vivir en un lugar donde ya no puedas viajar, tomar cursos con profesores y pianistas de primer nivel, tu carrera quedaría truncada. Tendrías que vivir en la Ciudad de México o en Austin, o viajar cada semana, luchar a contracorriente, hacer doble esfuerzo para continuar como pianista.

—Es una lástima lo de la mano, pero es sólo un accidente. A otros les ha sucedido lo mismo. No son pianistas los mejores, sino los más constantes. Empezaste con el pie derecho, te has formado durante muchos años y te ha ido muy bien. Tú sabes que esta carrera se construye con años de constancia, de tenacidad, de trabajo diario, de estar en el sitio adecuado.

—Has quedado finalista en concursos nacionales de piano; ganaste un par de ellos, has obtenido becas en el extranjero, como este año que estuviste en París. Tienes algunas invitaciones para tocar el año próximo con la orquesta de cámara, con la orquesta filarmónica para las funciones de ópera y teatro.

Supongo que entonces habré respondido algo así como:

—Volveré pronto. Haré mis ejercicios diarios para que mi mano se recupere lo antes posible. Muchas gracias a todos por esta reunión. De verdad, aprecio mucho sus palabras.

De manera que a pesar de ésas y otras palabras, unas dichas y otras silenciadas, me quedé más de un año en Jiménez. Nadie me obligó a quedarme. La decisión fue mía. Mis papás me preguntaban que cuándo retomaría mis estudios de piano en el conservatorio de Boston.

—Creo que me voy a quedar todo el semestre. No me hace mal un descanso. Salí de aquí hace siete años y medio y casi no he vuelto. Sirve que sigo recuperándome de la mano con las terapias. Como quiera, con la mano así no puedo avanzar mucho. Y con la izquierda estoy tocando tres o cuatro horas diarias.

Ocasionalmente, también preguntaban por David; querían conocerlo.

—Si viene a México, avísanos y podemos ir a escucharlo. Ya le dije a tu papá.

Lo cierto es que vivía un desasosiego que no quería compartir con nadie. En el fondo, David me dolía, su partida a Japón, su capacidad de hacer lo que tenía que hacer sin doblegarse. Su carrera era primero. Claro. Era lógico. Él era un prodigio y vivía al servicio de su talento. Como debe ser. Como cuando se nace rey. No importa si te interesa tu reino o si mejor preferirías dedicarte a ser pintor, a escalar montañas o a analizar el núcleo de los átomos. Lo mismo debería de hacer yo. ¿Hasta qué punto uno es su vocación o su virtud? ¿Hasta qué punto eso quita libertad? ¿Un rey o un prodigio de la música son víctima de ello? Yo también tengo el potencial. ¿Quiero ser concertista y deambular por el mundo? Después de un tiempo, terminaré siendo maestra. ¿Habrá valido la pena dejar pasar tanto? ¿Si mejor me convierto en maestra desde un inicio?

No quiero decidir nada. No estoy en condiciones de hacerlo. No tengo energía. No con esta mano que no sirve ni para abrocharme una blusa. No ahora.

Me tranquiliza estar aquí en mi pueblo, en la casona, con mis padres, con la gente que hace tiempo no veía. También soy Julia cuando nos quedamos en familia, conversando en la sobremesa hasta entrada la noche, cuando Nina me hace buñuelos con nata, cuando paso la tarde con abuela Aurora escuchando tantas anécdotas que conserva su asombrosa memoria, y le cuento sobre mis viajes y nos reímos, cuando me acuesto en la cama de mis papás en pijamas un domingo por la mañana y nos reímos mientras miramos el techo. Eso también es lo mío.

* * *

Soy Julia ante la presencia de mi hermano. Desde su mundo ajeno a todos nosotros y a pesar de su retraso mental profundo, él me sonríe. No come sólidos, no habla, no entiende a la manera nuestra, pero toma mi brazo y me dirige al piano. Toco cualquier cosa con una mano y él se sienta en el suelo complacido.

Observa el techo mientras un hilo de baba le escurre desde la boca. Si me pongo de pie, va tras de mí, me conduce al piano y me sienta de nuevo.

No todo es fama ni aplausos, becas o aviones; tampoco, palabras elogiosas o besos alados que me contienen entera.

La vida tiene dedos como tentáculos, y maneras de tocarnos con sigilo.

—Abuelita, nunca te he comentado esto… Cuando Mariana y yo éramos niñas, un día encontramos una foto en uno de los clósets. Supongo que era tuya porque aparecían retratados tus papás y tú junto a tus hermanos mayores. Ahí aparecían dos hombres, el tío Trinidad y el tío Luis, me imagino, y también una mujer que tenía el rostro borrado. ¿Qué pasó con ella? ¿Tuviste una hermana? Nunca me has platicado de ella.

—Ay, hija… Sí la tuve. Es una historia que no creerías. Tuve una hermana. Se llamaba Inés. Era mi hermana mayor. Yo la quería tanto, eran tan bonita. Era mi única hermana mujer, me hizo tanta falta toda la vida.

—Como a mí, mi gemela Mariana.

—Pero nuestra historia fue muy distinta. Mariana murió de meningitis. Inés no.

—¿Murió?

—Sí, Julia, murió…, pero no entonces. Voy a contarte un secreto de familia: ni siquiera tu mamá sabe los detalles; primero porque mis papás nos obligaron a los tres hermanos a guardar silencio, y después, cuando ya no me importó contarlo, ya nadie preguntó… Realmente todos fuimos enterrando a

Inés. Las historias se olvidan, Julia; tenemos una memoria muy corta. Las vidas de la gente común y corriente se borran. Verás…, poco después de que nos tomamos esa fotografía, mi hermana desapareció de la casa.

—Cómo…

—Yo tenía apenas ocho años. Me daba cuenta de que algo no andaba bien. Mi mamá lloraba a escondidas. Mi papá andaba más enojado que de costumbre. Al poco tiempo, una compañera de la escuela me dijo que mi hermana se había ido con su "amante" a la "guerra". Yo no entendía ni lo que era un amante, ni una guerra. Años después supe que en Jiménez estaba el cuartel de Pancho Villa, allá por la estación de tren y el de Victoriano Huerta, un poco más lejos. Nosotros no hablábamos de eso. Villa era el mismo demonio para mis papás y familiares. Un día, recuerdo que durante la comida se me ocurrió comentar lo que me dijo la niña en la mesa. Mi papá se levantó enseguida, se encerró en su despacho. Mis hermanos se miraron entre sí y mi mamá me dijo que Inés había hecho algo muy malo y que había dejado de pertenecer a nuestra familia. ¡Imagínate! ¡Qué respuesta para una niña! Me pareció absurdo. Un desastre. ¿Cómo alguien que es hija o hermana puede dejar de serlo si no ha muerto? Qué cosas tan terribles escondería ese universo de los adultos para que una pudiera ser borrada en vida de la noche a la mañana.

* * *

—Abuelita, ¿y nunca buscaste a tu hermana Inés?

—Mientras mis papás vivieron, no. Eran ese tipo de conjuros absurdos con los que vivíamos. Mi hermana era una buena persona. Una mujer idealista que sacrificó todo: su comodidad, su fortuna, su familia y se fue con su esposo Rodrigo Acosta a luchar por los más desvalidos. Muchos años después supe todo esto. Verás, mamá murió en 1948 y, en su entierro, se me hizo verla. Nunca lo comenté con nadie. Había una mujer en el panteón que se mantuvo a distancia y con la cabeza cubierta todo el tiempo. Su ropa era humilde, pero al verla de perfil, de inmediato se me vino Inés a la mente. Cuando salió el cortejo, me fui quedando atrás, a ver si podía acercarme a ella; pero me llamaron porque a papá se le estaba subiendo la presión.

Siempre me quedé con la duda. Cuando enterramos a mamá ya había nacido Eva, tu mamá; era muy chiquita, tendría unos dos años. De hecho, Eva es muy parecida a ella. Entonces se me metió la idea a la cabeza de buscarla. Se me iba el sueño en las noches imaginando lo que podría ser su vida sin el apoyo de nosotros, su familia. Veía en Eva su rostro todo el tiempo.

—Papá murió a principios de los sesenta. Ya mis hijos estaban casados y entonces sí, me di a la tarea de buscar a mi hermana.

Mis padres querían conocer a David. Sin embargo, a quien terminaron conociendo fue a Santiago. A mediados de febrero llamó para decir que estaba en Chihuahua para un asunto de negocios y que quería ir a Jiménez a visitarme. Había conseguido mi teléfono con Brenna, una de mis amigas de Boston. Me pareció rarísimo; tenía un par de meses de no verlo y apenas habíamos hablado por teléfono unas cuantas ocasiones.

Santiago me parecía atractivo. Era guapo y un excelente partido a los ojos de cualquiera; parecía siempre serio y eso lo volvía impenetrable. Su lógica era distinta a la de David, a la de Alejandro o a la mía. Y sin embargo, había un rigor en él que me recordaba a Pedro. Por si fuera poco, tuvo el tino de llegar la tarde del viernes en el que murió abuelita Aurora. De la misma manera que tuvo el acierto de estar en aquel estacionamiento meses atrás para salvar mi mano derecha. Ahora, parecía llegar para salvar a Julia, la de la mano izquierda, la del pueblo, la que apenas podía tocar el piano, la que recorría la casona y subía a la azotea para contemplar los atardeceres, como si en ellos pudiera encontrar respuesta a tantas preguntas.

Le cayó bien a mis papás. En apariencia, era la pieza que faltaba en un rompecabezas formulado durante generaciones. Su compostura, su formación en negocios, su manera de expresarse, su apariencia familiar. Yo observaba con cierto recelo su vestimenta impecable, rostro perfecto, las pecas sobre la tez blanca, los ojos azules que rayaban en la frontera de una mirada dura como nazi. Una parte de él me resultaba ilegible, nebulosa, quizá fuera el ceño fruncido, el territorio detrás de sus silencios.

No comprendía qué podía atraerle de mí. Los dos habíamos vivido en Boston y, sin embargo, teníamos pocos puntos en común. Para mí Boston eran las conversaciones prolongadas sobre música, piezas de museos, reliquias en bibliotecas, y los profesores, los competidores internacionales con sus historias de niños prodigio, los laboratorios del MIT donde los genios habían inventado o desarrollado un montón de tecnología, además de Walden Pond con Alejandro y sus discípulos y un montón de emociones que martillaban dentro. Sin embargo, Santiago no hablaba de las emociones; es más, casi no hablaba. Escuchaba. En él no parecía esconderse ninguna tristeza, dolor, culpa o miedo.

—Cuéntame algo doloroso que te haya sucedido —recuerdo haberle preguntado en una ocasión.

—Realmente grave, nada. Y ¿a ti?

—...

Santiago llegó a Jiménez el día de la muerte de abuelita y se sentó atento en la entrada del zaguán. Esperó. Nos observó en silencio a todos en medio de una vorágine, dentro de ese estado que produce el dolor cuando llega de súbito, como si a uno le quitaran una película invisible que nos protege de la realidad y quedáramos descarnados, heridos.

Santiago esperó.

Yo lloraba. Le enseñé mi vendaje. Le conté de mi abuela. Apenas en diciembre habíamos celebrado sus noventa y un años. Estaba perfecta. Hace diez días había enfermado de neumonía. Había muerto de pronto, como si alguien hubiera dado carpetazo a su vida.

Y aquella historia inconclusa. Nunca supe si encontró a su hermana Inés. No terminó de contarme.

Santiago hablaba muy poco. Pero ahí estaba para mí. Y a veces, eso tiene un peso mayor que las palabras.

Ahora creo que ese suceso, producto del absurdo o del azar, más que consolarme, me produjo un extraño apego a ese hombre que había entrado de manera inesperada a mi vida.

Al día siguiente una amiga me llamó.

—Aquí anda Pedro. Vino de Monterrey para ir al velorio.

Pedro.

Pedro por fin.

Pedro.

Santiago.

Ya en las capillas, Pedro se acerca con sus padres. Los ojos míos, los nuestros, el dolor que un velorio disimula, el dolor por lo otro, por lo nuestro, por los años que llevamos separados. Mientras hace fila para saludarme, descubre a Santiago junto a mí. Aprieta la quijada, molesto. El mechón castaño sobre la frente. Pedro está más alto de como yo lo recuerdo. Pedro con saco oscuro. Pedro adulto se acerca.

Ahí unas palabras que no recuerdo. Un beso en la mejilla, y en su mirada el dolor nuestro. No el de la abuela. Sí, el de la distancia. Un abrazo de protocolo.

Y en el fondo de ese abrazo, el tiempo se detiene unos instantes. Los dos apretamos los párpados. Quisiéramos detener ahí la película de nuestra vida. Un segundo. Dos segundos quizás.

Ahora no fue un sueño. Nos sonreímos cerca, mientras se retira del abrazo.

Después vuelve los ojos a Santiago. Endurece la mirada. Aprieta la quijada. Se dirige a mamá.

Pedro. Santiago. Pedro... ¿No va a decirme nada más?

—Pedro, ¿hasta cuándo te quedas?

—Me regreso mañana.

—Gracias, Pedro, por venir... De verdad. Si quieres llamarme a la tarde. Podríamos vernos.

—Sí, Julia, te llamo.

El cielo estrellado de Jiménez es el más espectacular que he visto.

El sábado, después del entierro, subo con Santiago a la azotea de la casona para mostrárselo.

Al volver los ojos al cielo, algunas luces ya no están.

Ni Pedro.

Ni mi abuela.

Ni David.

Ni Mariana.

Guardo silencio. Las lágrimas inundan mi cielo.

Me tiende un pañuelo. El rigor en sus ojos se desvanece.

Le cuento un poco sobre Pedro desde una mezcla de furia y tristeza. No recuerdo detalles. Las palabras siempre se me escurren de entre la memoria.

Santiago no dice nada. Me escucha.

Él también observa el cielo durante un rato.

Se acerca. Cuidadoso, pasa su brazo sobre mis hombros. Ladeo mi cabeza y apenas me recargo en ese sitio que va entre su hombro y su barbilla.

Pedro. Santiago. Pedro. Santiago.

Toca mi cabello suelto.

Me separo de él. En sus ojos azules, en su rostro perfecto, atisbo una especie de ternura escondida.

—Santiago... No sé qué puede atraerte de mí. Lo que menos me imaginaba es que aparecieras acá.

—Te busco desde una tarde en que salí a correr y te vi dormida junto al río.

—Así me siento. Dormida. Es frustrante no poder tocar el piano.

—Te pondrás bien. Es cuestión de tiempo.

Me ofrece su mano para ayudarme a bajar de la azotea.

Extiendo la mano izquierda.

Tomo la suya.

Pedro no llamó.

Algo imperceptible se detiene ahí. Mi tiempo. Una historia.

Santiago puede ser mi guarida.

* * *

El domingo, Pedro tampoco llama.

Regresa a Monterrey.

Pedro es prudente.

Odio su prudencia.

Odio su silencio. Su rigidez.

Odio su distancia autoimpuesta.

Ahora abuela Aurora ha soltado un extremo del hilo.

Te quedaste con un código labrado de imágenes y palabras que ya no se repetirán.

Aquella tarde colocaste una Rosa de la Paz sobre su ataúd.

> Señora Santa Ana,
> ¿por qué llora el niño?
> Por una manzana
> que se le ha perdido.
> Vamos a la huerta;
> cortaremos dos:
> una para el niño
> y otra, para vos…

Y en el batir de tus ríos silenciados
un último celaje se volvió de espalda.

Cerca de media noche, después del panteón, de haber contemplado el cielo desde la azotea junto a Santiago, quedé en un limbo de incertidumbre.

El no poder tocar el piano bien durante ya dos meses y la muerte de abuelita Aurora me hicieron sentir en un páramo. En medio de esa desolación, no podía contener la nostalgia por Pedro. Por qué se fue sin llamar. Hubiera preferido que fuera él quien me acompañara en la azotea.

Pedro. Santiago.

Y sin embargo, me reconfortó Santiago. Me gustó tomar su mano al bajar del techo. Esa seguridad en sus palabras, en su mano firme. Me intrigó su silenciosa compañía.

Una vez que todos se fueron a descansar, deambulé el resto de la noche. Fui a la biblioteca y tomé un libro de pintura sobre Remedios Varo; busqué una foto que me había dado curiosidad años atrás. Ahí en el silencio de la madrugada, encontré la imagen, como esas personas que abren un libro para descubrir justo en esa página un mensaje revelador.

Roulotte, 1955. Remedios Varo. Nunca había puesto atención en el título. *Roulotte* es caravana. Claro, antes no lo sabía.

No sé qué me fascinaba de esa pintura en la infancia, pero esa madrugada fue un balde de agua fría. Me causó horror como si alguien se hubiese burlado de mí. Esa imagen era un presagio, mi destino trazado años atrás.

La pintura presenta a una mujer tocando el piano dentro de una estructura que semeja una habitación cálida, desdoblada en múltiples planos y luces que suponen un infinito. Otro personaje conduce una especie de triciclo gigante, que soporta la caravana, a través de un paisaje sombrío e incierto.

La mujer de cabello largo y oscuro —como el mío—, no se da cuenta de que su vida no es real. La luz que ilumina la escena no proviene de la realidad externa. *Tu vida no es real, pinche princesita. A poco creías que te ibas a convertir en artista, que te ibas a convertir en la pareja del famoso violinista. Hay muchos niños talentosos durmiendo sobre cartones bajo los puentes peatonales. Hay niñas prodigio por montones con el vientre hinchado, por las lombrices o porque las violan.* La vida de la mujer que toca el piano es un montaje, una representación de lo que quiere ser. Su música, su luz, su movimiento, la calidez de las habitaciones son una farsa. *Pinche princesita prodigio.* ¿Quién es la mujer que maneja la bicicleta? *Soy yo, Julia, soy yo o qué no te das cuenta de que por más que saltes, siempre vas a caer donde mismo, de que andas meando fuera del hoyo, de que cabeceas para el lado equivocado. Aquí está tu vida. Eres como el coyote que persigue su cola. No vas a salir de lo mismo por más que brinques y saltes.* ¿Quién maneja esa bicicleta? Lleva una capa y sus piernas son femeninas. ¿Es mujer? El rostro con rasgos humanos, tosco; no es como el de la pianista. Ella es gris. No tiene mirada. Ella soy yo. *Yo conduzco, Julia. Tú mataste a tu gemela. Tú te cortaste*

la mano con los vidrios. Tú encerraste al gato en la caja de he-
rramientas. Tú dijiste que tu hermano iba a nacer podrido. Tú
cerraste la puerta del auto sobre tus dedos como castigo. No puedes
darte permiso de amar a David, de elegir la vida que has querido.
Cargas contigo tu propia condena. Yo llevo la manivela, yo elijo el
rumbo adonde lleves tu circo.

¿Quiénes son las dos mujeres de la pintura? ¿Mariana y yo?
¿Julia Mala y yo? ¿Abuelita Aurora y yo? ¿Otra mujer que aún
no conozco y yo?

Somos las dos Julias. Siempre hemos estado ahí. Yo soy el
mono de circo de la otra.

Cerré el libro y, en la oscuridad, anduve por pasillos y alcobas hasta salir al traspatio. Aquel nogal mutilado se había cubierto de ramas nuevas, ridículas, angostas sobre su enorme tronco. Bajo la luz de la luna, aquello parecía provenir de un sueño. Entré de nuevo a la casona y me dirigí al salón del piano. Era mi voz antigua, la única fiel a mis entrañas. Pisé el pedal de la sordina para no despertar a los otros. Con la izquierda toqué apenas unas notas, una especie de melodía triste. Guardé silencio.

En Jiménez, en la infancia, en la madrugada y en la penumbra, el silencio es un pozo; los latidos propios y el tiempo, suspendido en la espera de algo que no atina en revelarse.

Me quité el vendaje de la mano derecha. Un manto de luz lunar imperaba esa madrugada en la casona. La escasa luz me permitió ver las cicatrices y los manchones amoratados. Ahí estaban mis dedos tiesos, hinchados, de sólo intentar moverlos sentía un dolor terrible. Cuánto tiempo me va a tomar recuperar el movimiento, la destreza para tocar el piano como lo hacía hace apenas dos meses.

Nunca vas a volver a tocar igual, Julia.

Dijo David Liebmann: "El piano debe ser lo más importante para ti. Más que todo, Julia. Más que un *fiancé*. Más que yo o el esposo con quien te cases en el futuro. Más que los hijos que tengas. Que nada te impida tocar y tocar".

Escribió Alejandro desde Boston:

Cuánto me gustaría que estuvieras aquí.
Cuánto quiero estar contigo.
Cuánto amo tu presencia.
Cuánto te amo.

Pero no puedo. Yo no sólo soy la que toca el piano. No sólo soy la mano derecha. Un muñón herido, inútil. Soy también la mano izquierda. La que hace lo que nadie ve. Lo necesario. Las que se borran y engarzan una vida.

Santiago no conoce a la que quiere ser pianista y, sin embargo, aquí está. Vino por mí, sin el piano. Todos somos un cuerpo y en él andamos. Si me vuelvo vieja, si me enfermo, si caigo, si no vuelvo a tocar el piano, sigo siendo Julia. Y Santiago…, busca una mujer, a secas.

Permanezco en Jiménez un año. Viajo cada mes a Chihuahua para ver al médico. Hago la terapia en casa a diario, porque en mi pueblo no hay clínicas de rehabilitación. Participo en los asuntos de negocios de familia. Santiago viene a Jiménez cada dos semanas. Escucho relatos de parientes y conocidos. La arena movediza me atrapa. Ahí están los protagonistas de las historias, sus decisiones, sus enfermedades. A menudo pienso en Ana Russek, el rostro de mi propia coyuntura.

Bitácora de la mano inútil

Enero: Mi mano es un muñón de vendajes.

Febrero: Observo mi mano sin vendas en la madrugada oscura. Vuelvo a vendarla.

Marzo: El doctor autoriza que quite los vendajes. Asisto a terapias en Chihuahua. Ultrasonido, toques eléctricos, masaje, agua caliente, ejercicios. Mi mano es un bulto torpe, bastardo. Me cuesta trabajo reconocerla.

Abril: Una hora diaria de terapia en casa. Los dedos comienzan a moverse, aún no puedo recoger los clips.

Mayo: Terapia diaria. Los dedos ya recogen clips y aritos.

Junio: Los dedos acarician las pecas que encierran un enigma, a la mano eso le atrae.

Julio: Terapia a diario. Ya puedo peinarme. Vestirme.

Agosto: Terapia a diario. Ya puedo escribir de molde y cursiva. Hoy toco torpe el piano.

Septiembre: Escalas lentas como en un sueño. Acordes prolongados. Arpegios una y otra vez. Dos horas diarias.

Octubre: Escalas, acordes, arpegios. Nos casamos pronto. Dice Santiago que insista en mis ejercicios para que siga con mis estudios de piano después de la boda.

Noviembre: La mano derecha acompaña a la otra, acompaña a Julia en sus preparativos de boda.

Diciembre: La mano derecha quiere seguir tocando, pero ya no hay tiempo. Asiste a posadas navideñas aquí y allá, a la presentación religiosa, a despedidas de soltera, a terminar con los preparativos para la boda, a elegir la casa nueva en la ciudad, el tapiz, a convivir con la futura suegra y los amigos de Santiago.

Enero: La mano derecha descuelga el auricular. Es David Liebmann desde Tokio.

—Julia, cuéntame cómo estás. Iré el mes que entra a México a verte. Han pasado tantas cosas… Acabo de enterarme de que tuviste un accidente. Me preguntó tu profesor por ti; dijo que hace un año que te fuiste a México.

—David…

—Julia, suena absurdo que te diga hasta ahora…, el poco tiempo que pasamos juntos fue tan significativo. Siempre estás presente; mientras practico o en los conciertos, imagino que estás entre el público… Te extraño.

—Yo también te extrañé.

—Pasan los meses y cada día pienso que ojalá pudieras estar aquí muy cerca. He pensado en tantas posibilidades. He tomado decisiones. Dejaré Japón. Quiero ir a México a conocer a tu familia. Ha sido eterno. No tienes idea de las ganas que tengo de estar contigo.

—No David… No tengo idea. Tardaste un año en llamar. Estás muy ocupado, lo entiendo. Así es tu vida.

—Sí, pero ya dejé ese proyecto. Regreso a París y podremos seguir con el plan que teníamos.

—Me caso David.

—...

—Me caso en abril, en tres meses.

—No puedo creerlo... Es como una pesadilla. ¿Quién es? ¿Dónde lo conociste? ¿Lo quieres? ¿Puedes jurarme que eres feliz con esa decisión?

—Eso ya no importa. La decisión está tomada. Tardaste mucho en llamar. No puedo romper mi compromiso ahora.

—No lo puedo creer. Necesito verte, Julia... Necesito que me lo digas en persona...

Permanezco en Chihuahua un año y cinco meses. Desde que llegué a pasar la Navidad con la mano recién operada, hasta mi boda con Santiago en abril. A veces me da miedo que la otra Julia salga de su escondrijo, que haga triunfal aparición y que yo esté en esa otra vida nueva que se acerca: en la vida de señora, esposa de Santiago, en una casa rodeada de niños.

A veces soy fría con Santiago. Me alejo de él y me encierro en una coraza. Desde ahí lo escucho, lo observo como extranjera. Me repito una y otra vez que él no es para mí.

Las madrugadas transcurren insomnes. Una vez y otra más. Las pesadillas arrecian. En ese universo paralelo y extraño, a veces más intenso que la propia vida, sucede que quiero hablar con él, necesito develar éstas y muchas otras dudas, necesito que me quiera así, con todas mis perforaciones por donde se cuelan miedos y deseos. Pero le marco a su celular y siempre me manda al buzón. Le marco a casa y contesta su madre; en la oficina, su secretaria. Está ocupado, terminando una junta. Nunca lo encuentro. Nunca puedo decirle. Llamo. Espero. La impotencia me carcome. Espero. Llamo. Me desespero. Despierto sudorosa.

Santiago no está. Viene cada quince días a Jiménez y no puedo hablar sobre las sombras que asedian nuestra relación.

A veces le comento algo.

O hago el ejercicio mental de terminar con él.

A veces pienso en Pedro.

En David. A veces Liebmann llama.

A veces llega una carta de Alejandro.

A veces desespero y termino con Santiago. Con su territorio vacío de palabras. Santiago no habla de sus emociones. No indaga, no escudriña.

Abril se acerca y el tubo de ensayo se fractura.

Los razonamientos para dejarlo no funcionan.

Toma la rienda.

Julia mano izquierda.

Julia la de familia.

Julia con cuerpo de mujer.

Julia la del deseo.

Julia que da la cara en las madrugadas de la casona.

Julia que se sobrepone a aquella risa ronca al final del pasillo.

Julia que encierra esa presencia dentro de sus propias habitaciones y da vuelta al cerrojo.

Julia caminando lentamente hacia atrás. Dejando las voces, la ira, los golpes encerrados en el fondo de su laberinto.

Un paso a la vez. Se aleja en la oscuridad. La otra golpea la puerta y su voz enronquecida.

Julia da media vuelta y se echa a correr. Que nunca salga de ahí. Que no me siga. Que no venga a vivir con Santiago y conmigo. Con la familia que voy a construir.

Julia corre con toda su fuerza pero en algún momento la llave cae al suelo.

Julia no se da cuenta. Hasta que amanece y percibe que la perdió. ¿Y si alguien la encuentra? Podría abrirle.

Por las noches, entre sueños, regresa buscando la llave. En vano. Acerca su oreja a la puerta cerrada. Ahí detrás, deambula un gruñido. Una furia contenida que a veces arrecia contra la puerta. El insomnio se instala una noche y otra más.

Julia está sola en su lucha. Todos habitan lejos. La vida de afuera le parece un montaje absurdo. Las conversaciones. Ellos no tienen ni idea.

Julia está contra reloj. El 21 de abril se acerca.

Y si el dique se rompe. Y si la puerta no puede contenerla. Y si el cerrojo cede. Y si alguien encuentra la llave y la libera.

Con Santiago funcionan las conversaciones, sobre todo aquello que está afuera, a la vista de todos, lo que se ve y se toca. Camino con él por la Calzada Juárez de Jiménez en alguna de sus visitas al pueblo.

—Santiago, ¿sabías que frente a esta casa, ahí en la escalinata del frente, Pancho Villa estrelló a un bebé? No me acuerdo bien de la historia. Aquí la gente se sabe muchas historias de Villa. Muchos lo odian. Aunque en la escuela nos decían que fue un héroe. También dicen que le peló los pies a un señor que no quería darle a su hija y, para colmo, creo que la hija acabó enamorándose de Villa. Villa fue un asesino. Secuestró. Torturó. Despojó. Así como que muy héroe, pues no.

—…

—¿Sabías también que aquí en Jiménez, a 15 kilómetros de donde estamos, Rafael Caro Quintero tuvo su famoso rancho El Búfalo? A principios de los ochenta Miguel de la Madrid, junto con los gringos, iniciaron una política contra el narcotráfico y el primer lugar que atacaron fue precisamente ese rancho. Allá rumbo a Camargo. Dejó una iglesia nueva, una escuelita, todo nuevecito, tipo Disney. Hay muchas anécdotas de él. Le dio trabajo a muchísima gente, según dicen trabajaban diez mil personas. Imagínate si en todo Jiménez hay como treinta mil habitantes. Ahí destruyeron toneladas de marihuana, la cantidad más grande de la historia de México hasta entonces. Un rancho de mil hectáreas tenía el señor, con alta tecnología y todo el rollo. Era una de las plantaciones de mariguana más grandes del mundo. Un tío que tiene un rancho ganadero me contó que la misma Policía y el Ejército mexicano ayudaban para que las avionetas aterrizaran en las pistas, que los cargamentos salían en camiones del Ejército. Resultó que también había infiltrados de la DEA trabajando en su cártel y ellos les dieron el pitazo a los gringos. El día del ataque llegaron cientos de soldados del Ejército, helicópteros. A sus treinta y dos años, el tipo tenía una fortuna millonaria: treinta y ocho casas, era tan rico que dijo que si lo dejaban libre pagaría la deuda externa de México.

—...

—Y por cierto, le pasó lo mismo que a Villa. La hija de un exsecretario de educación de Jalisco y sobrina del que fue gobernador de ahí, una tal Sara Cosío, desapareció disque secuestrada. Ella llamó a su familia para decir que no estaba secuestrada, que estaba enamorada de Caro Quintero. Con esa llamada, pudieron dar con su paradero. Tú dirás qué historias tiene este pueblo.

—...

—Santiago, ¿cómo ves?

—Estaba pensando que esos lotes abandonados están muy buenos para un negocio... una gasolinera, un supermercado, una tienda de autoservicio, un hotel... ¿Sabes de quién son?

—Eran parte de la hacienda de mi bisabuelo don Trinidad.

—¿Y cómo se ven dentro de treinta años? —pregunta mi futura cuñada.

No respondo.

Me veo sentada dentro de una habitación donde hay un piano y partituras, frente a mí un ventanal grande. Detrás del cristal está Santiago a lo lejos; limpia sus armas de cacería. El pasto es verde, detrás hay árboles y la luz dorada del atardecer exalta los colores. Santiago trae jeans, un chaleco, una cachucha y algunas canas en el cabello. El azul de sus ojos se ha desteñido. Un rifle calibre 30-36. Un adolescente junto a él cargando otro rifle con cartuchos .270 win.

Un profundo sentimiento de desolación se despliega dentro de mi pecho. Viviremos juntos. Pero él siempre estará detrás del cristal, en esa vida de afuera, fuerte y colorida. Yo estaré sola, suspendida en el vacío que existe entre la vida que no elegí y la resistencia a camuflarme con el rol de "buena" esposa y madre.

—No sé... pues yo, vieja. Y tú, ¿cómo te ves?

—Jubilado. Rico. Contigo en un rancho con mi rifle, con unos cuatro hijos.

Y después, cuando la futura cuñada vuelve la vista a otro lado, murmuro en su oído:

—Santiago, tendrás que cuidarme... hasta de mí misma.

Santiago no me mira. No parece escuchar. Su rostro es perfecto, pecoso, su nariz angosta, sus ojos firmes vigilan otros territorios.

Los días previos a la boda pintamos la casa. Santiago insiste en que nos traigamos mi piano.

—Es importante para ti.

Hay momentos en que creo amar a Santiago, una especie de obsesión me corroe. Todo el tiempo quiero estar con él. Como si su presencia me salvara de no tener que pensar en la vida que no asumo. Como si él fuese el pasaporte para la huida.

Santiago es una obsesión contraproducente, arrasa con todo. La atracción física tiene esa desventaja. Nos desarma. Salimos de nosotros para volcarnos en el otro. Deshabitamos nuestro ser, nos volvemos un cascarón vacío. Vulnerable.

Día tras día, las imágenes de mi vida como concertista se desmoronan. Sospecho que la construcción de un lenguaje para poder comunicarme con Santiago se convierte en una especie de reto.

Sería más fácil no haberlo conocido, aunque debo a él mis dedos de la mano derecha. Retroceder un poco el tiempo. Que no hubiera llegado a Jiménez durante el velorio de abuelita Aurora. Que no me hubiera conocido vulnerable, sin David y maniatada. Que durante el verano yo hubiese vuelto a Boston a retomar el máster aún con la lesión de la mano.

En las noches las pesadillas me embisten. Hay una en particular que se repite cada semana. Aquella donde necesito hablar con Santiago y él nunca está. Me urge decirle algo y siempre contesta el buzón. Le dejo mensajes que nunca escucha. La música del conmutador un minuto, dos minutos, tres minutos, cinco minutos. Re, sol-la-si-do-re, sol, sol. Mi, do-re-mi-fa-sol, sol, sol. Do, re-do-si-la-si, do-si-la-sol-fa, sol-la-si-sol-si la... do-si-la... "Está en junta", dice su secretaria. Ocupado. Es el *Minuet Núm. 7* de Bach.

En sueños corro por una ciudad que me asedia.

En sueños un día decido terminar con él.

En sueños me encuentro con David, me recargo en su pecho.

En sueños también Pedro me toma de los hombros y me dice de frente: "A ellos no los quieres. Me quieres a mí".

Al despertar, los sueños se retiran, ola callada. Primero me asedia la angustia, pero después de un rato, uno ya no puede recordar qué fue lo que soñó con detalle. Y entonces pienso que es necesario trasladar mi piano a esa casa nueva, allá en Monterrey, que debo llevar compañía, alimentar esa parte para que no muera, no sea que se marchite y esa mancha se extienda hasta enfermar el resto de mis piezas, que necesito ir a la prueba final del vestido, a definir los últimos detalles del viaje de bodas, a la despedida que me organiza mi futura suegra, a comprar la recámara, el edredón.

Abril se acerca a una velocidad implacable. Uno construye lo propio donde uno esté, me repito. Para bien o para mal.

Los días que no practico el piano, tampoco puedo dormir. Una ansiedad me hace sentir como si ese día no hubiese valido la pena. Muchas veces, quizá por eso mismo, toco piano al final del día. En la oscuridad hasta que alguien en la casona dice en voz alta:

—¡Julia! Nos gusta mucho *La Campanella*, pero queremos descansar.

Últimamente, me ha dado por estudiar la complicadísima pieza de *La Campanella*. Un par de dedos aún se arrastran deformando la pieza, la realidad. La perfección de esa música me duele tanto. Abre heridas. Esa pieza es David Liebmann. No sé si la revivo para despedirme de él o por un acto de masoquismo. A veces quisiera llamarle, decirle que fue precisamente el día que lo llevé al andén cuando me accidenté la mano derecha. Que su adiós es irreversible. Que se llevó todo consigo.

Mientras la interpreto soy la Julia que era con él. La Julia de París, la del futuro como abanico de posibilidades, la amada por el artista, por el hombre. Esa pieza musical es uno de mis secretos. Cada vez que la toco o la escucho, con el paso de la vida, durante un instante, vuelve la mirada de David, sus dedos fuertes sosteniendo el Guarneri, su cuello bronceado envuelto en lino aquella tarde en que lo descubrí tocando en la Schola Cantorum.

En una de las visitas a Monterrey asistimos, junto con mi futura suegra y cuñada, a un concierto de la Sociedad Artística del Tecnológico en el Auditorio Luis Elizondo. Ahí me encuentro con un maestro de la Escuela de Música. Me ofrece el puesto de directora de una escuela particular impulsada por un conocido empresario. Buen sueldo, prestaciones, podría invitar a los maestros que tuve en Boston y París para que vengan a dar cursos de perfeccionamiento a la escuela. Quizá no sea mala opción.

—Suena bien. Es decisión tuya. Nada más organízate para que no falte nada en la casa y haz lo que tú quieras. Adelante.

Ésas y otras decisiones son un arma de dos filos. En apariencia yo decido, en apariencia él no opina, pero las condiciones son las que él establece. Inamovibles. Si es conmigo, es en esta ciudad. Si es conmigo, éste será tu rol. *Si es conmigo, en el fondo, estarás siempre sola.*

El futuro es responsabilidad mía. Seguir la carrera de pianista o truncarla.

Esas decisiones son una doble carga: la del ama de casa profesionista…, y la persistencia de lo que dejo de lado, la frustración acumulada con los años.

Santiago en el auto, manejando de regreso. Atrás, mis futuras suegra y cuñada. Son amables. Él conduce. Lo veo de reojo.

Él no renuncia a nada. Su vida es una cadena ordenada y en el siguiente eslabón sigue casarse. Terminó el MBA, ahora sigue un buen empleo. Eligió de entre varias propuestas, la mejor. Su mesa está servida. Yo soy uno de sus platillos.

En cambio, yo tengo que rehacer mis planes. Les sonrío al par de mujeres que van sentadas en los asientos de atrás.

—Estuvo precioso el concierto —digo mientras tomo la mano de Santiago.

Añoro las lecturas que él nunca hará de mí. No pregunta, no indaga, no ve. No expresa sus emociones. Habla poco. Su vida es el hacer, la praxis, y conducir rumbo a la oficina, cerrar un trato, ir una vez al mes de cacería, cargar un rifle, reunirse con los amigos del golf. Eso es. Tener una vida propia.

A veces no puedo resignarme a dejar el conservatorio de Boston, el trabajo en la Schola Cantorum en París que me ofrecieron para cuando terminara el posgrado. A veces me angustio y siento que me voy a arrepentir toda la vida. Y no duermo. Un día y otro más. Pero siempre he sido insomne. De manera que esto no llama la atención a quienes me conocen.

Una tarde dice que aprenderá guitarra para explorar mi mundo. Dice. Le sonrío, pero tengo la certeza de que no aprenderá ni guitarra ni ningún otro instrumento musical. Me atrae irremediablemente. Sin razón. Absurdo. Un capricho que se empecina sobre todas mis Julias.

Pasarán los años y Santiago será igual. Nunca preguntará. Ni por el dolor que te dejó la muerte de tu gemela, ni por tu hermano siquiera. No hurgará en las Julias que te conforman. Te resignas a una imagen devaluada de ti misma. Eres una caricatura de la Julia que ideaste tiempo atrás. Evades la realidad haciendo listas de invitados, visitando tiendas para comprar muebles, para dejar la mesa de regalos. Atiendes todas las conversaciones y los juegos.

Te ignoras. Lo cierto es que en algún momento antes de la boda me encuentro con un arqueólogo que pone el dedo en la llaga. Y pienso que no será ni el primero ni el último. A ratos me deprimo por no haber elegido a uno de ellos. Pero después pienso que así está bien, que ya sé cuál será nuestro talón de Aquiles, que tendremos que cuidar eso. En el fondo hay algo que palpita y huele dentro de los arqueólogos que por un lado me atrae irremediablemente y al mismo tiempo me produce un miedo avasallador.

En algún rincón de mi memoria, David se muerde la orilla del labio superior y me contempla hasta el fondo de la mirada. Su tren se vuelve a alejar del andén.

Los arqueólogos son extraordinarios descifradores de la vida y de los otros; aunque ellos mismos me resulten impredecibles.

* * *

En algún momento de mi adolescencia formulé la ley del embudo. Cada uno de nosotros somos un embudo. La parte abierta la compartimos con quienes nos rodean sin problema. Conforme uno se desliza hacia el interior de la persona, el círculo se cierra, y cada vez hay menos con quiénes compartir lo que somos. Al final sólo quedamos nosotros mismos. En lo profundo, no cabe nadie más. Hay una parte nuestra en la que siempre estaremos solos. La ley del embudo es la ley de la vida.

Días antes de la boda visito el panteón.

Frente a la cripta gótica, saco aquella piedra que me dio Ana Russek, para que la depositara junto al nombre de sus padres. Coloco la pequeña piedra de Gran Bretaña sobre el polvo del antiguo mar de Tetis.

Coloco también otra piedra pequeña sobre la lápida de Mariana. Y un broche que ella llevaba en el cabello el último día que vi sus ojos abiertos.

Y de pronto, ahí, en medio del panteón y del desierto, lloro su ausencia, ya tan prolongada.

Lloro que no vaya a acompañarme a la boda.

Lloro que no pueda aconsejarme si esa desazón sea suficiente para cancelar la boda y poder regresar a la vida de pianista que dejé.

Lloro a David Liebmann y la vida que no hicimos juntos.

Lloro a Pedro adolescente.

Lloro la infancia que no volverá.

Lloro las vidas no elegidas.

Lloro sobre el cada vez más rancio sueño de ser concertista.

Lloro sobre el sonido triste de un violín.

Lloro en ese panteón junto al lecho del río Florido.

Lloro junto a ese río seco donde arrojé, con dedos de niña, piedra bola junto a mi abuelo Eduardo.

Lloro junto a ese río que permanecerá seco.

Otra pesadilla. Extiendo mis alas. Acomodo mis pies en el límite del borde. Asomo hacia abajo. Delante de mí hay un precipicio sin fondo. Santiago está del otro lado del acantilado. Habla por celular con su jefe. Mira hacia el horizonte mientras ronda y decide la compra de acciones.

Extiendo mis alas y quiero llamarlo. Sólo me sale un graznido. Santiago no me escucha. De cuando en cuando, desde su llamada de celular se vuelve y me hace un ademán con la mano libre para que lo alcance allá. Quiero pedirle ayuda. Pero sólo me sale un graznido.

Deambula concentrado en su llamada. Las acciones de la empresa, su madre, su cacería. Su vida está completa. No me mira. Sólo deambula con el celular en la oreja y resuelve asuntos de negocios.

Acomodo mis pies en la orilla. Él no va a sacrificar nada. Si logro sortear el abismo, él habrá obtenido la pieza que falta para completar su ciclo. Quiero llamarlo. Me concentro y por fin grito su nombre.

No me escucha. Santiago ronda con una mano en el bolsillo y con la otra sostiene el celular en la oreja.

Grito su nombre.

Santiago no me escucha.

Y si no salto.

Y si no salto.

Extiendo mis alas.

Y si no salto.

Acomodo mis pies en la orilla.

Asomo hacia abajo.

Ya no quiero ser tu hermana.

Ojalá te mueras.

Aprieto los párpados.

Santiago no me escucha.

Doy un paso atrás.

El bebé que tiene mamá en la panza está podrido.

La voz de papá estuvo a punto de romperse.

Cancela la boda. Vas a cometer el error más grande de todos.
Elegirás el camino que no es.

Julia, tu hermanito nació enfermo.

El pacto de infancia: me prometí construir una vida que no
les trajera más dolor.

El bebé que tiene mamá en la panza está podrido.

Es cierto.

Es mi culpa.

Es culpa de Julia Mala.

Al igual que la muerte de mi gemela.

Yo soy la culpable.

Yo soy la menor de los rarámuris.

Un destino que no atino en descifrar.

Y si no salto.

Papá quiere a Santiago.

¿Y si no te casas con Santiago?

Mamá quiere a Santiago.

A mí también me gusta Santiago.

Acomodo mis pies en la orilla.

Santiago nunca me escuchó tocar el piano como lo hacía antes del accidente.

La mano derecha servirá para poner adornos en la nueva casa, para acomodar vajillas cuando vengan amigos a cenar, para manejar, para cocinar, para lavar platos, para maquillarme, para presionar el control remoto, para escribir en los chats, para firmar cheques y váucher.

Su madre "pide mi mano". Cuál mano. ¿La derecha con cicatrices? ¿O la izquierda?, que se resiste a ser ciudadano de segunda.

Acomodo mis pies en la orilla.

Asomo hacia abajo. Delante de mí hay un precipicio sin fondo.

Santiago está del otro lado del acantilado. Termina su llamada. Se detiene. Me mira de frente. Levanta sus brazos en una invitación. Con el determinismo de quien dirige una orquesta, inclina levemente la cabeza para indicarme el instante en que debo volar hacia él.

* * *

Extiendo mis alas y el aleteo cruje en este aire apretado por el sueño, por los años en que estaré ausente.

Tú fuiste la menor de los rarámuris, un rostro de lechuza y viento y ojos amarillos que nos observan por las noches, batiendo el polvo ancestral con esas alas tuyas que han terminado por ahuyentarnos la memoria.

Estancia María de Lourdes, Monterrey, N.L.
29 de noviembre, 2014

Me casé a los veinte. Tres años después de que mi Tita Inés se nos fue. Me casé con tu padre: Alberto Hernández. Era el año de 1971. Al principio fuimos felices. Al año siguiente naciste tú. Maripaz Hernández Acosta te pusimos. No me imaginaba lo que era ser madre, sentir a otra persona formarse dentro de mí. Me sentía tan, ¿cómo te diré? tan poderosa; sabía que uno pone esfuerzo en tantos intereses, pero unos se resuelven bien y otros no. Pero estaba segura de que, por más empeño que uno pone en algo, no hay persona en el mundo que pueda por sus propios méritos armar a persona completita. Me sentí bendecida, fuerte y feliz de que eso pudiera salirme bien, así nada más, sin que uno haga nada más que esperar nueve meses. Fue tan natural, ¿cómo te lo diré? Fue perfecto. Naciste, y todo salió tan bien. Me pasaba días y noches contemplándote, y te acariciaba y te daba besos. No me cansaba de verte, de cargarte, de cantarte "Señora Santa Ana", de ver las caras que hacías al dormir, de cómo nos sonreías a tu papá y a mí. Se nos pasa la vida… Mírate ahora, toda una señora, hecha y derecha. ¿Casi no te dejo hablar a ti, verdad, hija? Sí, me gustaría que me contaras tantas cosas que habrás vivido los años que estuvimos separadas, pero no sé por qué me gana esta urgencia de contar tantos recuerdos que nunca le dije a nadie, ni siquiera a tu padre. Tal vez pensaba que los de mi Tita no eran tan importantes, que la historia de nuestra familia no tenía chiste; era como una rama cortada de la historia de otra familia que la podó, porque creció chueca. Pero últimamente, necesito contar todo esto, necesito que por lo menos tú sepas de dónde vienes; a veces creo que pronto voy a morir. La vieja necia a veces viene y me dice que hablo todo el día y que eso les pasa a las gentes cuando ya se van a morir. Vieja metiche. Total, si me muero, muy mi asunto.

Cinco años después nació Beto, pero retrasado. Venía enredado en el cordón y el doctor tardó un rato en decidirse por la cesárea. Una tontera, hija. Mi hijo venía bien. Dios me lo hizo bien, sanito. Pero el doctor, tarado, indeciso, se tardó en decidir y mi Betito quedó sonso. No sabes qué distinto fue todo eso. Uno daba por hecho que sería igual. Mi embarazo había sido muy sano, yo siempre muy activa. ¿Cómo te diré? Lo quise igualito que a ti desde que lo vi por primera vez. Uno ama a los hijos con toda la fuerza que uno puede juntar. Es lo más querido, para qué nos hacemos. No hay otro amor como ése. Y pues uno siente que echándole todas las ganas, llevándolo a terapias, haciéndole ejercicios, mi hijo iba a ser como los demás niños, como tú…, pero nada.

Es un dolor distinto. Un dolor que nunca había imaginado, un revés que no se te pasa ni con los días ni con los meses ni con los años. Te lleva casi una vida entera resignarte a verlo así, impedido para hacer su vida solo, o sin que pueda estudiar ni tenga sus propios hijos. Te preguntas que qué caso tiene que viva, que sólo vino a que otros lo hagan. Y luego, siempre tienes el pendiente de que no puedes ni morirte a gusto porque quién lo va a cuidar. Por suerte, te tiene a ti, mi Maripaz, por suerte.

Y luego me pasó lo que nos pasa a muchas mujeres con niños así. El marido nos deja. Algunas mujeres también abandonan a sus hijos: van y los internan en el hospital y luego, ya no regresan por ellos. Todo fue que lo engatusaron con una chamba allá, del otro lado, en California, pagaban por hora, en dólares. Tú papá además había estudiado. Aquí entre nos, esa época sí recibimos muchos dólares. Tu papá estaba muy contento, pudo comprarnos casa propia y pudimos llevar a Betito con buenos médicos, pagarle terapias que cuestan un montón porque a un niño así no te lo cubre ningún seguro médico. Nadie los quiere. Nomás sus papás. Ahora está más de moda quererlos, ya ves que hacen eso del Teletón y tanta cosa. Pero a principios de los ochenta, nadie. Así que todo iba bien. Tú tenías diez años cuando papi se fue, ¿te acuerdas? Nos llamaba cada domingo, esperábamos su llamada de larga distancia con tanto gusto. Tu papá venía cada Navidad cargado de juguetes, y se veía tan guapo. Traía ropa muy bonita puesta y a mí me traía una maleta llena de vestidos, zapatos, maquillaje, ropa interior, pijamas suavecitas. Tú eras toda su adoración y a Betito también lo quería, pero yo veía que le cambiaba la mirada cuando lo cargaba: se ponía triste. Cuando hablaba de su futuro acababa sacando el tequila. No sé, se me hace que nunca pudo superar la culpa de que el médico nos atendiera mal, de no haber insistido en que otro médico me revisara, porque hubo quien sí se lo dijo, pero tu papá no quiso escuchar. A veces tomaba, y yo me quedaba pensando en si también lo hacía en California; así de joven y guapo, otra vieja iba a aprovecharse de eso. Y se lo dije, pero le dio risa. Me abrazaba y me besaba. "Ay, chula, para qué te pones a pensar esas cosas, qué cosas dices."

Recuerdo que fue a mediados de 1982; se me quedó la fecha tan grabada. Alguien me dijo que la "amnistía para indocumentados" era un asunto importantísimo. Que seguro mi esposo se iba a hacer gringo así nomás, pero no le creí, pensé que era envidia. Y para no hacerte el cuento largo, tu papá nunca volvió. No vino a dar explicaciones, y sus llamadas se espaciaron; y los envíos de dólares, también. La Navidad de ese año no llegó. Estuvimos sentados a la mesa, incrédulos, que porque el mal tiempo, que porque el jefe le pidió una chamba como favor especial, que luego vendría a pasar un mes en Semana Santa, puros pretextos. Tu papá no volvió jamás. Se habrá hecho gringo, se lo habrá pescado otra vieja, o nunca pudo superar la culpa de Beto, o dejé de gustarle, o dejó de querernos, o le parecimos aburridos, o tercermundistas, o sepa Dios qué. Lo que sí pude averiguar es que estaba sano y salvo, con trabajo, y que luego, para acabarla de amolar, tuvo otra familia. Haz de cuenta que me sentí como la tonta que creyó que la vida es como en los cuentos: "Y vivieron felices para siempre, y colorín colorado, este cuento se ha terminado". Y caí redondita, sonsota. Lo malo era que cada vez me quedaban menos ahorros, más amargura y muchos años por delante con ustedes dos.

Monterrey, N.L.
21 de marzo, 2014

—Oye, secuestraron a una prima de Jorge.

—¿Y eso?

—Es su prima hermana. No fue aquí, fue en Torreón. La hermana de su papá es la mamá de la chava. Son los dueños de la leche Mapimí, son los más fuertes del país. La chava tiene diecinueve años; se llama Lucía, creo. Debe ser Lucía Fernández. El secuestro sucedió en pleno día, afuera de un centro comercial. Qué descaro. Dice Jorge que traía guaruras. Hirieron a uno y se la llevaron.

—Qué horror.

—La última vez que los vieron fue saliendo por la carretera de Torreón que va a Jiménez. Sigue la inseguridad muy fea en esa carretera.

—Sí, está fatal. Cada semana me dicen mis papás que en Jiménez hay balaceras en pleno día, en parques públicos, en la plaza. Viven como si hubiera toque de queda. Mientras no se ofrezca nada urgente de allá… Ni para mis papás venir acá, ni para nosotros ir..., estamos bien; pero el día que se ofrezca ir, no sé qué vamos a hacer.

—Lo que te digo de la prima de Jorge no ha salido en las noticias. Ya sabes cómo son los secuestros, están negociando el rescate. Me contó que les pidieron todos los millones del mundo. Qué difícil. Les mandaron un dedo de ella.

—Saben por quién ir. Si fuera la esposa del magnate no pagarían el rescate. Su hija es la niña de sus ojos. Pobre mujer, ahí te encargo, joven y bonita; cómo la van a dejar..., qué horror. Eso es lo que más miedo me da: la tortura o una violación.

—Ya me tengo que ir. Tengo junta. Hoy no llego a comer. Bye.

—Mañana quedó la cena con los papás de la generación.

—Sí. Bye.

Monterrey, N.L.
1982

A veces la ciudad ruge. Sopla el viento y aúlla en las rendijas de las ventanas. Helena se deja caer en la silla. Furiosa, arruga el papel. El crujido es carcajada sobre los aullidos del viento. La arroja contra la pared. Grita.

Helena grita, Helena llora, Helena busca. Su mirada quiere ver más allá de los muros de esa cocina solitaria, de la fotografía suspendida con un imán en la puerta del refrigerador en la que todos sonríen juntos: Maripaz, Beto, Helena y Alberto. Una familia feliz.

La ciudad rugirá ya siempre lejana para Helena. Los muros de la cocina se vuelven torbellino junto a otras imágenes que van llegando para instalarse en su presente, para quedarse ahí a manera de tortura. Su mirada deja de mirar lo inmediato, una mesa con papeles, una silla de antecomedor, un sartén recién lavado cuyas gotas escurren ajenas, un tenis tirado de Beto, una manzana en el frutero. Su mirada se instala en un limbo al que nadie más puede acceder.

Trece años atrás el dedo índice de Alberto se enroscaba un mechón de su cabello. "Eres tan bella, Helena. Nunca había visto unos ojos como los tuyos, déjame tocarlos, déjame besarlos. Me harías el hombre más feliz del mundo si te casaras conmigo."

Ahora Helena es un caudal de río por donde brotan noches de hurgar en lo oscuro, de tristeza desbordada, de ira. Otra mujer le quitó a Alberto, a su marido; le quitó a su hombre, al padre de sus hijos, le quitó para siempre ese pecho en el que a ella le gusta guarecerse, le quitó la seguridad de los abrazos; arrojó al vacío sus promesas, el futuro que ella había planeado para ellos cuatro, y los ahorros, y el sueño de mandar a Maripaz a una universidad privada, y las vacaciones en la playa que nunca llegaron, y la vejez compartida.

Helena se imagina a sí misma como fantasma entre Alberto y la otra. La mujer lo observa, le sonríe, lo aborda, le ofrece un trago y otro y otro, y le acaricia la mejilla con sus uñas largas. Helena nunca se sintió tan lejos; nunca veinticinco meses le pesaron tanto; veinticinco meses de soledad costó la casa nueva, los juguetes de los niños, el sillón de la sala, la novedad del microondas, el aire acondicionado para sobrevivir los cuarenta grados del calor regiomontano. Veinticinco meses de esa soledad que ahora es su destino. Más de cien semanas que pensó eternas.

Helena se pone de pie, camina sin rumbo en le penumbra de la cocina, se sienta sobre el suelo, se acurruca en un rincón. Los niños vendrán en la tarde. No quiere verlos.

No quiere haber leído la carta. Helena odia esas palabras. La vida no puede ser como antes de ciertas palabras que suceden en las historias personales. No quiere salir adelante. No quiere levantarse. No quiere pensar. Todos le estorban. La hora exacta parpadea en la pantalla del microondas. Azul intermitente. Helena ausente de la cocina, del día, de sí misma.

Los aullidos del viento, el timbre del teléfono suena una vez y otra vez. Los recados se graban en la grabadora. La comida inmutable reposa dentro del refrigerador. Un odio ancho y oscuro se esparce por su cuerpo hasta brotar sobre su cabello de leona. El odio se convierte en sus primeras canas.

Helena es el lecho de un río seco. Helena ha quedado vacía. Desde su rincón, vuelve sus ojos al limbo de la penumbra, y al paso de las horas. Y los niños que no tardan en llegar.

Brillan sus ojos de lechuza,

estanque de arena y sombras.

Helena se arrulla en una tonadilla. Una canción de cuna remota.

Señora Santa Ana,
¿por qué llora el niño...?

Generaciones engarzadas a lo largo de los siglos en esa melodía. Y su voz ronca de río seco.

La Navidad sin Alberto, el teléfono ya no suena los domingos, no llegará para Semana Santa.

—Papi tiene un trabajo muy importante.

—Papi quiere venir para tu cumpleaños pero no puede.

Y ahora la carta de la mujer con la que le hacía llegar el adobo, la machaca, las glorias. La carta detallada y la fotografía de ellos juntos. Ni cómo dudarlo.

—Mejor se hubiera muerto.

Monterrey N.L.
1983

Durante una docena de años, Helena surca el barrio, anda las calles, y la ciudad ya siempre remota; habita al margen del paso del tiempo. Transcurren la década de los ochenta como el zumbido de una mosca necia. Helena pasa muchas horas sentada en ese mismo antecomedor, con pluma en mano, circulando el periódico, la sección "Avisos de ocasión". Corre la voz entre las vecinas.

—Necesito un trabajo para sostenerme a mí y a mis dos hijos. Algo por el que no tenga que dejarlos mucho tiempo, porque si no, ¿quién va a criarlos? Mi mamá murió cuando nací, mi Tita falleció hace quince años, papá está para que le ayude. Estoy sola.

Helena se levanta todos los días a las cuatro y media a preparar lonches, para ir a venderlos al amanecer a la construcción del centro comercial. Regresa a las siete para dar el almuerzo a Maripaz, levantar a Beto y llevarlo con la vecina que lo cuida. El dinero de los lonches es para la vecina, para que alguien lo cuide mientras ella trabaja. Su hija Maripaz tiene once y doce y quince y dieciocho años. Trabaja, estudia, cocina, toma el camión, atiende una papelería por las tardes. Helena trabaja en la mercería El Obispado en Hidalgo; limpia, conversa con las clientas, ordena los estambres suavecitos españoles, italianos; acomoda en gavetas las tiras bordadas suizas, los encajes de bolillo.

—¿De gancho o de aguja? ¿Agujas del seis o del ocho? ¿Del diez o del doce? ¿Agujas circulares para gorros o de las regulares?

Por las noches le practica la terapia a Beto. Una hora de ejercicios. Le prepara su comida especial. Lo rasura. Lo baña. Lo viste. Le da los medicamentos.

—Para eso soy su madre, para cuidarlo bien. No faltaba más.

A veces el tiempo se detiene mientras Helena espera a que llegue el camión; Helena se estremece. No le gusta que la vida se detenga pesada sobre sus hombros, su nuca, su espalda. La vida le duele sentada en la banca de metal mientras la llovizna helada de enero cubre Monterrey, esa metrópoli que poco a poco se extiende como tentáculos que acarician una geografía virgen.

La ciudad crece avorazada sobre sí misma. Miles de hombres, mujeres, niños, ancianos, estudiantes y enfermos llegan de San Luis Potosí, de Veracruz, de Guerrero, de Oaxaca, de Hidalgo a Monterrey cada año con alguna esperanza pendiendo de la imaginación; pueblan sus cerros sin agua potable, sin luz eléctrica, sin drenaje, sin gas, y las camas de sus hospitales, banquetas, universidades y fábricas. Recorren sus calles, y se vuelven jardineros, albañiles, choferes, empleadas del hogar, lavanderas, veladores, guardias de escuelas y colegios, de bancos; se vuelven empacadores de supermercados, estudiantes, obreros, obreras, vagos y nanas que cuidan niños ajenos y cantan canciones de cuna que siglos atrás cruzaron del norte de África a España…, y de ahí, a la Nueva España, y ahora arrullan a los bebés de la capital industrial de México.

Durante cuatro años, Helena es secretaria del médico familiar de su barrio. Dos años Helena prepara salsa en el molcajete, y asado de puerco, puntas de filete en salsa pasilla o arrachera asada en un restaurante de cabrito sobre la Avenida Gonzalitos. Dos años trabaja como cajera en Casa Roy, allá por Simón Bolívar. Un año, Helena trabaja en la frutería La Orange en Vista Hermosa.

Una tarde Helena va con sus hijos a un concierto de piano por vez primera. Maripaz insistió. A ella nunca se le hubiera ocurrido. No tiene tiempo para oír música.

—Mamá, me hubiera gustado estudiar piano, guitarra, canto…, algo. No sabes cómo me gusta. Ándale, vamos hoy al recital al que van a ir mis amigas y nos traemos a Beto. Yo creo que a él también le va a gustar. No cobran la entrada. Y si te gusta, podemos seguir yendo.

Ya dentro de la Sala Chopin, con luces apagadas y entrados en el recital, Helena se queda perpleja ante la experiencia de la música. Helena fija sus ojos ambarinos en las manos de la joven que toca.

El paso del tiempo, de todos sus tiempos, se detiene ahí de súbito.

No todos somos iguales. No puede ser que todos sintamos esto de la misma manera. La música tiene, para algunos, una voz absoluta, avasalladora, insuficiente para las palabras y los cuerpos.

Helena suspira. Sólo así la ciudad deja de rugir. Sólo así las voces se acallan, enmudecen para dar paso a ese caudal que es la música. La acaricia, la penetra, afloja sus músculos mallugados por el trabajo y el cansancio; le afloja los dedos que sostienen las manos de Maripaz y de Beto. Hipnotizados, ellos también reciben las vibraciones, el ritmo, la melodía. Helena quiere habitar dentro de esa música, quiere que sea su guarida.

Por si fuera poco, la joven que toca el piano es tan parecida a su hija, a Maripaz. Parecen casi de la misma edad, el perfil. Cierra el programa y lee:

Instituto Nacional de Bellas Artes
Escuela Superior de Música y Danza

Recital de piano a cargo de la alumna:
Julia Gutiérrez Urías

Monterrey, N.L., junio de 1991.

Helena frunce el ceño.

Tras hora y media de recital, Julia termina el tercer movimiento de la *Sonata Núm. 22* de Beethoven, *La Appassionata*, en la Sala Chopin de la Escuela de Música. Desprende sus dedos del teclado, y el cuerpo entero del piano.

Por un instante ajeno a los espectadores, reina el silencio dentro del silencio.

Baja los brazos hasta apoyar las manos sobre los muslos.

Julia parpadea. Respira hondo.

Los aplausos resquebrajan el éxtasis de Helena.

Los aplausos la devuelven a la realidad, al nudo en la boca del estómago. Aplaude con fuerza, casi con furia, casi feliz, y con una emoción devastadora que hace años no sentía. Helena sabe de pronto que ha permanecido dormida durante años, que su vida está cubierta por una capa espesa de algo que no la deja sentir. Y la música, certera como un aguijón, logró traspasar esa coraza. Helena aplaude con lágrimas en los ojos. Se vuelve sonriente a ver a Maripaz y Beto.

Un escalofrío la recorre cuando la concertista se pone de pie junto al piano y la ve de frente. Esta criatura, Julia, podría ser hija mía. Increíble el parecido con mi Maripaz.

* * *

Y Julia desde el escenario sonriente, satisfecha, plena por concluir su último concierto antes de partir a Boston.

Se inclina a manera de caravana. Los aplausos siguen. Sonríe mirando hacia toda la sala.

Se inclina de nuevo.

Al levantarse descubre en la segunda fila a una mujer de cabellera entrecana, a una mujer de mirada ambarina que reluce entre la penumbra de la sala, a una mujer acompañada por un niño con retraso mental y por una joven tan parecida a ella misma. Una extraña sensación la recorre.

Podría ser Mariana, mi gemela.

Un tunelillo se tiende entre la mirada de ambas mujeres.

La melena custodia esa mirada vasta.

* * *

Allá en el pueblo lejano, el murmullo del desierto se mece sobre nogales centenarios.

Ejido Los milagros de Dios, Durango
5 de junio, 2014

Y junto al catre, Helena permanece de pie.

Te contempla desde su mirada de ámbar, desde su cabello de leona.

Ladea la cabeza y sonríe.

Se hinca junto a tu cuerpo; toma tu mano.

Suspira.

Suspira Helena en medio del desierto blando y amarillo, sofocada por las voces que la persiguen, por el abandono de Alberto, su esposo, hace treinta años y por el tormento que le produce no poder revivir aquel rostro.

El aire exhalado se abre paso entre las voces, y entre un tocadiscos antiguo y algunos cuarzos.

La imagen del rostro de Alberto, encarnada para siempre como una protuberancia, en el cementerio de sus dolores, es una imagen indigesta en el ritmo de sus días y sus noches, una ausencia que trunca el orden de su memoria, de su vida en ese poblado y de su mente misma.

Suspira mientras te acaricia el cabello y, en el aire liberado, estallan cien años; historias de cuatro generaciones que nadie recuerda, que nadie contó.

Nunca hubo historia.

Cuatro generaciones de una misma familia disueltas en el aire estancado del desierto y en el firme propósito de una madre que negó a su hija para salvar el honor de la estirpe.

Los ríos subterráneos de Helena nutridos por esa historia silenciada.

Y el cuerpo inconsciente de Julia apisonando las mismas generaciones que germinan desde un punto común.

Helena acerca el tazón a Julia. Piedras, ojos de tortuga, granos de maíz, frijoles, pulpa de tuna, sus tesoros reunidos en ese caldo. Con la cuchara de peltre abre los labios agrietados de Julia.

—Come, mi niña, come por el amor de Dios, que te estás poniendo más flaca cada vez.

Una gota escurre vibrante y llena de vida desde la comisura del labio grisáceo, rueda, se retoza y cae sobre el catre.

A mediados de 1996 se desata una guerra civil dentro de mí. Julia contra Julia. Por las mañanas, Santiago sale temprano a la compañía y el silencio zumba. La ropa sucia. Los trastes en desorden. No hay fruta. Qué hice. Santiago habla poco y sólo de los acontecimientos externos, de la compañía, del trabajo que hacen mal los otros. Jamás pregunta por mí, por cómo me siento. Jamás pide perdón. Seguido se enfada, señala mis errores y pasa días sin hablarme. Yo, en el túnel de Castel. Yo, insomne.

Durante los primeros años de casada, dirijo la Academia de Música, que ya tiene un centenar de alumnos, una docena de maestros, y recitales. Invito a mis maestros de Boston a dar cursos intensivos. Vienen, van. A veces, soy un pez en el agua. Cuando en la oscuridad de la cama abro una rendija para contarle a Santiago sobre el desierto que me habita, sobre la metamorfosis de haber sido pianista y luego señora de sociedad, Santiago siempre se queda dormido. La cama es para revisar mensajes de celular, para tener sexo, para dormir. No para filosofar sobre la inmortalidad del cangrejo.

—No te duermas, te estoy contando algo importante para mí.

—No son horas. Por eso luego andas cansada.

Un muro. A Santiago se le da construirlos. A veces con las palabras. A veces con su silencio. Y en el insomnio de la noche, recorro la casa a oscuras, descalza, una vez y otra más. Lloro en silencio, sentada en el piso, recargada en la pared. Santiago duerme. Las noches se prolongan porque no hay cómo ahuyentar de ellas el peso de la persistencia. En el transcurrir de la noche, no hay prisa ni quehaceres.

Mi vida es un carnaval de voces que la asedian con fingida felicidad. Compromisos sociales casi todas las noches. Personas que hablan otros idiomas. Yo sonrío y callo. Nunca hay tiempo para hacer un picnic con vino y poesía como hacía con Alejandro, para ver películas juntos en la cama como imaginé.

Dos días esperando el momento para poder decirle. Le envío un mensaje que recibe en medio de una junta. "Felicidades. Vas a ser papá." Santiago está en una de las plantas, en la Ciudad de México, en Guadalajara, en Medellín, en Sao Paulo, en Nueva York, en Toluca, en Lima.

Semanas después, una hemorragia. Santiago está en Arteaga con su madre. La vecina me lleva a urgencias. Un legrado. Santiago no contesta el celular, allá no hay señal. Otro embarazo y otro y otro y otro…

En mis sueños hay cunas de muchos tipos, cada una con un colchón y un edredón distintos, un búmper que le combina, un móvil, una marca de biberón, un tipo de mamila, el esterilizador para microondas, un sensor para muerte de cuna.

En sueños cada cuna lleva la marca de un piano, las especificaciones corresponden a las características del instrumento. El Bechstein antiguo es la cuna de latón, el Kimbal es la blanca moderna, el Steinway & Sons de cola es la de madera oscura, el Yamaha de media cola es la de maple. Las cuerdas y los martinetes corresponden a la estructura que sostiene el colchón.

A veces las cunas están vacías.

A veces hay una bebé con el rostro de Santiago.

A veces hay un bebé con la cara de Edy, porque las historias tienden a retornar. Entonces, lloro en sueños. Ahora ese bebé deforme es el mío.

—No vienes al caso, Julia —afirma Santiago—; tu temor no tiene fundamentos. Eso no se hereda.

A veces también hay un bebé con el rostro de Mariana.

Comprendo que va a reiniciar un proceso. Una vez que el primer hijo llore al nacer, ese círculo quedará cerrado. Iniciará el segundo porque, en el hijo, los padres vuelven a vivir lo propio, desde la otra mirada. Desde la doble mirada, desde la que llevan en el recuerdo y la de ser ahora padres, los otros. Y mientras cortan las uñas a unos pies pequeños, mascullan los mismos juegos, las mismas canciones de cuna. Va la segunda vuelta.

Señora Santa Ana,
¿por qué llora el niño?
Por una manzana
que se le ha perdido...

Amamanto. Trabajo en la academia; empaco lo del bebé a diario: las onzas de leche en polvo, los repuestos de pañales, los chupones esterilizados y los cambios de ropa. Contrato profesores, diseño contenidos de cursos, hablo frente a un público conformado por padres de familia. Baño al bebé, lo reviso, le canto, lo beso, le platico, le hago cosquillas, le tomo video a sus primeros pasos y primeras palabras.

—Ma-Má.

Suspiro gozosa.

Nacen Sofía, Chago, Adrián y Regina. Intercalo horarios de preescolar, de primaria, de guardería, de maternal. Cuatro necesidades distintas de dietas, de zapatos, de personalidad, de miedos, de amistades, de festejos, de alergias, de clases extracurriculares por las tardes. Mi suegra quiere que sea niño, que sea niña, que sean más, que tengan ojos azules como Santiago, que se llamen de tal o cual manera. Seguido me busca preocupada por Santiago, y sus palabras son llamadas de atención para mí. Él trabaja mucho, tiene tantas responsabilidades, viaja mucho. Debería descansar. Necesita más tu apoyo. La compañía lo ha enviado a abrir sucursales en otros países, y tiene el golf y la cacería los fines de semana. Yo duermo cuatro horas cada noche y de manera intermitente. La academia ha crecido. Ya son trescientos alumnos. Tienen presencia en concursos, muestras locales y nacionales.

A veces me molestan ciertos comportamientos; por ejemplo, la sonrisa de Santiago cuando lee un mensaje en su celular, como si en él ocultara un tesoro, y la cara seria que pone al despegar la mirada de la pantalla, como si el entorno lo devolviera a una realidad poco grata. Por las noches, busco evidencia de alguna infidelidad. No encuentro nada. Él no sería capaz de eso. Él es intachable. No fuma, no toma, no anda con mujeres. A veces pienso que eso es lo malo. Siempre resulta más fácil justificar el separarse de un ogro que de un hombre que no tiene mayor pecado que la indiferencia absoluta a su esposa.

Santiago es magnífico cazador. Sabe acechar a su presa. Es paciente. Tiene un pulso y una puntería impecables. Es silencioso. Sabe cuál es el punto débil. Sabe dónde herir para que el tiro sea certero, letal. Es silencioso. Las palabras también son perdigones.

—No sabes organizarte.

—No cuidas bien a tus hijos.

—Estás descuidando tu salud, deberías ir al gimnasio como las demás señoras. Eso eres, una señora común y corriente aunque te resistas.

—Es cierto que tocabas el piano bien y que le dedicaste muchas horas. ¿Y para qué? Tanto tiempo invertido no sirvió de nada. Jamás te sientas ya a tocar el piano. Para ser directora de una academia basta con ser administradora. Deberías dejar ese trabajo. No eres responsable, no cuidas tu salud. Y además, no necesitas el dinero.

Ejido Los milagros de Dios, Durango
25 de abril, 2014

Lucía Fernández ha permanecido durante veintisiete días secuestrada. Dentro de ese cuarto pequeño y caliente, con piso
de tierra, techo de lámina, en medio del desierto, Joaquín y
el Carnicero, la vigilan. Ahí no corre el aire. El calor sube a
cuarenta y cinco grados en el día. Baja a dieciséis en la noche.

Le dan desperdicios de comida.

Mientras uno la viola; el otro observa. Le ponen cinta canela
para que nadie escuche. Le amarran las muñecas. La golpean.

Apenas un bote de agua al día para que aguante. A veces
unas papas fritas. Una barra de pan.

—Lo que sea que no se nos muera. Está bien buena. Esta
gente es distinta. Bien alimentada. Firme. Musculosa. Es aguan-
tadora.

Ya concertaron el rescate, les dijeron.

—Nombre, a ésta no hay que devolverla. De éstas casi no
hay. Así de buena.

Que ya pagaron el rescate, les dijeron. Una millonada.

—¿Y ora? Que llame por el celular, que les pida más con su voz de corderito.

—Se me hace que ya nos pasamos, güey. Hoy no se ha movido en todo el día.

—Hazla hablar, güey. Haz lo que sea necesario para que grabe el mensaje.

ORQUESTA SINFÓNICA DE NUEVO LEÓN
DIRIGE: JESÚS MEDINA
JUEVES 12 DE SEPTIEMBRE, 2013
20 HRS. TEATRO UNIDAD MEDEROS

Al término del concierto, me dirijo hacia la salida del auditorio. Ahí me topo con Alejandro.

—No puede ser… ¿Cuántos años? ¿Qué haces aquí en Monterrey?

—Acabo de llegar. Estoy de año sabático con la Universidad de Chile. Vine a hacer una investigación sobre un material inédito que tienen aquí en la Biblioteca Cervantina del Tecnológico. Julia, hace quince años que no te veía. Qué agradable sorpresa. Y tú, ¿qué haces aquí en Monterrey?

—Aquí vivo. Desde hace muchos años.

—No volviste a Boston después del accidente.

—No…

—Seguido voy a conciertos de piano. Siempre me imagino que eres tú quien toca. Pero nadie lo hace como tú: Beethoven, Prokofiev, en serio. Pero ¿seguiste con tus estudios en otra parte? Creo que tenías planes de volver a París.

—Me vine aquí. Me ofrecieron dirigir una escuela de música. Mi mano no terminaba de recuperarse.

—¿Te casaste?

—Sí. Hace muchos años… Tengo cuatro hijos. ¿Y tú?

—Hace tiempo viví con alguien un par de años, pero no funcionó. Tampoco tengo hijos.

—…

—Bueno, ¿pero nos volveremos a ver? Dame tu número, te mando mensaje y me dices cuándo nos tomamos un café.

—Dame el tuyo y te marco. Así ya se queda grabado. Qué gusto encontrarte.

—Cada vez que me entero de que se va a interpretar el *Réquiem* de Mozart, donde quiera que esté, asisto al concierto con la idea de encontrarte ahí. ¿Recuerdas? Nos conocimos en un concierto del *Réquiem* y en varias ocasiones me dijiste que era tu obra predilecta. Y ves… Finalmente funcionó.

Sonrío. Vuelvo los ojos a mis manos nerviosas.

—Tengo que irme. Fue un gusto volver a verte.

—*Ciao*, Julia. Te mando un WhatsApp. Tú dices cuándo y dónde nos vemos.

—Santiago, el jueves pasado que estuviste en Detroit de trabajo fui a un concierto de la Sinfónica en Mederos.

—Pero era el cumpleaños del compadre Carlos.

—Sí, también fui a su festejo saliendo del concierto; llegué tarde pero todavía estaban todos en Las Moritas.

—Qué bueno que fuiste con los compadres.

—Lo que pasa es que no quise dejar de ir al concierto porque interpretaban el *Réquiem* de Mozart.

—Ya lo has escuchado un montón de veces. Nada más te expones a correr de un lado a otro de noche. Está peligroso. Han seguido levantando gente. No debiste de haber ido sola. Al exponerte, nos arriesgas a todos. Están pidiendo rescates millonarios. Por lo menos hubieras ido con una amiga.

—Y de dónde voy a sacar aquí a una amiga que quiera escuchar el *Réquiem* de Mozart.

—No sé. Se me hace que le buscas mucho ruido al chicharrón. Por cierto, hoy me dijeron que detuvieron un camión de pasajeros entre Bermejillo y Escalón, cerca de Jiménez; asaltaron y creo que se llevaron a varias personas. Creo que para el puente del 16 de septiembre no vamos a poder ir a ver a tus papás. La cosa está muy complicada en la zona de la Laguna y ni se diga en Chihuahua.

—Voy a avisarles porque están con la ilusión de recibirnos y de ver a los nietos. Ya Chago invitó a un amigo para que venga con nosotros. Oye, el día del concierto me encontré a un amigo que conocí en Boston. Hace mil años que no lo veía, desde que viví allá. Es un poeta chileno con el que coincidí allá mientras estudiaba piano. Está aquí con el Tec de año sabático, haciendo investigación.

—...

—¿Santiago? ¿Me estás escuchando? Deja tantito tu celular por favor.

—Lo último no te escuché, algo de un poeta. No necesito saber tanto detalle de gente que ni conozco. Eres igual que tu mamá, hablan mucho y no se preguntan si los demás estamos interesados en saber todo lo que ustedes quieren contar. Y sí, avísales a tus papás, porque no vamos a poder ir a Jiménez el siguiente fin de semana.

Monterrey, N.L.
1 de octubre, 2013

Dentro del baño de un Starbuck's Julia cierra el grifo. Las gotas escurren sobre la porcelana. Finge una sonrisa para revisar su dentadura en el espejo. Sacude sus manos antes de tomar el papel para secarlas.

De pronto, en el reflejo, descubre unas piernas postradas debajo de la puerta del baño. Un hilo de sangre avanza por debajo de la puerta.

—¿Estás bien? ¿Hay alguien más en el baño?

Un aborto. Un accidente.

Julia toca la puerta; la empuja. Mueca de dolor y pánico. Heridas expuestas exhiben borbotones de sangre. Un trapo cubre la boca, el grito de auxilio que nadie oyó. El cabello desordenado, la ropa rasgada.

Un asesinato. Una venganza. Violación. Narcos.

Julia retrocede. Corre hacia la puerta y la jala para salir.

No debí haber visto esto. Pasillo, dos puertas más. Vértigo, punzada en la cabeza. Náusea.

Julia se detiene en el umbral antes de incorporarse al café. Descubre una mirada furiosa.

No debe gritar. Abre el saco ligeramente. Está armado. El hombre de pie.

Julia frente al mostrador junto a sándwiches y pasteles. "Café latte. Hay una mujer asesinada en el baño. Descafeinado. Aquí está el asesino. Él, él es… Viene hacia acá. Tamaño grande con azúcar y canela."

Julia siente cómo le clava los dedos al jalonear su brazo.

La encañona. Un silencio absurdo.

Miradas de pánico. Otras se solidarizan.

Alejandro se pone de pie desafiando la inmovilidad de una fotografía. Su acento chileno, su voz determinante, como la de alguien que reclama algo que le pertenece.

—¡Suéltala, por favor! Si quieres dinero, mi auto. Aquí están la cartera, las llaves.

Julia enmudecida.

Un aleteo cruje en su interior.

La voz de Alejandro es lo único que se escucha dentro del café. Todos inmóviles.

Alejandro hurga con la mirada. Julia no recuerda que nadie la hubiese leído de esa manera. Alejandro sólo le quita la vista para dirigirse al hombre que la tiene presa.

—Déjala ir. Por favor… No le hagas daño.

El hombre encañona a Julia en la sien y retrocede con ella hacia la puerta. Julia se deja conducir.

—No te la lleves.

—¡Cállate, cabrón o te trueno aquí mismo! —le dice mientras le apunta a la cara.

En un movimiento rápido, devuelve el revolver a la cabeza de Julia. Salen del café. La empuja dentro del auto donde ya otro hombre los espera.

Arrancan, banquetazo. Las llantas rechinan. Giran en la esquina. Alejandro corre hacia su auto y arranca tras ellos.

Ya se escuchan sirenas.

—Viste lo que no debías. Te metiste donde nadie te llamó. Vas a pagar caro, güerita, ya verás.

Aúllan las sirenas.

Ocho cuadras adelante, arrojan a Julia del auto.

Alejandro sale de su auto y corre hasta Julia.

Pasan los días.

Quizás una llamada.

—Nuestros encuentros siempre son así. Un cataclismo. Es increíble. Hace años el violinista aquel te arrolló y no hice nada para impedirlo. Ahora esto… Es terrible, Julia. ¿Cómo sigues? ¿Cómo te sientes?

—No puedo dormir. No puedo quitarme de la cabeza la cara y el cuerpo de la mujer. Escucho la amenaza. En las noches siento que están dentro de mi casa. Santiago está de viaje, no quiero contarle por teléfono. No lo he contado a nadie. Ni siquiera salió en el periódico. Para qué hacer más grande el asunto. Mis hijos y mis papás se preocuparían. Aquí pasan esas cosas todo el tiempo. Se me tiene que pasar el susto. No creo que vuelvan a buscarme.

Variaciones sobre un mismo tema

—Santiago, hay algo importante que quiero contarte.

—Buenas tardes: ¿Me puede comunicar con el Ing. Santiago Treviño por favor?

—Santiago, ¿te acuerdas de aquel poeta que te conté? Quedé de verlo para un café y qué crees que pasó…

—Santiago, ¿tendrás un ratito hoy por la noche después de la plática en el colegio de los niños?

—Santiago, ¿ya te dormiste? Quiero contarte algo.

—Santiago…

Lo cierto es que durante diez días Julia ensaya cómo contárselo:

Me va a poner un güarura. Se va a enojar conmigo porque no tenía ninguna necesidad de reunirme con un amigo a tomar un café a media mañana. Va a decir: "Te lo dije. Te dije que esas tonterías, esas fregaderas nos iban a comprometer a todos. Arriesgas nuestro patrimonio. Ah, pero no entiendes. No tienes dos dedos de frente. Eres muy egoísta, nada más piensas en ti".

No. Santiago se va a preocupar. Santiago me va a abrazar.

No. Santiago va a estar leyendo su celular, va a asentir, pero no va a escuchar.

Santiago va a estar en una llamada.

Santiago va a estar en una junta.

Santiago no va a poder venir a comer.

Santiago va a tener comida con sus amigos de carrera.

Santiago tendrá la visita de unos gringos a la planta.

Santiago se irá tres semanas de viaje.

Santiago se irá de cacería.

Santiago pasará el fin de semana con su madre en Arteaga.

Santiago no podrá hacer ya nada al respecto. Han pasado los días y no he vuelto a saber nada de ellos. No va a servir de nada decirle.

Ejido Los milagros de Dios, Durango
22 de mayo, 2014

—Güey, ora si, ya no se mueve.

—¿Seguro? ¿Ya le hiciste la lucha?

—Sí…

—Ahíjole. Te pasaste, güey. Nomás me voy mediodía y te pones hasta la madre. Mira cómo la dejaste. Ya ni la friegas. El Jaibo nos dijo que hoy le entregan el otro rescate, una millonada. ¡Nombre, güey! No mames; la morra ya está muerta. Ya no respira. Ora sí que nos chingamos. Nada. Ya no tiene pulso.

—¿Y ora?

—Pues hay que ver la manera de deshacernos del cuerpo.

—¡Ay, güey! ¿Qué fue eso?

—¡Se oyó, cabrón! Asómate. No te quedes ahí.

—Asómate. Una carambola, un incendio, chocaron un chingo de carros con una pipa de éstas de PEMEX, las llamas están enormes, cabrón. Está rodeado de un chingo de gente. Seguro vienen los federales.

—Pos vamos a echar a la vieja a la quemazón.

—Pendejo…, y cómo quieres hacerle pa'que no se den cuenta.

—Vamos a dar una vuelta allá con la raza, también pa' despistarle. Orita se nos ocurre cómo hacerle.

V

Todo lo que nos incomoda nos permite definirnos.

Cioran

Y puede, puede así, que las muertes no sean todas iguales. Puede que hasta después de la muerte todos sigamos distintos caminos.

Maria Luisa Bombal

Ejido Los milagros de Dios, Durango
8 de junio, 2014

En la madrugada fría, tras diecisiete días de permanecer inconsciente, abres un párpado.

Algo parecido a despertar.

No sabes. No recuerdas. No reconoces. No sabes quién eres ni cómo te llamas.

De súbito el cuerpo te duele. La piel arde, y la espalda, las llagas, la cabeza; apenas oyes. Intentas mover tu cuerpo, pero el dolor se clava en tu cadera para impedirlo.

Gimes. Una voz ronca que tal vez reconoces.

Helena despabila ambos ojos y levanta su melena maravillada.

—En caridad de Dios… Mi Maripaz despertó.

Ejido Los milagros de Dios, Durango
9 de junio, 2014

Helena, rejuvenecida. Frota la piel de Julia. Le da masaje, le cura heridas, la sienta desgreñada en un rincón, le pone una blusa.

Le repite:

—Eres mi hija. Eres Maripaz.

—…

—Mari.

—…

—Paz.

—…

—Mari.

—…

—Paz.

—…

—Yo soy Helena. Helena con hache. Soy tu mamá.

—…

—Ma.

—…

—Ma.

—…

Y se le llena la boca al pronunciar. Se le llena el alma.

Le separa los labios e introduce la cuchara de peltre. Limpia con un trapo el atole que escurre.

Beto no comprende. Se queda de pie, detrás de Helena, observando incrédulo a la intrusa.

Ejido Los milagros de Dios, Durango
11 de junio, 2014

A veces Julia llora. Escurren lágrimas desde su silencio.

A veces Julia gime con las manos deteniendo su cabeza. Su quejido perfora el corazón de Helena.

Parpadea poco. La mayor parte del tiempo tiene los ojos cerrados.

A veces Julia emite una voz enronquecida que quiere decir algo.

A veces Julia tiembla.

A veces Julia se agita y abre los ojos asustados, como si en el fondo de ella misma habitara otra presencia.

Al fin, una madrugada, desembarcan las primeras palabras.

—Hijos.

Con voz clara.

Con la suya.

Julia se concibe habitando un páramo desde donde ve pasar a los otros, a los que viven allá, afuera.

Julia se concibe bifurcada. Hace años que dio el salto. Julia sabía desde antes de saltar: su pieza del rompecabezas más importante, su esencia, quedaba sola, sin alimento. Santiago no hablaba ese idioma.

Julia construye con habilidad otro idioma para comunicarse con ellos. Julia habla de amigos, de hijos, de embarazos, de compadres, de empleadas del hogar, de familia política, de dietas, de yoga, de divorcios, de colegios, de doctores. Julia ríe, organiza piñatas y viajes, cenas, atiende festejos y reuniones. Julia se maquilla el rostro y las emociones. Julia calza tenis, hace ejercicio. Julia trabaja, dirige un instituto de música. Julia maneja cuatro horas diarias llevando y trayendo hijos. Julia hace llamadas desde el auto, y envía cientos de correos, de mensajes desde los estacionamientos, para coordinar la escuela de música, las actividades de sus hijos, la administración de la casa. Julia calza tacones y asiste a cenas y conciertos. Tiene la vida ideal: un marido responsable y bien parecido, cuatro hijos brillantes y sanos, un buen trabajo.

Pero en las noches se guarece en sus insomnios. En sus pesadillas transitan sus fantasmas y demonios. Las otras Julias no atendidas. No escuchadas. Ahí habita Pedro siempre a la distancia. Con los años ha podido decirle algunas situaciones que calló cuando adolescente, pero siempre en sueños. Ahí Julia es libre y puede volver a decidir su destino. Y decide distinto. Siempre elige a la pianista. Ahí la furia contra La Otra le permite tener un odio y una fuerza que le asombran cuando despierta sudando en las madrugadas.

Las noches son el otro territorio por donde deambulan las culpas, la imperiosa soledad. En sueños busca a Santiago, quiere hablar con él, pero nunca está para escucharla. En sueños lo estrangula, le arranca la cabellera, y decide que prefiere la otra vida; deambula por una ciudad arcillosa que conoce como la palma de su mano; habla otros idiomas; en sueños sabe que sueña, que se abren otras posibilidades, que se encuentra con Mariana, la otra Julia, o con la mujer rarámuri.

A su mesa le falta una pata y, a veces, la cubierta no se sostiene. Caen estrepitosamente la losa, los cubiertos, los candelabros, la sopa hirviendo…, todo se desploma. A veces Julia no sabe para qué levantarse, si al fin y al cabo será lo mismo, un eterno caminar por ese sendero que se bifurca de ella misma.

Diecisiete años de casados. Jamás pide perdón. Jamás un "y tú, ¿cómo estás?". Julia comienza a tachar en un calendario los días que discuten y para su asombro son la mayoría. Un día la deja a media cena en un restaurante, se enoja y se va. Julia sale después, tratando de disimular entre los cuchicheos y las miradas. Camina una hora de regreso a casa.

Los viajes de Santiago son un alivio para todos en casa. Santiago también discute con sus hijos. Mientras fueron niños no hubo problemas. En la adolescencia, ellos lo retan. Contestan con ideas propias. Santiago a veces les grita, se levanta de la mesa y se va de la casa. Julia trata de explicarle la postura de Chago.

—Esto es culpa tuya. No sabes ponerle el alto; lo tienes muy consentido. Además tú no eres psicóloga. No vas a decirme qué debo hacer o no, qué debo decir o no. Ya estuvo bueno.

A Chago tratas de convencerlo de que es un buen padre, es responsable, sólo tiene un carácter fuerte. Chago, Adrián, Sofía y Regina elaboran sus propias versiones, sus culpas. Va la segunda vuelta.

Un día, Julia descubre la publicidad en un panorámico: DAVID LIEBMANN EN MONTERREY. AUDITORIO BANAMEX. BOLETOS

EN TICKETMASTER. Qué ganas de invitarlo a casa, para que conozca a sus hijos y a Santiago, quien frente a los demás siempre tiene la actitud y las palabras correctas.

A media noche, hurga en cajas viejas, programas de recitales de años atrás, fotos, cartas. Instituto Nacional de Bellas Artes, Escuela Superior de Música y Danza, Recital de piano a cargo de la alumna: Julia Gutiérrez Urías, Monterrey, N.L. Junio 1991. Boston Conservatory, 1995. Schola Cantorum Eté, 1995. Poemas sueltos de Alejandro y correos que imprimió de David. Una foto de novios de ella y Santiago. Un cassette con una grabación que hizo con la orquesta de los Boston Pops. Muchos recortes de periódicos de Monterrey, Boston, París, del Heraldo de Chihuahua, y de revistas de música.

Encuentra también una revista *Hola*. En una fotografía aparecen ella y David en un evento del Salón de los Espejos en Versalles. Él, de esmoquin; ella, de vestido largo y collar de cristales. Julia deja la revista sobre la barra de la cocina. Se dirige a su tocador. Dentro de uno de los cajones hay un estuche que nunca abre. Dentro de la caja, el collar de cristal cortado. Lo toma entre sus dedos. Lo eleva hasta ponerlo frente a ella. ¿Recordará David? ¿Qué lugar ocuparé yo en la historia de su vida?

Abandonaste tu carrera, Julia. Te convertiste en un ama de casa que intenta quitar cochambre de sanitarios y sartenes con las uñas, con el mismo esmero que tus dedos habían puesto en tocar piezas de Saint-Säens y Rajmáninov. Te transformaste en una burguesa que administra eventos sociales, promociones de embutidos; el desasosiego y la furia que exuda la frustración de saber que vives exiliada de ti misma. Pinche Julia.

Al día siguiente Santiago sí está en la ciudad. Al mediodía, se sientan los seis alrededor de la mesa.

—¿Vieron que viene David Liebmann a Monterrey?

—¿Quién es?

—Un violinista muy famoso, de los mejores del mundo. Sus conciertos son padrísimos. ¿Quieren ir? Lo conocí cuando estudié en París. Tengo una revista donde salimos juntos, en un evento del gobierno de Francia, en el salón de los espejos del Palacio de Versalles.

—¿Cuándo es el concierto?

—El próximo miércoles.

—No puedo. Tengo miercolitos.

—¿Los demás? ¿Alguien se apunta? ¿Tú?

Santiago desvía su mirada del celular.

—¿Vinieron a arreglar el filtro de la alberca?

—Sí, quedó listo.

—No me respondiste.

—No te escuché. ¿Qué no viste que estaba ocupado en el celular? Siempre atraviesas el caballo.

—Les comentaba que viene David Liebmann a Monterrey.

—¿Quién es?

—Ya te había comentado de él… Un violinista muy famoso, de los mejores del mundo. Lo conocí cuando estudié en París. Fuimos novios. Ya te había contado. Incluso fue a Boston a visitarme, antes de que me accidentara la mano. Tengo una revista donde salimos él y yo juntos, en un evento del gobierno de Francia, en el salón de los espejos del Palacio de Versalles.

—Pues no me acuerdo. No me digas que ya me habías comentado de él. Si me acordara, no te preguntaría. No tengo por qué acordarme de gente que no conozco. Además, tuviste tantos novios que se me confunden. ¿Cuándo dices que es el concierto?

—El próximo miércoles. Sofía ya dijo que tiene reunión con sus amigas. Pero a lo mejor tú quieres ir; podría tratar de contactarlo y ver si lo invitamos a cenar. En aquel entonces llegué a conocer a su representante. Leila se llamaba.

Julia se levanta para ir por la revista. Descubre la salsa verde derramada sobre la imagen de David y la suya. Se apresura por un trapo junto al fregadero. Intenta limpiar la imagen que se desvanece entre hojas de cilantro y semillas de tomate de fresadilla, que se rompe y se difumina.

—Miren, ésta es la revista que quería enseñarles.

—A ver, mamá, préstamela. Ni pareces tú, qué guapa. ¿Te la pasabas bien, eh? París y galanes.

—Entonces, ¿quieren ir al concierto?

—Por cierto… Tú y yo no vamos a estar en Monterrey ese día, Julia. Se me había olvidado decirte. Tenemos la boda de la hija de mi jefe en Punta Mita, para que les mandes el regalo; ahorita te doy la invitación.

—Ay, qué padre para mamá —replica Regina—. Ella no hace nada. Desde que dejó su trabajo, nada más viaja. Y nosotros aquí en *quarterly exams*. Qué chiste, no se vale. No es justo.

* * *

Dentro de Julia dialogan ríos, arroyos, cascadas. Se entrecruzan.

La vida es una sucesión de reemplazos.

Julia no puede narrarse. No puede asirse.

Es un río caudaloso de voces que confluyen en ella. Contempla azorada esas corrientes subterráneas que la habitan y traspasan.

Monterrey, N.L. - Ciudad Juárez, Chih.
1995

Helena sale de Monterrey rumbo a Ciudad Juárez. Dieciocho horas en camión. Helena con la mirada fija en ese desierto inmune al paso del tiempo. Yucas, pitahayas, cactus y magueyes. Los constantes crucifijos al pie del camino son una especie de coro griego que insiste en muertes precoces. La luz dorada del desierto la encandila. Helena cierra los párpados. Se ve a sí misma andando entre los caseríos del desierto con pies empolvados.

Helena ha querido visitar a Maripaz desde que se fue a vivir a Ciudad Juárez. Ha querido, pero no de este modo. La angustia es una tortura de la que ya no podrá recuperarse. Voces, imágenes en torbellino que repican su imaginación sin asidero.

Llamó La Luly, la mejor amiga de Maripaz. Llamó también la tía Cata.

—No encontramos a Maripaz por ningún lado.

Todos saben lo que pasa con las niñas y las jóvenes en Ciudad Juárez desde hace tiempo. Todos.

—No sé por qué se les metió en la cabeza irse a meter al meritito infierno. Quesque gerente en la maquila, y ni cómo decirles que no. Ya son mayorcitas. Veintitrés años, carajo.

Las desnudan, las violan, las estrangulan, las golpean, las amarran, las mutilan, las asesinan y las incineran. A veces son los judiciales; otros dicen que son los gringos y los narcos, o que el egipcio Abdel Latif Sharif Sharif, un loco depravado; o la pandilla de Los Rebeldes; dicen que es el secuestrador y traficante de drogas Alejandro Máynez, o un asesino en serie, como en las películas de terror. La perversión de un sistema.

—Maripaz no está.

—Maripaz no aparece por ningún lado. Desde ayer por la tarde no sabemos de ella.

Éste es un país de desaparecidos, de cuerpos que no están para llorarlos, para saber que existieron, para darles sepultura. Ni vivos ni muertos. Aquí, no hay nadie.

El camión navega inmutable sobre el desierto. Las horas a cuenta gotas y la angustia a punto de desbordarse.

—Hija, ¿dónde estás? ¿Quién te llevó? ¿A dónde te llevaron? Una señal…, sólo una señal te pido, Señor.

Helena se persigna, cierra los párpados, murmura.

—Te pido por mi niña, por mijita, para que la encontremos pronto, por lo que más quieras Señor. Que nadie la toque. Que no le hagan daño. Protégela con tu manto misericordioso. Si le quieren hacer algún daño, que me lo hagan a mí. Por favor, Señor mío.

El dolor es una caricia perversa.

El dolor es una ausencia, es el tiempo que se detiene de súbito y nos aplasta con su inercia.

Pasan los días. Helena, la Luly y la tía Cata caminan, esperan en la antesala de la oficina de la policía; recorren incansables la ciudad entera, y preguntan, y hacen una cita y otra, un día y otro más, se reúnen con familiares de otras desaparecidas. Las historias son espeluznantes. Días y noches de insomnio voraz, de esperar la llamada, la señal. Las tres mujeres reparten volantes.

María de la Paz Hernández Acosta
23 años. 1.75 m. Tez clara. Complexión delgada.
Ojos grandes, café claro. Cabello café oscuro, liso, largo.
Tel. (16) 6204-7591
Se ofrece recompensa $50,000 Nuevos Pesos
Agosto, 1995

Escasas líneas de texto que sintetizan una vida. ¿Cuánto vale una hija? ¿Cuánto vale una existencia? Los pegan en los postes afuera de la clínica del seguro social, de la terminal de autobuses, de las iglesias, y en los supermercados, en los baños públicos, en los alrededores de la maquila, en el aeropuerto, en los estanquillos y comedores, en las plazas. Un rostro más junto al de tantas desaparecidas. Decenas. Cientos.

Maripaz no aparece.

Helena, de pie, se detiene frente al listado en el cristal. Nombres de mujeres desaparecidas identificadas:

1. Adriana Martínez Martínez
2. Adriana Saucedo Juárez
3. Adriana Torres Márquez
4. Aída Carrillo
5. Alejandra Viescas Castro
6. Alicia Herrera
7. Alma García
8. Alma Mireya Chavira (o Chavarría) Fávila
9. Alma P. o Leticia Palafox Z.
10. Amalia Saucedo Díaz de León
11. Amelia Lucio Borja
12. Amparo Guzmán Caixba
13. Ana Gil Bravo
14. Ana Hipólito Campos
15. Ana Ma. Gardea Villalobos
16. Apolonia Fierro P.
17. Araceli Gómez Martínez
18. Araceli Lozano Bolaños
19. Araceli R. Martínez Montañés
20. Aracely Esmeralda Martínez
21. Aracely Gallardo Rodríguez
22. Aracely Manríquez Gómez
23. Aracely Núñez Santos
24. Argelia Irene Salazar Crispín
25. Bárbara Araceli Martínez Ramos
26. Bertha Luz Briones
27. Blanca Estela Velázquez Valenzuela
28. Blanca Yadira Nuñez
29. Brenda Alfaro Luna
30. Brenda Berenice Delgado Rodríguez
31. Brenda Herrera
32. Brenda Lizeth Nájera Flores
33. Brenda Patricia Méndez Vásquez
34. Brisa Narváez Santos
35. Carolina Carrera
36. Cecilia Sáenz Parra
37. Celia Guadalupe Gómez de la Cruz
38. Cynthia Rocío Acosta Alvarado
39. Clara Hernández Martínez
40. Clara Zapata Zepeda Álvarez
41. Claudia Ivette González
42. Claudia Ramos López
43. Cristina Quezada Mauricio
44. Cynthia Portillo de González
45. Dalia Maribel Prieto
46. Deisy Salcido Rueda
47. Domitila Trujillo Posadas
48. Donna Maurine Striplin Boggs
49. Dora Alicia Martínez Mendoza
50. Elba Reséndiz Rodríguez
51. Elba Verónica Olivas
52. Elena García Alvarado
53. Elena Salcido Meraz
54. Elsa Rivera Rodríguez
55. Elizabeth Castro García
56. Elizabeth Flores Sánchez
57. Elizabeth Gómez
58. Elizabeth Martínez Rodríguez
59. Elizabeth Ramos
60. Elizabeth Robles Gómez
61. Elizabeth Soto Flores
62. Elodia Payán Núñez
63. Elsa América Arrequín Mendoza
64. Elva Hernández Martínez
65. Elvira Carrillo de la Fuente
66. Emilia García Hernández
67. Bréndira Buendía Muñoz
68. Bréndira Ivonne Ponce Hernández
69. Erica García Moreno
70. Erika Ivonne Ruiz Zavala
71. Erika Pérez
72. Esmeralda Juárez Alarcón
73. Esmeralda Leyva Rodríguez
74. Esmeralda Urías Sáenz
75. Estefanía Corral González
76. Eugenia Martínez Poo
77. Fabiola Zamudio
78. Fátima Vanessa Flores Díaz
79. Flor Idalia Márquez
80. Francisca Epigmenia Hernández
81. Francisca Lucero Gallardo
82. Francisca Sánchez Gutiérrez
83. Gabriela Bueno Hernández
84. Gabriela Domínguez Aguilar
85. Gabriela Edith Márquez Calvillo
86. Gladys Janeth Fierro Vargas
87. Gladys Lizeth Ramos Esc
88. Gloria Betances Rodríguez
89. Gloria Elena Escobedo Piña
90. Gloria Escalante Rodríguez
91. Gloria Olivas Morales
92. Gloria Rivas Martínez

93. Graciela García Primero
94. Guadalupe Ivonne Estrada Salas
95. Guadalupe Luna de la Rosa
96. Guadalupe Verónica Castro Pando
97. Guillermina Hernández Chávez
98. Hester Van Nierop
99. Hilda Fierro Olivas
100. Hilda Rodríguez Núñez
101. Ignacia Morales Soto
102. Inés Silvia Merchant
103. Irene Castillo
104. Irma Angélica Rosales Lozano
105. Irma Arellano Castillo
106. Irma Márquez
107. Irma Rebeca Fuentes
108. Irma Valdez Sánchez
109. Jacqueline Cristina Sánchez Hernández
110. Jessica Lizalde León
111. Jessica Martínez Morales
112. Juana González Piñón
113. Juana Iñiguez Mares
114. Juana Sandoval Reyna
115. Julia Luna Vera
116. Julieta Enríquez González
117. Karina Ávila Ochoa
118. Karina Daniela Gutiérrez
119. Karina Candelaria Ramos González
120. Karina Soto Cruz
121. Laura Alondra Márquez
122. Laura Ana Inere
123. Laura Berenice Ramos Monárrez
124. Laura Georgina Vargas
125. Laura Lourdes Cordero García
126. Leticia Armendáriz Chavira
127. Leticia Caldera Arvídez
128. Leticia de la Cruz Bañuelos
129. Leticia García Rosales
130. Leticia Quintero Moreno
131. Leticia Reyes Benítez
132. Leticia Vargas Flores
133. Lilia Alejandra García Andrade
134. Liliana Frayre Bustillos
135. Liliana Hodging de Santiago
136. Linda Ramos Sandoval
137. Lorenza Isela González Alamillo
138. Lourdes Gutiérrez Rosales
139. Lourdes Ivette Lucero Campos
140. Lucila Silva Dávalos
141. Luz Adriana Martínez Reyes
142. Luz Ivonne De la O García
143. Manuela Hermosillo Quintero
144. Marcela Hernández Macías Marcela Macías Hernández
145. Marcela Santos Garza
146. Marcela Viviana Rayas Arellanes
147. Margarita Briseño Rendón
148. María Agustina Hernández
149. María Ascensión Aparicio Salazar
150. María Cristina Quezada Amador
151. María de Jesús Fong Valenzuela
152. María de Jesús González
153. María de la Luz Murgado G.
154. María de los Ángeles Acosta Ramírez
155. María de los Ángeles Alvarado Soto
156. María del Refugio Núñez L.
157. María del Rosario Cordero Esquivel
158. María E. Luna Alfaro
159. María Elba Chávez
160. María Elena Caldera
161. María Elena Saucedo Meraz
162. María Estela Martínez
163. María Estela Martínez Valdez
164. María Eugenia Mendoza Arias
165. María Inés Ozuna Aguirre
166. María Irma Blancarte Lugo
167. María Irma Plancarte
168. María Isabel Chávez G.
169. María Isabel Haro Prado
170. María Isabel Martínez González
171. María Isabel Nava Vázquez
172. María Isela Núñez Herrera
173. María López Torres
174. María Luisa Luna Vera
175. María Luisa y sus tres niños
176. María Maura Carmona Zamora
177. María Rocío Cordero Esquivel
178. María Rosa León Ramos
179. María Rosario Ríos y esposo
180. María Sagrario González Flores
181. María Santos Ramírez Vega
182. María Santos Rangel Flores
183. María Saturnina de León

Helena, aturdida por la desazón. Toda la vida de cada una de esas mujeres resumida sólo en tres palabras, tres palabras destinadas a formar parte de listas que nadie lee. Igual que los muertos de Auschwitz, igual que los soldados fallecidos en miles de guerras absurdas en la historia. Nadie recuerda sus vidas. Nadie recuerda sus nombres. Apellidos. La memoria no es lo nuestro. Muy pocos saben por qué están ahí las estatuas, los monumentos, el dolor ajeno. Los verdaderos héroes yacen en el olvido. Para ellos ni el monumento ni el libro de historia o un nombre grabado en letras doradas. Centenares de mujeres, de niños, de ancianos, de mártires pendiendo de la orilla de la historia, de la memoria colectiva. Para ellos el olvido. Ya son cientos de mujeres las desaparecidas en Ciudad Juárez. Una sarta de tantos nombres y apellidos que ya nadie quiere leer. ¿Para qué? Chingado. ¿Eso es todo lo que queda de nuestras hijas, de nuestras hermanas, de las madres que dejaron huérfana a su familia? ¿Y por qué las autoridades no hacen nada? ¿Por qué lo silencian? ¿A quién rinden cuentas esos hijos de su madre?

Dos semanas después aparece el cuerpo.

Maripaz violada.

—Mi Maripaz, mi niña…

Maripaz acuchillada.

—Mi niña, mujer preciosa…

No existe la verdad. Nadie la va a confesar. Hay muchas versiones, muchos chismes. Nadie sabe nada. El dolor es una noria profunda. Una vez que caes ahí dentro no hay nadie. Sólo voces que te persiguen día y noche. Te asedian en los insomnios hasta quebrarte, hasta filtrarse en los recovecos subterráneos que te conforman, hasta volverte loca, hasta que nada importe.

Helena ya no grita. Helena ya no llora. Helena ya no busca. A veces Helena navega en un limbo de periodistas, de preguntas, de interrogatorios, de salas de espera, de falta de tacto, de mierda, de indiferencia, de impunidad. Nadie vio. Nadie sabe. Nadie fue.

—Ella se lo buscó.

—Seguro era prostituta.

—Por algo la mataron. ¿A poco así nomás? En algo andaría metida la vieja esa.

Helena se pregunta por qué el lugar donde la encontraron se llama granja Santa Elena. Por qué tiene que llevar su propio nombre el lugar donde fue a morir su Maripaz, como si ella misma, sin saberlo, le hubiera echado la maldición, como si un demonio moviera hilos y se burlara de la coincidencia, como si alguien ya hubiera planeado eso y se regocijara en su dolor. A veces piensa también por qué ocurrió en una ciudad que se llama Juárez, y se acuerda de aquella historia que le contó su Tita Inés, de las mujeres asesinadas por Pancho Villa en Jiménez, Chihuahua, precisamente sobre la Calzada Juárez, y también se pregunta por qué en la calle Juárez de esta Ciudad Juárez esquina con Guerrero fue la última vez que vieron viva a Maripaz.

Durante el velorio de Maripaz, y los días siguientes, Helena escucha historias, presencia el dolor de las palabras inútiles, de las que esconden el vacío de una vida, la futilidad de los cuidados, las caricias y la esperanza, la falta de respuestas, lamentos de hombres y mujeres cuyas hijas, hermanas, esposas, amigas están desaparecidas. Algunas aparecen tiradas como basura, rotas, maceradas, torturadas, violadas, sus cuerpos marcados por dedos que las manosearon, puños que las golpearon, las quemaron con colillas de cigarros, como si la piel de sus cuerpos fuera el fondo de un cenicero sucio. Y para otros, ni el consuelo de un cuerpo maltratado, sólo la angustia, el alma errante en una búsqueda absurda de años con la esperanza de encontrar cuerpos desaparecidos.

Pasan los días y a partir de esa indignación que le carcome las entrañas, Helena se enviste de una fuerza inusitada.

—Hay una voz que me persigue —repite Helena—. No me deja en paz… Voy a hacerle caso. Con estas corazonadas no se juega.

Helena se va a vivir a Ciudad Juárez con Beto. Retira sus ahorros del banco en Monterrey, vende su casa —lo único que le quedó de Alberto y de aquellas remesas de quince años atrás—, regala los pocos muebles. Se muda a Ciudad Juárez con la intención de vengar a Maripaz, de ayudar a otras personas desesperadas. Trabaja medio tiempo en un estanquillo de burritos. La dueña la deja llevarse un par de burritos a diario y con eso comen ella y Beto. Le dieron la chamba con él; lo sientan en una silla y lo ponen a envolver las órdenes en papel encerado. Es la primera vez que Beto trabaja. Helena suspira satisfecha de verlo ahí tan concentrado en reunir un par de burritos y envolverlos con esmero, como si armara el motor de un auto o analizara microorganismos en un laboratorio químico.

Conoce a Irma Pérez, otra madre sin hija, y se integra al Grupo Voces sin Eco; se reúnen cada semana en su casa en la colonia Bellavista. Helena atiende todas las juntas, una especie de Alcohólicos Anónimos para buscadores de jóvenes desaparecidas. Hay días que sale contagiada por la furia de encontrar al culpable, de vengar a su hija, su niña de ojos grandes, y compañera.

—Nomás estamos perdiendo el tiempo, nos dan puro atole con el dedo y uno de idiota con tanto empeño que le pone a todo esto.

Peregrinaciones a instancias de gobierno, caminar, esperar, hacer filas, llenar formatos, buscar al licenciado, esperar al licenciado, una firma y otra firma, la hora de la comida, la fila parados en el sol, las salas de espera, caminar desterrados, esperar el camión, el calor del desierto, el hambre, la sed y los ahorros que poco a poco van desapareciendo. Por las tardes los dos reparten volantes en los semáforos, hacen colectas para ayudar a Voces sin Eco.

Pocos bajan el vidrio, nadie escucha lo que Helena explica, nadie sabe para qué piden.

—Pónganse a trabajar, inútiles.

—Ya no pidan, bola de flojos huevones.

—Aquí tiene, Dios le ayude.

—Bárrame la cochera y le doy, pero así nomás no, señora.

Un peso, cincuenta centavos, cinco pesos y las gotas de sudor bajando por el cuerpo entero. Verde, amarillo y rojo. El rojo y veinte centavos. Cuatro vidrios que no se abren, permanecen inmutables guareciendo el aire acondicionado, las vidas de las personas que van dentro, que temen a los vagos, a los limosneros, a los que piden, a los que asaltan, a los que exhalan fuego, a los que venden diademas con antenas de marcianos, empaques de parabrisas, gis para matar cucarachas. Las gotas saladas de sudor suspendidas en los párpados. Salpican el resplandor del mediodía cuando Helena entrecierra los ojos. Semáforo en verde.

—Dame la mano, Beto, que te apachurran estos hijos de la fregada. Tienen tanta prisa.

Pasan los meses. Las mujeres nunca aparecen vivas, a veces sus cuerpos descompuestos. A Helena le quedan ya pocos ahorros de años, casi se le termina también el dinero que le dieron las vecinas de Monterrey cuando salió de allá.

Helena hace llamadas a Monterrey, pide ayuda, una antigua patrona la recomienda en un restaurante bien establecido. Tendrá seguro para ella y su hijo, buen sueldo, tiempo completo. El Beto con una señora que cuida a varios en el barrio; es media arisca, pero no hay de otra.

Una madrugada despierta sobresaltada. Otra vez, la misma voz que la empujó a venirse a Ciudad Juárez. No puede recordar lo que dijo la voz; sólo le queda la certeza de que la escuchó clarito, recuerda el tono de la voz, era de hombre, era ronca, era fuerte, llenó el cuarto, pero no recuerda qué dijo, estaba tan cansada, tan dormida, pero la voz la despertó y ya despierta alcanzó a escuchar el final de una frase. No fue un sueño, la escuchó clarito. Lástima que nadie más la haya escuchado.

Helena no puede volver a conciliar el sueño. ¿Qué le querrá decir ahora la voz? Hace tiempo le dijo que se fuera a Ciudad Juárez. Ella obedeció. En la entrevela de la madrugada caliente y las sábanas sudorosas, Helena vislumbra policías con dientes de oro, señoritas de colmillos puntiagudos que reciben su papelería, la sellan, se la devuelven con dedos de uñas larguísimas y brillantes, Helena escucha la voz de un taxista que le da un peso. *Morrita.* En sueños camina, en sueños espera, vuelve a ver el pómulo golpeado, el ojo amoratado, las uñas cortitas de su Maripaz ensangrentadas, los cordeles de las muñecas. Helena detesta la madrugada, la duermevela. Prefiere levantarse, hacerse un café, salir, cocinar, trabajar.

—Buenos días, ¿qué le sirvo?

Sirve un caldo de res y vuelve la mirada a la pantalla del televisor. Acaban de matar a una de las líderes de Voces sin Eco. Amaneció muerta en un parque cerca de su casa con un recado: Vamos por todas. Helena perpleja derrama un café sin querer.

—Ponga atención, señora. Mire nomás cómo me manchó. Voy a tener que regresar a la casa a cambiarme.

—Una disculpa, fue sin querer. La cuenta la paga la casa.

Pasa el día absorta en la cocina. Sus compañeros murmuran risueños, pestañas postizas y labios fucsia. Bajo la luz neón de la cocina, el acero inoxidable y el olor a cebolla recién picada, la voz retorna. *Helena. Helena.* Huele a cilantro. Helena pregunta tímida a su compañera si escuchó algo.

—Nada, manita, te confundiste con la voz de Juan el carnicero.

Pero la voz regresa y le habla por su nombre. No dice nada. Sólo su nombre. A veces Helena murmura para pedirle que se calle, que ahí no, que necesita cuidar ese trabajo. A veces la oyen hablar sola.

—Esta mujer Helena, media rara, ¿no te parece? A veces habla sola y tiene una mirada que espanta, un color de ojos amarillos muy extraño. Nomás las lechuzas tienen ese color de ojos.

Otro café derramado; Helena de rodillas, presurosa, limpia el suelo con un trapo y éste se pinta de rojo. Helena parpadea. *Helena. Helena. Helena. Helena. Helena. Helena.*

—Otra vez tiró un café.

—Dicen que tenía una hija. Dicen que es de las desaparecidas. Dicen que sí la encontró, pero muerta.

Helena. Helena. Helena. Helena.

—Fíjese bien porque pudo haberme quemado con el café hirviendo.

Helena. Helena. Helena. Helena.

Un día responde a la voz con un grito feroz que nadie reconoce. Helena volcada en un sólo grito de impotencia contenida. Su mirada vasta y ambarina se dilata. Furiosa, por los ojos que la revisan a su alrededor, avienta la comida, el mandil.

La despiden.

Helena vaga por la ciudad. No vuelve a reunirse con los otros. No pide trabajo. Recoge sus pertenencias, y lo que queda de sus ahorros, empaca sus pocas pertenencias: ropa de ella y de su hijo, los volantes con la descripción de Maripaz, la foto antigua, en blanco y negro de su Tita Inés con su familia, otra foto de sus padres vestidos de novios.

Helena y Beto suben al camión rumbo a Monterrey.

—Esta ciudad nos ha traído puras desgracias.

A mediodía el camión hace parada en la central de autobuses de Chihuahua, a media tarde en Jiménez, al atardecer pasa por Escalón y poco después se detiene en Bermejillo. Helena desciende del autobús. Se estira para desentumirse. Vuelve sus ojos ambarinos al cielo que arde en rojos, dorados y violetas sobre el desierto. Helena respira profundamente. Su rostro se ablanda.

Frente al estaquillo pide un jugo naranja recién exprimido para compartir con su hijo. Succiona con el popote. Suspira.

—Hace años que no tomaba un jugo tan bueno.

El silencio, el aire arisco de desierto, la luminosidad cobriza la envuelven en algo semejante a la quietud.

—Se me hace que aquí nos quedamos mijo. La verdad es que ya no tenemos a qué volver a Monterrey.

Ejido Los milagros de Dios, Durango

12 de junio, 2014

Una mañana Helena sale. La vecina acerca su rostro a la puerta
frente al cuarto y dice:

—Ándale, Beto. Te traje unas galletas bien sabrosas. Ábreme
y te las doy. Ándale...

Más tarde, la vecina marca al número de celular que le dio él.

—¿Bueno? Oiga, le llamo de acá, de Los milagros. Le llamo
porque ya encontré a la mujer que usted anda buscando. Está
dentro del cuarto donde nadie le abrió, ¿se acuerda? Ahí la tiene
escondida la señora Helena.

—Sí estoy segura, yo misma la vi. Es la mujer de la foto.

* * *

Por dónde empezar. La oficina se aleja. El resplandor de la ventana se vuelve grotesco.

Julia está viva; ha sobrevivido dentro de ese cuarto en el
desierto.

Julia escondida por una mujer mayor, de quien dicen que está loca, que la confunde con su hija.

En el día el calor del desierto sube hasta cuarenta y siete grados.

Y su cuerpo llagado.

Avisar a su esposo.

Y entonces, ¿de quién serían los restos que le entregaron?

Ambulancia.

Mejor ir solo, asegurarse de que sea ella.

Se levanta, deja los textos sobre el escritorio.

Cierra con llave la oficina.

La mujer lo espera a la orilla de la carretera. Ahí deja el auto.

—Ése es el cuarto donde la tienen. Aproveche que Helena no está. Yo me encargo del chamaco. Se lo distraigo.

—Beto, ábreme. Necesito que me ayudes a cargar unos bultos. Te traigo más galletas y una feria… Ábreme.

La puerta rechina al abrir. Una vez que sale Beto y se va con la vecina, él se acerca. Empuja la puerta.

La penumbra dorada del atardecer se vierte a manera de túnel en el cuarto oscuro. Él entra sigiloso. Tarda en adaptarse a la oscuridad. Con la luz de su celular, ilumina trastos, un cirio apagado, una cobija revuelta, imágenes y estatuillas, una botella de agua vacía, un par de catres.

Camina cauteloso sobre el suelo de polvo. Bajo la suela de su zapato cruje el caparazón de un escarabajo. La imagen dentro del cuarto es como un sueño. Y sin embargo, hay un grillo ahí dentro que la vuelve real. Su grillar intenso es casi un aviso, una alarma.

Él aguza la visión; descubre al insecto junto a una hornilla.

En el suelo, hacia el rincón, está Julia tendida. Junto a ella una cuchara de peltre.

Él se acerca lentamente, en silencio. Apenas cinco pasos cortos. Alumbra su rostro. Es ella. Golpeada. Pálida. Labios agrietados. Cabello revuelto. Es Julia.

La contempla y la tarde extiende su cauda. Siente la presión en la piel de la cara, en la mandíbula, en la garganta que causa la conmoción. Parpadea.

Se reclina. Se pone en cuclillas. Apoya las yemas de los dedos en el suelo para sostenerse y acerca el oído izquierdo al rostro de Julia.

De manera casi imperceptible, Julia aún respira.

Él aprieta los párpados.

Hace años elegiste disgregar tu vida detrás de Santiago, y de Sofía adolescente cuando la llevas al colegio con migraña, se baja de la miniván y le dices: "Adiós, suerte en el examen", y te ignora; detrás de organizar la posada de la generación de Chago, y de correr a la quesería por los lácteos orgánicos, a la carnicería, a la agencia de viajes, a pagar el seguro de gastos médicos, a recoger los boletos del festival de Navidad, a comprar medicina contra la alergia, a llamar al hotel de Playa del Carmen, a llevar a clase de Kumon a Regina, a conseguir los trajes de la pastorela, a contestar centenares de mensajes, a comprar, envolver y llevar los regalos de Navidad para los huérfanos, a pedir por internet los de Santa Claus, los de los maestros y cumpleaños de la semana, a devolver una ropa que le prestaron a tu hija, a llevar al oftalmólogo a tu suegra, a manejar horas y horas cada tarde para dejar y recoger a los niños de sus clases: taekwondo, partidos de futbol, piano, canto, catecismo, y asistir a piñatas donde los niños bailan música estridente, escuchan chistes que no entienden y reciben más regalos de los que entregan, a revisar los chats de Sofía y Chago sin que se den cuenta, en levantarte a la noche para revisar si Adrián tiene fiebre, si está bien abrigado, en llevar el auto chocado a evaluar, en comprar tenis, en ir a pláticas sobre cómo ser mejores padres, en ir a la consulta con el ginecólogo quien mete su mano hasta el centro de tus entrañas para arrancarte un pedacito de útero y mandarlo analizar, en pagar todos los servicios a tiempo, en llamar al técnico porque no prendió la lavadora, en cocinar el pastel para el cumpleaños de Regina, en preparar botana para la cena de la noche, en repasar para el examen de Adrián, en conseguir macetas con belenes y plantas de fornius, en conseguir los lentes de contacto de Sofía, y llevarla a su cita mensual con el ortodoncista y a la depilación láser, en sacar la ropa que ya no les queda del clóset y enviarla al bazar, en ir al sastre a recoger la ropa, en ir al Bingo a beneficio de niños con cáncer, en aprender a responder las dudas de tus hijos cuando los entrenaron en su salón de clases a tirarse "pecho tierra" por si acaso les tocara una balacera en el horario escolar. Alguien tiene que hacer todo eso. Como dijo Regina:

—Ay, ni te quejes, mamá. Para eso nos tuviste, ¿no? Fue tu decisión.

Para eso necesitaban ellos que dejaras la dirección de la academia de música, para que "no hagas nada y estés al pendiente de lo que se ofrezca", "para que no trabajes".

Elegiste ser sombra, voluntad erosionada, navegar en una monotonía citadina en la que tus hijos no te escuchan, sólo esperan comida nutritiva, sabrosa y a tiempo en la mesa, y ropa limpia, doblada y planchada en el clóset, en esa casa decorada de revista, y que lleves la agenda de todos, hasta de las reuniones de Santiago con sus amigos, además de la de las vacunas, las visas y los pagos. Ellos permanecen absortos con audífonos viendo series, Youtube, elaborando proyectos, chateando.

Elegiste repetir a Santiago lo que ya les has contado y fingir que es la primera vez que lo dices porque ya lo olvidó. Hablar sobre temas que se publican en el periódico: candidatos, gobernadores, alcaldes corruptos, para que no tenga quejas de que eres una "artista frustrada que vive en la luna". Elegiste aprender el momento justo para preguntar, para postergar decisiones, para esperar a que él tome la suya, para no tocar ciertos temas, a cenar sola en un restaurante la noche de su aniversario porque le llaman de la compañía y durante toda la cena conversa con el celular. Elegiste vivir con un hombre que sólo te mira a los ojos la noche que tiene ganas de tener sexo, a un hombre intachable, CEO para América Latina. Santiago Treviño no fuma ni toma, es fiel, lleva los niños a la escuela, asiste a sus partidos, visita a su madre en Arteaga una vez a la semana.

Elegiste los fármacos para combatir el insomnio,
para combatirla a ella.

Elegiste olvidarte de ti misma porque, como dice él, no sabes organizarte.

Y no rompes ese patrón porque tienes miedo a quedarte colgada de un hilo que pende sobre el vacío, a quedar mal con los demás, a que desaprueben tu desempeño. *Miedo a qué... Una amiga tuya le es infiel a su marido. Un primo tuyo robó a su madre anciana. El esposo de tu amiga se olvidó de sus hijos. La socia de tu cuñada le hizo un fraude. El tío abuelo tuvo una familia a escondidas. A qué le tienes miedo, Julia... Todos saben y nadie dice. Te ahogas en un vaso de agua. Qué pendeja eres, hubieras hecho lo que te daba la gana. Por qué siempre eliges lo correcto y no lo que quieres. Santiago es un espejo frente al que intentas construir una vida inútil.*

Elegiste refundir en cajas los reconocimientos que recibiste años atrás, grabaciones de tus recitales, programas de conciertos, recortes de periódicos. Las cajas yacen apiladas en el sótano. En esta elección de vida nada de eso importa. Como dijo Santiago: tampoco sirvieron las horas que invertiste en perfeccionar el *Concierto Emperador* ni en tocar el acompañamiento de la *Polonesa Heroica* ni la entrevista donde explicabas cómo una joven pueblerina había desafiado el centralismo mexicano y había logrado llegar a una de las escuelas más prestigiosas de música de Norteamérica.

* * *

Empacando una mudanza, una mañana te encontraste una vieja grabación tuya de piano. La escuchaste traída desde el fondo de la memoria, desde aquella otra vida tan remota como ajena, y brotó de súbito, en esta otra laboriosamente construida.

A mediodía, quisiste que tus hijos adolescentes escucharan la grabación, quizá con la intención de tender un puente entre aquella Julia y ésta. Conseguiste un aparato que reprodujera CD, lo colocaste en el comedor mientras comían y, aunque ellos también tocan violín y piano, dijeron después de dos minutos de escucharlo que "¿para qué oír más? Si al cabo todo era igual". Santiago estaba en la mesa comiendo cuando eso ocurrió y les insistió, pero tan pronto sonó su celular, él mismo salió del comedor y no volvió a recordar el tema.

Ejido Los milagros de Dios, Durango
12 de junio, 2014

Él le toma el pulso.

—Julia… Julia… Vine por ti.

Julia entreabre los párpados.

—Nos vamos de aquí. Vas a estar bien.

Introduce ambos brazos debajo del cuerpo; ella se queja mientras la carga. Se levanta y sale cuidadoso del cuarto.

El camino está solo.

Se dirige a su auto con Julia en brazos. Ladea su cuerpo para poder abrir el auto. Empuja con cuidado la puerta e introduce el cuerpo en el asiento trasero. La acuesta.

Ella lo observa con desconcierto.

—Julia, soy yo. Julia, ¿entendés lo que te digo?

Cierra la puerta, saca los billetes y los deja debajo de una piedra bola junto al huizache.

Deprisa, sube al auto, enciende y arranca.

En unos segundos, la oscuridad del desierto engulle Los milagros de Dios. En el retrovisor cree ver la silueta de una mujer que corre hasta la orilla de la carretera.

Una mujer que se desboca hasta desfallecer, aquella que años atrás se desgañitó en un grito de furia e impotencia, una madre que cae de rodillas sobre el asfalto rota por la desesperanza.

Él conduce sobre la carretera unos minutos.

Enciende la música: *Réquiem* de Mozart.

Se orilla en un acotamiento; detiene el auto.

Las cuerdas en tono menor, serenas; el fagot deambula.

Se baja y entra con cautela a la parte de atrás del auto. Se acomoda para hacerse caber en el estrecho espacio sin tocar el cuerpo de Julia.

Bajo la luz de luna le acaricia el cabello. La observa. Ladea el rostro.

Exaudi orationem meam
ad te omnis caro veniet...[11]

Julia y él bajo la noche de desierto.

—¿Sabes quién soy, Julia? ¿Me reconocés?

Julia abre los párpados. Esta vez su mirada es distinta. Como si algo en ella se hubiese conectado con una reminiscencia.

---

[11] Atiende mi oración / todos los cuerpos van a ti.

Kyrie eleison[12]

—Julia, voy a llevarte a un hospital en Monterrey. Vas a estar bien. Voy a llevarte con tu esposo…, con tus hijos… No saben que estás aquí. ¿Recuerdas algo, Julia?

---

[12] Señor, ten piedad.

Horas después Santiago recibe un mensaje. Julia, su esposa, se encuentra en urgencias del Hospital Zambrano Hellion.

Santiago, incrédulo, conduce apresurado en la madrugada.

La encuentra en una camilla.

—¿Es usted su esposo?

Santiago observa a la mujer descalza. La delgadez del cuerpo, casi irreconocible. Una blusa vieja que no recuerda, la ropa con manchas de sangre seca. Rastros de quemaduras en manos y cara. El cabello revuelto.

—Sí, es mi esposa… Es Julia. No puede ser. Tuvo un accidente de carretera hace tres semanas y creímos que había fallecido. Me entregaron sus restos. Hubo incluso velorio… Esto es increíble. ¿Cómo llegó hasta aquí?

—Un hombre la trajo. No dejó sus datos.

—¿Un hombre?

—Nos dio su nombre, el suyo, y pidió que nos pusiéramos en contacto con usted. Buscamos en el sistema y aparecieron sus datos; usted ha consultado aquí.

—¿Puede permitirme un momento con ella?

—Sí, pero no es prudente demorarnos. La señora está muy maltratada, su estado de salud es delicado. A primera vista, presenta síntomas de deshidratación severa, quemaduras de segundo grado, posibles fracturas y amnesia postraumática... Lo más seguro es que ella no recuerde nada, que ni siquiera lo reconozca. Presenta contusiones fuertes en la cabeza, y la desorientación temporal o espacial son comunes en estos casos, además de la incoherencia en el lenguaje e incluso las alucinaciones.

—¿Va a estar bien?

—Todo es cuestión de tiempo y de ver cómo responde a los tratamientos. No podemos asegurarle nada. El no haber recibido atención médica durante días puede tener repercusiones graves. Necesitamos que nos llene estos papeles y nos dé los datos del seguro médico, y que nos autorice los estudios para ingresarla. ¿Quiere que le llamemos a algún médico internista y neurólogo en particular?

Bermejillo, Durango
1996

Helena y Beto recorren Bermejillo con su maleta. Preguntan aquí y allá. Consiguen una casita de adobe. Helena trabaja un tiempo en el estanquillo donde tomó aquel jugo de naranja. Cocina para los choferes, para los viajeros que bajan de los camiones.

—El baño, a la vuelta. Ahí le dan papel.

—Lengua y arroz, burritos de picadillo, jugo de naranja.

—Sí tenemos café.

Helena. Helena. Helena. Helena.

—Qué lata, ni en este pozo al que me vine a meter puedo estar en paz.

Helena pica tomates y cebollas. *Helena. Helena. Helena. Helena.* Enciende la licuadora para preparar salsa. *Helena. Helena.* Una cucharada de consomé de pollo. Beto hurga en un limbo imaginario desde la banca de cocina. *Helena. Helena. Helena.*

En Bermejillo nadie los conoce. Dicen que durante un tiempo algunos preguntaron por ellos en Ciudad Juárez, quizás

Irma Pérez o tal vez otras personas de Voces sin Eco, o la tía Cata cansada de buscar desaparecidos sin saber ya a quién recurrir, o las madres que buscaban a sus hijas y a sus hermanas, las mismas que inventaron la palabra feminicidio, las que le dieron nombre a una realidad que pocos querían reconocer.

Cuando algunas de las que indagaban aparecieron asesinadas, muchos dejaron de preguntar por Helena, por Beto, por otros que no eran tan allegados a nadie, por los desaparecidos "sin identificar".

—Helena se fue pa' Monterrey, yo creo cambió su teléfono y le perdimos la pista.

—Ha de estar bien, allá en Monterrey tenía parientes y patrones que podían darle chamba.

—Yo creo que se volvió loca, ya medio le patinaba el coco desde que le mataron a su hija.

—Pobre mujer, sí estaba medio firuláis. Me consta que hablaba sola. Sabe Dios qué sería de ella y de su hijo, el retrasado.

—Era bruja, ¿no te acuerdas de sus ojos amarillos? Por eso desapareció así nomás. Dicen que un día aulló en el restaurante donde trabajaba, furiosa y que su aullido se escuchó dos cuadras a la redonda.

—Dicen que en las noches llora. Que allá en el barrio de la granja Santa Helena se le ve por las noches, cerca de la esquina de Juárez y Guerrero, ahí merito, donde encontraron a su hija muerta.

* * *

Pero de esos rumores, ya hace años.

Ahora ya nadie los busca. El tiempo todo lo borra.

Una madrugada la voz le dice que camine más al sur, que se vaya a esperar a su Maripaz a un caserío que dormita en la orilla de la carretera.

—¿Y pues yo qué voy a hacer ahí, en medio de la nada, con m'ijo?

Helena escucha la voz, una vez, otra vez.

Un día por la mañana, abandona la casita de adobe. Camina hasta la orilla de la carretera y de ahí al sur. En una mano lleva una maleta desvencijada y, en la otra, la mano de Beto.

Por la tarde llegan al ejido. La voz dice que ahí es. Llegan a su tierra prometida: Los milagros de Dios.

—Nada más porque tú dices que aquí es a donde va a regresar mi Maripaz. Nomás por eso. ¿Y de qué voy a vivir aquí, si no hay nada? Casi ni gente hay. Puedo hacer un negocito de dulce de dátil, a estos tarados no se les ha ocurrido hacer dulces con el dátil, en plena zona datilera. A ver si no terminamos peor, porque aquí, en medio de la nada, va a estar difícil encontrar gente que me los compre.

* * *

Adentro del cuarto oscuro Helena frota un cerillo. Su rostro claro, avejentado, y su cabello de leona se iluminan. Enciende el cirio. Acerca a su rostro el cerillo para apagarlo.

Y brillan sus ojos de lechuza,
estanque de arena y sombras.

Helena sopla y un hilo de humo se eleva entre la escasa luz cobriza. El olor a fósforo quemado se esparce por el cuarto. En un rincón, envuelto en una cobija, Beto, su hijo, ronca con los ojos entreabiertos.

Helena se hinca frente a imágenes y estatuillas. Se persigna tres veces, murmura con los párpados cerrados, los dedos entrelazados.

—Te ruego por mi niña, por m'ijita, para que vuelva pronto, por ella, Maripaz, mi chiquita, por lo que más quieras, mi Señor, por favor, que ya no tarde.

El dolor es una caricia perversa que sacude el estanque de arena y sombras, la voz entrecortada por el recuerdo de su hija.

Tocan a la puerta.

Monterrey, N.L.
22 de mayo, 2014

Cuelgas la llamada. Colocas el teléfono sobre el buró junto a tu cama. Recuestas tu cabeza sobre la almohada.

La oscuridad te duele en el cuerpo desde la discusión de anoche con Santiago. Lo cotidiano se aleja y te arroja a una noria.

—¿Quién era a esta hora?

—Era Nina, que papá ha estado malo.

Una grieta cruje en tu interior. Resquebraja la madrugada.

* * *

Hay algo, Julia, que te empuja a huir de ellos.

Hueles el dolor; se abre paso entre los pasillos de tu memoria. A zancadas pasa sobre tu infancia, tu adolescencia y sobre el presente hasta brotar como una llaga que arde.

Te abre otras miradas.

Y tú, Julia, no encuentras asidero.

* * *

El reloj marca las 4:53 a.m. Santiago se ha quedado dormido.

En medio de la oscuridad te sientas sobre tu cama. Colocas tus pies sobre el suelo, buscas tus pantuflas, introduces los pies en ellas. Te diriges al vestidor.

Minutos más tarde, giras la llave en el cerrojo. Empujas la puerta, escuchas el leve crujido en medio de la madrugada. Allí te aguarda la misma imagen cotidiana: adoquines, enredaderas, la Sierra Madre, los escalones, la hiedra, el susurro de aves que aún dormitan.

Vuelves tus ojos al cielo y fijas la vista en una sola estrella.

Un escalofrío te recorre. El viento se impregna en tus párpados. Introduces la llave y giras de nuevo el cerrojo. Doblas tus rodillas para levantar el bolso. La hojarasca se desprende de él. Subes por esa escalera embalsamada en hiedras, humedad y grillos.

Santiago, desde la cama, escucha el encendido del auto.

El día comienza a clarear detrás de los encinos que se acercan hasta el balcón. Escucha el auto que parte y se aleja de la montaña.

Inicias el descenso.

Con el paso de los años, la casona de Jiménez permanece intacta, suspendida en el tiempo. Un verdadero desafío porque a tu alrededor, todo ha cambiado: las ciudades, los amigos, las calles, los roles.

Cada adorno o cada mueble se yerguen como almenas en tu edificio interior, permanecen inmutables y conforman tu andamiaje interno. Son testigos fieles de que durante más de cuarenta años eres Julia. Te permiten atar esos hilos que hilvanas como tu propia vida.

Es el único sitio en donde impera la permanencia. Y eso te alivia de la inercia a dispersarte en otras vidas, lugares o compromisos.

Ahí eres Julia. A secas.

No existe borrón y cuenta nueva.

Me dicen que han pasado dos meses desde mi accidente. Me dicen que estoy progresando, que afuera hace un calor insoportable, porque estamos en plena canícula.

Me dicen que hoy, por fin, regreso a casa.

A casa.

A casa.

Con los míos.

Con Santiago y mis hijos.

Que mis padres vienen la próxima semana, que papá se recuperó.

No existe borrón. Ciertas discusiones me persiguen, pero no puedo dejar a Santiago, no puedo hacerle eso a mis hijos ahora.

Sin embargo, desde que desperté, Santiago ha sido amable conmigo, paciente. Me acomoda las almohadas. Las primeras noches se quedaba a dormir en el cuarto de hospital. Me ayuda a vestirme. Me acerca la comida a la cama.

No puedo valerme por mí misma. Quizás eso es lo que le atrae de mí: la debilidad. Es el patrón de familia que heredó; su madre se finge desorganizada como conejo agazapado para depender de él y mantenerlo cerca; ésa es la relación que busca con las mujeres.

Y de cierta manera, dependo de él, al igual que aquella vez en Boston que me rompí la mano. Él se las arregla para cumplir con su rol de salvador.

Otra vez soy la mano izquierda.

A ratos las migrañas me aturden, me zumban los oídos.

Escucho voces.

Entro a la madriguera.

Y adentro la migraña.

La luz que hiere, el insoportable olor del jabón de manos, el brócoli, el líquido para lavar los inodoros. La migraña encajada en las sienes, detrás de los ojos, debajo de los pómulos, en las encías superiores, la piel que arde quemada. Intento comer y devuelvo. Una pastilla y otra. Reposo, dijeron. Reposo.

Y en la oscuridad de mi alcoba dormito días, semanas.

A veces, entre sueños, vislumbro el continuo movimiento de las siete faldas de una mujer tarahumara que recorre un desierto luminoso junto a una niña.

A veces una mancha lejana sobre el pavimento, una pipa de gasolina navegando en un desierto.

A veces sueño que piso el freno una y otra vez, pero no funciona. Los chillidos de los cauchos. Una angustia me embiste.

Despierto sudorosa bajo los edredones. Santiago, medio dormido.

—¿Qué pasa?... Otra vez estás soñando.

—Sí...

—Son sólo sueños.

—Santiago..., ¿ya te dormiste?

—No. Estoy despierto.

—Oye… Quiero saber quién es la persona que me cuidó mientras estuve inconsciente. Últimamente pienso mucho en eso. Tengo ciertas imágenes y no sé si son recuerdos. Recuerdo una voz de mujer pero no sé si sea real. Quiero encontrarla. Me intriga mucho por qué lo hizo, por qué no pidió ayuda.

—Esa persona te tuvo prácticamente secuestrada. No entiendo por qué ni para qué, pero así fue. Pudiste haber muerto por negligencia suya. Ya contraté a un grupo de profesionales para que la encuentren. Debería padecer un proceso penal y estar en la cárcel.

—Pero no serviría de nada. Lo importante es que ya estoy aquí.

—Pero no estás aquí gracias a esa persona. Ese tipo de gente es una amenaza para la sociedad. No están bien de la cabeza. Si quieres hacer lo correcto, deberíamos buscarla y encerrarla. Puede hacer daño más delante.

—Pero si al parecer estuve en medio de la nada… ¿Qué tanto mal puede hacer ahí? Finalmente me mantuvo con vida… Quisiera poder darle las gracias.

—Ahí, en medio de la nada, hizo mal. Pudiste morir por su culpa.

—Quiero saber también quién me encontró y me llevó a urgencias. No puedo recordar nada. Es muy raro…, como si todo eso le hubiera sucedido a otra persona.

—…

—¿Santiago?… ¿Ya te quedaste dormido?

* * *

Con el paso del tiempo, Santiago se vuelve inocente a los ojos de Julia. Tiempo atrás, Julia lo culpó, le guardaba un coraje velado, cierta furia.

Ella decidió. Julia Mala no decidió. Tú decidiste, Julia.

Alguien le recomendó a Julia escuchar música clásica para regenerar la memoria, para recuperar su agudeza mental, su personalidad. Julia escucha todos los días, durante horas, piano, orquestas, violines que se debaten dentro.

Una tarde de octubre dormita.

Requiem aeternam dona eis, Domine
et lux perpetua luceat eis...[13]

Y de súbito las imágenes, el retorno de los ausentes: un tráiler cambia las luces, un botón rojo para liberarse, la pipa, el auto de adelante, una fogata enorme, Julia tendida frente al caserío.

La música es una miel que te lame el cuerpo por dentro y por fuera.

Kyre eleison[14]

Julia se encuentra con él en un concierto,

---

[13] Dales el descanso eterno, Señor / y que la luz perpetua los ilumine
[14] Señor, ten piedad.

Dies irae, dies illa[15]

en su mirada cuando la encañonaron

solvet saeclum in favilla[16]

bajo la luz de luna en el desierto.

qui salvandos salvas gratis,
salva me fons pietatis![17]

Entonces Julia abre los párpados.

---

[15] Día de ira, aquel día

[16] en que los siglos serán reducidos a cenizas

[17] a quienes salves será por tu gracia / ¡sálvame, fuente de piedad!

Durante el otoño, Santiago ha reanudado su ritmo de viajes: Detroit, São Paulo, Bogotá, Ciudad de México. Al fin y al cabo Julia se ha recuperado casi por completo, aunque siempre habrá resquicios indescifrables para él.

¿Sabes ya de quién son los restos que te entregaron? ¿Quién me escondió mientras estuve inconsciente? ¿Quién me llevó a urgencias? Santiago en juntas, Santiago responde llamadas de negocios en su celular. Santiago ahora ríe con sus hijos.

Sabe que Julia irá encontrando la manera de responder sus dudas; ella irá hilvanando una historia. Es mejor no inmiscuirse, no vigilar a su presa, suspender el estado de alerta y bajar el arma, y las palabras como perdigones; quizá, incluso, ausentarse de la cacería por un tiempo.

* * *

Una mañana que Santiago ha viajado fuera de Monterrey, mientras sus hijos están en la escuela, Julia y él conducen por la carretera rumbo a Los milagros de Dios. Ella dejó organizado que las vecinas recojan a sus hijos del colegio, que la señora que le ayuda haga la comida y Chago lleve a Sofía y Adrián a las clases de la tarde. En fin, Julia ha decidido que no tiene que rendir cuentas a nadie, salvo a su conciencia.

A una mujer que la retuvo en el desierto y la atendió con devoción enfermiza gracias a un mal entendido,

a la profecía de una mujer de siete faldas,

a la ominosa muerte de una joven en Ciudad Juárez casi veinte años atrás,

a él, quien la buscó una y otra vez desafiando la noticia de su falsa muerte,

a él, quien permaneció en el anonimato hasta que Julia recordó su identidad con el paso de los días y ahora la acompaña a dar con el paradero de Helena,

a él, quien le insiste en que retome el piano, al igual que lo hacía su hermano Edy, el niño con retraso mental que tuvo la audacia y la claridad para no extraviarse, y el único que insistía en llevar a Julia de regreso al piano mientras la escuchaba sentado en el suelo con su hilo de baba escurriendo hasta el pecho y su camiseta húmeda,

a Santiago, salvador involuntario de la mano izquierda, una vez más,

a Santiago, quien baja el arma y le da libertad para construir un estudio en cuyo interior habita un piano alemán al servicio de Julia, un cuarto propio como la de Virginia Woolf, con paredes de tela que absorben el sonido del piano y las historias que penden de la orilla para que las emociones no transgredan las fronteras establecidas tiempo atrás.

Hoy Julia y él navegan juntos, sobre el trazo recto de asfalto que se pierde sobre el horizonte del desierto inmutable. No hay palabras con las que Julia pueda referirle a él las emociones que el volver a repasar esa carretera cinco meses después del accidente, le producen.

Sólo el silencio sobre la planicie.

A veces ella cree ver una mancha de diésel sobre el pavimento lejano. Espejismos.

A ratos escucha la nota triste del violín que la trajo de vuelta. Vislumbra a un idiota que la contempla en un cuarto que hierve oscuro.

Apenas un instante, él toma su mano, solidario. Le sonríe. Enseguida vuelve la mirada al desierto.

Ella se fue sin avisarle a Santiago, pero ya no importó.

Ejido Los milagros de Dios, Durango
23 de octubre, 2014

Estacionan el auto a la orilla de la carretera, junto al mezquite.

—No recuerdo nada de esto. Estamos en medio de la nada. Es increíble que yo haya sobrevivido aquí.

Durante un rato, Julia observa la llanura como si en ese océano de polvo seco, matorrales hirsutos y la lejanía, divisara una suerte de relato invisible.

Después, ambos observan las marcas en el asfalto que dejó el accidente meses atrás.

Regresan al caserío. Toman el camino de polvo y guijarros que él señala. Los zapatos se empolvan. Escuchan sus pasos secos mientras caminan hacia el cuarto.

Julia suspira delante de la puerta cerrada.

—No recuerdo nada.

Toca a la puerta.

* * *

La puerta cruje antes de abrirse. *A bale tewa... ari ela cutomea*[18]

Asoman sus ojos de ámbar y melena furiosa.

A ratos la mirada se desvía descifrando las voces. *Helena.*
Helena. Helena. "Que vuelva pronto. Mi niña."

Helena ladea la cabeza, encandilada por la luz grosera del
desierto, le toma unos segundos enfocar ese rostro frente a ella.

Acerca sus manos arrugadas, uñas renegridas, al rostro de
Julia. Pasmada la toca. Sus ojos se abren desmesurados, la expresión se extiende hasta convertirse en una mueca que semeja
una sonrisa.

Helena la abraza. Largamente. Julia es un minarete en medio del desierto, una hija resucitada y devuelta a la madre.

Julia recuerda que cuando resucitó para los suyos, fueron sus
hijos y su madre quienes la abrazaron así.

Hay algo familiar en el abrazo de esta mujer desecha. Y, en la
prolongación del abrazo, se detonan otras historias que aletean
dentro.

No podría denunciarla. No puedo.

* * *

Esa misma tarde, ya de regreso en Monterrey, él detiene el auto
frente a la estancia María de Lourdes en la colonia Vista Hermosa. Julia y él se bajan, abren las puertas de atrás y ayudan a
Helena y a Beto a bajarse del auto.

---

[18] "Ya viene... Hoy la tendrá con usted."

Estancia María de Lourdes, Monterrey, N.L.
Viernes 12 de diciembre, 2014

Ya son varias las voces que escucha Helena. La asedian, la persiguen. No la dejan descansar. Un día y otro más. Noches prolongadas sobre el regazo de la madrugada.

A las cuatro de la mañana un dolor agudo en la nuca la despierta. Helena intenta pedir ayuda. Un grito ahogado, una voz que nadie escucha. Apenas puede moverse. El dolor se clava en la sien izquierda, su cabeza va a estallar. Un lado del cuerpo no responde. Hace todo su esfuerzo y apenas murmura. Los cuidadores están dormidos en el cuarto de al lado. Helena intenta tirar la lámpara sobre el buró para hacer ruido. Pero ahora su cuerpo pesa tanto, como si habitara dentro de un sueño profundo.

Recuerda que su Tita murió sola, décadas atrás, mientras ella paseaba con su papá, en aquel único viaje que hicieron juntos. A su regreso, el rostro de su Tita grisáceo, frío, duro, coágulos en la boca, su postura contraída. Helena no puede moverse, su cuerpo y su memoria ya no la obedecen. Sus pensamientos estallan, se salen de orden.

Dentro de su habitación es 12 de diciembre de 1916 y un pelotón de soldados bajo las órdenes de Pancho Villa disparan a noventa mujeres, jóvenes valientes que nadie recuerda. Helena intenta manotear, girar bajo las sábanas en vano. Dentro de su habitación Marina, la de las siete faldas, aguarda detrás de ella, junto a la cama. Se acerca al oído de Helena. *A bale tewa… Ari ela cutomea.*[19] Helena contempla involuntariamente la oscuridad con sus ojos de lechuza. *Señora Santa Ana, ¿por qué llora el niño?* Dentro de su habitación, Francisco, su padre, carga a la niña, la sienta en el regazo, le acaricia el cabello. *Helena, Helenita, mi princesa bonita.* Los párpados no la obedecen. Los labios tampoco. La oscuridad bajo los párpados. Adentro de su habitación, Alberto, su esposo: *Helena, déjame besar tus ojos. Me harías el hombre más feliz si…* No hay rostro para esas frases. Helena ya no puede recordar. No los ojos, no la frente, no los labios, no la nariz, no la voz. Intenta manotear, reunir fuerza para gritar. Intenta. Dentro de su habitación, Maripaz le sonríe antes de subirse al autobús que la llevará a Ciudad Juárez. Helena quiere prevenirle. Intenta. Quiere impedírselo. Quiere una segunda oportunidad. Ahí hay una luz blanca, un reflector. Ahí. *No te vayas, niña mía, no te vayas por lo que más quieras. Aunque te hayan ofrecido la gerencia de la maquila. No te vayas nunca a esa ciudad que es el infierno. Quédate conmigo, aunque ya eres una mujer, quédate por lo que más quieras.* La luz blanca borra el rostro de Maripaz. La ve de espalda subir los escalones para internarse al autobús. Intenta con todas sus fuerzas. Como si en el acto estallara su voluntad, su deseo, su

---

[19] "Ya viene… Hoy la tendrá con usted" en rarámuri.

conciencia, su dolor de años. Dentro de su habitación la mujer rarámuri se aleja en el horizonte del desierto con el niño atado en el rebozo. Ahí mismo el cuerpo esbelto de Maripaz yace junto al suyo, claro, joven, terso, herido. La estructura invisible que sostenía a Helena se desmorona.

* * *

Soy Helena con H, Helena Acosta Rodríguez, hija de María Elena sin H; soy María de la Luz Mendoza, la madre que jamás se perdonó haber dado la espalda a su hija; soy Inés Luján Mendoza, viuda de Rodrigo Acosta Torres y de los ideales de la Revolución; soy la soldadera sin nombre, una madre prisionera que sostiene la mano del niño en el instante mismo en que la bala transita por el aire antes de perforar su cráneo; soy la mujer caminante de las siete faldas, la que lleva el mensaje; soy una muerta no identificada de Juárez; soy María de la Paz Hernández Acosta, alias Maripaz; soy María Elena sin H; soy el anhelo de una niña por la madre que murió; soy Julia Gutiérrez Urías, la mujer que visita a otra mujer que recuerda historias en una estancia para viejos; soy la mujer inconsciente a la orilla de la carretera; soy la mujer dormida junto al río Charles, estanque de arena y sombras; soy la esperanza de un pueblo que se extingue, la mujer borrada de un retrato en el fondo de un armario, un habitante del exilio a donde todos vamos, aquella joven pianista que hizo la caravana en el escenario, esa joven que al mirarme me develó el secreto; soy aquélla, idéntica a Maripaz.

No es verdad. Yo soy Helena con H. No soy ella. Ella es Maripaz.

Tampoco es verdad. Ella no es mi Maripaz. Ella es la mujer que me trajo aquí porque salvé su vida, creyendo entonces, que en ese acto, salvaría la mía.

En la regadera, Julia tararea una canción. A veces ahí se acomodan las ideas. Es curioso.

Se le vienen de pronto una canción de cuna, el relato que escuchó de niña frente a la Calzada Juárez en Jiménez sobre la muerte de las González y el bebé, y la foto antigua en el armario con la mujer sin rostro, y la tarahumara que le dijo *tú eres la menor de los rarámuris*. Y aquel rostro tan semejante al de Mariana y al suyo, que le sonrió desde la segunda fila de la Sala Chopin al terminar su último concierto en Monterrey.

Junto a ella había una mujer de ojos amarillos y una melena.

Cierra el grifo de la regadera. Permanece desnuda en un limbo. Se recarga en la pared como si hubiese sobrevivido a una gran revelación. Suena el teléfono.

—¿Bueno?

—Le llamo de la estancia Santa María… La señora Helena se nos puso muy malita… Durante la noche tuvo una hemorragia cerebral… Ya no pudimos hacer nada por ella… Falleció durante la madrugada.

* * *

La muerte es el límite que nos obliga a golpearnos contra la frontera, para enfrentar la noche, el ocaso de las voces.

Helena yace bajo la sábana con su cauda de voces, una rama de familia amputada un siglo atrás.

A Julia le entregan las escasas pertenencias que la sobreviven. Algunos cambios de ropa, el camisón y los zapatos que ella misma le compró hace un par de meses, cuando ingresó a la estancia. Con éstas, aparece también un volante amarillento con la descripción y el rostro de la joven Maripaz, desaparecida en 1995, y una fotografía de su padre Francisco Acosta Luján.

Luján, como mi madre Eva Urías Luján.

Por último, y envuelta cuidadosamente en un paño, dentro de una bolsa de plástico, le entregan una fotografía antigua.

Mirándola bien, es la misma que ella y Mariana encontraron cuando niñas en el fondo del armario de la casona.

Sin embargo, ésta es la imagen de una familia completa: el padre, la madre, dos hijos y dos hijas. Los nombres al reverso.

Julia observa con asombro que, en este retrato, la joven tiene la mirada de una historia que sí contó.

Para mi queridísima tía Tere:

Recuerdos cariñosos de su ahijada María
de la Luz Mendoza, aquí en compañía
de toda mi familia: mi amado esposo don
Trinidad Luján y mis queridísimos hijos:
Inés, Trinidad, Luisito y Aurora (ya tienen
diecisiete, quince, doce y ocho años).

        Ciudad Jiménez, Chih, abril de 1912

Ejido Los milagros de Dios, Durango
22 de mayo, 2014

Helena observa detenidamente la fogata enorme, como si en el crepitar encontrara la respuesta a sus plegarias.

A través del humo y las llamas distingue el cuerpo inerte de una mujer. Helena se acerca sin quitarle la vista.

Desde su propio infierno la observa.

Ha esperado durante años este momento.

La mujer de las siete faldas tenía razón.

Beto estira el brazo de Helena en dirección contraria, señala a un par de hombres que llevan a otra mujer a cuestas. Angustiado, intenta decirle algo a Helena, pero ella no lo escucha.

—Anda, mijo. Ayúdame a cargar a esta mujer, es tu hermana. Dios me ha escuchado… Nos hizo el milagro. Despacito porque está muy lastimada.

* * *

Todo se consume lentamente bajo el batir de ráfagas luminosas.

Y ese aire ardiente que deforma el paisaje.

Dicen que no hay quien vigile los cuerpos vacíos.

No habrá historia.

Nunca hubo historia.

Entra la secretaria de Santiago a su oficina y le extiende el sobre del laboratorio químico.

Él, sin abrirlo, lo tira a la basura.

Contesta correos, hace llamadas.

Más tarde cierra su laptop. Hora de partir a casa. Guarda papeles en el cajón. Se pone de pie. Descuelga su saco del perchero en la esquina de la oficina y se dirige a la puerta.

Santiago jamás ha leído los sucesos que corren en la dimensión de las coincidencias, de lo irracional, lo inexplicable, la fe.

En ese instante y quizá por vez primera, Santiago accede a esos territorios. Duda frente a la puerta para salir.

Se vuelve para sacar del bote de basura el sobre del laboratorio químico. Lo abre y extiende las hojas con el resultado.

El ADN de los restos que le entregaron corresponde parcialmente al de Julia.

DNA Solutions

www.dnasolutions.co.usa dna@solutions.co.usa
817 7th Ave, New York, NY USA Tel. +1 212 247 4000

PRIVATE AND CONFIDENTIAL
Santiago Treviño
Monterrey, N.L.
México

23 October 2014

Dear Mr. Treviño:

Thank you for choosing DNA Solutions to help you with your DNA paternity analysis, with reference number: **22102014**

We have complete analysing a number of specific DNA regions in the DNA samples you supplied to us. Each specific DNA region could have any one of a high number of different DNA sequence combinations.

This means that it is unlikely that any two strangers picked at random would share the same DNA sequence combination, at any one of these specific regions.

It also means that only the true biological father of any child could possibly share, not just one, but ALL of the different DNA combinations in each region tested. Testing several of these regions gives the test very high accuracy, resulting with two possible scenarios:

* Many DNA sequence Mismatches (proving non-paternity)
* ALL DNA sequences Matches (proving paternity)

From the following samples supplied by Santiago Treviño we have obtained the following results to 60% accuracy:

Sample Reference	Relationship	Status
Eduardo Gutiérrez	Father	**MATCH**
Julia Gutiérrez	Daughter	DNA Analysed

I hope that this result will give you peace of mind in having closure with this issue.

Please don't hesitate to contact us at any time with any questions regarding your results.

Kind regards,

John Spencer
Customer Service Manager
DNA Solutions
Tel. +1 212 247 4000
dna@solutions.co.usa

Tú no eres ese cuerpo, aunque en él has estado desde que Nuestro Padre Onorumae te lo dio aquel día cuando, sentado junto a su hermano el Diablo, nos creó. Los abuelos dicen que Onorumae tomó barro puro entre sus dedos, mientras que el Diablo mezcló el barro con cenizas blancas para formar sus muñecos. El barro ardió en el fuego para que endurecieran. Las figuras oscuras de Onorumae somos nosotros, los rarámuri. Las figuras más claras del Diablo son chabochis. Ambos dieron vida a sus muñecos con un fuerte soplido. Onorumae le tuvo paciencia al Diablo, le enseñó a dar vida a los hombres.

Tú eres la memoria nuestra, una voz que duerme bajo los ojos y el aliento, murmullo de agua que mana de grieta cálida.

Eres el último eslabón de la memoria.

Cada atardecer cruzas el jardín y te adentras en el estudio.

Noche a noche exploras esos territorios que creíste dejar atrás. Tocas el piano y descubres el camino que te conduce a la habitación que duerme en el fondo de tu laberinto.

Una noche tropiezas con la llave perdida. En todos estos años nadie abrió el cerrojo. Acercas tu oreja a la puerta cerrada. Ahí detrás, ella aún deambula.

Ya no tienes miedo, Julia.

Te aferras a la rama. "Es un sueño", te repites. Es un acorde.

Una sola melodía vasta. Basta.

Una pesadilla de risa ronca y furia contenida.

La música desborda tus fronteras, te seduce ese vacío.

Introduces la llave, la giras dentro del cerrojo.

Abres la puerta.

Consideraciones finales y agradecimientos

Ciertos personajes en *Destierros* fueron retomados de documentos históricos para elaborar una ficción. Tal es el caso, por ejemplo, de la historia de don Marcos Russek y su esposa, doña Matilde Ramírez, quienes efectivamente vivieron en Jiménez, Chihuahua, en tiempos de la Revolución mexicana. Sin embargo, el personaje y la historia de Ana Russek —una supuesta hija suya— es imaginaria.

Algunos libros que consulté para desarrollar los pasajes históricos fueron: *Pancho Villa: una biografía narrativa*, de Paco Ignacio Taibo II; *Pancho Villa*, de Friedrich Katz; *La soldaderas*, de Elena Poniatowska; la entrevista concedida por Austreberta Rentería al periodista José Valadés en San Antonio, Texas, en 1935, y *El trabajo y la vida de las maestras nuevoleonesas*, de Norma Ramos Escobar.

Un maestro dijo hace años que "la novela es un costal donde todo cabe"; aún comparto esa idea. De manera que la incorporación de diversos lenguajes discursivos —como son la música, la pintura, la fotografía, los documentos de archivos y los textos históricos— me parece que amplía y enriquece las posibilidades de la novela y la experiencia de su lectura.

Durante el tiempo en que escribí *Destierros* escuchaba un playlist no sólo con las piezas que se mencionan o interpretan a lo largo de la novela, sino también con la música que me permitía adentrarme una y otra vez en los momentos, los ritmos, los tonos narrativos. Aquí la comparto:

Playlist para novela *Destierros:*

Destierros-Novela Gabriela Riveros

Muchos de los fragmentos que conforman *Destierros* fueron escritos a lo largo de más de veinte años; el inicio, por ejemplo, fue escrito desde 1997. De manera que quiero agradecer a las personas que colaboraron conmigo para que —después de ocultarse en discos duros y cajones— ese proceso de escritura y silencios que es construir una novela pudiera convertirse en este libro.

Agradezco la lectura generosa y los comentarios de mi colega y amiga María de Alva, quien me acompañó en el proceso de escritura; las sugerencias que hicieron al primer borrador Margarita Alanís, Patricia Cisneros y Laura Elizondo; la confianza y el apoyo de la agente literaria Verónica Flores; la paciente espera de Andrés Ramírez. Gracias a Fernanda Álvarez, extraordinaria editora de PRH, por confabularse en esta narrativa, su lectura y sugerencias enriquecieron el manuscrito original.

Agradezco también a Rafael Ramírez Heredia y a David Toscana quienes, hace muchos años, escucharon fragmentos de esta novela en talleres literarios y alentaron su escritura; a la doctora Sara Poot-Herrera, a los escritores Ana Clavel, Cristina Rivera Garza y Juan Villoro porque su amistad y sus consejos me ayudaron a transitar por este proceso. Gracias también a Conchita Riveros por la información sobre Cd. Jiménez; a Edna Ojeda y Olga Varela, quienes me llevaron al cuartel de Pancho Villa; a Otilia Galindo, quien tradujo del español al rarámuri, y al Dr. Friedhelm Schmidt por su apoyo para que el proyecto de novela recibiera una beca de la UNESCO-Aschberg en Francia (aunque tuve que declinar). Por último, gracias a quienes ya no están y, sin embargo, permanecen aquí convertidos en personajes: Florencio Torres, Zoila Elizondo, Nina Rojas, y a mis profesores de piano, Rafael Almaguer y Pura Cañamar de Garibay.

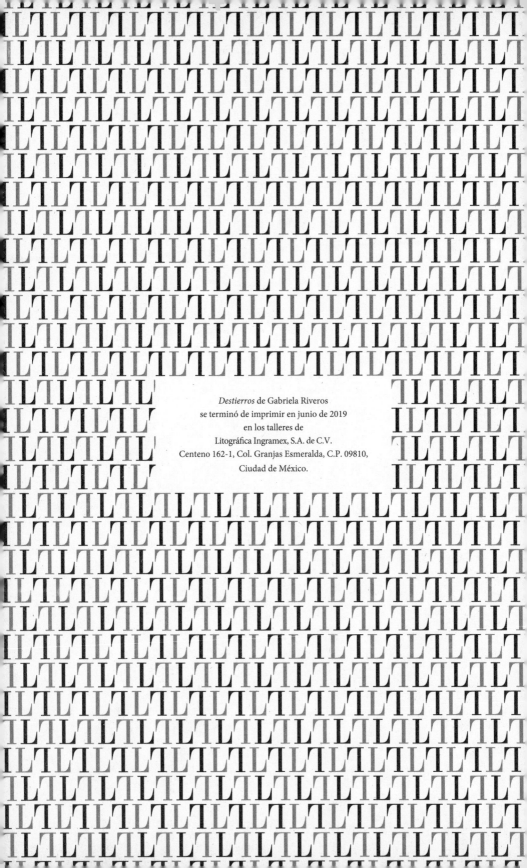

Destierros de Gabriela Riveros
se terminó de imprimir en junio de 2019
en los talleres de
Litográfica Ingramex, S.A. de C.V.
Centeno 162-1, Col. Granjas Esmeralda, C.P. 09810,
Ciudad de México.